BIBLIOTHÈQUE HISPANO-AMERICAINE

LA CAPITANA

DU MÊME AUTEUR
CHEZ LE MÊME ÉDITEUR

Luz ou le temps sauvage, 2000

Tango, 2007

Sept nuits d'insomnie, 2008

Elsa OSORIO

LA CAPITANA

*Traduit de l'espagnol (Argentine)
par François Gaudry*

Éditions Métailié
20, rue des Grands Augustins, 75006 Paris
www.editions-metailie.com
2012

Titre original : *La Capitana*
© Elsa Osorio, 2012
c/o Guillermo Schavelzon & Asoc., Agencia Literaria,
www.schavelzon.com
Traduction française © Éditions Métailié, Paris, 2012
ISBN : 978-2-86424-876-7
ISSN : 0291-0154

I

1

Sigüenza, septembre 1936

Personne ne le lui a demandé, personne n'y aurait songé ;
pourtant Mika est là, dans la nuit noire, elle monte la garde
sur la colline, comme d'autres dans la campagne et aux abords
de la ville de Sigüenza.

Elle frémit en distinguant les positions de l'ennemi, de
plus en plus proches. Les fascistes eux aussi entassent des
pierres, mais derrière ils alignent de puissantes mitrailleuses.
Et eux, de quoi disposent-ils ? Une poignée de fusils, quelques
canons, de la poudre et de la dynamite.

Le haut commandement a ordonné de résister le plus longtemps possible pour bloquer les troupes rebelles et les empêcher d'entrer dans Madrid. Mika doute qu'on leur dépêche
des renforts, comme cela a été promis. On les a envoyés dans
ce trou maudit, le pire endroit du front. Elle pense que c'est
un combat perdu d'avance, pourtant, cet après-midi, quand
elle a senti que le découragement gagnait les miliciens, elle
leur a lancé :

— Si nous quittons Sigüenza maintenant, on dira que nous
avons eu peur. Les miliciens du POUM ne sont pas des lâches !

Un mot efficace. Lâches, eux ? Non, ils ont des couilles, ils
résisteront. Mais comment ? Que pourront-ils faire armés de
leur seule volonté et de leur passion révolutionnaire, si forte
soit-elle, contre les avions des fascistes, contre des soldats
mieux équipés et entraînés pour la guerre ?

Il faut qu'elle parle au commandant, exiger de lui qu'il
ordonne l'évacuation de la ville, ou qu'il trouve de toute
urgence des renforts pour la défendre. Mika, exigeant quelque

chose d'un commandant de l'armée, d'un soldat de métier, elle qui ignore tout de la chose militaire ?

Oui, parce que ce n'est plus seulement un problème d'abri ou de nourriture, comme avant ; elle se sent aussi responsable du sort de ses miliciens.

Mes miliciens ? se surprend-elle à penser. Combien de temps a passé depuis son malaise des premiers jours devant ces combattants qui ressemblaient si peu aux militants internationalistes auxquels Mika était habituée ? Deux, trois mois ? Trois siècles. En période de guerre, le temps se compte autrement.

Ce fut cette nuit-là sur la colline ? Quel jour, quelle action, quelle bataille t'a promue capitaine, Mika ?

Quand tu as exigé de l'émissaire fasciste un texte signé avec les conditions de la reddition ? Tu as appris par lui qu'ils te considéraient comme une femme dangereuse, une commandante des rouges.

Quand ta colonne a été honorée par l'Internationale pour son comportement dans la bataille de Moncloa ? Quand la bombe t'a enterrée et que tu as quand même réussi à survivre ? Quand tu as trouvé, à Pineda de Húmera, la force de résister quatorze heures durant aux attaques ? Tu avais déjà les galons sur ta capote quand tu donnais aux hommes le sirop pour la toux dans les tranchées, au milieu du sifflement des balles.

Et même avant, qu'est-ce qui t'a poussée à te battre en Espagne, si loin de là où tu es née, à te donner si entièrement à cette guerre, à tellement embrasser sa cause que les miliciens eux-mêmes t'ont nommée capitaine ?

Les villes voisines sont en train de tomber aux mains de l'ennemi, mais pour étendre le front il leur faudrait dix fois plus d'armes et le triple de miliciens. Ils doivent résister à Sigüenza, défendre la ville, rue après rue, camarades, a dit le commandant, et tenir les positions des environs.

Et voici qu'arrive cette matinée criblée de balles de mitrailleuses et d'éclats de mortier. Le lendemain, ce sont les avions fascistes, trois, puis trois autres, et d'autres encore. Mika en compte vingt-trois. Une démonstration de force. La gare, où le POUM a installé ses quartiers, n'est pas touchée ; ils visent plutôt la ville, un quartier au hasard, l'hôpital, les routes où se concentrent les miliciens. Corps déchiquetés. Des centaines de victimes, civils et combattants.

Il faut résister et attendre les renforts. Attendre. Et, dans cette attente, Mika organise, parle, soutient, s'impose. Elle s'entraîne avec le fusil flambant neuf que lui a offert le sergent López deux jours après la bataille d'Atienza.

— C'est pour toi, lui a dit López en lui mettant l'arme brillante entre les mains. Ça va te consoler un peu et te changer les idées. Apprends à t'en servir et ne t'en sépare jamais.

Elle ne s'en sépare jamais. Et elle a appris à tirer.

Mes parents ont poussé les hauts cris lorsque je leur ai dit que je partais au front : tu es devenue folle, Emma ? Non, pas question, non ils ne me le permettaient pas. Depuis deux ans – j'avais commencé à l'âge de quatorze ans – je m'occupais des enfants de la maison où ma mère est femme de ménage. Pour servir les riches, pour être exploitée, j'avais l'âge, mais pour prendre des décisions, pour réfléchir, j'étais une enfant. Pourtant j'étais déjà affiliée à la Gauche communiste, qui a fusionné ensuite avec le Bloc Ouvrier et Paysan pour former le POUM*, et j'ai les idées claires. Je me suis enfuie de chez moi. Comme l'Abyssinienne, Carmen et María de las Mercedes. Nous sommes toutes très jeunes, aucune n'a encore vingt ans. Sauf la chef, plus âgée, elle a dépassé les trente.

— Je ne suis pas la chef, m'a dit Mika l'autre jour.

---

* Partido Obrero de Unificacíon Marxista : formation de gauche, révolutionnaire et antistalinienne, dirigée par Andreu Nin. *(Toutes les notes sont du traducteur.)*

Mais elle l'est, puisqu'elle commande. Personne ne l'a nommée chef, mais c'est elle qui a demandé au commandant d'envoyer des renforts ou d'évacuer la ville, du moins d'après Deolindo qui laisse traîner ses oreilles partout et qui l'a entendue. Cela dit, le commandant ne l'a pas écoutée, ni elle ni les autres chefs : il faut tenir la position, il faut résister. C'est Mika qui se réunit avec les dirigeants des autres organisations, puis qui nous rapporte ce qui se passe, et c'est elle, femme et étrangère, qui met les points sur les *i* quand il le faut dans la colonne du POUM.

Elle a une façon très particulière de s'imposer : elle explique ce qu'elle-même est en train d'apprendre, elle veille sur nous, nous sert du chocolat chaud, allume des torches dans notre désarroi, dit ces vérités toutes simples, évidentes, que personne ne cherche à discuter. Il faut la voir commander. Sans crier. Même si cela déplaît à certains. Elle fourre son nez partout, disent-ils, et ce n'est tout de même pas à une *guiri*, une étrangère, de leur expliquer ce qu'ils doivent faire. Le problème n'est pas tant qu'elle soit une étrangère, mais une femme, je ne suis pas dupe. Heureusement, ils sont peu nombreux. Et ils sont nerveux, comme tous les autres, parce qu'il n'y a pas de combat.

Depuis l'attaque de l'aviation fasciste, quelle peur bleue, il n'y a presque plus d'activité en ville. On dirait qu'ils préparent un gros coup.

J'espère que les renforts de Madrid vont arriver rapidement. Certains disent que les militaires sont des traîtres, des salauds, et qu'ils vont nous laisser crever à Sigüenza. Je ne crois pas, comment pourraient-ils nous faire ça ? Les fascistes ont tué je ne sais combien de miliciens et de civils dans l'attaque aérienne, des familles entières se sont réfugiées dans la cathédrale et les camarades qui se battent aux environs sont obligés de se replier de plus en plus vers la ville. On dit qu'un de ces jours la bataille éclatera ici même.

Moi, je n'ai plus peur. Ce nœud tenace à l'estomac, dans tout mon corps, n'a disparu que bien des jours après la bataille d'Atienza. Je n'y ai pas participé, je voulais mais on ne m'a pas autorisée, je suis restée au poste des premiers soins, avec le médecin et Mika. C'était horrible de voir arriver les blessés, certains atrocement atteints, et porteurs des pires nouvelles : les morts.

Maintenant, je suis mieux préparée. Je sais déjà fabriquer une bombe et bientôt j'apprendrai à tirer au fusil. La prochaine bataille, on ne me laissera pas à l'arrière-garde.

Je ne le dirai pas pour qu'on ne se moque pas de moi – marxiste et superstitieuse ! – mais je pense que cette maison où nous déménageons maintenant, près de la gare de Sigüenza, nous portera chance à la prochaine bataille. On va gagner la guerre, j'en suis sûre.

Nous ne sommes pas seuls sur ce front. Il y a les cheminots socialistes de l'UGT*, les communistes du bataillon Pasionaria ; les anarchistes de la colonne CNT-FAI**, et notre colonne du POUM, la moins nombreuse, mais la meilleure, comme je l'ai dit hier à Sebastián, qui est des nôtres. Et nous avons ri, tout fiers.

Légère, ainsi se sent Mika. Presque aérienne, sans angoisse, comme elle l'a écrit hier soir dans ses notes. Son univers s'est réduit à cette bâtisse de deux étages, occupée maintenant par la colonne du POUM, à la gare de Sigüenza où elle se réunit avec les responsables des organisations, au télégraphe pour communiquer avec le haut commandement de Madrid et à cette ligne de front imprécise.

En dehors de ce front, il n'y a rien, il n'y a jamais rien eu. Sans passé, sans avenir, le présent peut finir demain, dans

---

* Unión General de Trabajadores : syndicat d'obédience socialiste.
** Confederación Nacional del Trabajo-Federación Anarquista Ibérica : syndicat et formation politique anarchistes.

cinquante ans ou cinq minutes. C'est tellement immense... et si terrible. Si différent de tout ce qui est connu.

Son corps réagit étrangement, comme si sa composition chimique avait changé et qu'il n'avait plus besoin de s'alimenter ni de se reposer. Elle peut rester trois jours et trois nuits éveillée. Et lucide.

Comment expliquer cette joie insensée qui a été la sienne lorsqu'elle a pu organiser les repas, distribuer des bottes à chaque milicien, offrir du café chaud dans une bouteille thermos ? Et cet enthousiasme qui surgit dans la chaleur des discussions avec les camarades à la gare de Sigüenza ?

Même si, après ce que lui a dit Emma, Mika veille à ne pas rester trop longtemps à la gare, pour ne pas inquiéter ses hommes.

Les miliciens n'aiment pas que la chef reste longtemps absente de leur local, ils ne le disent pas ouvertement mais je sais qu'ils sont jaloux des hommes de la gare. J'ai saisi au vol une réflexion, une grossièreté, un soupçon qu'un autre a rejeté durement. Il n'est pas bon que la méfiance s'installe, maintenant que les miliciens l'écoutent sans trop rechigner. J'ai hésité parce que je ne savais pas comment Mika pouvait réagir, mais j'ai pris mon courage à deux mains et je lui ai parlé cet après-midi, elle saura quoi faire.

— Jaloux ? s'est étonnée Mika. De qui, de quoi ?

— Oui, jaloux des hommes de la gare. Ils s'imaginent que tu t'intéresses plus à eux. Ils doivent se prendre pour ton mari. – Et j'ai ri pour dissimuler la honte que j'éprouvais. – Tous ces maris... tu as du boulot ! – Elle a ri avec moi. – Mais tiens-en compte, Mika, ne les mets pas en rogne maintenant qu'ils sont convaincus, et même fiers de t'avoir comme chef. Tu sais comment sont les hommes, s'ils ne te croient pas...

— Merci, Emma.

Je ne lui ai pas dit cela pour la convaincre, c'est vrai qu'ils sont contents d'elle, ils l'aiment à leur manière, d'où la jalousie. Je crois même que maintenant ils aiment obéir à Mika, elle les rassure. Il suffit de voir combien Hilario a changé. Dans la nouvelle maison, il étend son matelas devant la porte de Mika pour empêcher que quelqu'un entre et la réveille. Je me rappelle ce qui s'est passé avec lui quand nous étions dans le local de la gare et je ris toute seule.

Hilario tarabustait toutes les filles (et moi particulièrement parce qu'il me connaît depuis l'enfance, c'est un ami de mon frère) avec ses ordres : nettoie les bottes, lave le sol, etc., etc. Un soir il s'est mis à m'insulter parce que je lui avais désobéi : j'avais monté la garde et j'étais tout aussi fatiguée que lui.

Personne ne voulait balayer ni faire son lit. Quand Mika a demandé à qui était le tour de nettoyer, il y a eu des murmures, mais personne n'a osé répondre. Je ne voulais pas accuser Hilario, après tout il ne faisait qu'exprimer ce que beaucoup pensaient :

— Dans d'autres compagnies, les femmes se chargent de laver, de cuisiner et même de raccommoder les chaussettes.

Mika s'est rapprochée pour ne pas avoir à hausser la voix et l'a regardé attentivement, comme si elle l'étudiait. Elle ne riait pas, mais elle en avait l'air :

— Alors comme ça, tu penses que je devrais laver tes chaussettes ?

— Pas toi, bien sûr.

Il devait se sentir ridicule.

— Eh bien, les autres non plus. Les filles qui sont avec nous sont des miliciennes, pas des boniches. Nous luttons pour la révolution tous ensemble, hommes et femmes, d'égal à égal, personne ne doit l'oublier.

Ils ont du mal, parce qu'ils n'y sont pas habitués, mais ils acceptent et il ne manque pas de volontaires, homme ou femme, pour ces besognes.

Ce matin, lorsque deux filles d'une autre colonne ont demandé à se joindre à la nôtre, les hommes étaient tous très fiers. Chez les communistes, ce sont les femmes qui se chargent des tâches domestiques et de l'infirmerie.

— Je ne suis pas venue au front mourir pour la révolution avec un torchon à la main, nous a fait rire Manolita.

— Bravo ! Vive ta mère ! se sont exclamés les camarades, même les nouveaux encore un peu timides.

Ceux-là, justement, sont en train de changer d'humeur. Hier, il y en a même un qui m'a souri quand je lui ai graissé son fusil. Il faut dire que nous sommes bien installés dans la maison du POUM : repas chauds, dynamite cachée dans un puits du jardin, flamenco le soir avec les deux *cantaores*, et de braves gens qui veulent la même chose que moi. Il y a Sebastián, qui joue les grands mais qui a mon âge : un amour. Il y a Mika, Anselmo et même l'Hilario je l'aime bien. Hier, deux garçons nous ont rejoints, deux frères, ils venaient d'un autre front. L'aîné m'a fait de l'œil ou j'ai rêvé ? Quel coquin, en pleine guerre !

Et, bien qu'il ne soit pas des nôtres, il y a Juan Laborda, le cheminot qui m'apprend à me servir des cartouches de dynamite, beau garçon et très courageux. Lui, il me traite vraiment comme une combattante.

On va gagner, nous devons gagner. Il faut que les renforts arrivent.

Mika est retournée à la gare pour voir s'il y a du nouveau, tout son espoir tient à ce train blindé chargé de munitions, mais quand arrivera-t-il, quand ? Et les renforts annoncés ? S'ils n'arrivent pas, elle devra prendre des décisions, et de bonnes décisions, c'est ce que les miliciens attendent d'elle.

Les hommes ont très mal réagi lorsque le commandant les a rassemblés pour leur dire qu'ils devaient continuer à défendre la ville jusqu'au dernier pouce de terrain et, en dernière extrémité, s'enfermer dans la cathédrale qualifiée de "forteresse inexpugnable".

Va te faire voir avec ta cathédrale, crétin ! s'est écrié
Anselmo. Traître ! a lancé un autre, une féroce bordée d'injures
a suivi. Qu'on nous envoie des hommes et des armes ! Je m'en
occupe, a affirmé le commandant, et il est parti à Madrid.

Mais lorsque Mika leur a demandé ce qu'ils voulaient faire,
ils ont répondu par une autre question : Et toi, qu'est-ce que tu
veux faire ? Qu'ils en parlent entre eux tous, leur dit-elle. Elle
non plus n'aimait pas l'idée de s'enfermer dans la cathédrale,
mais elle pensait qu'il fallait rester et attendre les renforts.

— Que ceux qui veulent partir fassent un pas en avant,
a-t-elle proposé.

Ils n'ont été que trois à s'avancer.

Est-ce alors, Mika, que tu as assumé la responsabilité de rester à
Sigüenza et d'attendre ce train blindé ?

Mika patauge à tâtons dans la boue de la guerre, mais le sol
est de plus en plus ferme sous ses pieds.

Hier, elle a été très claire avec ses chers amis Alfred et
Marguerite Rosmer qui sont venus de France pour la voir. Elle
ne pouvait même pas s'interrompre un instant pour réfléchir à
ce qu'ils lui disaient sur la non-intervention de la France et de
l'Angleterre ou sur l'aide de la Russie et Staline qui ne manque-
rait pas de se faire rembourser avec les intérêts par le peuple
espagnol.

Ces heures précieuses de discussions politiques, de débats
avec les camarades, sont aussi lointaines que l'image candide de
la révolution de son adolescence, si différente de cette guerre.

Reviendra-t-elle en France ? lui ont-ils demandé.

Non, elle ne reviendra pas. Elle appartient à cette guerre,
c'est sa guerre, sa vie maintenant n'a pas d'autre sens.

Les Rosmer la comprennent, mais ils sont très tristes – et
Mika aussi – à l'idée de ne pas la revoir. Ils l'ont serrée très fort
dans leurs bras. Probablement pour la dernière fois. Combien
de temps Mika pourra-t-elle rester en vie ? Quelques jours…
quelques mois avec de la chance.

2

Paris, 1992

Quand on lui apprit la mort de Mika Etchebéhère, Conchita Arduendo se demanda ce qu'elle allait faire, ce n'était pas à elle de prendre une décision au sujet de la dépouille mortelle ni de quoi que ce soit. Il y avait Paulette, Guillermo, la China Botana, Felisia, Guy et tous ces amis athées qui la feraient incinérer sans autre cérémonie, comme elle-même l'avait décidé. Mais Mme Mika avait autorisé Conchita à la bénir. Elle le lui avait demandé à sa manière, se dit-elle pour se donner du courage.

Si Conchita en avait la possibilité – mais en latin, comme il se doit –, peut-être qu'elle pourrait éviter à Mme Mika d'aller en enfer, parce que c'était une femme bien, autoritaire mais bien, sinon elle ne serait pas partie se battre à la guerre, comme son père et ses oncles. Et puis parce que c'est comme ça. Enfin, non, pas tant que ça, d'après ce qu'elle lui avait expliqué. Et elle n'était même pas espagnole ! C'est la première chose que M. André Breton lui avait dite – Conchita avait travaillé des années chez lui – lorsqu'il lui demanda d'aider son amie à faire le ménage : que Mika Etchebéhère avait combattu aux côtés des républicains dans son pays, qu'elle avait été capitaine.

Conchita était très impressionnée, alors elle s'était décidée à lui demander un service. Si Mika avait combattu ces franquistes armés jusqu'aux dents, pourquoi n'en ferait-elle pas autant avec son mari, qui était une brute. Même si Mika ne lui avait pas collé quatre gifles bien senties, comme Conchita l'aurait voulu, que Dieu me pardonne mais il les méritait, elle l'avait au moins protégée de sa brutalité. Mika l'avait convaincue de quitter son mari, lui avait trouvé un travail et l'appartement de la conciergerie de la rue Saint-Sulpice pour que Conchita puisse s'y installer avec ses garçons. Mika l'avait invitée plusieurs fois, avec ses enfants, dans la petite maison qu'elle avait à Périgny, pas pour travailler mais pour passer des vacances.

Oui, Mme Mika avait été très généreuse avec elle, Conchita ne pouvait pas l'abandonner à son sort dans l'éternité. C'est Mika qui lui avait appris cela : il ne faut pas laisser les choses aux mains du destin, il faut agir pour les modifier. Elle lui avait dit cela pour l'aider à faire face à ses problèmes, Madame se moquait de ce que lui réservait l'éternité : elle allait disparaître, se volatiliser, n'être plus rien.

Comment pouvait-elle vouloir être incinérée ? C'était épouvantable. Et même pas une bénédiction ! Elles en avaient parlé plus d'une fois quand Conchita travaillait chez Mika, puis à la résidence Alésia pour personnes âgées et enfin à l'hôpital.

– Conchita, je déteste les curés. Mais si c'était toi qui me bénissais…

La dernière fois qu'elle la vit à l'hôpital, Conchita voulait, tout en sachant que c'était impossible de la convaincre, que Mika accepte de se confesser et qu'on lui donne l'absolution pour qu'elle aille au ciel, comme l'avait fait la mère de Conchita quand son père – un rouge lui aussi – était à l'article de la mort.

Il était inconscient, ou peut-être déjà mort, lorsque le curé était arrivé, mais avec les paroles en latin et les prières de toute la famille, il avait été sauvé pour l'éternité. Alors, si ça avait marché pour son père, pourquoi pas pour Mika ?

Les amis ne permettraient jamais la présence d'un curé à l'enterrement. Le grand problème était de savoir comment Conchita allait trouver le courage de prononcer à voix haute les paroles précises qu'elle avait recopiées, convaincue qu'on ne pouvait se servir de n'importe quelle phrase pour un événement aussi important. Après avoir maintes fois cassé les pieds au curé de Saint-Sulpice, celui-ci lui donna le texte, sainte Vierge, ce qu'il faut supplier pour obtenir ces petites formules en latin que Dieu ne doit même pas comprendre, alors que si c'était le patron de l'hôtel de la rue Bonaparte qui les avait demandées, il les aurait eues tout de suite, pensa-t-elle, et Jésus qui disait qu'il est plus difficile pour un riche d'entrer dans le royaume des cieux qu'un chameau dans le chas d'une aiguille. Elle connaissait plusieurs personnes parmi ceux qui assistaient à l'enterrement de Mika au cimetière du Père-Lachaise, mais pas intimement. Elle aurait pu demander au neveu, mais il était en train de lire un poème de la grande amie de Mika, la poétesse Alfonsina Storni, et Conchita n'osait pas l'interrompre.

À force de tourner la question dans tous les sens, et alors que toute possibilité semblait perdue, au moment où on déposait le cercueil dans la sinistre pièce où on allait le brûler, il se trouva que quelqu'un devait entrer pour être témoin, Conchita sauta sur l'occasion : moi, dit-elle, ce que personne ne contesta. Ce fut donc elle, que la seule idée de l'incinération empêchait de dormir, qui vit le corps de Mika juste avant qu'il fût livré aux flammes.

— *Un moment**, demanda-t-elle à l'employé en levant une main, tandis que l'autre cherchait le petit papier dans sa poche.

Peut-être resta-t-il sur place, jeté par terre ou consumé par les flammes. Conchita ne le lut pas, une détermination inconnue lui fit lever la main droite qui traça une croix en l'air et sa voix aiguë et claire s'éleva :

— Je te bénis, Mika, repose en paix.

---

* Les mots en italique suivis d'un astérisque sont en français dans le texte.

Quelques heures plus tard, Guy Prévan et sa femme, Ded Dinouart, sortirent de chez eux avec les ombres complices du crépuscule. Ils prirent le métro à Hôtel de Ville. Guy portait l'urne funéraire dans un sac qui n'éveilla les soupçons d'aucun passager.

En arrivant au Quai aux Fleurs, il faisait déjà nuit. Ded s'appuya sur le bras de son mari et ils descendirent ensemble l'escalier conduisant jusqu'au bord de l'eau. Le couple de jeunes gens qui s'approchait était trop occupé pour s'arrêter et observer leurs gestes, mais ils attendirent pourtant qu'ils s'éloignent. Il fallait procéder avec la plus grande discrétion car c'était interdit. Lorsque personne ne fut en vue, Guy ouvrit le sac, en sortit l'urne et dispersa lentement les cendres de Mika dans la Seine. Ded lança un à un dans l'eau les lys du jardin de la maison de Mika à Périgny.

Disparaître complètement, tel était son souhait. Comme avait disparu le corps d'Hippolyte.

— Maintenant ils sont ensemble, dit Ded. Ensemble dans l'immensité, dans l'inconnu.

— *Dans le néant**, ajouta Guy. Belle façon de se retrouver après tant d'années.

3

Moisés Ville, 1902

Après ma mort, Guy Prévan écrivit en juillet 1992, dans *Le Monde* : "Révolutionnaire de la première heure, antifasciste et antistalinienne, elle a toujours vécu en suivant le chemin qu'elle s'était tracé encore enfant." Il avait raison, parce que déjà, à Moisés Ville, la colonie juive d'Entre Ríos où je suis née, en mars 1902, alors que je jouais à la marelle, je rêvais de donner ce qu'ils méritaient à ces méchants qui avaient tant fait souffrir ma famille et celles de mes voisins. La révolution est en moi depuis toujours. J'ai grandi avec les récits des révolutionnaires rescapés des pogroms et des prisons de la Russie tsariste.

Des années plus tard, installée en France, j'ai vécu une expérience similaire dans la maison de Périgny où on se réunissait avec des militants révolutionnaires de différents pays. Les acteurs et les lieux changeaient, mais la lutte pour la révolution continuait.

Les Milstein, la famille de ma mère, faisaient partie d'un groupe de juifs qui avaient décidé de fuir ensemble les terribles conditions dans lesquelles ils vivaient en Podolie, à la fin du XIXe. Confinés dans des zones réservées aux juifs, exclus de tout travail digne et de la culture, calomniés, méprisés, férocement pourchassés, torturés, emprisonnés. La politique argentine d'immigration leur ouvrait les portes et, pleins d'enthousiasme, ils achetèrent des terres au consul argentin. Leur projet était de devenir des agriculteurs, même si, comme mes ancêtres, ils n'avaient aucune expérience.

Massacres, prisons, persécutions, tout cela était derrière elles quand les cent trente-six familles unirent leurs espoirs et montèrent à bord du vapeur *Weser* qui les emmena en Argentine en 1889.

La traversée dura un mois et demi. Erch Feldman et Shneidel Milstein, mes parents, tombèrent amoureux sur ce bateau.

Ma grand-mère Sima nous raconta la nuit où on les avait surpris en train de s'embrasser, sur le pont du *Weser*. Gros scandale. Ma mère était encore une gamine, elle s'était échappée de la cabine, où elle dormait avec les femmes, pour aller retrouver mon père, un grand dadais de dix-huit ans, qui ne se résignait pas à ce que sa vie soit réduite à la misère et à l'injustice, et qui avait osé prendre le bateau et traverser l'océan sans famille, sans amis, sans diplômes, sans rien d'autre que ce qu'il avait sur lui et un immense espoir. Toute sa famille était restée à Odessa.

Bien différente était la situation de Shneidel, Nadia comme on l'appelait, qui voyageait avec ses parents, ses cinq frères, des cousins et des amis.

Mon grand-père Naum-Nehemiah Milstein était un intellectuel, devenu célèbre grâce à ses articles, à l'époque du tsar Alexandre II – quand la condition des juifs s'était améliorée – et ma grand-mère, Sima-Liebe Waisman, une grande lectrice, ce qui était exceptionnel pour une femme à cette époque. Mais arriva cette fatidique année 1881, l'assassinat du tsar à Saint-Pétersbourg et la répression qui se déchaîna contre les juifs, accusés du crime. Mon grand-père Naum avait fait cinq longues années de prison.

J'adorais écouter le récit de leur fuite, raconte-le-moi encore, je lui demandais.

Le grand-père Naum prit alors contact avec l'organisation qui s'occupait de l'achat de terres en Argentine et réussit à emmener sa famille avec lui.

Pour ma mère, l'Argentine représentait le rêve de pouvoir vivre tous ensemble, sans être menacés. Pour mon père, c'était l'espoir d'un monde meilleur et, la rencontre avec Nadia à bord du *Weser*, la preuve que le bonheur était possible.

— Qu'est-ce que vous trafiquez tous les deux dans l'obscurité ? demanda ma grand-mère scandalisée.

— On va se marier dès qu'on sera en Argentine, expliqua Erch tout fier. On s'aime.

— Oui, on va avoir notre maison, notre terre, dit Nadia. Nos enfants iront à l'école et étudieront ce qu'ils voudront — une aspiration de la famille Milstein, reconnurent les grands-parents.

On en reparlerait quand ils auraient l'âge, mais pour le moment en pénitence, et interdiction des tête-à-tête. Et pas de baisers ni de caresses impatientes.

Ce que personne ne put leur interdire fut cette amitié qui allait se consolider dans les circonstances difficiles qu'ils allaient bientôt traverser. Mes parents, bien avant de se marier — mais tout autant après — ont été de grands amis, des compagnons solidaires, et ils ont sans doute représenté pour moi un modèle de couple.

Ils étaient depuis plus de dix jours à l'hôtel des Immigrants, abandonnés à leur sort. Visages fermés, murmures, sanglots étouffés.

— Quand part-on dans nos terres ? demandait Nadia.

— Il y a un petit contretemps, lui répondait-on.

Personne ne lui fournissait d'explication. Bien qu'Erch ne fasse pas partie du groupe initial parti de Podolie, ils le considéraient comme un des leurs avant qu'il descende du bateau. Et maintenant il allait d'un côté à l'autre, toujours en conciliabules avec les frères et les cousins de Nadia.

— Qu'est-ce qui se passe, Erch ? Dis-moi la vérité, lui demanda-t-elle fermement.

— Les terres que vous avez achetées sont occupées. On va vous rembourser, mais nous ne savons pas où aller. Où que ce soit, j'irai avec toi.

Ils avaient formé une commission qui négociait avec différentes personnes pour tenter de sortir de l'impasse.

— On va trouver une solution, mon amour. Aie confiance en nous.

Finalement, ils signèrent un contrat avec un propriétaire terrien nommé Palacios, les autorisant à s'établir sur des terres qui lui appartenaient, à Santa Fe. Ils s'installèrent aux abords de la gare du chemin de fer qui reliait Buenos Aire à Tucumán.

— C'est là qu'on va se marier, rêvait Nadia, là que naîtront nos enfants.

Et ce fut vrai. Car en ce lieu, où ils allaient endurer tant de privations, ils fondèrent Moisés Ville, traduction de l'hébreu *Kiriat Moshé*, qui évoque l'exode d'Égypte et l'arrivée en Terre promise.

Rien ne correspondait à l'accord signé avec Palacios, ils n'avaient pas d'endroit où dormir, ils connurent la faim, la misère, les maladies. La mort d'Abraham, l'enfant des Gutman, et de Sarah, la benjamine des Lifschitz, qui ne survécurent pas à ces dures conditions. Et Feigue et Jacob. Tous morts. Ils les enterrèrent sur place et déposèrent des fleurs sauvages sur leurs tombes.

La nouvelle de ces six cents juifs, sans toit ni nourriture, plusieurs fois grugés, parvint au baron Hirsch, un millionnaire allemand qui avait fondé une colonie. Il leur offrit de s'y installer, mais ils refusèrent. Abandonner leurs morts et partir ? Non, ils ne bougeraient pas.

Quand Erch Feldman et Shneidel Milstein se marièrent, un an plus tard, le village qui avait été fondé, Moisés Ville, était devenu une autre colonie de l'entreprise du baron Mauricio Hirsch. C'est là qu'ils déclarèrent leurs filles Micaela et Rivka.

Quelle ironie que Moisés Ville ait été fondée à cause d'un cimetière. Pour nous, les enfants, qui avions grandi avec toutes ces histoires de pogroms, de persécutions et d'angoisses, Moisés Ville était le symbole de la vie et de la liberté.

Nous jouions aux Indiens et à la tache empoisonnée. Une tache adaptée à nos histoires. Je ne sais lequel des enfants – peut-être moi-même – avait inventé cette tache qui nous amusait tant pendant ces années fleurant la glycine : quand on était touché par un joueur, on tombait dans une prison russe et, si on était libéré, on pouvait prendre un bateau pour l'Argentine.

– Liberté pour tous les camarades ! je m'écriais, et tous les gamins étaient arrachés aux pogroms et transportés vers le bonheur sans faille de Moisés Ville.

Je ne savais pas alors que j'allais passer ma vie à crier : "Liberté pour tous les camarades."

4

Sigüenza, septembre-octobre 1936

Cette nuit-là, après ses allées et venues entre la maison du POUM et la gare de Sigüenza, le train blindé qui leur apportait de maigres munitions et le feu des mitrailleuses qui la surprit en chemin, Mika s'écroula épuisée sur son lit de camp. Le cauchemar qui la harcelait depuis les années 20 ne revint pas. Ni celui-ci ni aucun autre. Dormir, c'était plonger dans le vide d'un oubli désiré, se réfugier dans le néant. Sans images, sans bruits.

Quelqu'un la secouait pour la réveiller, elle résistait, gardait les yeux obstinément fermés. Mais l'homme insista.

— Pourquoi tu me réveilles ? Qu'est-ce qui se passe ?

— J'ai fait une heure de garde en plus. Pablo, ma relève, dort encore, il ne veut rien savoir, il ne bouge pas. Il est vraiment gonflé, il en profite, il faut que tu le réveilles.

Avec la même rage qui l'avait extraite de son lit, elle se planta devant le matelas de Pablo et lui hurla dessus : Pablo ! Pablo ! L'homme tenta de faire la sourde oreille en se tournant de côté, mais elle lui empoigna les cheveux de la main gauche et de la droite le gifla plusieurs fois. Il la regarda, éberlué. Mika avait aussi peur que lui, ou plus, elle ne comprenait pas de quelle source obscure avait jailli une telle violence. Il va me casser la gueule et je le mérite, pensa-t-elle en lui lâchant les cheveux. Mais non, Pablo prit simplement le fusil que lui tendait son camarade et rejoignit son poste de garde.

Merci, camarade, dit à Mika le milicien qui l'avait arrachée au sommeil pour pouvoir dormir à son tour. C'était ce qu'il attendait de Mika : de l'autorité.

Est-ce à ce moment-là, Mika ? Dans ces gestes et ces réactions se profilait déjà ce qui te serait reconnu plus tard avec des galons de capitaine.

Elle trouva étrange que cet homme dur, grossier, ait accepté sa rudesse sans broncher. Le corps de Pablo avait flanché, voilà tout, ce n'était pas bien grave. Mais Mika ne le tolérait pas. Cela l'exaspérait.

Ce fut encore le cas à la gare de Sigüenza : lorsqu'elle trouva Baquero, le seul à pouvoir déchiffrer le morse, vautré sur une couche de serpentins, complètement endormi, elle explosa de fureur.

Madrid avait annoncé l'envoi de nouvelles à cinq heures et il ne restait que quelques minutes. Mika se mit à le bourrer de coups de pied, mais il ne réagit pas.

— Tu aurais dû le réveiller, Juan, dit-elle à Laborda qui était là.

— Je n'ai pas pu. Il est comme mort.

— Va vite me chercher un seau d'eau.

Ils durent étendre Baquero et l'asperger d'eau froide sur la tête jusqu'à ce qu'il réagisse. À aucun moment Mika ne pensa "le pauvre" ni n'éprouva pour lui la moindre indulgence.

Le Marseillais, un docker français qui commandait la colonne de la CNT, fit irruption au milieu des cris et des éclaboussures d'eau. Ils ne se connaissaient pas. Il sourit en lui tendant la main.

— Salut, camarade. J'espère ne jamais être endormi en ta présence quand la révolution exige que je reste éveillé.

Lorsque Mika eut traduit ses paroles, les éclats de rire détendirent l'atmosphère.

Juan Laborda proposa de regarder les plans qu'il avait faits.

Mais il n'était pas prudent de rester à la gare… Emma l'avait prévenue : les miliciens n'aimaient pas que Mika s'éloigne trop longtemps.

Elle invita Juan, le Marseillais et Baquero au cantonnement du POUM.

– On va boire un bon café, regarder la carte et la montrer aux miliciens pour qu'ils l'approuvent.

Mika était à l'aise avec ces hommes qui avaient fait le même choix qu'elle. Nourriture chaude, cognac, cigarettes. Elles étaient loin ces journées du début de la guerre, quand elle voulait interdire l'alcool et que le tabac blond qu'on lui offrait la faisait tousser. C'était une autre vie, et pourtant il ne s'était écoulé que trois mois. Maintenant, elle acceptait le tabac brun du Marseillais et buvait du cognac.

Elle se sentait bien, là, dans la maison du POUM, protégée et protégeant ses hommes.

Je le trouve sympathique ce Français qui vient se battre à nos côtés, un homme énorme, avec un gilet en peau de mouton, deux tailles de moins que celle qu'il lui faudrait, et un béret enfoncé jusqu'aux oreilles qui lui couvre la moitié du front. Et son espagnol ridicule, à l'accent traînant. Ouvre la bouche, camarade, je lui ai dit, on dirait que tu as avalé une patate, on ne comprend rien. Tais-toi donc, morveuse, m'a lancé Anselmo pour blaguer, mais le Marseillais a éclaté de rire. Et la chef n'avait pas envie de me rabrouer, gagnée qu'elle était par le rire du géant.

Donc le beau Juan Laborda nous a montré les plans. Question guerre, il s'y connaît, et puis il est si intelligent et si gentil. Je l'aime beaucoup. Avec des camarades comme eux on ne peut pas perdre. Plus les nôtres, bien sûr, et la chef. C'est pas rien d'avoir une chef.

Heureusement, Mika m'a écoutée et ils sont venus parler à la maison. Les miliciens avaient l'air tranquille quand elle leur demandait leur avis devant les hommes de la gare.

Jalousie. Comme c'est curieux. Donc, pour ses miliciens, elle est malgré tout une femme, elle en est étonnée… agréablement. Une femme qui n'a pas le droit d'avoir des relations intimes avec d'autres hommes. Et encore moins avec eux. Elle doit tenir compte de leurs sentiments et se comporter selon la sensibilité de ses miliciens, si absurde que cela lui paraisse.

Est-ce à ce moment-là que tu as compris qu'il n'était pas question de comprendre, mais d'accepter ce que cette relation complexe exigeait de toi ?

Même si les sentiments obscurs des miliciens sont parfois justes, Mika préfère les hommes de la gare, des militants de longue date, bien formés, qui réfléchissent et débattent, comme elle. Ils ressemblent plus aux personnes qui l'ont entourée toute sa vie. Elle pense à Pancho Piñero, à Angélica Mendoza, Marguerite et Alfred Rosmer, René Lefeuvre, à Kurt et Katia Landau, Juan et María Teresa Andrade, et à toutes leurs discussions où ils refaisaient le monde.

Rien en dehors de cette guerre ne la lie à ces austères paysans, à ces hommes rudes, hermétiques, dont elle partage l'existence. Mais c'est avec eux qu'elle fait cette guerre et elle veut les comprendre, elle veut... pourquoi le nier, être acceptée, être aimée par eux.

Mika hoche la tête, comme si ce geste minimal suffisait à clore son débat intérieur. Ni le temps ni les circonstances ne se prêtent à de telles spéculations.

Elle doit décider de la marche à suivre si on les envoie malgré tout à la cathédrale. Notre page de gloire sera la cathédrale, leur a dit le commandant.

Elle comprend que la République a besoin d'un bastion symbolique, comme l'Alcazar de Tolède pour les rebelles, mais elle n'aime pas, ne tolère pas qu'on leur impose une résistance héroïque dans la cathédrale, et elle n'est pas d'accord avec Martínez de Aragón selon qui c'est une "forteresse inexpugnable".

Ni le Marseillais, ni Juan, ni le Maño ne veulent, eux non plus, s'enfermer dans ce piège. Alors, que fait-on, camarades ? On s'en va ? Les miliciens sont exaspérés par les ordres du commandant, ce sont des volontaires, on ne peut pas les contraindre. Même ceux de la CNT, dit le Marseillais, et les socialistes que commande Pepe Lagos. Alors ?

Il faut voir dans quelle situation ils seront après la prochaine attaque, car le calme n'annonce sans doute rien de bon, dit Juan Laborda, mais il est persuadé qu'ils peuvent résister, et si les miliciens sont restés à Sigüenza, c'est pour botter le cul à ces putains de fascistes.

Nous étions en train de prendre un chocolat chaud, lorsque nous avons entendu le bruit : des milliers d'abeilles, des centaines de milliers, des millions. Un bourdonnement effrayant. Les premières bombes ont explosé sur les collines, notre maison n'a été touchée que bien après. Les avions allaient et venaient de la montagne à la ville. Sebastián disait qu'on ne serait pas visés parce que nous étions près de la gare et que les fascistes en avaient besoin. Et je l'ai cru.

Quand la première mitraille ennemie a atteint le mur, je me suis accoudée à une fenêtre avec mon fusil et j'ai tiré, plus pour décharger la rage et la peur que pour tuer.

— Laisse tomber, petite, m'a ordonné Juan, qui était dans la maison lorsque le bombardement a commencé. Occupe-toi des blessés.

Son regard humide s'est posé un instant sur moi, puis il a monté l'escalier avec son petit mortier.

J'allais le retrouver quelques minutes plus tard sur le palier, la poitrine déchirée d'où s'échappaient des flots de sang, les yeux ouverts, épouvantés. Il était mourant. Peut-être était-il déjà mort quand j'ai appuyé ma main sur sa blessure et, comme je n'arrivais pas à la couvrir, j'ai posé dessus tout mon corps. Je l'ai étreint avec désespoir, comme si je pouvais ainsi le ramener du côté des vivants. Ne pars pas, Juan, ne meurs pas, je lui criais. Larmes, morve, sang, et la voix énergique de Mika : Tous en bas, c'est fini, vite !

Je ne pouvais pas me séparer de Juan, le laisser là, je voulais rester avec lui. Mais on m'a décollée énergiquement de son corps déchiqueté. Ils avaient raison.

Mika dut demander au Maño et à Pepe d'arracher Emma au cadavre de Juan Laborda par tous les moyens, en la frappant s'il le fallait, et qu'ils l'emmènent en bas, où elle se trouvait avec ses hommes.

— Tu ne vois pas que je veux rester avec lui ? s'écria Emma bouleversée. Tu vas m'emmener de force ?

Son corps menu se débattait pour se libérer de l'emprise du Maño.

Mika s'approcha :

— Oui, de force, petite.

Il suffit d'une brève caresse sur son petit visage mouillé pour qu'Emma éclate en sanglots et se jette dans les bras de Mika. Mais Mika ne pouvait se permettre de rester sur place à la consoler. Elle l'écarta doucement.

— Il faut partir tout de suite, Emma. On parlera plus tard.

Les bras d'Emma restèrent tendus, comme étreignant le vide. La douleur la défigurait. Avec un énorme effort, Mika lui tourna le dos. Que faisait cette gosse ici, au milieu des horreurs de la guerre ? Elle aurait dû être chez elle, protégée par sa mère.

Tu avais son âge quand tu t'es liée au groupe Louise Michel. Il n'y avait pas la guerre en Argentine, mais toi aussi tu voulais changer le monde, comme Emma. Tu te proclamais anarchiste et libertaire. La vie s'est chargée d'engagement, de responsabilité. Et d'espoir. Quand tu as prononcé ton premier discours, à quinze ans, tu as su que tu étais capable de transmettre des idées et d'inciter les autres à l'action.

5

Sigüenza, octobre 1936

Les autres morts, quinze, vingt, nous les avons laissés dans la maison du POUM. Personne n'aimait l'idée, mais nous avons fini par faire ce que le haut commandement de Madrid voulait : nous enfermer dans la cathédrale. Nous avons été les derniers à entrer. Deux miliciens gardaient les portes entrouvertes lorsque nous sommes arrivés.

Dans cette église immense, pleine d'ors et de statues, nous nous sommes mêlés aux miliciens des différents groupes du front républicain et à des paysans, des femmes, des enfants. Nous sommes sept cents, dont deux cents civils. La défaite et l'amertume se lisent sur nos visages. Même la chef est contaminée, on le remarque. Je pense que les saints et tous ces gens morts de peur l'affectent.

— On s'en va ? je lui ai demandé.

— Non, m'a-t-elle répondu sèchement.

— Moi, je veux m'en aller, Sebastián aussi, il est de la région et pourra nous guider. Mourir en se battant, comme Juan, c'est une chose, mais mourir enfermés comme des rats dans cette église, non.

— On va en discuter avec les camarades des autres organisations. Je te tiendrai au courant, Emma.

Mika était sûre, avant même d'y entrer, qu'ils n'auraient jamais dû mettre un pied dans cette cathédrale. Il faut fuir maintenant, avant que les fascistes installent un corridor de mitrailleuses, dit Sébastián, le jeune homme du POUM, dès qu'il arriva, et elle fut d'accord. Mais elle repoussa la fuite à la nuit, puis à la suivante, alors que le Marseillais, Pepe Lagos, Manolo et les dynamiteurs tenaient à continuer le combat et à repousser les nationaux à coups de dynamite et d'audace.

Avec eux Mika retrouva la force de ces nuits intenses à la gare, quand ce qui les attendait était le champ de bataille et pas tous ces objets clinquants et ces murs qui les écrasaient et faisaient d'eux un troupeau apeuré.

Mika se sent irréelle, étrangère, grotesque, comme les statues qui l'entourent. Elle ne peut même pas s'appuyer sur les notes qu'elle a prises, jour après jour, depuis le début de la guerre. Quand elle avait voulu récupérer son cahier, il n'était plus possible de monter au deuxième étage de la maison du POUM et elle avait dû abandonner ses écrits sous son matelas. Elle avait néanmoins emporté son fusil et cent cinquante cartouches. Mais elle ne s'en servit même pas.

L'émissaire envoyé par les fascistes qui demandaient la reddition, un pauvre homme effrayé, dit à Mika de ne pas se rendre ; les autres sauveraient peut-être leur peau, mais pas elle. Ils avaient trouvé ses papiers et la considéraient comme une femme dangereuse, qui commandait chez les rouges.

Pour gagner du temps, Mika lui demanda d'apporter une lettre contenant les conditions de la reddition par écrit.

Est-ce à ce moment-là, Mika, quand l'émissaire t'a fait savoir que tu étais connue et redoutée de l'ennemi et que, s'ils te trouvaient, ils te tueraient ?

Ce ne serait pourtant pas eux qui allaient te conduire en prison, mais ceux de ton bord, du même front que toi, qui combattaient le même ennemi. Aspiraient-ils à la même chose que toi ? Tu ne te posais même pas la question à ce moment-là, pour toi c'était évident.

Cela n'avait pas de sens de continuer à attendre, il était clair que la fameuse forteresse n'avait rien d'inexpugnable : trois coups de canon avaient ouvert un énorme trou dans la nef centrale, le maître-autel était détruit, les statues de saints couvertes de poussière, certaines amputées, et dire que les soldats de Franco disent qu'ils les adorent.

Il ne restait presque plus de nourriture, ni médecins ni médicaments pour soigner les blessés.

Il faut prendre une décision une fois pour toutes, nous sommes enfermés ici depuis cinq jours, a dit Mika à la réunion des responsables. Depuis leur arrivée, ils tergiversaient : partir, rester et résister, sortir et combattre, mais ils étaient là, immobiles, paralysés.

— Je refuse de mourir écrasée par les pierres de cette somptueuse cathédrale. Je veux sortir à l'air libre, au risque d'être fauchée par les mitrailleuses.

— Moi, je reste, dit Pedro. Cinq jours, c'est très peu.

— Moi aussi, approuvèrent d'autres voix. Ils vont savoir qu'on a des couilles.

Le commandant, ou quelqu'un d'autre, leur avait mis dans la tête l'idée de l'alcazar de Tolède et c'était devenu pour eux une obsession.

— On les virera de la cathédrale, comme les fascistes nous ont virés de l'alcazar.

Les jeunes anarchistes étaient décidés à sauver l'honneur des combattants. C'était très noble, mais Mika n'allait pas suivre. Pedro semble ignorer tout ce qui se passe à l'extérieur. L'émissaire l'a dit, Sigüenza est occupée par les troupes nationalistes et elles sont nombreuses. L'idée de Pedro est insensée, seul l'orgueil le guide.

— L'orgueil, non, plutôt la honte, corrigea le Marseillais, un sentiment plus à la portée des humbles.

Mais Mika se moquait de savoir si c'était de l'orgueil, de la honte, de l'honneur. Une fureur aveugle s'empare d'elle, qu'elle laisse sortir : Je déteste cette idée qu'en Espagne, il faut prouver son courage en défiant la mort debout, la tête très haute, en bondissant entre les balles. C'est ce que fait Pedro, et Francisco, et toi aussi le Marseillais, en les accompagnant. Mika ne va pas les seconder, non, pas question, c'est une grosse erreur ! s'exclame-t-elle. C'est irresponsable, tu comprends ? conclut-elle d'une voix brisée. Les larmes absentes de ses joues coulent dans ces paroles prononcées en français. J'aurais dû l'empêcher, on ne serait pas dans ce trou d'or et de marbre et on aurait gagné la bataille de Sigüenza !

Les yeux du Marseillais qui se plissent, comme s'il cherchait à voir plus nettement cette femme furieuse qu'il ne reconnaît pas, l'interrompent.

Elle se tait. Le Marseillais lui serre la main, ému, et c'est comme la chaleur d'une étreinte, la paix pour un instant. Cela lui a fait du bien d'exploser. Et de se laisser réconforter.

— Maintenant, repose-toi, dit le Marseillais.

Mika regagne la chapelle dite du Doncel, son refuge ces derniers jours. Elle se blottit contre un côté de l'autel. Épuisée, elle ferme les yeux et s'endort.

On a tout préparé avec Sebastián. On s'en va. Le Marseillais, celui qui parle avec une patate dans la bouche, est de la partie, Mika aussi, mais ce n'est pas moi ni l'autre gamin qui vont organiser la fuite, c'est ce qu'elle m'a dit quand je lui ai proposé de se joindre à nous. Elle est dure. Ou elle fait semblant, parce que aussitôt lui vient ce sourire qui la révèle telle qu'elle est.

— Je suis heureuse que tu veuilles rentrer chez toi, Emma, et que ta mère prenne soin de toi.

— Tu ne vas pas te débarrasser de moi comme ça, je lui ai répondu en riant, on a encore quelques batailles à livrer avant de gagner la guerre.

Ils se mettent d'accord sur les détails : ils sortiront ensemble de cet enfer. À huit heures du soir, au pied de l'escalier. Mika se sent protégée par le Marseillais. Chacun a parlé avec les siens. Ils seront vingt à fuir ensemble. C'est d'abord un tel qui sortira, puis tel autre.

Même si Hilario a raison, tous les plans sont assez inutiles. Quand ils seront à la portée des mitrailleuses, chacun s'enfuira comme il pourra, mais comment se retrouver et rester ensemble dans la nuit noire, la boue et en courant comme des lapins à travers les balles ? De toute façon, Sebastián, le jeune ami d'Emma, connaît la région et peut les guider. Quique, l'aîné des deux frères qui sont arrivés à la maison du POUM un peu avant l'attaque, s'est lui aussi proposé.

6

Sigüenza, octobre 1936

Mika suivit à la lettre les instructions du Marseillais, mais elle ne put éviter de glisser maladroitement sur les dernières marches et tomba de tout son poids sur sa main droite. Au début elle ne sentit pas beaucoup la douleur. Elle atteignit le mur d'en face, où elle devait attendre accroupie qu'ils soient tous là.

Impossible de reconnaître un visage dans cette obscurité compacte. Elle sut que Sebastián était là quand il lui dit son nom à l'oreille. Et peu après elle identifia Emma, juste devant, recroquevillée, elle seule pouvait être aussi petite. L'attente lui parut interminable.

Il faut bouger d'ici, murmura Emma à Mika, puis celle-ci au Marseillais, qui était derrière.

La file humaine avançait, collée au mur. Bien qu'il fût bas, ils ne pouvaient le franchir sans offrir une cible facile à l'ennemi. Ils étaient convenus d'atteindre une petite ouverture et là, de sortir en rase campagne et courir en direction du sud. Mais il y avait des maisons, et dans les maisons des mitrailleuses qui tentaient de les abattre. Mika se jeta à terre et attendit que la fusillade diminue. Elle leva la tête, à quelques pas se découpait l'énorme silhouette du Marseillais, elle courut vers lui. Un petit groupe l'entourait.

— Où sont les autres ? Et les guides ?

— Je vais les chercher, répondit le Marseillais, attendez-moi ici, sous ces arbres.

Je ne sais pas où je suis, mes mains s'enfoncent dans la boue, je creuse, j'y plonge mes ongles, si je me confonds avec la terre mouillée, ils ne me tireront pas dessus, mais j'aperçois les balles qui ricochent sur les flaques à quelques mètres de moi. Quand les tirs cessent, je relève à peine la tête, il n'y a personne, je suis seule. Mika, le Marseillais et les autres doivent être en train de courir. Je me déplace doucement, je rampe comme une couleuvre. On dirait que cette boue glacée et fétide envahit mon corps ou que c'est moi qui m'y enfonce. Je crève de froid, de peur, de dégoût. Mais si je me lève, je suis morte.

Le temps passe lentement pendant que je continue à ramper. C'est une impression ou ils tirent dans une autre direction ? J'aperçois une maison, il faut que je l'atteigne. Je me mets à courir, mais près du sol, à quatre pattes. De ver de terre, je suis devenue belette, c'est déjà mieux que la boue sale. J'arrive, toute tremblante. Serais-je tombée dans la gueule du loup ? Est-ce que je vais voir un fasciste surgir avec sa mitraillette ? Je me mets debout, me colle contre le mur en m'efforçant de n'être qu'un relief du pisé, je passe très rapidement devant une porte fermée, j'avance vers un autre angle de la maison et là, je trébuche sur quelque chose et je tombe. Une main sur ma bouche étouffe mon cri. J'ai trébuché sur quelqu'un qui me tient fortement le bras, me plaque au sol, approche son visage du mien, ses yeux noirs brillent et, d'un léger hochement de tête, il m'indique l'intérieur de la maison. Il écarte lentement sa main de ma bouche, je ne vais pas crier, bien sûr, il est clair que c'est un des nôtres et que l'ennemi est à l'intérieur de cette maison.

À la porte devant laquelle je suis passée, la mitrailleuse se met à rugir cruellement. Une main empoigne la mienne, une voix me dit à l'oreille : cours vite, en diagonale. Je n'ai plus peur, je ne suis pas seule. Même la nuit est plus claire. Nous arrivons à un bouquet d'arbres. Il me serre dans ses bras.

— Je suis Quique, le nouveau.

C'est un des deux frères qui sont arrivés à la maison du POUM un jour avant l'attaque des franquistes, celui qui m'a fait de l'œil.

– Moi, c'est Emma.

– Je te connais, suis-moi, le lever du jour ne doit pas nous surprendre près de la ville.

Sept personnes. De ceux qui étaient sortis ensemble, il ne restait que Sebastián et Mika. Les autres lui étaient inconnus : trois jeunes, un vieil anarchiste de la FAI et une jeune fille. Le Marseillais n'était pas revenu, ni Emma. Elle croyait encore entendre le cri de la petite quand ils avaient traversé le cimetière. Aurait-elle été touchée par les rafales de mitrailleuse ? Cette seule idée lui tordait les tripes, ses jambes flageolaient. Et le Marseillais ? Mika ne pouvait pas les attendre, le groupe voulait partir tout de suite.

Un poids immense. Ce n'était pas la capote enroulée dans son dos, ni le pistolet Star dans la cartouchière, ni le fusil, ni même ses doigts fracturés, mais les morts. Combien, maintenant ?

Ils devaient s'éloigner de la ville le plus vite possible et esquiver les patrouilles qui circulaient, dit Mateo, un homme mûr, les cheveux gris et les yeux comme deux charbons, brillants et expressifs.

Sebastián les guidait, ils devaient marcher vers le sud-ouest.

– Jurons de ne pas nous séparer, quoi qu'il arrive, proposa Mateo.

Ils jurèrent.

Même si souvent, en chemin, Mika, tu aurais volontiers abandonné Pilar, la petite amie du cheminot, avec ses plaintes, ses peurs, ses prières. Et par moments aussi Paquito, le gamin qui avait perdu son grand frère en sortant de la cathédrale.

Pilar n'appartenait à aucune organisation, elle suivait seulement son fiancé cheminot, socialiste, et il était difficile de lui imposer la discipline. Certes, elle les aidait, elle avait des yeux de lynx la nuit, elle était parfaite comme guetteuse. Dommage qu'elle parle autant, à tort et à travers.

Paquito leur avait donné beaucoup de mal la première nuit et toute la journée du lendemain, il avait pleuré, refusé d'avancer et mis souvent le groupe en danger en voulant attendre ou chercher son frère, obstinément convaincu qu'il n'était pas loin.

Ni Sebastián, ni Mateo, ni Mika, ni la fille, qui s'énerva sérieusement contre lui, aucun ne pouvait soupçonner que Paquito avait raison.

Quique est tellement sûr de retrouver son petit frère que c'est difficile de lui dire que le plus probable est qu'il soit mort. Cela ne coûte rien de lui donner espoir : oui, tu vas le retrouver... peut-être pas en chemin, ça paraît compliqué, mais à Madrid. Pour souffrir, il y a toujours le temps. Moi aussi j'ai perdu les miens, je lui dis, pas ma famille, mais c'est tout comme, ils doivent se cacher, s'enfuir comme nous. Et je pense : ils sont morts, c'est affreux, mais je me tais, il faut continuer à marcher.

Nous avons passé toute la nuit et toute la journée à esquiver les patrouilles, et plus d'une fois il s'en est fallu d'un cheveu qu'ils nous attrapent. Comme lorsque nous avons vu ce hangar vers lequel nous avons couru à la recherche de nourriture et d'un endroit où dormir un moment. Et qui nous avons vu sortir en nous approchant ? Les fascistes ! Et dans le bois, quand nous avons vu des gardes civils et que nous avons dû grimper dans un arbre.

Quique et moi, on aurait dit des singes, en un tournemain nous étions tout en haut. On se complète bien : il perçoit le moindre pas, le moindre bruit au loin, et mes yeux sont comme une lanterne qui voit tous les détails. Maintenant, au premier signe de danger, Quique fait un geste et hop !, dans l'arbre. Je crois qu'il le fait aussi pour jouer, pour oublier la faim qui se fait sentir. Il y a deux heures, nous sommes restés longtemps dans un vieux chêne, à parler sans arrêt, à nous raconter nos vies et nos batailles.

C'était une fausse alerte, a dit Quique, il n'y avait personne, mais pas vrai que tu passes un bon moment avec moi, tout là-haut ? Allez, Emma, reconnais-le, et son grand rire me saute dessus et m'enveloppe le corps de sa fraîcheur. Bien sûr qu'il me plaît, Quique, mais il n'y a pas de quoi rire dans ce bois où on peut nous tuer à tout moment.

– Ils ne nous tueront pas, Emma. Et ils ne tueront pas non plus Paco. On va la gagner, cette guerre.

– Qu'est-ce que tu fais, petit ? s'écria Pilar quand Paquito reprit ce sifflement long et fort. Tu es bête ou tu veux qu'on nous tue ?

– Mais il n'y a personne par ici, c'est toi qui l'as dit. On s'appelle comme ça de loin avec mon frère. Lui seul sait que c'est moi.

– Et les fascistes, mon garçon. Ils savent que c'est toi, ou n'importe lequel des nôtres, s'impatienta Mateo. Ne recommence pas.

Paquito s'éloigna du groupe à grands pas et siffla de nouveau. Mika jeta son fusil et se dirigea vers lui, mais Paquito s'enfuit en courant.

– Paquito ! l'appela Mika avec autorité. Ou tu t'arrêtes tout de suite ou je t'envoie devant un tribunal révolutionnaire.

L'idée lui était venue avant et elle en avait parlé avec Mateo : mais qu'est-ce que tu dis ? C'est un gamin de quatorze ans, vous jugez les enfants, vous ? Justement, parce que c'est un enfant, mais qui est en guerre comme les grands, il faut le traiter comme un adulte. La menace fonctionna car Paquito s'arrêta, comme abattu. Mika le rejoignit et le prit dans ses bras, il sanglotait : et mon frère, comment il va me retrouver ?

C'est alors qu'on entendit, lointain, traversant le feuillage, ce son qui n'était pas un chant d'oiseau nocturne. Le regard de Paquito brilla : s'il te plaît, laisse-moi l'appeler. Et de nouveau, au loin, ce sifflement mélodieux.

Nous avons couru à toute vitesse dans le bois en direction de ce sifflement, à l'opposé d'où nous venions. Quique en est sûr et certain, mais le sifflement s'est interrompu. Il fait nuit noire, les arbres et les buissons sont plongés dans l'obscurité, le bois devient menaçant. Je n'ose pas lui demander de ne plus siffler. Et si ce n'était pas son frère mais les fascistes ? Soudain, Quique met sa main devant moi pour que je m'arrête, je le connais maintenant, il entend quelque chose et ferme les yeux pour se concentrer : on grimpe, il me dit à l'oreille, tu regarderas d'en haut, toi qui as des jumelles dans tes jolis yeux.

Mais il n'y a pas besoin d'avoir un regard perçant, on distingue des ombres humaines qui se découpent nettement, l'une après l'autre, en file indienne. Un homme passe sous notre arbre, puis un autre plus grand, deux qui marchent enlacés, une femme et un petit. Un enfant ? Ce sont sûrement les nôtres, je dis à Quique, qui se met à siffler. Mon cœur bondit dans ma poitrine lorsqu'il saute de l'arbre.

Il leur est littéralement tombé dessus. Tous silencieux, émus, la longue accolade des frères, et crac, un bruit sec, Mika et Mateo visèrent en même temps la forme.

— Ne tirez pas. C'est moi, Emma.

Elle se précipita dans les bras de Mika.

— Quelle joie, petite ! Tu es vivante et Quique aussi.

— C'est un miracle, murmurait Pilar en sanglotant. Je l'ai demandé à la Vierge.

Qu'elle croie à la Vierge, si ça lui servait, Mika ne lui dirait rien. Après tout, la Chata, cette courageuse milicienne du POUM qui agonisait dans la cathédrale, ne lui avait-elle pas dit : je ne crois pas aux curés, mais je crois au Christ de Medinaceli.

45

Ils devaient continuer à marcher sous le couvert de la nuit, dit Pablo, le cheminot, le fiancé de Pilar, ils avaient pris beaucoup de retard. Continuer, oui, mais vers où ? Ils s'étaient égarés. Vers le sud-est, dit Sebastián, mais il tournait sur lui-même, comme désorienté. Où était le sud-est, où étaient les fascistes ? Quel chemin pouvait les conduire à Madrid et lequel à la mort ?

Pieds engourdis, main fracturée. Si au moins ils avaient quelque chose à manger.

La boîte de sardines, ils la découvrirent le matin sur une pierre, la patate aussi, tellement en évidence que ce ne pouvait être qu'un piège : les fascistes les avaient posées là pour les empoisonner, affirma Sebastián, et les autres acquiescèrent, ils n'y toucheraient pas.

— Vous en êtes bien sûrs ? demanda Mateo.

— Oui.

Mika et lui les savourèrent sous les yeux envieux de leurs camarades. Les pauvres. Ils n'auraient rien à se mettre sous la dent jusqu'au soir du troisième jour, où ils trouveraient divins le café chaud et la grosse tranche de pain que leur donneraient les camarades de l'UGT.

Marcher, courir, se jeter à terre, se relever, grimper aux arbres, descendre, repartir, avec la faim au ventre. La faim épuise. C'était notre lot depuis trois jours lorsque nous avons vu ce groupe d'hommes. Nous nous sommes cachés. C'étaient des fascistes ou les nôtres ? La mère ceci, la fiancée cela, ce qu'ils se disaient ne permettait pas de trancher, jusqu'à ce qu'un type grand et maigre lâche : ces putains de fascistes !

Quique fut le premier d'entre nous à se planter devant eux, et nous derrière. Nous avons parlé tous en même temps. Dans le regard apitoyé des miliciens, je me suis rendu compte du triste aspect que nous offrions. Mika est parvenue à s'imposer et, d'une voix calme, elle leur a exposé notre situation.

Eux, ils étaient du syndicat des cheminots d'Alicante, des socialistes de l'UGT, et ils avaient rencontré d'autres personnes qui s'échappaient de la cathédrale de Sigüenza.

— Vous n'avez pas vu un camarade, un grand type, qui porte un béret enfoncé jusqu'aux yeux, demanda Mika en décrivant le Marseillais.

— Un Français ? demandèrent-ils.

— Oui.

S'ils m'ont trouvée, moi, pourquoi ne pourraient-ils pas le trouver lui, pensait-elle, mais non, le Marseillais, on l'avait tué, son groupe était tombé sur l'ennemi, un seul avait réussi à s'échapper. J'ai serré fortement la main de Mika, je sentais qu'elle en avait besoin.

On a appris d'autres mauvaises nouvelles. La guerre est mal engagée, nous perdons sur presque tous les fronts, mais il paraît que les Brigades internationales arrivent. De braves gens, courageux, qui viennent de tous les pays du monde pour combattre avec nous. Heureusement. On a tellement besoin d'eux. Nous devons gagner cette guerre.

Les camarades d'Alicante nous ont amenés dans leur régiment et donné à manger, un vrai plaisir, j'ai même pu me laver, quel bonheur de pouvoir toucher ma peau et mes cheveux débarrassés de cette horrible boue collante.

— Qui es-tu ? Emma ? m'a demandé Quique en m'examinant de la tête aux pieds. Mais tu es très jolie ! Quelle surprise !

— Quoi ? Tu ne m'avais pas regardée jusque-là ?

Je savais bien que si.

— Non, tu étais cachée sous cette boue noire. Maintenant, oui, tu me plais... je crois même que je t'aime.

Et son rire contagieux jaillissait à tout moment dans le camion qui nous conduisait à Mandayona. Nous étions tous très tristes pour les morts, pour ceux qui étaient restés à la cathédrale, pour la guerre qui nous était défavorable, mais rire nous aidait.

À Mandayona, nous avons dû nous présenter devant une commission d'enquête composée de membres de la CNT, de l'UGT et du parti communiste, qui interrogeait les évadés. Nous n'avons pas du tout apprécié de devoir rendre des comptes, après tout ce qu'on avait enduré, et moins encore quand ils ont dit à Mika qu'elle seule pouvait revenir à Madrid. Nous, nous devions rester ici. Jurons de rester ensemble jusqu'au bout, dit Mateo, un vieux d'une quarantaine d'années qui est adorable. Elle ne nous laissera pas tomber, j'ai dit, je la connais très bien.

— Non, camarade, on part tous, dit Mika d'une voix ferme, sans animosité ni crainte, comme s'il suffisait d'exprimer ce souhait pour qu'il se réalise. Signez-nous, s'il vous plaît, un sauf-conduit spécifiant que nous sommes restés enfermés six jours dans la cathédrale de Sigüenza.

Et pas question d'abandonner nos armes, comme ils le demandaient, nous nous sommes échappés avec nos fusils, nous avons risqué notre vie pour les garder. Les munitions, d'accord, a concédé Mika.

Et nous voilà dans ce camion qui nous emmène à Madrid, tous les neuf ensemble. Cinq jours avant, la plupart ne se connaissaient pas, cela paraît incroyable de voir aujourd'hui ce groupe soudé, cette union. Et nous ne sommes même pas de la même organisation. Je les aime tellement. Tous, même s'il y en a un que j'aime un peu plus.

Nous entrons dans Madrid, mon cœur bat la chamade quand j'aperçois la porte d'Alcalá. Quique est devant, ça m'est égal qu'on me voie, je passe mes bras autour de son cou, je colle ma bouche à son oreille et je lui dis un secret : Moi aussi, je t'aime.

Encore un caprice du hasard, que ces neuf personnes précisément arrivent à Madrid sur les vingt qui avaient prévu de s'échapper ensemble. Un grand coup de chance, m'a dit Emma soixante ans plus tard, en 1996, quand je l'ai rencontrée à Madrid.

Dangers, sacrifices, longues années de prison − tous deux furent incarcérés −, éloignement, persécutions, clandestinité, exil, rien ne put briser cet amour entre Emma et Quique qui était né sur ce chemin cahoteux vers la liberté, de Sigüenza à Madrid.

Elle me raconta la promenade nostalgique qu'ils avaient faite ensemble bien des années plus tard, en 1982. Pourquoi as-tu choisi ce moment, Mika ? Une autre guerre, si différente de celle d'Espagne, très loin, au sud du sud, te faisait mal. La guerre des Malouines, comme on dit en France, nom donné à ces îles par des colons de Saint-Malo. Les Falklands, disent les Anglais.

7

Paris, 1982

Ses amis acceptèrent la proposition de Mika : ils feraient la route ensemble. Emma et Quique s'étaient installés à Madrid depuis quatre ans, après un long exil à Paris. Qui serait plus à même de l'accompagner ?

Pourquoi s'impose maintenant cette idée si forte – et absurde – de parcourir à pied, au moins en partie, quarante-cinq ans après, ce chemin de Sigüenza à Madrid ?

Dans les notes de Mika, ce chemin fut pendant des années des noms, ceux des neuf qui s'étaient enfuis ensemble, des situations, des paysages, des couleurs. Elle ne le parcourut pas avant d'avoir donné au récit sa forme définitive, ni non plus lorsqu'elle alla à Atienza et à Sigüenza (quel choc de revoir la gare et la cathédrale). C'est maintenant que cela lui paraît urgent. Et indispensable.

Oui, maintenant, malgré cette douleur dans le dos, la vertèbre capricieuse, la hernie opérée, le coussin dont elle a besoin chaque fois qu'elle s'assoit, les jambes lourdes, la vue qui fatigue. Le seul fait de nommer ses maux l'épuise, pourtant elle a proposé cette aventure à Emma et Quique, refaire le chemin. Elle veut retrouver ces moments-là, maintenant que le mot guerre est chargé de connotations si différentes.

Le souvenir de cette réunion avec des Argentins qui vivent en France, si exaltés par la guerre des Malouines, la hérisse. Mika s'était tellement mise en colère ce soir-là. D'où la nécessité d'évoquer la guerre d'Espagne, d'en parler avec ses camarades.

— Toi qui as combattu dans la guerre d'Espagne, tu devrais t'enrôler, lui avait dit un de ces Argentins en exil, chassé par la dictature.

Mika ne put articuler une phrase, la surprise déformait ses traits. Que disait-il ? Il se moquait d'elle ? Il la regarda, lui sourit et, au vu de son âge, nuança :

— Pas pour la bataille, mais pour conseiller, pour encourager les soldats.

— Mais oui, appuya un autre. Et puis ce serait bien pour toi, enfin une guerre qui serait vraiment la tienne, une guerre de ton pays, pas une guerre étrangère.

Comme si celle d'Espagne n'avait pas été sa guerre, quelle insulte. Elle préféra faire la sourde oreille, ces gens n'avaient pas l'intention de la blesser, ils étaient simplement stupides, mais elle avait quand même du mal à comprendre la ferveur maladive qui s'emparait d'eux avec cette absurde aventure des Malouines.

— Parce que cette guerre des Malouines est la tienne, la vôtre ? Ces fantoches qui l'ont déclarée ne sont donc pas les mêmes que ceux qui ont assassiné vos camarades, qui vous ont virés d'Argentine ? Vous ne vous souvenez plus pourquoi vous êtes en France ?

— Si, mais les circonstances sont différentes, Mika, il s'agit de la patrie. Les Malouines sont à nous, on ne doit pas les laisser à ces putains d'Anglais !

— C'est le pays qui est en jeu…

Mika aurait préféré ne pas se lever, ni non plus leur crier :

— La patrie ! Le pays ! Des traîneurs de sabre minables et des tueurs qui envahissent des îles pour renforcer leur pouvoir, voilà ce qu'ils sont ! Ils se servent d'une revendication légitime de la pire manière et pour leurs propres intérêts, qui ne sont pas les nôtres.

— Mais qu'est-ce que tu veux, toi, Mika ? – Le ton est sec. – Qu'on perde la guerre ? Tu veux offrir les Malouines à l'impérialisme britannique ? Il y a cent quarante ans qu'ils nient notre droit sur ces îles. Notre patience s'est épuisée, depuis le 2 avril, nous en avons assez !

– Tu parles au pluriel ? se moqua Mika. Qui en a assez ? Toi et Galtieri ? Je ne peux pas soutenir une guerre menée par des génocidaires.

Elle est encore affectée par l'image de ces hommes et de ces femmes qui gesticulent, de leurs voix criardes, de leur arrogance : on va les réduire en bouillie avec les Exocet ! Et Mika, hors d'elle : ces généraux du crime ne connaissent même pas leur métier, ce sont des ignorants, des assassins, des brutes, on devrait les fusiller sur la place publique, ils n'ont pas honte ces messieurs qui sont prêts à s'agenouiller aux pieds des États-Unis ! Est-ce qu'ils ont pensé à tous les gars que cette guerre va tuer, amputer, rendre aveugles ? On n'en connaîtra probablement jamais le nombre exact.

Elle ne se souvient pas de ce qu'elle a dit d'autre, mais elle n'a pas oublié ces regards furieux, la réponse au ton aigre et comme perché sur une estrade : par respect pour son âge et son histoire, ils n'allaient pas aller plus loin…

Était-ce une menace ? Mika sentait le sang lui monter à la tête, ils lui faisaient honte, elle était indignée, furieuse. Heureusement, son ami Guillermo Núñez, qui était d'accord avec elle, se trouvait là, il la prit par le bras et l'arracha à cet enfer dans lequel elle se laissait entraîner.

Je n'aurais pas dû me mettre dans cet état, pense-t-elle, ça n'en vaut pas la peine.

Elle lit dans *Le Monde* une déclaration dans laquelle son ami Julio Cortázar et d'autres intellectuels dénoncent la tromperie et la manipulation des dictateurs. Elle lui téléphone :

– C'est très bien, Julio, je suis soulagée de lire ce que tu as dit sur la guerre des Malouines. Il faut qu'on parle. J'ai entendu des commentaires tellement, mais tellement insensés de quelques exilés argentins à Paris.

– Tu vas me le raconter de vive voix, l'interrompt-il, je passe te voir dans un moment pour t'embrasser, parce que demain on part en voyage avec Carol.

Mais que dire à Cortázar, lui qui a été si souvent accusé d'antipatriotisme, à qui on a dénié le droit de s'exprimer parce qu'il avait quitté l'Argentine, comme s'il avait séché l'école ou abandonné le domicile familial. Mika avait suivi les controverses absurdes des intellectuels argentins avec Cortázar, c'est elle qui lui avait obtenu son premier travail à l'Unesco pour qu'il puisse s'installer à Paris dans les années 50. Ils ont toujours été très liés et, ces dernières années, Mika est fière de l'engagement de Julio en faveur des luttes d'Amérique latine, de Cuba, du Nicaragua.

Elle est tellement contente qu'il vienne la voir, une forte accolade, tu as l'air en grande forme, Julio, radieux, elle, en revanche, elle est déprimée, le coup des Malouines est à peine croyable, un pays entier à la merci de l'irresponsabilité d'une poignée de militaires criminels, et tu ne sais pas ce que j'ai entendu l'autre jour ?, elle va tout lui raconter.

Ce qui se passe est sérieux et douloureux, dit Julio, cette manipulation dégueulasse qu'on est en train de faire avec le peuple. Lui aussi a rencontré quelques Argentins, mais pas tant que ça, nuance-t-il, en proie à cette exaltation patriotique. Angleterre-Argentine, c'est comme ça qu'ils le vivent, comme un match de football, sans réfléchir à ceux qui décident de cette guerre et pour quels motifs. Et ces pauvres garçons qui sont partis se battre avec conviction, honnêtement. C'est terrible.

– La démence et la saloperie des militaires n'a pas de limites.

– Comment est-il possible qu'on puisse entrer dans leur jeu ? – Mika s'indigne à nouveau. – Et à moi, on me dit que j'ai combattu dans une guerre étrangère ! Le monde devient obscène, Julio. L'individualisme a gagné, ils sont tous là à se regarder le nombril.

Pas tous, Mika, tu exagères. Tu as raison, Julio, pas tous.
Et lui avec un grand sourire : Je préfère ça.

Ah, les amis, ils lui font un bien fou.

Mika le raccompagne jusqu'en bas et décide de faire un tour au jardin du Luxembourg pour se changer les idées. Très bien, lui dit-il, qu'elle se promène et oublie toutes ces paroles qui l'ont blessée, elles n'ont aucune importance. Julio l'embrasse et enfourche sa moto. J'espère que ce voyage vous inspirera un livre formidable, bises à Carol.

Julio a raison, elle donne à toute cette affaire plus d'importance qu'elle n'en mérite. Hippo aurait été indigné d'entendre parler de la guerre d'Espagne comme d'une guerre étrangère. La révolution est partout où il y a une mèche prête à être allumée. Il avait compris cela très jeune, à dix-neuf ans.

Tu l'avais écrit dans La Bataille socialiste, *en 1965 : "En cette Semaine Tragique de janvier 1919, restée dans les annales de la répression argentine comme une date sanglante, Hipólito Etchebéhère est entré dans la révolution comme d'autres entreraient dans un ordre religieux : pour toujours, jusqu'au dernier battement de son cœur, avec une haine lucide et raisonnée, toujours en alerte, les sens aiguisés, tendu comme la corde d'un arc prêt à décocher une flèche contre cet ordre social absurde, rapace et meurtrier."*

8

Buenos Aires, 1919

Sur son balcon, Hipólito Etchebéhère n'en croit pas ses yeux. Il vient d'assister à une agression brutale, la police montée traîne des juifs attachés aux chevaux. Juan, Arnold et Salvador, ses frères aînés, lui ont dit de ne pas sortir dans la rue, c'est dangereux. Ne cherche pas d'histoires, ça n'a rien à voir avec nous. Hipólito pousse son frère et descend.

Il voit des hommes en civil, élégamment vêtus et armés de revolvers, qui arrêtent des gens, il voit d'énormes feux où l'on brûle les meubles et les vêtements des juifs, il voit des femmes et des vieillards frappés par des jeunes, il entend des cris, des sanglots, des insultes. Il ne peut rester impassible. Lâchez-la, ordures ! Il s'interpose pour empêcher qu'on frappe une femme, mais ils sont nombreux, une poussée, un coup de poing, un autre, et Hipólito se retrouve par terre.

L'œil violacé et le nez en sang, il remonte les escaliers en courant et s'enferme dans sa chambre. Il écrit fébrilement une page qu'il remettra aux policiers. Il l'intitule "Écoute la vérité".

Il fit des copies de son texte et les distribua à chaque policier rencontré dans la rue. Comme il fallait s'y attendre, il se retrouva en prison, accusé d'atteinte à la sécurité de l'État.

Le parcours d'une vie est tellement complexe… Hippo aurait pu habiter dans un tout autre quartier de Buenos Aires, mais l'appartement des Etchebéhère se trouvait entre les avenues Corrientes et Pueyrredón, en plein quartier juif.

Pierre Etchebéhère, le père d'Hipólito, était venu en Argentine pour installer le téléphone dans la province de Tucumán. Après quelques années et une excellente carrière, il retourna en France, souffrant d'un cancer de la langue dont il mourut. La mère, Marie Andrieux, restée avec ses six enfants à Buenos Aires, tenait fermement les rênes de la famille. Une bonne situation financière l'y aidait. Les Etchebéhère purent faire des études sans devoir travailler. Les frères d'Hipólito allaient créer la première société de production cinématographique en Argentine.

Hippolyte, comme on l'appelait dans sa famille (il s'appelait Louis Hippolyte Ernest), avait obtenu son diplôme de technicien en mécanique à l'École industrielle de la Nation et étudiait l'ingénierie à l'Université de Buenos Aires lorsque se produisirent les faits aberrants de la Semaine Tragique, qui allaient changer le cours de sa vie.

La grève de l'entreprise métallurgique Vasena dégénéra en un affrontement sanglant avec la police. Les ouvriers réclamaient la journée de huit heures et un jour de repos hebdomadaire. Mais les puissants trouvaient que c'était trop et les réprimèrent violemment.

L'organisation syndicale FORA réagit par une grève générale qui paralysa la ville pendant une semaine. Dans les esprits enfiévrés de la haute bourgeoisie, qui voyait la révolution russe comme une menace, responsable de la grève de Vasena et de toutes les protestations ouvrières, se produisit une terrible confusion.

L'Argentine est un pays d'immigration, les juifs y sont appelés Russes, quelle que soit leur origine, tout comme les Arabes sont appelés Turcs, et les Espagnols, Galiciens. Mais les jeunes de la Ligue Patriotique ne s'embarrassaient pas de subtilités, ils avaient décidé de changer le cours des événements et ils le firent : ils s'armèrent et se répandirent dans les rues en déchaînant leur frénésie *argentiniste*, leur haine acharnée contre les "Russes" (n'importe quel juif, indépendamment de son origine, de son idéologie, de son credo), synonymes pour eux des soviets. Un tailleur, un vendeur de harengs salés, une *idishe mame* (une maman yiddish), un philosophe, une couturière, un charpentier : tous des bolcheviks subversifs, ennemis de la patrie, à qui il fallait donner une leçon. Derrière les troupes informelles de ces jeunes de bonne famille, un escadron de sécurité pénétra dans le quartier juif.

Dès qu'elle apprit l'arrestation de son fils, Marie Andrieux de Etchebéhère alla voir le commissaire de police et lui demanda de libérer Hipólito : Ce n'est encore qu'un enfant… C'était une veuve honorable, dut penser le policier, une Française, pas une Russe, et les frères d'Hipólito étaient des jeunes gens corrects et travailleurs. Pour cette fois il accepta, se contentant d'un sermon au rebelle au lieu de la prison d'Ushuaia, où on aurait dû l'envoyer, mais plus jamais ça, mon garçon, c'est compris ? Plus jamais, quelle honte pour ta famille !

Mais la famille n'avait pas honte de lui, sa mère et ses frères l'aimaient et eux aussi – certains plus que d'autres – trouvaient ignoble cette agression contre les juifs, néanmoins la réaction d'Hippolyte leur faisait peur. Pourquoi devait-il se mêler de ce qui ne le regardait pas, en mettant tout le monde en danger, lui dit son frère aîné sur un ton véhément. En tant qu'aîné, il était responsable de la famille et ne le permettrait pas : fini de distribuer des tracts, de se fourrer dans des bagarres qui ne le concernent pas, tu as compris ? Qu'il les laisse vivre en paix, s'il voulait avoir un toit, de quoi manger et faire des études, il savait ce qu'il avait à faire. Hippo ne voulait pas les compromettre et, comme il savait qu'il n'allait pas rester les bras croisés, il quitta le foyer familial.

Il vécut dans des mansardes qu'on lui prêtait, travailla dans des ateliers où il ne restait pas très longtemps, car il y avait toujours des camarades à soutenir dans leurs luttes et des patrons qui n'aimaient pas la propagande révolutionnaire qu'Hipólito distribuait. Il se nourrissait mal, pouvait passer plus d'une journée sans manger, de temps en temps il s'autorisait un repas que sa mère ne lui refusa jamais, mais il ne voulait pas que Marie le rappelle à la raison, il était convaincu d'être sur la bonne voie, celle qu'il avait choisie, maman, il ne voulait pas qu'elle souffre de le voir aussi maigre, ou un soir tremblant de fièvre, reste dormir ici, Hippolyte, et écoute un peu ton frère, s'il te plaît. Mais non, qu'elle ne s'inquiète pas, c'était juste une grippe, et puis il avait un nouveau travail : il allait donner des leçons particulières de français.

La santé d'Hippolyte était précaire, le fantôme de la maladie guettait ses poumons. Mais il y avait tant de livres qu'il voulait lire et tant de projets d'actions collectives. Celui de la revue universitaire *Insurrexit* était le dernier en date.

9

Buenos Aires, 1920

Mika fait la connaissance de Pancho Piñero et de Francisco Rinesi à Rosario, au lycée. Elle n'est pas sûre de vouloir participer au projet de cette revue dont ils lui ont parlé, il faudrait qu'ils lui en disent beaucoup plus s'ils veulent compter sur elle. Ce sont de braves garçons, mais leur origine bourgeoise la rend un peu réticente. Les poèmes de Pancho l'ont néanmoins émue, non seulement pour leur grande sensibilité sociale, mais pour leur lyrisme. Et elle a été favorablement impressionnée quand ils ont critiqué certains postulats de la réforme universitaire. Elle n'apprécie pas les dogmatiques, qui acceptent tout sans discuter.

Mika est depuis quelques mois à l'Université de Buenos Aires, où elle suit des études d'odontologie, et elle est impatiente d'être un peu plus active. Les échos de la Semaine Tragique de 1919 sont encore perceptibles dans les rues, et dans les salles de cours on parle toujours de la réforme universitaire de 1918 et de la révolution russe de 1917.

Mais il y a aussi ces jacarandas en fleurs dans les rues et l'envie de vivre cette ville qu'elle est en train de découvrir.

Elle écoutera ses amis de Rosario et verra bien ce qu'ils apportent. Elle veut donner son avis, discuter, agir. Ils lui ont dit qu'elle pourrait écrire dans cette revue qu'ils ont l'intention de publier : *Insurrexit*.

Joli nom. Il vient du latin *insurgo*, lui a expliqué Francisco Rinesi. Elle le sait, elle a étudié le latin au lycée. Insurrection, rébellion, des mots sublimes. Mais Mika ne s'intéresse pas à la rébellion en soi, juste parce qu'elle est jeune, comme certains étudiants qui s'opposent systématiquement à telle ou telle règle. Quand elle leur demande pourquoi, quand elle gratte un peu, elle ne trouve pas de base sérieuse, de réflexion. Parfois c'est juste un prétexte pour ne pas étudier. Louise Michel, la fougueuse communarde de Paris, ça c'était une vraie rebelle. Mika l'admire beaucoup.

Ce fut difficile de convaincre ma mère de me laisser partir à Buenos Aires pour y faire des études. À l'époque, pour une fille seule, cette grande ville était une aventure audacieuse. Mais finalement mes parents ont accepté et ils m'ont aidée. Ils tenaient une pâtisserie à Rosario, où nous nous étions installés après avoir quitté la colonie, un commerce qui nous permettait de vivre et même d'épargner un peu.

Je logeais dans une pension pour jeunes filles, rue Alsina. La patronne était une cousine d'amis de mes parents. Que je sois chez elle, sous sa tutelle comme l'imaginait maman, c'est ce qui les avait décidés à me permettre de partir à Buenos Aires. Je m'efforçais donc d'être prudente. Heureusement, Gertrudis était moins intéressée par mon comportement que par l'argent que mes parents lui envoyaient tous les mois pour le loyer et la nourriture.

Je lui ai demandé l'autorisation de recevoir au salon des garçons de Rosario, amis de ma famille. C'était un après-midi.

Je ne me souviens de la robe bleue et blanche que je portais et du léger rouge aux lèvres que grâce à lui. Il a toujours évoqué ce moment avec tendresse. J'attendais Pancho et Francisco, et j'ai été surprise de la présence de ce garçon qui portait un peu en arrière sur la tête, comme une auréole, un petit chapeau à bords relevés. Grand, très mince, le teint si pâle qu'il paraissait malade, les yeux gris-bleu, profonds. Et cette lumière qui émanait de lui : Hipólito Etchebéhère.

Bien que personne ne le dise et que tous affirment que la revue n'aura pas de directeur, que tous et chacun seront responsables, Mika ne tarde pas à s'apercevoir qu'Hipólito est le leader du groupe. Et qu'il est là pour la convaincre de faire partie d'*Insurrexit.*

Francisco Rinesi s'efforce de lui expliquer combien est importante pour eux la présence de femmes dans le groupe : pour atteindre l'idéal auquel ils aspirent, ils ont besoin de femmes. Et Pancho : chaque cœur féminin conquis par l'idée de justice sera un grand pas en avant, l'influence des femmes sur ceux qui les entourent est puissante.

— Tout ça est bien joli, les défie Mika, mais je ne comprends pas très bien. Ce qui vous intéresse, c'est mes idées, mon travail au sein du groupe, ou simplement que je sois une femme ?

Francisco se défend, bien sûr que ce sont ses idées, et Pancho se rappelle encore l'intervention de Mika dans une assemblée, à Rosario, quelle force de conviction.

— Tout nous intéresse, dit Hipólito, les actions que vous pouvez réaliser, nos réflexions communes et aussi le fait que vous êtes une femme, pourquoi pas ? Vous trouverez mieux que nous les mots qu'il faut pour attirer les femmes. Sans vous, les femmes, nous ne représentons que la moitié des volontés pour changer le monde, entreprise ardue mais possible si nous travaillons ensemble. Vous trouvez que c'est mal de faire appel à votre nature féminine alors que notre idée est celle d'un monde plus juste pour tous ?

Il n'est pas nécessaire d'être une femme pour trouver les mots justes, comme vient de le démontrer fort bien Hipólito. Mika est tellement touchée qu'elle ne répond pas tout de suite. Il doit savoir qu'il a visé juste, car il poursuit : Nous voulons une revue qui réfléchisse sur les nouvelles théories sociales, qui s'intéresse au pays et au monde. Une revue qui sorte les étudiants de leur somnolence, qui leur ouvre les yeux, qui les fasse réfléchir, agir, s'impliquer, s'engager dans la société.

— Intéressant, ose dire Mika. Et maintenant j'aimerais savoir. Vous êtes pour la réforme, n'est-ce pas ?

— Nous soutenons la réforme universitaire, mais sans enthousiasme, dit Rinesi. Elle est incomplète, faible.

— Et inutile dans un système capitaliste comme le nôtre, exagère Pancho Piñero. Nous savons parfaitement qu'une réforme ne sert à rien tant qu'on n'a pas changé le système. L'université que nous concevons est irréalisable dans ce régime.

— Aujourd'hui, l'université est un foyer idéal d'agitation révolutionnaire et c'est dans ce sens que nous devons travailler, dit Hipólito. Nous avons pensé à une série de textes brefs qui interpellent les jeunes : "Vivez-vous en marge des événements qui transforment le monde ?", "Savez-vous que la classe ouvrière veut conquérir le pouvoir pour mettre en œuvre une égalité économique totale ?"

— On formulera cela de manière encore plus claire, ajoute Pancho : "Croyez-vous qu'en ce moment les étudiants aient un rôle à jouer dans les luttes sociales ?"

— Nous voulons faire prendre conscience que l'avenir dépend de nous, explique Hipólito, la main levée comme s'il dessinait les mots en l'air : "Connaissez les nouvelles théories sociales. Réfléchissez. Participez."

Mika observe ses mains fines et nerveuses. Elle écoute sa voix grave et calme, énergique et douce, et elle imagine ces jeunes universitaires, futurs médecins, avocats, ingénieurs, philosophes, qui s'éveillent de leurs léthargiques vies bourgeoises, s'engagent dans les luttes politiques et sociales, s'organisent. Et défilent avec les ouvriers.

— Comme Louise Michel à Paris, s'enthousiasme Mika. J'appartiens à un groupe de femmes anarchistes qui porte son nom, à Rosario, dit-elle à l'intention d'Hipólito, car les autres le savent déjà.

Hipólito connaît Louise Michel, et très bien. Il a lu le livre de Marx, le prologue d'Engels, et l'*Histoire de la Commune de Paris*, de Lissagaray, et il étudie attentivement l'expérience, qui a duré si peu et fini en tragédie, mais reste un intéressant modèle à suivre. Ils devraient s'organiser comme les Parisiens en 1871, s'exalte Hipólito, tous ensemble, ouvriers, employés, militants politiques de différents partis, en un front unique contre le capitalisme. Ce que les Parisiens ont été capables d'obtenir en deux mois est une preuve qu'il est possible de prendre le pouvoir quand on a des objectifs clairs et qu'on agit avec la force du peuple. Et pourtant ils ont échoué. Pourquoi ? Pour plusieurs raisons ; la première est que leurs différends internes les ont fragilisés face à l'ennemi commun, et la deuxième est qu'ils n'avaient pas construit de plan.

Comme il parle bien ! Il expose ses idées avec une telle conviction qu'on a du mal à ne pas croire en ce qu'Hipólito croit. Et quel beau garçon ! Mika ne veut pas se laisser gagner par l'exaltation que provoquent en elle ses paroles, ses gestes, toute sa personne, non, elle veut être prudente, elle doit en savoir plus sur le groupe avant de donner son adhésion : que pensent-ils du marxisme ? Est-ce que cette doctrine est applicable en Argentine ? Le Ve congrès des anarchistes de la Fédération Ouvrière Régionale Argentine vient d'apporter son soutien à la révolution russe, qu'en disent-ils ? Marx ne pensait pas à un pays comme la Russie, mais à une société industrialisée, quand il a écrit *Le Capital*, et pourtant... Pensent-ils qu'un parlement puisse résoudre les problèmes de la société ? Non, bien sûr, elle aussi est antiparlementariste, la démocratie bourgeoisie n'est qu'une formule incomplète de la liberté, une escroquerie pour les naïfs.

— L'essentiel est de se former, affirme Hipólito, de se préparer pour l'action. "Faisons d'abord la révolution dans les esprits", tel est le slogan du groupe Clarté, à Paris, avec lequel ils sont déjà liés. Est-ce que Mika a lu Henri Barbusse et Romain Rolland ?

— Non, pas encore. Mais je vais le faire.

Insurrexit pourra donc compter sur Mika ? veut savoir Pancho Piñero. Mais Hipólito l'interrompt : il n'est pas nécessaire qu'elle se décide tout de suite, qu'elle prenne le temps de la réflexion. En attendant, il l'invite le samedi à la réunion qu'ils tiendront avec d'autres camarades, au 74 rue Suipacha. Cela lui apportera d'autres éléments et... ils en reparleront.

Hipólito lui serre la main, la regarde longuement et sourit.

Et ce sourire éclaire tout le salon de la pension, la rue, le magnifique *paraíso* qu'elle voit par la fenêtre, le crépuscule printanier, sa vie entière.

Avant de la rencontrer, Hipólito était déjà bien disposé à son égard, il savait que Micaela Feldman était anarchiste (comme lui), qu'elle était juive (lui qui avait été tellement marqué par le déchaînement de la répression contre les juifs) et qu'elle avait une grande force de conviction, mais il s'étonna de découvrir cette gravité joyeuse et audacieuse, ce regard qui caresse tout en interpellant, cette insolence fraîche, claire, cet allant à dix-huit ans, cette personnalité.

— Ne te laisse pas impressionner par son caractère, Mika est emportée mais très lucide. Et courageuse, dit Pancho, comme s'il s'excusait, en sortant de la pension.

— Sacrée fille ! s'esclaffe Francisco. C'est un véritable examen qu'elle nous a fait passer !

— Elle viendra à la réunion samedi, affirme Hipólito, catégorique. Et sera un grand atout pour notre groupe.

— Je savais que notre compatriote allait te plaire, se réjouit Pancho.

Ô combien ! Ses amis ne peuvent imaginer, tout comme lui quelques heures avant, cette surprenante chaleur de son cœur, cette énergie qui donne de la vigueur à ses pas, cette joie qui l'envahit parce qu'il va la revoir dans quatre jours.

C'est elle, elle sans aucun doute, Mika Feldman.

Il ne s'y attendait pas, ne le cherchait pas, ce n'est pas le moment avec la vie difficile que mène Hipólito depuis qu'il a quitté le foyer familial, mais une pensée le gagne : Mika sera sa compagne. Elle lui donnera la force que son corps affaibli lui marchande. L'aventure intellectuelle et sociale qui l'attend aura, à partir de maintenant, la douce saveur de Mika.

C'est la deuxième réunion du groupe, dans le local de la Fédération des Employés du Commerce, à laquelle Mika assiste. Cette fois elle parlera, se promet-elle, samedi dernier elle avait bien quelques remarques en tête, mais devant tant de personnes la timidité l'avait gagnée et elle s'était contentée d'écouter et d'observer. Mais c'était bien qu'elle ait été là ; son attente est maintenant différente. Elle l'a décidé ce matin : elle fera partie du groupe *Insurrexit*. Tout ce qu'elle a entendu à la réunion précédente l'a stimulée : la discussion sur la politique et les théories sociales, la conception de la revue, le projet d'organiser des cours et des exposés dans les athénées et les locaux des syndicats.

Il y a quelques personnes qu'elle ne connaît pas, Pancho Piñero fait les présentations :

— Micaela Feldman est de Rosario, anarchiste et étudiante en odontologie.

Elle tend la main pour serrer celles de Herminia Brumana, anarchiste, maîtresse d'école et écrivain, Juan Antonio Solari, écrivain, secrétaire de l'Athénée Populaire, Carlos Lamberti, étudiant en médecine. Julio Barcos et Alfonsina Storni, elle les avait déjà rencontrés la semaine précédente. Il y a aussi Alberto Astudillo, étudiant en architecture, anarchiste et marxiste, Ángel Rosemblat, philosophe, et enfin la main d'Hipólito, chaude, affectueuse, et ce sourire complice, comme s'il la connaissait depuis toujours, et dans ses étranges yeux gris une vive allégresse – qui s'adresse à elle ? Est-ce possible ? En elle un battement d'ailes de papillon. Non, quelle idée, cette allégresse tient à son envie de changer le monde et au projet qui s'organise. La réunion a commencé et Mika, distraite par des bêtises, évitera ce regard radieux qui la met dans un état inhabituel.

Ce sont des femmes très singulières qui ont été convoquées. L'autre jour, avec la poétesse Alfonsina Storni, le courant est passé tout de suite, elle pressent qu'Alfonsina pourra lui apprendre beaucoup de choses. Herminia Brumana l'impressionne, une sacrée femme, ses paroles ont du poids, elle émeut, réfléchit en profondeur, ce qu'elle dit maintenant lui paraît très juste... tant que les femmes ne travaillent pas par plaisir mais contraintes par les circonstances, elles peuvent bien obtenir le droit de vote, le divorce, l'égalité civique et politique, nous serons à mille lieux du bien-être désiré. Mika partage cette position, intervient, critique les suffragettes, trouve que leurs priorités sont absurdes.

— Ah bon, et pourquoi ? demande Francisco en riant.

— Je l'expliquerai quand il cessera de rire, répond Mika d'un ton sec en regardant Alfonsina. De quoi rit-il ?

— Mais de rien, Mika, dit Francisco tout sérieux. C'était juste pour exprimer ma sympathie, pas plus. Excusez-moi.

Hermina la soutient : ce n'est pas bien de poser une question en rigolant. Alfonsina doit penser que ce n'est pas la peine d'insister, tout est dit :

— Alors, expliquez-nous, Mika.

— Les suffragettes veulent que les femmes puissent voter. Mais pour quoi ? Et pour qui ? Le vote des hommes est déjà une grosse erreur, pourquoi aggraver le mal en voulant qu'on se précipite nous aussi pour voter. C'est de l'inconscience.

— Mais enfin, vous ne voulez pas être indépendantes ? – On entend Ángel Rosemblat au fond de la pièce.

— Ce n'est pas le vote qui nous donnera l'indépendance. Le vote aujourd'hui, c'est une duperie, comme le parlement.

— Dans ce sens, je suis d'accord, dit Julio Barcos. Mais j'imagine que tu soutiens l'égalité entre hommes et femmes que réclament les suffragettes.

— Si nous voulons l'égalité, nous devons avant tout lutter pour l'égalité de tous. Tant qu'un petit nombre d'individus vivent de ce que produisent beaucoup d'autres, tant qu'existe l'exploitation – comme stimulée par ses propres paroles, sa voix monte, se fait nette –, tant qu'il y aura une classe qui donne tout et qu'une autre s'approprie cette richesse, les femmes ne seront pas indépendantes et n'occuperont pas la place qu'elles méritent.

— Tu n'aurais pas envie d'écrire tout cela ?

Hipólito l'a tutoyée !

— C'est une approche intéressante, il faut y réfléchir, dit Alfonsina.

— Micaela a raison, dit Herminia. C'est une question de priorités.

— Mais c'est tellement élémentaire que nos sœurs, les suffragettes, ne le comprennent pas. L'intention est bonne mais à courte vue. – Le sourire d'Hipólito l'incite à poursuivre. – À Rosario, je les ai entendues parler avec grandiloquence des droits politiques de la femme, de son émancipation, devant un public de femmes qui avaient faim, qui vivaient dans des taudis exigus avec mari et enfants. Est-ce que le droit de vote les arracherait à la misère, leur donnerait du pain pour leurs enfants, de la chaleur en hiver ? devaient-elles penser. Les suffragettes s'étonnaient de l'indifférence des ouvrières. C'était pathétique.

— Vous n'avez peut-être pas le droit de vote, mais la parole, vous l'avez prise. Et bien prise. Vous vous rendez compte que dans cette réunion on n'entend que des voix de femmes ?

La remarque de Juan Antonio provoque un éclat de rire général.

— Qu'est-ce que tu veux de plus ? le provoque Herminia.

Les regards échangés entre Herminia et Juan Antonio sont éloquents. Seraient-ils amoureux ? se demande Mika. L'idée lui plaît, comme si cette brise de désir entre eux pouvait

profiter à tous, comme si l'air même en était contaminé. Ah !
Comme c'est bon l'amour, se surprend-elle à penser, alors
qu'elle est si peu romantique. La voix de Pancho Piñero
l'arrache à ses pensées. Il lit un émouvant article qu'il intitu-
lera "Faim". Comme il écrit bien, Pancho ! Maintenant, c'est
Hipólito qui explique ce qu'il compte écrire dans *Insurrexit*
sur la révolution russe. Il aimerait en débattre avec le groupe.

Mika n'a cessé de penser à lui, à ses paroles, à sa voix grave,
à son regard brillant les jours suivants. Et les nuits. Non seulement parce que son image radieuse perturbe son sommeil
depuis qu'elle l'a rencontré, mais parce qu'un étrange
cauchemar l'a réveillée en pleine nuit : un champ et un ruis-
seau, une lueur intense, Hipólito qui explose en milliers de
particules, s'évapore. Mika a l'estomac atrocement noué et
pousse un cri qui l'arrache à ce paysage cruel où Hipólito s'est
volatisé, et elle se retrouve assise sur son lit, quel soulagement,
dans sa chambre de la pension rue Alsina. Quel rêve horrible !
Mais elle revoit Hipólito, vivant, entier, si lumineux. Ce doit
être sa maigreur et sa pâleur qui ont inspiré ce cauchemar. En
réunion, non, parce qu'elle aurait honte, mais dès qu'elle le
pourra, au risque de passer pour indiscrète, elle dira à Etchebéhère qu'il doit manger plus et mieux dormir. Elle lui glissera
ce conseil, que sa mère lui donne toujours.

Hipólito a fait une proposition : se réunir tous les
dimanches pour lire *L'Origine de la famille*, de Engels, puis
L'État et la Révolution, de Lénine. Vous êtes d'accord ?
demande-t-il au groupe, mais son regard foudroyant se plante
sur elle.

Elle ne sera pas surprise le dimanche suivant, lorsque
Hipólito, en prenant congé de Mika à la porte de la pension,
lui propose une rencontre seul à seul le lendemain. Ils se
verront sur la Costanera Sur, à cinq heures de l'après-midi,
devant la statue de Lola Mora.

Ils se reverront le mardi, le jeudi, le samedi et le dimanche, la semaine suivante et le mois suivant. Et celui d'après. Un glissement sur la pente de l'amour, petit à petit, mais sans pause. Conversations, promenades, mains qui se prennent, lectures, discussions, convergences et confidences, un baiser scellant un pacte tacite, projets, la vie devant soi et les idéaux partagés, la révolution, timides caresses et quelques audaces, la revue, les camarades, la révolution russe.

En cet après-midi humide de janvier 1921, avec le quatrième numéro d'*Insurrexit* fraîchement sorti de l'imprimerie et la certitude de s'être choisis qui n'a cessé de croître, Mika et Hipólito vont faire un pas prévisible – et pourtant surprenant – dans leur union.

Ces mains fortes et tièdes qui en font une femme, ces baisers profonds : émotion ; ce corps savant qui découvre le sien, si disposé au plaisir : passion.

Cette tiédeur humide qu'il frôle doucement avec tendresse : émotion ; ce puits généreux et chaud qui l'invite à plonger : passion.

Mika s'étonne – mais elle s'en doutait depuis ce dimanche où Hipólito avait posé la main sur son épaule – de cette paix exaltée avec laquelle son corps accueille le corps aimé de son compagnon. Hipólito s'étonne – mais il s'en doutait depuis ce dimanche où il avait senti la peau frissonnante de l'épaule de Mika sous sa main – du bonheur foudroyant qu'éprouve son corps à pénétrer enfin le corps aimé de sa compagne.

10

Buenos Aires, 1922

La dispute avec sa mère lui a laissé une saveur amère. Elle va lui écrire une simple phrase, la réponse qu'elle n'a pas voulu lui faire à la gare routière, cela lui fera du bien. À toutes les deux. Même si ce qui s'est passé pendant la visite de Nadia à Buenos Aires lui paraît un point de non-retour.

Elle sait que, pour ses parents, cela représente un énorme sacrifice – pas seulement économique – que Mika vive et fasse des études à Buenos Aires et elle aimerait les satisfaire, qu'ils soient contents d'elle, mais elle ne peut pas. Les différences entre Nadia et Mika deviennent insurmontables. Elle a tout fait pour convaincre sa mère qu'elle a tort : lui montrer son livret universitaire avec ses bonnes notes aux examens et l'article qu'elle a écrit pour la revue *Insurrexit*, lui parler de ses idées et en appeler aux valeurs que ses parents lui ont transmises, mais en vain, Nadia continue à penser que la vie qu'elle mène, toute la journée dehors, n'est pas digne d'une jeune fille, il faut qu'elle revienne à Rosario avant qu'il ne soit trop tard.

Cette commère de Gertrudis, la patronne de la pension, lui a raconté que Mika n'est pas rentrée dormir plusieurs nuits, et qui sait ce qu'elle a dit d'autre pour que Nadia soit aussi inquiète : attention aux mauvaises fréquentations, les hommes cherchent les jeunes provinciales naïves.

– Mais je n'ai pas de mauvaises fréquentations, maman, bien au contraire. J'ai des amis extraordinaires, combattifs, intelligents, solidaires.

Elle n'avait pas encore voulu lui parler d'Hipólito pour éviter que ses parents ne limitent sa liberté, mais si sa mère savait le bonheur qu'elle est en train de vivre, elle ne s'inquiéterait pas autant. Aussi avança-t-elle prudemment, timidement : J'ai de bons amis… et un amour, maman, quelqu'un de merveilleux, il s'appelle Hipólito.

Elle voulait vraiment partager cela avec sa mère, lui transmettre sa joie, mais la peur de Nadia avait gâché la confidence. Ses phrases se bousculaient : Hipólito, mais ce n'est pas un prénom juif… et après, avec les enfants… il lui a proposé le mariage ou il voulait seulement… il a un travail ?

Colère de Mika et ces paroles agressives qu'elle aurait préféré ne pas prononcer, à quoi bon maintenant, leur relation s'est assombrie. À peine si elle put faire accepter une date, elle ne reviendrait pas avant décembre, après les examens. Jusque-là, ses parents l'aideraient, elle n'allait pas jeter pardessus bord des mois de travail. Qu'elle en parle avec papa, il sera d'accord, il souhaite qu'elle termine ses études. Elle irait ailleurs, dans un endroit moins cher, proposa-t-elle, ça pas question, tu restes là où tu es et tu respectes les horaires. Mika accepta.

— Et lui, il t'aime ? demanda doucement Nadia, sur le point de monter dans l'autocar, comme pour reprendre le fil que sa fille lui avait tendu quelques heures avant. Trop tard, Mika s'était lassée :

— Allez, monte, dépêche-toi, l'autocar va partir sans toi. Maintenant elle regrette de ne pas lui avoir dit. Elle le lui écrira dans une lettre : Oui, il m'aime beaucoup. Et moi aussi je l'aime.

C'est Salvadora qui m'a aidée à prendre la décision d'affronter mes parents, après tout c'était ma vie, s'ils m'aimaient, ils allaient accepter.

Salvadora Medina Onrubia de Botana, poète, dramaturge, anarchiste, un personnage haut en couleur de la bonne société de Buenos Aires. Quand elle s'était mariée avec Natalio Botana, le propriétaire et directeur du journal *Crítica*, elle avait déjà un fils que Botana reconnut et déclara comme le sien. Une femme exceptionnelle. Et une amie chère, malgré les énormes différences qui nous séparaient.

J'avais fait sa connaissance grâce à Alfonsina Storni avec qui j'étais très amie. J'ai d'abord rejeté cette rousse séduisante, extravagante, j'avais du mal à voir dans cette femme, vêtue comme une riche bourgeoise, ce qu'elle était aussi, l'anarchiste indomptable – comme le disait Alfonsina – qui écrivait à Simon Radovitski et luttait pour la libération de ce jeune anarchiste, emprisonné depuis 1910 pour avoir assassiné le chef de la police, Ramón Falcón. Pour moi c'était une idole. J'ai dû voir ces lettres de mes propres yeux pour le croire. On m'avait raconté que Salvadora avait participé aux manifestations de la Semaine Tragique de 1919 et qu'elle y emmenait son fils tout petit pour qu'il apprenne ce qu'était la lutte sociale.

Et elle vit dans ce palais ? Salvadora est incohérente, jugeais-je implacablement. Pour Hipólito, la Semaine Tragique avait eu une signification très différente.

D'une façon ou d'une autre, j'ai continué à lui faire remarquer ses incohérences tout au long des années, sans que notre amitié en souffre. Amitié qui allait se prolonger avec sa fille, la China Botana, et son petit-fils, le génial Copi, aussi irrévérencieux que sa grand-mère, avec lequel j'avais de fantastiques conversations à Paris. Quand j'ai lu la lettre courageuse que Salvadora envoya de sa prison, en 1931, à Uriburu, cette canaille qui inaugura la longue liste de gouvernements militaires en Argentine, je me suis sentie très fière d'elle. C'était une gifle, une lettre extraordinaire.

Ce ne fut pas la seule fois que Salvadora m'étonna par ses actions. Lorsque les Allemands entrèrent dans Paris, j'étais déjà arrivée en Argentine par un bateau que Salvadora m'avait fait prendre quelques mois plus tôt.

Pendant ces années 20, nous avions l'habitude de nous retrouver à la Confitería Ideal ou au Tortoni. La maison de Salvadora était fréquentée par tout un éventail d'intellectuels, d'hommes politiques, d'artistes, mais je n'aimais pas y aller. Trop de clinquant, de luxe, je finissais par m'énerver pour un rien. Dans les cafés, en revanche, nous n'étions que deux femmes face à face. Deux femmes très particulières, transgressives, audacieuses, indépendantes. Cela nous unissait comme d'autres circonstances de la vie nous séparaient.

Nous parlions de tout, de politique, d'amour, des femmes et des hommes, d'histoire, de peinture, de nos vies. Nous étions si différentes… et nous avions tant en commun. Je sais que j'ai influé sur certaines décisions de Salvadora et elle m'a encouragée à abandonner l'aide et la protection de ma famille, pour vivre avec Hipólito.

C'était difficile, ces années-là, sans passer par la synagogue, l'église ou la mairie. On se marie, m'a proposé Hipólito quand je lui ai raconté la situation avec ma famille. Mais je ne voulais pas.

Vous n'allez tout de même pas vous marier pour calmer ta mère, m'a dit Alfonsina, et encore moins à cause du qu'en-dira-t-on, a ajouté Salvadora. Le soutien et l'expérience de ces deux amies, plus âgées que moi, furent très précieux.

J'étais impressionnée par le courage d'Alfonsina qui élevait seule son fils – elle aussi était mère célibataire –, écrivait de merveilleux poèmes et occupait contre vents et marées la place qu'elle méritait. Et ce sens de l'humour si subtil. Nous avons tellement ri toutes les trois, des politiciens, des journalistes, des intellectuels et de nous-mêmes.

Salvadora m'obtint un travail qui me permit de gagner quelques sous, sans abandonner l'université ni le militantisme : je tapais des manuscrits à la machine à écrire, parfois une pièce de théâtre, des poèmes d'elle ou d'un écrivain qu'elle connaissait.

J'avais suivi en un temps record le cours de dactylographie de la Pitman et c'est Salvadora qui m'offrit la machine à écrire. Je n'ai jamais cru qu'elle était d'occasion, mon amie m'avait menti pour que je l'accepte : Les journalistes sont capricieux, dès qu'un nouveau modèle sort, ils veulent changer de machine.

Un soir, je l'ai accompagnée à la rédaction de *Crítica*. Quand j'ai vu tous ces bureaux et toutes ces machines à écrire, je me suis dit qu'une de plus ou de moins n'avait pas grande importance.

Sur cette machine, j'ai écrit quelques textes pour une rubrique d'*Insurrexit*, intitulée "Bureau de change", où nous questionnions et critiquions des articles qui sortaient dans les journaux de l'époque.

— De *Crítica*, aussi ? me demanda Salvadora, amusée.

— Le cas échéant, oui, bien sûr.

Publication des classes moyennes, *Crítica* n'était pas une cible pour nous, mais Salvadora n'en aurait pas été affectée. Je ne sais pas comment elle faisait pour conjuguer la folle vie qu'elle menait et l'indépendance de ses idées, mais elle y parvenait.

Et arriva cet après-midi d'automne où j'ai mis mes livres, des vêtements, la calebasse et la pipette pour le maté que j'avais rapportées de Rosario, dans une valise, et j'ai frappé à la porte de la chambre que louait Hipólito rue Talcahuano. Nous nous sommes étreints longuement. J'étais enfin à la maison.

Une maison qui allait changer plusieurs fois de forme et de pays, mais qui, depuis ce premier jour rue Talcahuano, fut synonyme de chaleur, de lumière, de bien-être et de confiance.

11

Buenos Aires, 1923

Ils se sont réunis ce soir pour faire un bilan et prendre une décision correcte. En deux ans, *Insurrexit* est allée très loin, plus loin qu'ils ne l'avaient rêvé. Des intellectuels renommés, des militants politiques, des écrivains comme Almafuerte, Alfonsina Storni, Horacio Quiroga, jusqu'à Romain Rolland, Henri Barbusse et Magdalena Marx ont écrit pour la revue.

Chaque article, chaque rubrique a éveillé un grand intérêt non seulement en Argentine, mais aussi en Amérique latine, et la revue a reçu des commentaires venant de France, des États-Unis et d'Angleterre. Le besoin d'une IIIᵉ Internationale, la grève des ouvriers de Córdoba, l'analyse de la politique nationale et internationale, la critique du parti socialiste, la littérature sociale et les livres sur la guerre, la situation de la femme sous les lois soviétiques, la critique de la presse bourgeoise, tout cela mêlé à des citations d'auteurs et des appels à la révolte et à l'action. Dans les pages de la revue, des syndicalistes ont appelé à l'unité des travailleurs, et les étudiants ont dénoncé les conflits dans des centres éducatifs, un signe de cette aspiration à l'unité entre étudiants et ouvriers.

Ils ont pu surmonter plusieurs crises, surtout celle d'août 1923, où la revue avait failli sombrer car les divergences et non plus les points d'accord entre les membres du groupe s'étaient exacerbées. Mais elle a survécu. "Si notre organisation a flanché, jamais notre enthousiasme n'a faibli", dirent-ils dans un éditorial. "Nous avons pris un engagement et nous allons nous y tenir et chercher de nouveaux moyens", affirme Pancho Piñero.

75

Mais ils ont beau faire des efforts et jouir d'une certaine reconnaissance, la vérité est que pour publier *Insurrexit*, il faut de l'argent et ils n'en ont pas. Les abonnements sont insuffisants, les ventes incertaines, et ils offrent de nombreux exemplaires, ils ne vont pas refuser la revue à ceux qui ne peuvent pas la payer.

– Ce serait bien que l'argent soit le seul problème, dit Ángel Rosemblat, l'air sombre. Il faut reconnaître la dure réalité : la plupart des jeunes sont indifférents à la question sociale. L'université est une fabrique de professionnels froids et apathiques. Les étudiants se mobilisent à peine pour les élections, après quoi ils se rendorment.

Non, il exagère : il y a quelques jours s'est créée la fédération des étudiants communistes et, à La Plata, les élèves du lycée ont fait grève pour protester contre l'assassinat des syndicalistes italiens Sacco et Vanzetti.

Hipólito Etchebéhère est catégorique :

– Le temps que nous passons à trouver des moyens pour éditer *Insurrexit* est un temps que nous prenons à l'action. Et donc, le moment est venu…

Il s'interrompt tout à coup, comme si ce qu'il allait dire exigeait une formulation particulière et qu'il ne trouvait pas les mots adéquats.

– Quel moment ? s'impatiente Rinesi.

– N'avons-nous pas écrit dans notre éditorial : vive la révolution sociale ! Vive le communisme ! N'avons-nous pas passé des heures à lire Marx, Engels, Lénine ? N'avons-nous pas pensé que la révolution russe devait s'étendre à tous les pays ? Eh bien, en Argentine il y a un parti communiste qui nous attend. *Insurrexit* a accompli son cycle.

Certains décidèrent d'adhérer au parti communiste, d'autres – comme moi – hésitaient. La révolution russe était sans nul doute le catalyseur de notre révolte et nous avions abordé le marxisme avec sérieux, mais je rechignais à accepter la discipline d'un parti. Qu'allait-il se passer si je n'étais pas d'accord avec ses directives ?

— Tu n'auras qu'à le dire, comme à *Insurrexit*, m'encourageait Hipólito.

— Je ne crois pas que ce soit la même chose, répliquais-je.

Le temps devait me donner raison, mais dans la vie on ne peut pas brûler les étapes.

Julio Barcos ne voulait pas adhérer au PC, il allait se concentrer sur la direction de la revue littéraire d'avant-garde *Quasimodo*, sœur d'*Insurrexit*. Pancho Piñero trouvait ces deux revues indispensables, il écrivait aussi dans *Prisma*, fondée par Jorge Luis Borges, et dans *Proa*. Il débordait d'énergie et de passion.

Pauvre Pancho ! Ce ne fut pas le destin déjà joué de la revue – elle cessa de paraître – qui réunit le groupe, mais la tragédie. Pancho Piñero mourut dans un accident de voiture. Il avait vingt-trois ans. Un coup terrible pour nous tous, une grande perte. Nous avons rassemblé ses écrits, poèmes et proses, et les avons publiés dans un livre intitulé *Près des hommes*.

C'est ainsi que Pancho écrivait, tout près : "Aujourd'hui, je veux te parler lentement et te dire des choses profondes, je veux parler à ton cœur." Je n'ai jamais oublié ces vers de lui : "Quand je m'arrime à une âme, je prends toujours garde à son abîme." Dans la revue *Proa*, Borges les qualifie de "vers altiers, définitifs comme des statues". Le premier texte que nous avons écrit à quatre mains, Hipólito et moi, fut la préface aux écrits de Pancho Piñero.

Carolina, la tante de Pancho, en fut très émue et nous considéra comme ses neveux. C'est elle qui nous prêta de l'argent pour partir en Patagonie. Mais ce fut trois ans plus tard, quand la santé d'Hipólito s'aggrava. On nous avait déjà exclus du parti.

En novembre 1923, au retour d'un séjour imposé à la campagne pour raisons de santé, Hipólito Etchebéhère était entré au parti communiste. La ferveur avec laquelle il embrassa la cause et ses discours passionnés balayèrent peu à peu les hésitations de Mika. Elle résistait néanmoins à l'idée d'adhérer. Jusqu'à cette nuit, dans la province de Córdoba.

Hipólito se déplaçait fréquemment pour diffuser les idées du parti dans différentes manifestations. Prise par l'université et son travail, Mika ne pouvait pas toujours l'accompagner. À Córdoba ils étaient ensemble. Et là, sur cette place, comme si elle l'entendait pour la première fois, comme si elle ne vivait pas avec lui, elle tomba dans le piège de cette vibrante exaltation qu'Hipólito provoquait dans l'assistance. Comment pouvait-elle rester encore à l'extérieur du parti ? Elle y adhéra en juillet 1924.

Pour rattraper le temps perdu en hésitations, Mika se jeta à corps perdu dans une activité fébrile : elle organisa des groupes de femmes, prit la parole dans les usines, la rue, les villes, les villages. Elle l'avait déjà fait à quinze ans à Rosario, et le faisait d'autant mieux grâce à l'expérience accumulée.

Le parti devait s'implanter en Argentine et les militants ne ménageaient pas leurs efforts.

Bien sûr, il y avait aussi ses études d'odontologie – Mika devait coûte que coûte obtenir son diplôme en 1925 –, la transcription de manuscrits jusqu'à l'aube, de temps en temps une conversation avec les amies, et la nourriture saine qu'elle avait minutieusement planifiée avec le médecin d'Hipólito. Il ne devait plus se négliger ainsi, Mika ne le permettrait pas. C'était simple, il ne manquait qu'un réchaud à pétrole dans leur logement, de la méthode et un peu de temps pour faire les achats et préparer les repas.

Du temps, encore du temps.

Un temps que les discussions au sein du parti monopolisent sans pitié. Un temps nécessaire, car il était important de débattre des idées et de ne pas accepter sans ciller la ligne de l'Internationale communiste, vous ne le voyez donc pas, camarades ?

Ils gagnaient des adeptes avec la même passion qu'ils s'affrontaient dans les réunions du parti. Chaque jour ils étaient plus nombreux ceux qui, comme Hipólito et Mika, critiquaient cette pensée bornée, n'admettant que les ordres. Mais plus que le débat d'idées, ce furent les bonnes relations avec Moscou qui pesèrent sur le parti, imposant la ligne du Komintern et pas celle d'Hipólito et de Mika qui s'était fait une place importante parmi les camarades argentins. C'était le pouvoir qui motivait certains, pas la révolution. Peu importèrent les connaissances théoriques d'Hipólito sur le marxisme-léninisme, qui avaient incité le comité exécutif à le charger de la rédaction de la lettre programmatique ; peu importa l'excellence de ses discours qui avaient rapproché du parti tant de personnes ; peu importèrent les actions que Mika organisait : elle et Hipólito ne suivaient pas inconditionnellement les directives de l'Internationale communiste, ils avaient manifesté leur admiration pour Trotsky et furent exclus du parti fin 1925.

En 1926, avec d'autres camarades, exclus ou déçus du PC, ils fondèrent le PCO, le parti communiste ouvrier. Une institutrice syndicaliste, des ouvriers de l'imprimerie et de la métallurgie, des artisans, deux médecins, un architecte, un chauffeur, une dentiste, des intellectuels et des syndicalistes de divers secteurs, et un même enthousiasme. La revue *Chispas* (Étincelles) fut l'organe de diffusion du groupe.

Nous trouvions normal de discuter des idées, c'est ce que nous avions fait dans *Insurrexit* et ce que nous allions continuer à faire toute notre vie. Quand on nous a exclus du parti, nous avons commencé à percevoir ce que plus tard, en Europe, nous allions subir dans ses véritables dimensions et avec ses conséquences dramatiques.

Vu en perspective, tels que nous étions, nous ne pouvions appartenir longtemps à aucun parti ou organisation politique. La soumission aux dogmes, à la bureaucratie, aux pratiques tordues du pouvoir n'étaient pas pour nous.

Il y eut alors le parti communiste ouvrier et plus tard les groupes d'opposition au stalinisme. Nous étions en désaccord avec la politique du parti communiste, mais c'était notre référence. À Paris, nous assistions aux meetings du parti communiste, nous avions étudié l'allemand à l'école du parti et nous nous joignions aux grandioses manifestations organisées par le PKD. Nous nous considérions comme des communistes, nous étions communistes.

Mais en Espagne, pendant la guerre civile, il a été patent comme jamais que ceux qui comme nous étaient en désaccord avec la politique du stalinisme sanguinaire étaient considérés comme de dangereux ennemis qu'il fallait éliminer.

Quelques mois avant la répression féroce déclenchée contre le POUM, quand je suis partie me reposer quelques jours à Paris, après Sigüenza, je ne voulais même pas parler de ce que les camarades du groupe d'opposition Que faire ? et d'autres participants de la réunion à Périgny avaient entrepris d'analyser. Les nouvelles des procès de Moscou, contre ceux que Staline désignait comme des ennemis, faisaient froid dans le dos. Les camarades voyaient beaucoup plus clairement que moi le danger que représentait l'intervention russe en Espagne, peut-être parce qu'ils n'étaient pas immergés dans le quotidien de la guerre.

12

Paris-Madrid, novembre 1936

Quand Mika partit pour Paris, elle pouvait encore hésiter, tout le monde lui conseillait de ne pas revenir, les camarades du POUM qu'elle vit à Madrid, plus tard ses amis, les Rosmer, et les camarades avec lesquels elle se réunissait à Périgny, mais chaque jour qu'elle passa en France, Mika sentit que son désir le plus cher était de retourner en Espagne. Pour combattre. Sans la guerre, sa vie n'avait aucun but, aucun sens. Elle ne pouvait se sentir bien, à l'aise, que parmi les personnes qui vivaient comme elle : au service d'une cause.

Tout avait changé. Lorsqu'elle se rendit à *La Grange*, la maison des Rosmer à Périgny, pour informer ses camarades de la situation en Espagne, Mika s'étonna de sa réaction. Ils voulaient savoir quelles conséquences aurait, selon elle, l'aide soviétique. Elle répondit, non sans une certaine impatience, qu'elle n'était pas capable de se livrer à une analyse politique, elle n'avait pas assez d'éléments pour cela, elle n'y avait pas encore vraiment réfléchi, elle ne pouvait que leur décrire le quotidien de la guerre, le courage des miliciens, quelle que fût leur tendance, l'étonnante compétence militaire du Maño, la bravoure de ce Marseillais de la CNT pour qui l'anarchisme était un sacerdoce de pureté et l'internationalisme révolutionnaire un dogme absolu, elle voulait leur parler d'Emma, à peine seize ans, de Juan Laborda, le cheminot, des dynamiteurs de la cathédrale, de Sebastián, de la Chata, de Quique et du valeureux Julio Granel.

Ses mots se bousculaient : les morts, les vivants, le chocolat chaud, les bottes qu'elle avait obtenues, le claquement des mitrailleuses, les sinistres triangles noirs dans le ciel, la boue, la forêt menaçante et la joie quand ils avaient découvert que c'étaient des républicains et non pas des fascistes qui étaient dans le champ.

— Va te reposer, suggéra Alfred. On reprendra plus tard.

— Laisse-la parler, elle en a besoin, dit Marguerite.

Et Mika poursuivit, mais elle ne put – ou ne voulut pas – entrer dans le débat politique :

— Malheureusement, avec les armes arriveront les tché-kistes* et tout l'appareil policier soviétique, dit Alfred.

— Ils ne mettront pas longtemps à imposer en Espagne les méthodes qu'ils emploient contre l'opposition en Union soviétique, ajouta Victor.

— L'Espagne n'est pas la Russie, dit Mika, et le parti communiste n'est qu'une des organisations qui font partie du front républicain.

— Les armes vont donner de plus en plus de force aux communistes, se désola Tahia.

— Avec l'arrivée des brigades, le POUM va connaître des temps difficiles, affirma Kurt Landau.

Pour cette raison, lui et Katia, sa femme, voulaient partir en Espagne, non pour combattre, car la santé délicate de Kurt ne le lui permettait pas, mais pour apporter leur expérience politique au POUM. Est-ce que Mika pourrait les aider à organiser le voyage ? Paul Thalmann et sa femme Clara étaient déjà partis.

— Pourquoi envoyer au feu des militants aux qualités exceptionnelles, irremplaçables dans notre groupe d'opposition ? réagit Marguerite.

Une immense absence les étreignait tous. Silence, lèvres serrées, et une larme ravalée à la hâte :

— C'est en Espagne que se joue le sort du combat contre le fascisme, c'est là que la lutte est indispensable, trancha Mika.

---

* Membres de la Tchéka, les services secrets soviétiques.

Elle se mettrait en contact avec Juan Andrade pour organiser le voyage de Kurt et Katia Landau en Espagne. Ils devraient probablement s'installer à Barcelone, où se trouvait le comité central du POUM. Les Andrade avaient déménagé à Barcelone : Avec ton expérience, Kurt, tu pourrais les aider énormément.

– Je ne doute pas un instant que l'objectif de l'Union soviétique est de liquider le POUM, prévint Louis Fischer.

– Il y a déjà des signes qui ne trompent pas, appuya René. J'ai appris par une lettre d'un camarade tchèque qu'à Barcelone, le nouveau consul soviétique a laissé clairement entendre que l'aide à la Catalogne était conditionnée par l'expulsion des supposés trotskystes du gouvernement de la Generalitat. Les jours d'Andreu Nin* comme conseiller à la Justice sont comptés.

– Raison de plus pour aller en Espagne, dit Katia.

– Bien sûr que oui, notre place est là-bas, approuva Mika.

Il était difficile d'imaginer que ça pourrait aller aussi loin. Ce fut le cas pour beaucoup, pour Juan Andrade et sa femme, ton amie María Teresa García Banús, Widebaldo Solano, Julián Gorkin, Pedro Bonet et tant d'autres. Andreu Nin lui-même disait dans ses discours, après avoir été destitué de son poste à la Generalitat, qu'on pouvait les éliminer du gouvernement mais que, pour les éliminer de la vie politique, il allait falloir tuer tous les militants du POUM. Il ne se doutait pas de la terrible violence qu'ils allaient subir quelques mois plus tard.

Mika ne voulait pas en entendre plus. Tout ce qu'elle savait, c'était que la lutte se déroulait en Espagne, avec ou sans brigades, que le vaillant peuple espagnol affrontait le fascisme et qu'elle voulait être là-bas à ses côtés. Donc, partir en Espagne dès que possible.

Il n'y avait qu'une semaine que tu étais en France, Mika, mais cela te semblait une éternité. Ton destin t'attendait en

---

* Secrétaire général du POUM, enlevé et assassiné par les staliniens.

*Espagne. Tes miliciens. D'autres batailles dans lesquelles tu allais
t'affirmer de plus en plus. Celle de Moncloa, la première après ton
voyage éclair en France fut décisive. Tu as beaucoup appris
d'Antonio Guerrero.*

Quelle joie lui offrirent ses amis du POUM avec ce billet
d'avion Marseille-Barcelone qui réduisait les distances. Puis la
route et, quelques heures plus tard, Madrid.

Antonio Guerrero avait déjà plusieurs batailles à son actif
et une excellente réputation quand il était arrivé à Madrid. Ses
miliciens le respectaient et l'appréciaient beaucoup. Le lieute-
nant-colonel Ortega, commandant de la zone, lui ordonna de
préparer ses hommes, ils sortiraient à l'aube. L'offensive était
risquée, le prévint-il. Il était probable que Mika Etchebéhère,
qui arrivait ce jour-là à Madrid, s'intègre à sa colonne.

Guerrero avait déjà entendu parler par les camarades du
POUM de cette étrangère qui avait réussi à rompre l'encercle-
ment de Sigüenza. D'une intelligence et d'un courage inéga-
lables, avait dit Juan. Et Quique : très dure, très chaleureuse et
très courageuse.

Le commandant Ortega était sûr qu'elle serait d'une aide
précieuse, non seulement pour organiser l'intendance mais
aussi pour remonter le moral des hommes.

Antonio ne voulait pas de femmes dans sa colonne ; si
aguerrie soit-elle, une femme est toujours une source de
complications, le commandant ne lui avait-il pas dit qu'il
allait être en première ligne ? Il protesta. Ce n'était ni son rôle
ni celui de ses hommes de s'occuper des femmes.

Le lieutenant colonel Ortega se contenta de le regarder,
fixement.

Antonio Guerrero n'était pas un militaire de carrière,
habitué à obéir, mais un berger en lutte. Et il faisait ce que bon
lui semblait, putain ! Mais il n'avait pas envie d'en rajouter, ni
non plus de batailler avec un commandant de la République,
c'était déjà bien assez avec les fascistes. Il n'était pas encore sûr

que cette Mika revienne et se glisse dans sa colonne. Il allait lui ficher la trouille, une vraie trouille, pour qu'elle reste à Madrid, dans la caserne, avec les nonnes qui avaient changé de bord, ou à discuter de politicaillerie avec ses camarades du POUM, qui l'adoraient tant.

Froid, restes de neige et ce soleil de midi madrilène dardant sans pitié ses rayons sur les chevaux éventrés que la voiture du POUM devait esquiver, les meubles brûlés, les maisons en flammes, les décombres, les brancardiers, les blessés. Femmes et enfants se passaient des pierres pour dresser une barricade. Madrid blessée et saignant des quatre côtés. Mika aurait voulu se jeter aussitôt dans la bataille, ne pas se reposer fût-ce un jour à la caserne, ne pas penser, ne pas avoir à écouter les propos démoralisants de ses camarades espagnols, dans le droit fil de ce qu'elle avait entendu à *La Grange* : les miliciens du POUM ont le droit de combattre et de mourir sous leurs propres couleurs, mais on ne sait pas pour combien de temps encore, le PC exigera que notre organisation soit sacrifiée.

Toujours la politique du PC, comme un fantôme menaçant. Depuis des années, tu entendais les mêmes choses, en Argentine, à Paris, en Allemagne et maintenant en Espagne. Tu en avais assez. Mais ce n'était pas pareil, c'était la guerre civile. Tu ne pouvais pas mesurer les conséquences de ce qui se mettait en marche, beaucoup plus graves que ces réunions de militants du parti communiste ouvrier pour préparer le numéro de Chispas.

13

Patagonie, 1926

Elle avait prévu de parler à Hipólito en début de soirée, mais la réunion du parti communiste ouvrier s'est prolongée jusqu'à pas d'heure et ils tombaient de sommeil. Mika avait eu beaucoup de mal à suivre cette discussion sur les conséquences funestes de la ligne politique actuelle du PC, sa pensée revenait sans cesse à sa conversation avec le médecin d'Hipólito.

Elle n'a pas fermé l'œil de la nuit et déjà entrent les premières lueurs par la fenêtre de la chambre de la rue Talcahuano. L'humidité des murs a imprégné les draps et Mika essaie de la combattre en pédalant sur une bicyclette imaginaire. Elle aime autant Buenos Aires qu'elle déteste son humidité, très nocive pour Hipólito. Mika se colle à son corps endormi pour le réchauffer. Il est si maigre. Sa peau transparente dénude ses pommettes, ses côtes. Ses yeux sont enfouis dans des cavités bleutées. Elle doit le convaincre de quitter Buenos Aires. Dès que possible. Elle n'acceptera pas ses arguments : pas maintenant, plus tard, le PCO commence à peine et il fait partie de la direction. Mais tu ne comprends donc pas, mon amour, mon petit garçon ? Tu vas mourir. Le médecin, un camarade du PCO, a été clair, il y a déjà plus d'un mois : tuberculose.

Et aujourd'hui il l'a répété à Mika au service de garde de l'hôpital où elle est allée le voir pour lui demander conseil : emmène-le loin, Mika, il va mal. Il lui faut de l'air pur, un climat sec et du repos. Et surtout d'autres conditions de vie. Ce sont les journées sans manger et les nuits sans toit, qu'il a vécues quand il a dû quitter le domicile familial, qui l'ont rendu malade.

Elle va l'emmener en Patagonie, le médecin a trouvé l'idée excellente. Car Hipólito ne se laisserait pas convaincre par une simple question de santé, ni par la nécessité de moins travailler pour survivre, mais l'action qu'ils pourraient développer dans le Sud est susceptible de le motiver.

Elle sait qu'elle n'a pas beaucoup de marge de manœuvre. Elle posera crûment le problème : c'est vrai que le parti a besoin de toi, que la révolution a besoin de toi, mais malade tu ne pourras rien faire.

Non, le mieux sera de commencer par les notes. Mika ne lui a encore rien dit, mais depuis plusieurs jours elle lit la revue *La Vanguardia* et prend des notes sur le massacre des ouvriers agricoles en Patagonie, en 1922. La puissante organisation qu'avaient réussi à constituer les péons a paniqué les propriétaires terriens qui ont déclenché une répression féroce. Les forces armées, envoyées de Buenos Aires, ont assassiné plus de mille cinq cents travailleurs.

Mika a recopié toutes ces notes à la machine, ils vont pouvoir les étudier. Et à l'indignation d'Hipólito, que ne manquera pas de provoquer le récit de certains événements, Mika répondra par sa proposition : partir en Patagonie pour enquêter sur les lieux où les faits se sont produits, parler avec les survivants, les familles, les témoins, tous ceux qui pourront leur fournir des informations.

Hipólito n'aura aucun mal à s'enthousiasmer pour cette perspective susceptible d'aider les organisations ouvrières, encore décimées par ces cruels massacres. Elle en est sûre, ce n'est pas un simple prétexte pour arracher Hipólito à Buenos Aires et l'obliger à se soigner. Tous ces ouvriers ont été sauvagement éliminés parce que leur organisation naissante mais résolue a touché aux fibres du pouvoir. Mika et Hipólito pourront en apprendre beaucoup plus et ouvrir des voies nouvelles pour que la lutte continue. Plus elle lit, plus le projet la séduit.

Et l'idée de gagner sa vie grâce à ses études lui plaît. Mika a obtenu son diplôme d'odontologie à la fin de l'année précédente, ainsi qu'elle se l'était proposé quand elle était partie étudier à Buenos Aires.

L'image de ses parents, quand elle leur a montré son diplôme, s'impose et l'attendrit : tu es docteur, Mika ! s'étaient-ils exclamés avec admiration, avec une authentique joie. Dommage que sa mère persiste à lui demander bêtement pourquoi ils ne se marient pas et si lui aussi a terminé ses études.

Il y a longtemps qu'Hipólito a abandonné ses études d'ingénieur, mais il étudie comme personne, beaucoup plus que Mika et que n'importe qui. Elle comprend ce que sa mère veut dire, c'est pourquoi elle a suggéré à Hipólito de suivre une formation de technicien en prothèses dentaires, grâce à laquelle il est possible de bien gagner sa vie. Et, comme tout ce dans quoi il s'engage, Hipólito a immédiatement suivi cette formation.

Ils pourront vivre et travailler ensemble sur ces terres d'aventure. Enquêter, écrire et apprendre dans l'immensité des paysages patagoniens. Et s'aimer sans hâte et sans pression. Le bonheur.

Hipólito ne lui demandera pas pourquoi aller si loin ni comment ils vivront, il ne s'en soucie pas. Mais de toute façon, Mika lui expliquera : ils ouvriront d'abord un cabinet en Patagonie, dans un bourg ou une ville, puis quand ils auront gagné assez d'argent et que la santé d'Hipólito se sera améliorée – elle le lui dira comme ça, en passant – ils voyageront. Ils se déplaceront avec un cabinet ambulant et pourront ainsi mener l'enquête sur les grèves dans toute la région.

Hipólito remue dans le lit, il bat des paupières, il va ouvrir les yeux, pourvu qu'il accepte de partir, de se soigner, de se sauver.

Soigner les dents et refaire le monde : c'est un bon projet, plaisanta Alfonsina, et tous se sont mis à rire.

Une excellente idée, dit le camarade Austillo, un travail qui peut être fondamental pour les organisations ouvrières rurales, s'enthousiasma Angélica Mendoza à la réunion du PCO. Pas un mot sur la maladie d'Hipólito, mais le médecin, Pepe Poletti, était parmi eux, et nul doute que cette approbation pleine et entière des camarades pour ce projet qui allait conduire Hipólito et Mika en Patagonie était due à ses conseils.

Ce fut important pour elle de compter sur l'appui des amis.

Salvadora trouva un prétexte : elle avait envie de prendre le large pour quelques jours. Mika, tu m'accompagnes à Rosario en voiture ? Mika put ainsi faire ses adieux à ses parents et à sa sœur. Qui sait quand elle les reverrait.

Hipólito fit de même avec ses frères et sa mère.

Avec l'argent que leur prêta Carolina, la tante de Pancho Piñero, ils achetèrent à Buenos Aires un équipement odontologique moderne et de bonne qualité. Et il leur en resta suffisamment pour vivre un temps tranquillement jusqu'à ce qu'ils s'installent et puissent travailler. Vous me le rendrez plus tard, mes petits, ne vous en faites pas, leur dit Carolina, vraiment une amie. Il y eut aussi Pepe, Salvadora, Alfonsina et les camarades qui les aidèrent à trouver assez de courage et de joie pour tout organiser rapidement et monter à bord du *Pampa* qui allait les emmener si loin.

Plusieurs jours de mer et de ciel, d'illusions et de projets. Ce repos obligé permit à Hipólito de reprendre des forces pour entamer cette nouvelle étape. Il était encore très faible et Mika ne voulait pas qu'il se sente sous pression.

Mon obsession était qu'Hippo guérisse. Pour toujours. Nous revivions quand son visage reprenait des couleurs, quand il grossissait, quand sa toux s'apaisait.

C'est ce qui arriva à San Antonio Oeste, province de Río Negro, dans une petite maison au bord de la mer, battue par les vents. Nous avons eu de la chance, on nous l'a proposée le soir même de notre arrivée, dans la gargote où nous avons mangé, quand nous avons expliqué que nous étions dentistes. Un des deux médecins du bourg venait de partir et nous arrivions au bon moment. Le loyer que nous demanda le propriétaire de la maison était raisonnable, nous y avons donc installé notre cabinet et, peu à peu, nous nous sommes fait connaître.

Le travail, les conversations avec les patients, le temps pour lire, les promenades à la plage, les heures généreuses d'amour et de sommeil. Teo, un chien énorme, fruit de qui sait quelles amours, devint notre compagnon inséparable. La vie était douce, aisée, tranquille, et Hipólito allait de mieux en mieux.

Nous avons étudié à fond les notes que j'avais prises à Buenos Aires, mais nous étions encore loin de la région de la grande grève des ouvriers agricoles sur laquelle nous voulions enquêter.

Au bout d'un an et trois mois de travail (c'était une région et une époque de fortune facile pour des professionnels) nous avions épargné assez d'argent pour poursuivre le voyage. Nous avons acheté une guimbarde un peu déglinguée, mais qui a tenu le coup plus longtemps qu'on ne croyait, comme contaminée par notre rêve. Nous avons embarqué Teo, notre matériel et un enthousiasme qui allait nous mener jusqu'à Ushuaia.

Notre première destination fut Esquel, un endroit idéal pour ouvrir un cabinet. Splendeur du lac Futa Lauquen, magie des forêts d'arbres splendides. Aucune nature ne m'a autant bouleversée que celle que je découvrais ici. La première fois – parce que nous y sommes revenus – j'ai eu du mal à en partir. Mais notre objectif était autre et quelques mois plus tard nous reprenions la route.

Je ne sais si nos années patagoniennes furent les plus heureuses, chaque époque a son charme, les premiers temps à Paris furent merveilleux et nous eûmes tant d'émotions partagées dans le turbulent Berlin… Mais je peux affirmer que cette joie sereine à ciel ouvert, cette sensation de liberté et de grandeur en mimétisme avec la nature environnante, nous ne les avons jamais retrouvées. La maladie d'Hipólito, qui marqua notre vie, nous laissa en paix sur ces terres, comme si elle s'était résignée à la densité de notre bonheur, et c'était peut-être moins dû au climat bénéfique qu'au type de vie que nous menions. Loin des pressions de la ville, des groupes avec leurs alliances, leurs ruptures et leurs discussions, de l'action immédiate, de l'angoisse de devoir gagner son pain.

Routes interminables, habitations qui s'espaçaient, de moins en moins de gens. L'excitation les gagnait à mesure qu'ils s'éloignaient, une agréable sensation d'entrer de plain-pied dans l'aventure. Dans chaque village, extraire des dents, soigner des caries, faire des piqûres, fabriquer une prothèse. Et parler avec les gens. Ils découvraient les conditions de vie en Patagonie : les moutons, la laine, la tonte, la misérable exploitation de l'Indien dans les grandes propriétés, tout le circuit commercial, les magasins, les compagnies d'import-export. L'organisation des péons s'était fondée en réaction à de profondes injustices.

Avec ce qu'ils entendirent ici et là, ils purent dresser la généalogie des familles Menéndez Behety et Braun Menéndez, les grands propriétaires terriens, contre lesquels s'était formé le mouvement ouvrier à Santa Cruz.

Un voyage sans hâte – repos et travail entre deux étapes – mais sans trêve.

Toujours plus vers le sud. Santa Cruz : Paso Ibáñez et Río Gallegos, ils étaient en plein territoire du conflit rural, huit ans après. Ainsi qu'ils l'avaient prévu, ils recueillirent des témoignages de première main, ceux des rares survivants, des proches, des péons, des éleveurs, du garçon de la poste, de la veuve du leader, d'un charretier, d'un médecin. Le plus large éventail idéologique et social.

C'est un employé du Gran Hotel, à Río Gallegos, qui leur a raconté ça : il avait entendu le commissaire dire qu'il ferait une fête au champagne si un leader ouvrier était liquidé. Et c'est ce qui s'est passé, dit l'employé, l'homme a été capturé, on lui a enfoncé le canon du revolver dans l'oreille et on l'a tué d'une balle. Et c'est moi, a-t-il ajouté d'une voix tremblante de rage, qui leur ai servi les vingt et une bouteilles de champagne avec lesquelles ils se sont soûlés en fêtant la nouvelle.

Et le boucher du village : la troupe était arrivée dans la campagne et les soldats avaient massacré systématiquement les ouvriers, ils en ont pris vingt-cinq, ils leur ont fait creuser leur propre tombe, puis ils les ont fusillés, sans procès, sans rien, au bord du trou, devant tous les péons, pour l'exemple.

Et à Paso Ibáñez, le sous-chef des douanes : la vie sociale avait changé totalement depuis l'arrivée des "roussins", comme on surnomme les gendarmes qui débarquaient au petit matin dans le quartier ouvrier, avec quelques soldats, et, porte à porte, sortaient les hommes et leur infligeaient un terrible passage à tabac.

Et un commerçant : les ouvriers s'étaient retranchés derrière les ballots de laine, la troupe est arrivée et ils ont été obligés de se rendre. Et ça a été encore un massacre.

C'était clair : les péons n'avaient pas tué, ni violé, ni volé, ils avaient simplement pris les administrateurs en otage. Ils ont été assassinés par la gendarmerie et les gardes blancs en toute impunité.

Nous avons accumulé une foule de données avec l'intention d'écrire un jour un livre mais, mobilisés par l'action comme nous l'étions, toutes ces notes ont vieilli avant que nous puissions leur donner forme. Des années plus tard, j'ai été très heureuse de lire *La Patagonie rebelle*, d'Osvaldo Bayer.

Il y a des événements qui demandent à être racontés et il fallait bien que quelqu'un s'empare un jour de cette geste des ouvriers agricoles pour la transmettre aux générations futures. Ce fut le cas. J'aurais beaucoup aimé parler avec Bayer de ces contrées sauvages, mais nous ne nous sommes jamais rencontrés.

Quelles années merveilleuses nous avons vécues dans le Sud. Cette existence délicieuse où chaque jour était une aventure fut une énorme tentation. Peu à peu je commençais à ressembler à cette terre infinie. Je me sentais aussi vaste et riche que la Patagonie. Je ne me rappelle pas où nous avons appris qu'on pouvait obtenir un terrain d'un hectare à condition de le clôturer et d'y construire deux logements, mais en tout cas c'est devant le magnifique lac Futa Lauquen, où nous étions revenus après un long voyage jusqu'en Terre de Feu, que l'idée de jeter l'ancre ici s'est emparée de moi. Nous arrêter, organiser tous les éléments que nous avions recueillis et écrire le livre. Protégés par les bois magnifiques, les yeux ravis par la beauté qui nous entourait, délivrés enfin de cette toux qui avait scandé notre vie. Écrire, s'aimer, lire.

L'idée séduisait aussi Hipólito, mais que devenaient alors nos serments de jeunesse ? Non, Mika, me dit-il, nous devons partir. Et je me suis rebellée.

Le moment est venu d'écrire ce livre, qui sera sûrement très utile aux organisations ouvrières. Et à l'histoire.

Sur le livre, ils sont d'accord, mais pas sur le moment ni le lieu où ils doivent l'écrire. Elle veut rester dans cette petite maison de pierre et de tôle au bord du lac et s'atteler tout de suite à la tâche.

— Le monde ne va pas s'arrêter pendant qu'on écrira ce livre, Mikusha. Il y a une foule d'événements importants et nous sommes très loin de tout.

Ils en ont beaucoup parlé ces derniers jours, de plus en plus âprement, Hipólito a eu des mots durs. Ils ne se comprennent pas.

Mika décide d'aller se promener pour se dégager de cette ambiance crispée. D'accord, dit Hipólito en nouant son écharpe autour du cou. Mais elle l'interrompt sèchement : Non, je veux être seule.

Ce n'est pas grave, essaie de se convaincre Mika, elle veut juste être seule, réfléchir, ce n'est pas la première fois qu'elle va se promener seule dans les bois et qu'il reste lire à la maison. Pourtant, elle ne lui a jamais interdit de l'accompagner avec cette brusquerie, cette agressivité.

Elle s'enfonce dans le bois, l'image du dernier regard d'Hipólito, déconcerté et blessé, ne la quitte pas. Mika s'en veut de l'avoir aussi mal traité. Mais elle est en colère, ce n'est pas possible qu'il la juge aussi sévèrement parce qu'elle veut rester ici, qu'il lui dise qu'il est superficiel et égoïste de faire passer le plaisir privé avant l'engagement social. Lui aussi a caressé cette idée, bien sûr qu'il aimerait commencer à écrire ce livre et continuer de vivre comme ils le font, mais il a lu les journaux qu'on leur a envoyés et il a bien réfléchi, il est évident qu'ils ne peuvent s'éterniser en Patagonie ni à Buenos Aires. C'est en Europe qu'il existe de solides organisations ouvrières, avec une longue histoire, incomparable avec le caractère naissant de la classe ouvrière latino-américaine ; c'est en Allemagne que la lutte a lieu. Tu ne te rends pas compte, Mika ? La vie nous file entre les doigts, au milieu de ces arbres magnifiques.

Hipólito a raison, c'est en Europe que se joue le destin de la classe ouvrière mondiale, Mika le sait, mais elle veut écrire ce livre, un livre important et qui servira, et l'écrire ici, au bord du lac, dans cet endroit où elle se sent chez elle et d'où ils peuvent lutter. Pas vrai, Teo ? Mika serre son chien contre elle, cherchant une approbation qu'elle ne trouve pas en elle-même.

Elle est blessée : "Vivre comme ça, passivement, à contempler l'horizon…" Hipólito a été dur avec elle, injuste, jamais ils n'ont vécu passivement, et ce que ne dit pas Mika, ce qu'elle ne mentionne même pas, comme si le mot seul pouvait l'attirer, c'est la maladie, elle ne veut pas quitter la Patagonie parce que Hipólito va bien, maintenant. Pourquoi n'ose-t-elle pas lui dire crûment la vérité, qu'elle a peur qu'il meure ? Pourquoi tant d'hésitations ?

Ce soir-là non plus, après son retour, elle n'y arrive pas. Et c'est pire encore lorsque Hipólito lui dit que cette discussion l'a conduit à conclure qu'ils doivent quitter la Patagonie au plus vite. Désespérée, elle surenchérit : qu'il s'en aille, elle restera.

Hipólito la regarde longuement, il ne la croit pas et il a raison, mais il ne dit rien, se contentant de garder son regard de défi. Maintenant, c'est lui qui sort prendre l'air. La porte se ferme avec un bruit sec. Mika fait les cent pas dans la pièce. Elle regarde les papiers qu'Hipólito a laissés sur la table : des schémas de guerre de guérilla. Elle frémit.

Elle veut rester au bord du lac, vivre en paix, écrire ce livre, s'obstine-t-elle, comme si ces seuls mots suffisaient pour balayer ses craintes. Elle restera, avec ou sans lui.

— Tu es sûre que c'est ce que tu veux, Mika ? lui demande ce soir-là Hipólito.

— Absolument sûre.

Ils s'endorment sans un mot.

Hipólito remettra souvent le sujet sur le tapis. Elle en est sûre, oui. Mika pense comme lui que si la révolution se limite à la Russie et ne gagne pas l'Allemagne, elle mourra étouffée par la bureaucratisation, c'est maintenant que la lutte s'impose et les appelle, mais elle répète : oui, j'en suis sûre. Comme elle est persuadée qu'il ne partira pas sans elle, c'est pour ça : non elle ne part pas, elle ne part pas, et comme ça lui non plus. Que pourrait faire Hipólito sans Mika ?

Et elle ? Pourrait-elle accomplir ce qu'elle a décidé il y a des années sans son compagnon ? se demande-t-elle au pied d'un immense araucaria. Elle pourrait, oui, mais ce serait triste, et puis, de toute façon, tôt ou tard ils devront partir pour poursuivre leur chemin. La douleur qu'elle a remarquée la veille chez Hipólito l'affecte beaucoup et ce matin encore pendant qu'ils buvaient du maté en silence. Pourquoi persister dans cette attitude bornée qui infecte leur relation ? Ne se conduit-elle pas ainsi pour gagner du temps ? Pour repousser le moment d'affronter une réalité hostile ? Ce n'est pas la révolution que redoute Mika, mais la tuberculose.

Pourtant elle ne peut pas, elle n'a pas le droit de retenir Hipólito alors que l'Histoire les appelle. L'important est qu'il se soigne, qu'ils prennent des précautions pour que la tuberculose ne revienne pas. Elle presse le pas en savourant déjà la joie qu'elle va donner à Hipólito : ils vont partir, oui, tu as raison, mon amour, mais pas tout de suite, il faut se donner un peu de temps, non ? Quelques mois de travail intense pour épargner suffisamment et affronter les premiers temps sans l'angoisse de devoir gagner sa vie, quelques mois pendant lesquels il mangera bien et beaucoup, et prendra quelques kilos, c'est promis ? Non loin de la maison, elle se met à courir, elle ouvre la porte, mon amour, où es-tu ? Elle ressort, Hippo.

— Hippo ! elle l'appelle.

Elle ne le voit pas sur le chemin du lac, ils ont dû se croiser, elle revient à la maison, le papier est sur la table, elle ne l'avait pas vu. Don Zapata est passé et Hipólito en a profité pour partir avec lui, c'est mieux comme ça, sans adieux. Il a compris, il ne lui en veut pas, il l'aime, mais leurs chemins doivent se séparer. Il a emporté juste assez d'argent pour payer son voyage en Europe et lui a laissé tout le reste des économies.

Le levier des vitesses est bloqué, allez, démarre, quelques kilomètres jusqu'au village, puis le chemin de terre qui mène à la maison des Zapata.

— Je suis désolé, Mika, il est parti, un gringo qui passait avec une auto neuve l'a emmené. Hipólito était pressé et l'homme paraissait très content d'avoir de la compagnie.

— Où l'a-t-il emmené ?

— Je ne sais pas, sans doute jusqu'à Esquel.

— Comment est la voiture ?

— Noire, il me semble.

Aucune trace d'eux à l'hôtel d'Esquel, ni au bar du Club Atlético, ni à la coopérative. Ils ne se sont pas arrêtés pour manger, personne ne les a vus. Elle se maudit de ne pas avoir demandé à Zapata à quoi ressemblait l'étranger, elle pensait que la description de la voiture suffirait, mais il y a beaucoup d'autos neuves et noires à Esquel. Et elle n'est peut-être pas noire. Que faisait cet homme, où allait-il, s'il vous plaît.

La nuit est tombée. Elle ne conduit pas la nuit, la vieille guimbarde n'a pas de phares, et elle ne sait pas si elle a assez d'essence jusqu'au prochain village, mais elle continue, la voiture tousse, c'est une mauvaise blague, un hoquet, un autre et elle s'arrête. Terminé.

Elle ne pleurera pas sur le volant comme elle en a envie. Demain elle pourra faire le plein, elle doit être à quatre ou cinq kilomètres d'Esquel, elle ira à pied, une douleur lui tord l'estomac, mais elle ne se laissera pas gagner par le désespoir, elle mangera, dormira, comment savoir ce qu'elle doit faire dans cette situation. Demain elle reprendra la route et le retrouvera. À Buenos Aires, s'il le faut.

Hipólito est à Esquel. Il a dîné et dormi chez des amis de John et a préparé son voyage. Il ira avec John jusqu'à Ingeniero Jacobacci. Puis, il verra bien comment gagner Buenos Aires, il compte sur la chance.

Ils ont a peine parcouru quelques kilomètres qu'il reconnaît la guimbarde abandonnée au bord de la route et demande à John de s'arrêter. Il descend et regarde de tous côtés.

– Désolé, l'ami, mais je dois savoir ce qui est arrivé à ma femme. Poursuivez votre route, je reviens à Esquel à pied.

John n'est pas du tout pressé, il va le ramener à Esquel, mais si elle est montée dans une autre voiture et qu'ils se croisent sans se voir ? Et si elle a continué avec une autre voiture ? On va faire ça : John attendra près de la guimbarde pendant qu'Hipólito ira à Esquel avec sa voiture. S'il ne la trouve pas, il reviendra dans une heure et ils continueront ensemble à la chercher.

Une voiture qui avait été bleue s'arrête. En descendent un homme aux cheveux blancs et Mika. Hipólito la prend par le bras. Ils ne se disent rien et s'étreignent fortement.

Plus tard, ils parleront plus tard, quand se relâchera ce nœud énorme dans sa gorge, et cela ne sera possible que s'il sent Mika contre son corps. L'odeur de Mika, son joli cou, son oreille, c'est dur la vie sans toi, et même si c'est moins d'un jour, mais ce n'est pas ce que je veux, mon amour, il s'écarte d'elle pour la regarder fixement, il ne veut pas rester ni qu'elle le suive, il a compris qu'elle a fait un autre choix, qu'il respecte, ils doivent se séparer, même si c'est douloureux.

Qu'il la serre fort dans ses bras, lui demande Mika, qu'il la serre jusqu'à ce que cesse cet horrible tremblement, après ils s'organiseront, elle a un plan, un plan précis pour aller en Allemagne, parce que c'est là qu'ils doivent aller, elle en est convaincue et ce n'est pas parce qu'il est parti, crois-moi, ils en reparleront, mais pour l'instant qu'il la serre fort dans ses bras, jusqu'à ce qu'elle retrouve la chaleur, quel froid horrible sans lui, et dire que tout cela n'a pas duré plus d'un jour.

Huit mois plus tard, en août 1931, Mika et Hipólito sont sur le pont du vapeur *Massilia*, qui fait route vers le port de Vigo.

— Tu me gardes ça ? lui demande Hipólito en lui tendant des papiers et un crayon. Je reviens.

Mika a un frisson en reconnaissant les ébauches d'un projet de guérilla. Il continue de réfléchir à la tactique et à la stratégie militaire, parce qu'il faut se préparer, alors que la seule idée de manier une arme fait horreur à Mika. Elle ne pourra jamais, pense-t-elle.

14

Moncloa, novembre 1936

Mika prend un chiffon et nettoie soigneusement son fusil. Elle le caresse comme on caresse un chat. Elle ne s'en était pas séparée depuis que le sergent López le lui avait offert, le lendemain de la bataille d'Atienza, mais elle avait dû le laisser pour se rendre en France. Elle l'avait confié à un camarade du *Combatiente rojo*, le journal du POUM, qui l'a jalousement gardé, et elle vient de le récupérer. Cette arme la rassure.

Le soir même, Mika partira pour Moncloa avec la deuxième colonne du POUM. Antonio Guerrero en est le responsable. Ils se sont croisés à la caserne.

— Tu sais où tu vas ? lui a demandé l'homme sur un ton acrimonieux. C'est un front très risqué, en première ligne. Ce n'est pas pour toi.

Curieuse, cette voix aiguë, en discordance avec son air bourru, un peu brutal, ce visage marqué par les intempéries, ces yeux inquisiteurs et cette laideur presque belle, si virile.

— Ne t'inquiète pas. Je sais ce que je fais.

— Alors, couvre-toi bien. Il fait très froid. Mais je vois que tu as déjà une veste en cuir et des bottes. Et même des gants de laine.

Mika crut percevoir dans la réflexion de Guerrero un brin d'ironie, de reproche, mais elle décida de s'en tenir à cette sensation de solidité et de bonté malgré lui qu'il dégageait, et elle sut qu'un autre homme avait décidé de la protéger dans cette guerre. Elle s'en irrita, en éprouva de la crainte. Et cela lui plut.

Mika n'avait pas compris son ironie, pensa Antonio Guerrero, tout au contraire, elle lui avait dit de ne pas s'inquiéter
pour elle et qu'elle n'était qu'une milicienne parmi d'autres.
Comme s'il avait eu l'intention de s'occuper d'elle !

Il n'a pu éviter que cette femme se joigne à la colonne, mais
il fera en sorte qu'elle ne se mêle pas de tout, comme il semble
qu'elle y soit habituée, il l'a déjà entendue demander à un
chanteur s'il comptait monter au front avec sa guitare, et il a
entendu avec plaisir l'homme lui répondre pourquoi pas, il va
partout avec sa guitare et ce n'est pas elle qui commande, ils
ont déjà un chef. Mika a reculé : ce n'était pas un ordre, camarade, mais seulement une question.

Pourtant à présent, en route vers le front, il les voit parler
ensemble comme de grands amis et même rire, mais il préfère
ne pas s'approcher. Il observe Mika se déplacer parmi les
hommes et entamer la conversation.

Antonio s'étonne qu'elle soit si petite, après ce qu'il avait
entendu sur elle, il l'imaginait beaucoup plus grande, sacré-
ment grande, comme cette Nordique qu'il avait rencontrée à
Madrid, et moustachue, un vrai garçon manqué. Mais non,
Mika est petite, menue. Ce qui la fait paraître si jolie – car elle
ne l'est pas, pense Antonio – ce sont ces yeux brillants, ce
visage lumineux, cette allure, cette façon de se tenir et de
marcher d'un pas décidé. Mais ça suffit. Le guide leur indique
qu'ils sont arrivés à l'endroit où ils doivent s'installer.

Ils sont à la Moncloa, en face de la Prison Modèle. La
colonne qui les a précédés vient de se retirer.

Il faut compter les munitions, creuser ces tranchées si peu
profondes et consolider les cunettes. Vite, les pelles et au
travail !

Il faut ouvrir des postes avancés pour les dynamiteurs et les
lanceurs de grenades. Heureusement, il y a déjà quelques
bergers, comme lui. La fronde dont ils se servent pour faire
revenir dans le troupeau les brebis égarées est idéale pour
lancer des grenades. Deux mitrailleuses. Des fusils espagnols,

mexicains et tchèques. Antonio montre aux hommes comment tenir le fusil pour le protéger de la boue.

– Comme ça ?

Une voix de femme qui s'élève au milieu des préparatifs de combat le fait sursauter. Antonio s'énerve.

– Non, pas toi. – Elle tente de répliquer mais il l'interrompt avec autorité. – Toi, tu feras la liaison avec le poste de commandement. – En deux secondes la femme a réagi, s'est plantée devant lui et l'écoute attentivement. – Il est à trois cents mètres dans une maison particulière. Tu iras avec Anselmo.

– Je n'ai pas besoin de protection. Je peux y aller seule, ou rester ici, avec vous.

– Ne crois pas que je t'offre une planque, c'est plus dangereux d'être dans la rue qu'ici. Si tu ne t'en sens pas, ne le fais pas, tu n'es pas obligée d'accepter. – Elle se mord les lèvres, elle a du mal à rester silencieuse. – Et si je veux qu'Anselmo t'accompagne, c'est parce que si l'un de vous deux est tué, celui qui sauvera sa peau pourra faire passer le message. Compris ?

Les yeux de Mika disent toute la colère qu'elle ravale.

– Compris, murmure-t-elle enfin sans le quitter des yeux. À part ça, camarade, qu'est-ce qu'il y a à manger ? Elle est mal à l'aise, mais elle insiste : Qu'est-ce qu'on va manger ?

Antonio a un sourire moqueur : elle lui demande le menu, comme au restaurant en France ? Mais il regrette aussitôt ce qu'il vient de dire, c'est important la nourriture, même si presque personne n'y pense, il a déjà connu cela sur l'autre front. À la caserne, un milicien lui a dit que ceux qui étaient à Sigüenza avec Mika n'avaient jamais mieux mangé qu'à la maison du POUM.

– Des conserves, je suppose, dit-il d'un ton plus modéré. Il y a peut-être une cuisine de campagne, je ne sais pas. Tu peux t'en charger si tu en as envie.

– Pour commencer, je te demande l'autorisation de
collecter de l'argent pour acheter des boissons : cognac, eau-
de-vie, vin. Si nous sommes en première ligne, il vaut mieux
être bien approvisionnés. L'alcool endort la peur.

D'accord, lui dit Guerrero, et il ordonna à deux hommes
de l'accompagner. La collecte fut fructueuse. Ils achetèrent du
brandy, du bon, et du vin. Les épices, que Mika prit la peine
de sentir, et une énorme quantité de chocolat suisse, que
l'épicier a offert quand il a su que c'était pour les républicains,
quelle chance.

Mika avait eu du mal à supporter l'échange sur la nourriture avec Antonio Guerrero, cet élan maternel intempestif,
cette manie irrépressible de vouloir nourrir tout le monde…
Elle aurait préféré rester avec ceux qui se battaient, mais maintenant elle ne regrette pas sa décision. Le mur que le chef a
dressé entre eux dès le début par son absurde hostilité semble
légèrement fissuré.

L'important ne tient pas aux problèmes que pose à Guerrero la présence dans sa colonne d'une femme qu'il trouve
odieuse (à cause de sa personnalité, ou simplement parce qu'il
pense que ce n'est pas la place d'une femme, peu importe), pas
plus que ne comptent les soucis que cause à Mika l'attitude de
cet homme ; l'important est que tous deux doivent trouver le
meilleur moyen de servir la révolution.

Mika est sûre que Guerrero veut gagner cette guerre autant
qu'elle et d'abord tenir cette position clé où ils se trouvent, ce
n'est pas pour rien qu'on a fait appel à eux à cause de leur
réputation de combattants aguerris. Elle le dira à Antonio
Guerrero dès que possible.

Pour le moment, elle se contente de la liberté d'action qu'il
lui a accordée. Elle est déjà à la cuisine de campagne, avec
Bernardo, où elle planifie le plat chaud qu'auront les miliciens
une fois par jour, le café et même la brouette pour transporter
les faitouts dans les tranchées.

– Tu peux être tranquille, lui dit le sympathique Bernardo, je ne suis ni beau ni courageux, mais ma mère m'a appris à faire de la bonne cuisine avec ce qu'on a sous la main. Tu vas voir ce que je vais faire avec les épices que tu m'as apportées.

Mika ne connaît pas Bernardo, mais elle sait qu'ils vont bien s'entendre. Et les autres, ces hommes bourrus qui la regardent avec méfiance, elle gagnera leur sympathie, s'encourage-t-elle. Elle avait eu autant de mal au début avec les derniers arrivés à la maison du POUM, à Sigüenza, et pourtant ils l'avaient accueillie avec joie à son retour à Madrid. Mika ne connaît que vingt miliciens sur les cent soixante-dix qui forment la colonne, les autres viennent avec Guerrero. Ils sont de Castura, Llerena et Badajoz.

Un feu nourri se déclenche quand ils sont à une cinquantaine de mètres des tranchées. Mika se jette au sol et rampe jusqu'à ce qu'elle parvienne à se laisser glisser dans une tranchée. Elle charge son fusil et tire.

Le premier jour, ils n'eurent pas de trêve. Comme s'ils savaient que leur ennemi avait des troupes fraîches, les fascistes les accueillirent par une démonstration de force. En face, on leur répondit par des bombes artisanales et des grenades, deux mitrailleuses, des fusils et un unique et puissant canon.

– Je n'arrive pas à croire que c'est le nôtre, dit Mika en riant. Il me fait peur comme si c'était leur canon.

Antonio Guerrero est bien obligé de reconnaître l'efficacité de cette femme, qui n'a pas causé les problèmes qu'il redoutait. Elle l'a même aidé ces derniers jours. Mais quand il l'a vue dans la tranchée avec son fusil, il n'a pas pu s'empêcher de se mettre en colère : ne devait-elle pas s'occuper de la nourriture ?

– Tout est déjà prêt, camarade.

En effet : plat savoureux et chaud, café et même brandy ont ragaillardi les miliciens après de durs affrontements.

Mais Antonio ne peut cesser de chercher Mika des yeux à chaque attaque, comme s'il devait veiller sur elle, ce qui l'agace. Normal, c'est une femme, j'en ferais autant pour ma mère ou ma sœur… – voilà ce qu'il dit au commandant Ortega, entre autres informations qu'il lui donne du front.

– Quelqu'un doit la convaincre de rester aux cuisines.

Le sourire ironique du commandant lui déplaît : Ne vous inquiétez pas Guerrero, Mika Etchebéhère n'est pas votre mère ni votre sœur, vous pouvez avoir confiance en elle, vous appuyer sur elle, suggère Ortega. Il marque une pause et baisse la voix, comme s'il allait confier un secret : Et même peut-être oublier que c'est une femme.

Ça suffit. Antonio Guerrero passe à d'autres questions plus importantes : comment ils ont repoussé l'attaque fasciste d'hier, dommage qu'ils aient si peu de grenades. Auront-ils plus de fusils ? Beaucoup se sont enrayés et une des deux mitrailleuses s'est bloquée.

Ce que ne dit pas Antonio Guerrero à Ortega, c'est qu'à la nuit, lorsque le feu s'est arrêté et qu'il a ordonné à ses hommes de dormir, son cœur s'est serré à la vue de Mika perdue, sans défense, cherchant à tâtons un endroit où s'allonger.

– Suis-moi, lui a ordonné Antonio.

Pelle à la main, il a parcouru la tranchée d'évacuation, jusqu'à trouver un endroit convenable. Quatre coups de pelle pour se débarrasser de la boue et creuser une large rigole.

– Voilà, c'est ta maison. Et maintenant couche-toi et dors.

Elle semblait contente : Merci beaucoup, Antonio.

Le sourire de Mika lui fit un étrange effet : un grand bond intérieur, chaud et fort comme une gorgée de bonne eau-de-vie, qui l'accompagna un long moment pendant qu'il écoutait l'ennemi.

Car si Antonio Guerrero se fie à ses guetteurs, des hommes sûrs, bergers comme lui, habitués à percevoir des bruits lointains, il tient aussi à écouter lui-même. S'assurer des moindre détails. Une façon de compenser un savoir militaire qu'Antonio Guerrero n'a acquis dans aucune académie.

Mika n'avait jamais vécu dans une tranchée, au milieu de la boue. Au début, elle trouva étrange cette sensation d'humidité gluante, un abri pendant des attaques, des odeurs nauséabondes pendant les accalmies. Quatre jours ou quatre ans, et la voilà déjà habituée. Si la terre pourrie et les relents des hommes mal lavés – comme elle – la dégoûtent, elle essaie de retrouver la sensation de la première nuit, quand Antonio, avec ce sourire qu'il n'avait pas aux lèvres mais qu'elle devinait, lui a bâti en trois coups de pelle ce qu'il a appelé sa maison.

Sa maison, ce seul mot infusa en elle assez de tiédeur pour accueillir le sommeil dont elle avait tant besoin.

Mika n'a pas d'autre maison que celle-là, celle que lui donne la guerre, pense-t-elle dans sa tranchée dortoir. Mais elle ne veut pas non plus une maison, comment vivre dans une maison sans lui ?

Une violente explosion l'arrache de l'abîme de douleur où elle allait tomber. Un gigantesque feu d'artifice arrose la terre et enflamme les positions fascistes et les leurs.

Plaquée contre le sol, incrustée, immobile, Mika se dit que, même si elle ne comprend pas pourquoi, il est évident qu'elle veut vivre. Sinon, elle ne tenterait pas de se protéger.

La veille, elle avait affirmé le contraire à Antonio Guerrero : la vie ne l'intéresse pas, sa propre vie est sans importance, seule compte la révolution. Ce n'est pas bien qu'elle pense ça, lui a dit Antonio, si elle avait des enfants, elle parlerait autrement. Puis, il lui a posé cette question bizarre d'une voix quasi inaudible : Tu es… stérile ?

Elle lui a expliqué que son mari et elle, d'un commun accord, avaient décidé de ne pas avoir d'enfant pour ne pas limiter leur liberté de servir la révolution là où il le faudrait. Et lui, il avait des enfants ? demanda Mika, profitant du climat propice aux confidences qui créait une trêve en relâchant la tension encore vive entre eux.

Antonio Guerrero ne peut éviter de se montrer brusque, même si on remarque qu'il fait des efforts pour améliorer ses relations avec Mika, peut-être résigné à sa présence, qui l'irrite tant, on ne sait pourquoi. En tout cas, il ne la réprimande plus comme une gamine désagréable, et ne lui répond pas par un monosyllabe en s'éloignant, comme les premiers jours, il accepte même la conversation, comme celle qu'ils ont eue la veille.

– Non, pas encore. Je ne suis pas marié.

Mal à l'aise avec elle, ou avec lui-même pour en avoir trop dit, il fait une grimace de contrariété et se lève brusquement : Assez bavardé, on est en guerre !

Comme s'il l'avait entendu, l'ennemi lâcha une rafale de mitrailleuse.

Le feu cessa, mais reprit plus tard, et le lendemain de plus belle : neuf morts et dix-huit blessés.

C'est terrible ces morts, capitaine Guerrero, mais les pertes ne sont pas très nombreuses si on tient compte du fait que nous affrontons une armée professionnelle, beaucoup mieux armée. Vous pouvez être fier du travail de vos miliciens, lui a dit ce matin le lieutenant colonel Ortega.

Cet après-midi, pourtant, Antonio est fatigué, de mauvaise humeur, l'apparente accalmie des combats, avec un ennemi qui n'attaque pas, lui met les nerfs à vif. Et il ne peut se défaire des images qui s'imposent à lui : Mika endormie dans la tranchée, Mika souriante : Aujourd'hui, on a fichu une dérouillée aux fascistes, Antonio, tu es un commandant formidable… Et ses yeux grand ouverts quand elle écoute ce qu'il lui raconte de son village.

Antonio chasse ces images, comme des mouches d'été, mais il lui revient celle d'hier après-midi à la cuisine, devant le feu. Mika a enlevé son blouson de cuir, puis l'autre en grosse laine, dessous elle ne portait qu'un pull léger, et Antonio a pu l'imaginer sans ce pull. Comme si elle lisait dans ses pensées, elle lui a souri avec une douceur inédite, les joues en feu, et tout son corps en a frémi, ce désir soudain de Mika l'a fait fuir à grands pas de la cuisine. Il devait éviter Mika, il ne pouvait pas se permettre ça, décida-t-il, d'ailleurs elle n'accepterait pas… mais cette lueur dans ses yeux, pense-t-il maintenant en marchant. Non, il se fait des idées.

Il lui revient à l'esprit cette conversation entre les hommes qu'il a entendue le premier jour. Un milicien qui venait de Badajoz, avec Antonio, demanda à celui qui était à Sigüenza avec Mika : Vous avez dormi par terre avec elle, tous ensemble ?

— Oui, et parfois sur la même paillasse où on devait s'entasser.

— Et personne n'a voulu… euh ?

— Qu'est-ce que tu insinues ?

— Personne ne se l'est tapée ?

— Mais qu'est-ce que tu racontes, connard, comment tu oses ?

— Enfin quoi, mon vieux, c'est une femelle. Ou est-ce que Mika n'est pas une femme ?

— Non… enfin, bien sûr que oui, c'est une femme, mais comme ta mère, ta sœur, comme les miennes, pure, chaste, comment peux-tu penser… Mika n'est pas une femme comme les autres.

L'homme haussa les épaules et n'insista pas.

Apparemment, tous les miliciens qui l'ont côtoyée – et c'est pareil avec ceux qui sont maintenant à Moncloa – la voient ainsi, comme si elle n'était ni homme ni femme, pour eux elle est sur un piédestal. Pour Antonio, en revanche, il n'y a pas de mère ou de sœur qui tienne, Mika est une vraie femme. Il reconnaît qu'elle est spéciale, que parfois il peut parler avec elle comme avec un homme, cela le rassure de demander à Mika ce qu'elle pense d'une décision, il écoute ses conseils, mais cela n'empêche pas qu'à certains moments son corps souffre de tant la désirer. Il en est perturbé. Et cela au milieu d'une situation des plus difficiles.

Antonio Guerrero va d'un côté à l'autre pour tout contrôler. Ces longues heures de trêve ne lui disent rien qui vaille, les fascistes doivent être en train de préparer une attaque violente pour le lendemain, ou peut-être même pour aujourd'hui. Curieusement son habileté à commander ses hommes pendant le combat se fissure pendant les heures creuses. L'un va s'acheter du tabac, un autre demande la permission d'aller voir des malades ou disparaît tout bonnement sans dire un mot, comme Juan Luis, qui est tout juste de retour :

– Où étais-tu ? lui demande-t-il, furieux.

– Je n'ai rien dit parce que je comptais revenir très vite, mais je n'ai pas vu le temps passer… j'ai parlé avec une fille.

– Mais où vous vous croyez ? s'écria Antonio. Un jour de fête au village ?

Ay, Maricruz, Maricruz !
Maravilla de mujé.

On entend non loin la chanson, qui illustre les paroles d'Antonio.

– Je regrette, s'excuse Juan Luis. Ça ne se reproduira pas.

Ay, Maricruz, Maricruz !
Maravilla de mujé.

On continue à chanter. Antonio ne peut pas leur demander de se taire…

*Y por jurarte yo eso
me diste en la boca un beso
que aún me quema, Maricruz.*

Il doit se calmer, ne pas perdre contenance devant ses hommes.

Ay, Maricruz, Maricruz !

Quelqu'un lui touche l'épaule : Tu as une minute, Antonio ? Il faut que je te parle. C'est Mika ! Il ne lui manquait plus que ça !

Ils marchent vers un bosquet, à gauche des tranchées. Elle lui demande comment va son rhume, s'il pense que les fascistes vont attaquer aujourd'hui, s'il a aimé la cuisine… C'est évident qu'elle tourne autour du pot et qu'elle veut parler d'autre chose. S'ils s'asseyaient ? l'invite-t-elle en montrant un tronc posé par terre.

– Antonio…

Mika prononce son prénom, puis garde le silence et baisse les yeux.

Serait-il possible qu'elle aussi… ? Une vague enfle dans le corps d'Antonio, sa main se lève légèrement, va à sa recherche mais s'immobilise et revient à sa place lorsque Mika commence à parler.

– Les miliciens sont très tendus. Tu dois leur permettre de sortir chacun leur tour, par groupes de cinq ou six, deux ou trois heures. Ils pourront séduire une fille ou aller au bordel, si leur corps l'exige.

Elle a dit, si leur corps l'exige… c'est elle-même qui le suggère. Les yeux d'Antonio la scrutent. Et si… cet éclat, c'est celui du désir… Mais s'il se trompe ? Si elle le prend mal ? Son regard la parcourt de la tête aux pieds et revient sur ses yeux qui ne se détournent pas. La main d'Antonio se lève, son corps se rapproche de Mika.

Sous ces couches de vêtements, cette saleté, cette douleur anesthésiée par le quotidien de la guerre, il y a une femme, pense Mika. Une femme qui peut céder. Une femme qui, pour un instant, de manière surprenante, désire cet homme.

Mika écarta la main d'Antonio de son corps, sans brusquerie, comme s'il ne s'était rien passé, et se leva. Elle regarda au loin et dit :

— Au fait, Antonio, tant que j'y pense, il faudrait consolider la tranchée, je vais te montrer l'endroit où elle s'éboule.

Et elle s'éloigna en silence. Il ne la suivit pas.

Les réactions d'Antonio Guerrero s'expliquent mieux maintenant. Il la rejetait, ne la voulait pas dans sa colonne parce que dès le premier moment il l'avait vue comme une femme. Mais pourquoi ne pas s'être posé la question avant, s'accuse-t-elle sans pitié. Qu'a découvert Antonio chez Mika pour se permettre de la regarder de cette façon, approcher ainsi sa main ? Si elle ne l'avait pas retenu... Quelque chose s'agite dans son corps, qui demande obstinément ce corps d'homme. Et elle le repousse.

Tension des combats. Douleur. Elle se réjouit de marcher seule, que personne ne la voie et ne se rende compte.

Mika cohabite avec des hommes sans penser à la relation qui la lie à eux. Sauf cette fois où on lui avait dit que les miliciens étaient jaloux de leurs camarades de la gare, elle avait fait une réflexion, qui, comme tout, était tombée dans l'oubli. Qui sont ces hommes pour elle : des enfants, des frères, des camarades ? Des étrangers difficiles à comprendre, bourrus, durs, faibles, courageux, cabochards, tendres, maladroits, odieux, aimables. Ce qu'elle sait, c'est que depuis tout ce temps – depuis qu'il n'est plus là – elle n'avait jamais ressenti ce qu'elle a ressenti aujourd'hui avec Antonio Guerrero, cet emballement du corps, cette fragile forteresse des sens qui avait cédé.

Nul ne la regarde comme une femme. Qui est Mika pour les miliciens ? Une femme, pure et dure, austère et chaste, dont on oublie le sexe dans la mesure où elle n'en joue pas. Jusqu'à ce jour, Mika n'avait jamais dû réprimer quoi que ce soit. Là est la différence : *elle-même*, pas Antonio Guerrero. Ce que cet homme a réussi à éveiller chez Mika, fût-ce pour un instant, est dangereux, elle doit faire très attention.

La réaction d'Antonio, conclut-elle, est un simple désir d'homme, un désir primaire, comme celui qu'éveillerait en lui n'importe quelle femme qui y serait sensible.

Mais tu te trompais, Mika, c'était beaucoup plus profond, et cela s'est révélé ce jour terrible, le plus dur de la bataille de Moncloa, lorsque la bombe t'a ensevelie. Il a pleuré devant tous ses miliciens, Antonio Guerrero s'est agenouillé quand on t'a déterrée et il a pleuré. Je n'arrive pas à imaginer ce que représente pour un homme comme lui, austère, un berger habitué à la dure, fondre en larmes devant les autres. Mais je le vois plus tard, sur le brancard, fier d'avoir pu montrer ses sentiments.

15

Moncloa, novembre 1936

Hier soir, Antonio a dit à Mika qu'il était très inquiet, il percevait un bruit sur la droite et devant eux un bruit différent, comme si les fascistes installaient quelque chose, sûrement des canons, dont allait dépendre le sort de la bataille d'aujourd'hui. Mais le message envoyé ce matin par Ortega, écrit de sa propre main, ne laissait aucun doute : "L'ennemi va tenter d'ouvrir une brèche aujourd'hui, 25 novembre." C'est Mika qui le lui a apporté.

— Tu avais raison, mais tu vas bien trouver un moyen pour les arrêter.

— Tu arrêtes de faire la liaison, lui ordonne Antonio. Tu restes dans ta tranchée, Gabriel te remplacera.

Déluge d'obus de mortier, rafales de mitrailleuses, l'ennemi s'acharne. Antonio court de droite à gauche pour donner des ordres : les dynamiteurs doivent dresser une barrière de bombes, le canon, les autres, plaqués au sol, il ne peut s'empêcher de jeter un coup d'œil vers l'endroit de la tranchée où se trouve Mika. Une déflagration épouvantable le secoue. C'est ce qu'il craignait : une salve d'obus de mortier a atteint la tranchée.

La fusillade durait depuis trois heures lorsque c'est arrivé. Une terrible explosion et de la terre, de la terre, encore de la terre.

Des tonnes de terre. Partout, sur la tête, les pieds, les côtés. Terre au-dessus, au-dessous, autour. Elle ouvre la bouche :

terre ; elle tente de remuer les jambes : terre ; les bras : terre. Elle va mourir ainsi, enterrée, dans l'obscurité, sale.

Mika peut encore penser, son cerveau continue de fonctionner, mais combien de temps peut résister un être humain sous la terre ? Un poisson hors de l'eau ? Que des questions sans réponse, se dit-elle, elle a la tête qui tourne, tourne, elle sombre.

La lumière l'aveugle. Antonio se fraie un chemin dans la fumée, il cherche Mika. Un obus de gros calibre a explosé, il règne une grande confusion. Le cratère est énorme, des monceaux de terre, des corps partout. Une pelle. Vous, creusez ici et vous par là, dépêchez-vous. Le désespoir le gagne, elle doit être quelque part, il doit la trouver.

— Regardez, c'est un talon de Mika, s'écrie Anselmo, et Antonio accourt à l'endroit qu'il montre.

— Attention, dit-il, pas si fort, vous risquez de la blesser. Laissez les pelles, creusez avec les mains, vite. Dégagez la tête.

Les mains nerveuses d'Antonio débarrassent cette terre odieuse du visage de Mika, oui, son beau visage couvert de boue, il pose une main sur sa nuque pour la soutenir, Anselmo lui tend un mouchoir avec lequel il décolle la boue des yeux, des joues, Mika est froide, très froide, elle saigne du nez, vite, le bouche à bouche, il a appris à le faire au stage des premiers secours, il s'écarte d'elle pour reprendre souffle, elle ouvre la bouche, elle tousse, elle respire de grandes goulées d'air, elle est vivante. Mika est vivante. Alors Antonio se relève, il ne veut pas qu'on découvre l'immense émotion qui est la sienne. Autour de lui, les hommes rient, se congratulent : Tu es saine et sauve, quelle chance !

Non loin, Antonio Guerrero pleure à genoux, tête courbée. De joie. Mais il ne dit pas un mot.

Le Chuni a dit à Mika qu'il a été bouleversé par le comportement du chef : s'il n'avait pas réagi à temps, tu étais morte.

Antonio avait déjà rejoint les dynamiteurs lorsqu'elle le chercha pour le remercier. Le bourdonnement dans les oreilles était violent, elle avait des nausées et encore des vertiges, mais elle n'a pas voulu rester sur le brancard, qu'ils le gardent pour les blessés graves, elle se sentait bien, vraiment. Elle s'est redressée, a étiré bras et jambes et même exécuté une pirouette gracieuse pour les tranquilliser.

Après cette bombe, la vie était un cadeau : envie de rire, de courir, d'aller partout, de respirer, de partager avec ses camarades cette joie sans mesure au milieu du crépitement des mitrailleuses.

— Si tu ne veux pas aller à l'hôpital, va à la cuisine avec Bernardo, lui dit Pedro. Adieu, ma belle, les fascistes m'attendent, lui lança-t-il en s'éloignant à grands pas.

Mika lui obéit. Cela lui ferait du bien de se reposer un peu et de se rafraîchir le visage.

— Tu veux du café ? lui demanda Bernardo.

— Non, du cognac.

Mais elle ne pouvait pas rester assise ici, pendant que les autres étaient dans les tranchées. Elle se leva et parcourut la cuisine. Elle avait oublié ce chocolat qu'on leur avait offert le premier soir à Moncloa. C'était exactement ce qu'il lui fallait : une mission. Rien de mieux pour soulager les symptômes d'asphyxie. Et le prétexte parfait pour rejoindre les miliciens et leur remonter le moral.

— Aide-moi à le couper en morceaux, demanda-t-elle à Bernardo.

Ils mirent les morceaux de chocolat dans un grand sac qu'elle suspendit à son épaule, près de la courroie de son fusil.

Sous leur masque de poussière et de fumée, les hommes souriaient, moins pour le chocolat que pour la joie de te revoir vivante, Mika.

Tu as été étonnée de leur accueil affectueux, même de ceux que tu connaissais le moins, tous paraissaient être au courant de ce qui t'était arrivé et heureux que tu sois saine et sauve : Quelle chance !

Quel plaisir de te revoir ! Quel courage de rester debout après ce qui t'est arrivé !

Est-ce à ce moment-là ? Est-ce l'assurance que te donna l'affection de tes miliciens qui te permit d'assumer le commandement ? En tout cas, c'est lors de cette bataille-là.

Parfait. Les dynamiteurs visent avec efficacité les mortiers que les fascistes tentent de rapprocher de leurs positions. Antonio ne s'étonne pas de découvrir Mika dans la tranchée. Rien ni personne ne peut arrêter cette femme. Peu avant, elle l'a surpris derrière le parapet en lui tendant un morceau de chocolat.

— Merci, lui a-t-il dit, troublé.

— Merci à toi, Antonio, tu m'as sauvé la vie.

Que voit d'abord Antonio ? Son sourire franc ou l'éclair d'une bombe ?

— À terre ! hurle-t-il en saisissant Mika par la main et en la plaquant au sol. Colle-toi à la cunette. Et d'une voix forte : Ne bougez pas, ne tirez pas ! Sauf les dynamiteurs.

Antonio se glisse près de Mika au fond de la tranchée. Les mitrailleuses crachent des rafales ininterrompues.

— Je sais que tu n'as pas peur, mais de toute façon je suis là, près de toi. Et je te protègerai.

Il n'a pas le temps d'entendre la réponse de Mika, un éclat d'obus lui déchire le dos. Il est mort ? Maintenant ? Non, juste blessé.

Un brancard, dit Mika, ça va aller, Antonio, et ses mains lui tiennent les bras pendant qu'on l'allonge, comme pour l'aider à partir. Un énorme trou tiède dans son corps, il veut lui dire qu'il regrette de la laisser dans tout ce chambard, mais il ne peut pas, ça lui tire horriblement dans la poitrine.

— On va se charger de les virer d'ici, lui murmure Mika, qui a deviné. Et elle lui colle sur la joue un baiser, bref mais délicieux.

On l'emmène. Antonio a les yeux ouverts et peut voir le ciel s'incendier de nouveau. Il est sûr qu'ils résisteront. Et que c'était bien de montrer ses sentiments.

Mika reçut un papier contenant un message du commandement : "Résistez jusqu'au bout, salut et courage."

C'était tacite, personne ne t'avait nommée bras droit d'Antonio Guerrero, personne n'avait dit que tu le remplacerais, mais les miliciens attendaient tes ordres. Et tu les leur as donnés. "À la guerre, quelqu'un doit commander, c'est ce que j'ai fait", as-tu déclaré à la journaliste, Esther Ferrer, quarante ans plus tard.

Tu avais peur malgré cette témérité qui impressionnait tant les autres, la peur ne t'a jamais abandonnée. Mais tu as fait face à la situation. Est-ce à ce moment-là, Mika ? Quand, à quatre pattes dans les tranchées, tu remontais le moral des miliciens, tu vérifiais les munitions, tu parlais avec les guetteurs, tu recommandais la prudence mais tu apportais de l'eau-de-vie aux dynamiteurs avec une idée fixe : il fallait résister à tout prix. Ce sont ces heures-là qui t'ont promue capitaine ?

Cinq tanks contre de vieux fusils, des bombes artisanales allumées avec une cigarette et un seul canon. Les combats, acharnés, inégaux, duraient depuis quatre heures lorsque les sinistres triangles noirs apparurent dans le ciel.

– Tous à terre et ne bougez pas ! s'écria Mika, juste avant que n'explosent les bombes. Antonio l'a dit, c'est très rare qu'une bombe tombe dans la tranchée.

Pourtant ce ne fut pas dans la tranchée que Mika alla se réfugier, mais sous les arbres. Allongée sur le dos, respirant la résine et les racines, elle était à l'écart des premières bombes. Si elle était tuée ici, au moins elle mourrait à l'air libre, pensat-elle encore en proie à l'horreur de la terre qui l'asphyxiait. À peine quatre ou cinq heures avant… une vie entière. Elle était tellement fatiguée. Mika s'endormit. Profondément.

Fatigue ou évasion, peu importe, tu as réussi à survivre et à prendre conscience que cette situation ne pouvait se prolonger. Sept heures de combats sans répit, c'était trop.

— On a besoin d'être relevés, dit-elle au lieutenant colonel Ortega.

— Bien sûr, la relève arrive. Félicitez de ma part ces valeureux combattants.

Lorsqu'on joua *L'Internationale*, plusieurs miliciens avaient les larmes aux yeux. L'honneur des combattants, de leurs blessés et de leurs morts.

À ce moment-là, Mika ? Quand L'Internationale *a retenti pour rendre hommage à ta colonne ? Quand le commandant Ortega t'a serré la main et félicitée chaleureusement devant tes miliciens pour ta conduite héroïque ?*

— Le mérite en revient à Antonio Guerrero, dit-elle tout haut, et ils l'acclamèrent. Et à ces courageux militants du POUM.

À cet instant, ou un peu avant, à l'hôpital de Madrid, Antonio Guerrero mourut.

II

16

Paris, 1931

Elle l'avait lu dans un conte : les princes, on les reçoit avec un tapis rouge. Hippo et Mika ne sont pas des princes et ne veulent pas l'être, mais maintenant qu'ils marchent sur ce magnifique tapis de feuilles rougeâtres et vertes que Paris a déroulé dans les rues et les quais pour les recevoir, Mika ne peut que se sentir flattée. Paris les accueille dans toute sa beauté et les invite à en profiter.

— *Bienvenue, ma belle**, lance Hippolyte. On va être très heureux ensemble.

Et comme si lui-même était Paris, il la serre fortement dans ses bras.

J'ai connu un Paris enveloppé des couleurs magiques de l'automne, et la fascination que j'ai éprouvée pour cette ville ne devait jamais s'éteindre. Paris a été mon choix, mon refuge.

Nous arrivions d'Espagne, dépités de voir la république bourgeoise réprimer dans les rues ceux qui exigeaient que soient tenues les promesses républicaines. Nous avons passé tout l'été 1931 à Madrid. Le peuple espagnol nous a beaucoup touchés. Nous nous sommes réchauffé le cœur au feu de ces manifestations tumultueuses qui réclamaient la séparation de l'Église et de l'État et nous avons constaté que la garde civile de la République savait déjà matraquer comme une police à l'ancienne.

En octobre, nous étions partis en France avec l'idée de nous consacrer exclusivement pendant un temps à notre formation culturelle et idéologique. Un luxe que nous

121

pouvions nous permettre avec ce que nous avions économisé en Patagonie et dont nous allions profiter amplement. Après nous irions en Allemagne, où le développement de la lutte paraissait plus probable, mais avant nous voulions nous préparer le mieux possible et entrer en contact avec des organisations politiques et syndicales.

La France nous a donné beaucoup plus que nous ne pouvions l'imaginer. Nous y avons étudié, comme nous nous le proposions, nous avons fait la connaissance de ceux qui avaient les mêmes aspirations que nous, nos grands amis, les Rosmer, René Lefeuvre et tant d'autres, nous avons fait de longues et merveilleuses promenades. Nous avons mûri, dans beaucoup de sens, et nous avons vécu intensément.

Tout la fascine à Paris, couleurs, sons, formes, saveurs. Les gens. Les toits et les cours, les ciels rosés, bleus, argentés, violets, rouges et noirs, les discussions, ces petites rues de rêve du Quartier latin, les théâtres, le marché, la prononciation du *r* et des nasales, le jardin du Luxembourg, les livres, les tableaux et les sculptures, les penseurs et les artistes de tous les coins du monde, les fromages, les cafés, les marronniers, le Louvre et tant d'autres musées, la Seine et la magie des *péniches**, les ponts, les quais, les bouquinistes, ces étals de livres d'occasion si excitants où ils passent des heures à fureter.

"Paris est fait pour vagabonder, pour jouir, pour apprendre. Pour aimer", écrit Mika dans un cahier qu'elle a couvert avec du papier bleu.

Le cahier bleu, c'est comme ça que je l'appelle, bien qu'il n'en reste plus que le mot bleu, mes notes et quelques photocopies pâlies. Le cahier, que tu as écrit entre 1931 et 1933, je l'ai perdu il y a bien des années, quand je l'ai rendu, avec d'autres documents, à Guy Prévan, à qui tu l'avais confié.

Je ne suis pas découragée par la trame effilochée et parsemée de trous de tes écrits. Parmi ces chroniques de ce que vous avez vécu, on trouve des commentaires de livres, des descriptions de monuments et de paysages, des listes de tâches à effectuer et des coupures de presse, j'adore ces éclairages en coin par lesquels tu décris Paris avec la minutie de ces peintres flamands qui te touchaient tant. Je m'installe confortablement sur les moelleux oreillers de tes mots et je profite de la vue que m'offre la fenêtre de la mansarde de la rue des Feuillantines, où tu t'es installée avec Hippo : les magnifiques marronniers du Val-de-Grâce, les toits de zinc brillants, argentés, les couples sur le boulevard de Port-Royal, la coupole claire de l'Observatoire, et ce vaste ciel de Paris posé sur trois sveltes cheminées. De tes lignes me parviennent nettement le chant de ce chardonneret amoureux, le chuchotis des merles qui campent comme une bande de gitans, le roucoulement des pigeons, le piaillement des moineaux qui se chicanent. Et je peux même vous entendre, vous, crier d'amour à l'unisson des chats de la terrasse voisine.

Je suis éblouie par la vie que vous meniez, une vie simple, riche, libre et engagée, unique, éthique et belle, la vie des idées, des émotions, de la passion partagée pour un monde meilleur. Je vous vois si heureux dans le cahier bleu…

Pour se former, cette ville est un paradis. Musées, bibliothèques, universités, cours, conférences, débats.

Les valises sont à peine défaites dans la mansarde lumineuse du Quartier latin que Mika est déjà à la Sorbonne. M. Schneider, un conférencier de la classique école française d'art, lui apprend ce que fut la naissance du paysage. Un public très hétérogène remplit l'immense amphithéâtre Richelieu, des Allemands, des Anglais, des Yankees, des Sud-Américains.

En cherchant à rencontrer Henri Barbusse (avec lequel ils avaient échangé quelques lettres à l'époque d'*Insurrexit*) ; ils croisent le groupe des "Amis du Monde", qui soutient la revue de l'écrivain. Avec eux s'ouvrent de nouveaux chemins : des cours sur le marxisme et l'économie, qu'ils écoutent attentivement, des débats sur l'œuvre de Lénine, l'impérialisme ou la conception de l'économie soviétique chez Rosa Luxembourg.

Passionnant le débat entre un économiste et un philosophe, pas tant pour les théories et les controverses des orateurs, que pour ces jeunes gens fougueux du public qui les mettent tous deux mal à l'aise. Il est remarquable qu'on discute avec tant de passion et de connaissances, même les adversaires s'écoutent. Hippolyte Etchebéhère (il a repris le prénom qu'on lui donnait dans sa famille) les étonne par la lucidité de son intervention, à tel point que c'est à lui que les questions sont adressées. Extraordinaire clarté de ses réponses.

Et quel français que le sien, impeccable, *je suis fière de toi**, lui dit Mika plus tard à la maison. Elle ne s'étonne pas que l'économiste Lucien Laureat lui ait demandé de collaborer à l'établissement de l'édition du *Capital*. Il est brillant, son homme.

Hippo étudie avec rigueur, comme toujours, mais c'est différent à Paris. Tous deux ont changé, est-ce parce qu'ils s'expriment dans une autre langue ? C'est étrange après onze ans à parler et à s'aimer dans une langue, de passer à une autre. C'est comme s'autoriser à être autre, pour se connaître d'une autre manière, pour se renouveler.

Il lui a appris le français en Patagonie, pensant que cela lui serait utile pour lire et pour voyager, mais depuis qu'ils sont arrivés à Paris, il lui parle tout le temps en français : il faut que Mika domine la langue le plus vite possible. Allez, juste une phrase en espagnol, demande-t-elle, et lui, pas question, pas une seule, avec ce sourire malicieux, nouveau : et si tu ne me le dis pas en français, tu n'auras rien, ajoute-t-il, léger, provocateur, prenant plaisir – tout comme Mika – au jeu qu'il a inventé. Ce n'est pas pareil si elle le dit en français, et c'est polisson de montrer, toucher et répéter ce mot que, curieusement, elle n'a jamais prononcé en espagnol. Pourquoi

devrait-elle le prononcer en français ? C'est la nouvelle situation amoureuse qui l'exige, un nouveau pari.

— *Je suis tombée amoureuse de toi**. Tombée amoureuse de
toi ? traduit-elle littéralement, elle joue. Je suis folle de toi.

— Quelle chance ! s'exclame Hippo en riant. Il était temps,
après onze ans !

Comme c'est bon de grandir, de changer, de se former, et
en même temps de mener une vie d'étudiants, stimulés par cet
entourage de militants internationalistes, ces discussions, un
changement qui s'impose chaque jour davantage pour un
monde meilleur, et ce courant d'amour et d'énergie qui
circule entre eux deux.

Hippolyte et Mika apprennent beaucoup, non seulement
dans les cours et les livres, mais aussi avec les gens qu'ils
rencontrent partout, dans les bibliothèques, aux meetings du
parti, dans la rue, au marché, à la poste et même dans le
métro.

La nuit, les stations du métro parisien sont révélatrices. Ils
ont beaucoup parlé de la misère avec les camarades d'*Insurrexit* et ceux du PCO, ou entre eux. En Argentine, Mika
pouvait l'imaginer, mais c'est sur les quais bondés du métro
parisien, dans les rues où des gens dorment sous les portes
cochères, qu'elle a pu la palper.

La neige, si belle mais si cruelle, signifie la mort pour ceux
qui n'ont pas de toit. Sur les bancs des stations de métro se
pressent les silhouettes désolées de chômeurs qui tentent de
dormir, ceux qui arrivent assez tôt peuvent appuyer leur tête
contre le distributeur de friandises Tissot et ainsi trouver le
sommeil. Les autres se contentent de la dureté du banc sans
dossier, recroquevillés, la tête près des genoux. Certains
gardent encore l'allure qu'ils avaient lorsqu'ils travaillaient,
vêtements corrects, visage rasé, tandis que d'autres ont une
barbe de plusieurs jours et des habits crasseux. Ils sont de tous
âges. L'homme avec lequel Mika a parlé devait avoir près de

soixante-dix ans, le dos voûté, un manteau usé aux coudes, un mètre de menuisier dépassant d'une poche et un regard dont le désarroi faisait mal à voir.

C'est un privilège, pense Hippolyte, de pouvoir rentrer chez soi quand il fait si froid la nuit. Et de converser avec sa compagne, une femme qui lui plaît autant, ou peut-être plus, que le jour où il l'a rencontrée. Leur mansarde ressemble maintenant à un vrai chez-soi, avec ces étagères qu'il a lui-même montées et qui leur servent de table, de bureau et de bibliothèque, la couverture de laine de mouton qu'ils ont rapportée de Patagonie, les murs ornés d'affiches que Mika a obtenues au musée, et le fidèle poêle Mefisto, la salamandre qui dégage tant de chaleur avec quelques boules de charbon.

Il chauffe à merveille, tu as contaminé Mefisto, fait Mika provocante, les joues en feu, et cette lueur nouvelle dans son regard éveille chez Hippolyte une douce ébriété, le désir.

Sa Mikusha est différente à Paris, plus… audacieuse, plus sensuelle.

Lui aussi a changé, reconnaît-il, comme si cette permanente stimulation intellectuelle, sensorielle, culturelle avait ouvert entre eux de nouveaux sentiers : c'est elle que Mefisto imite, il lui répond. Les deux en vérité.

Ils ont toute la nuit devant eux, la vie entière, mais il la veut tout de suite. *J'ai envie de toi**.

Le rire qui jaillit, une main qui se tend, ce léger contact. De nouveau va éclater ce dans quoi ils s'enroulent et se désespèrent, se fondent et se confondent pour ensuite se retrouver uniques, intègres, grandioses et petits, humbles et puissants, tendres, forts, en paix.

Mais c'est la deuxième fois en quatre mois que la santé d'Hippo menace ce grand bonheur. Cette toux, ce refroidissement, cette maigreur, repose-toi, je t'en supplie, lui demande

Mika, tu ne dois pas continuer à ce rythme. Il étudie trop, de huit heures du matin jusque tard le soir.

– Si je meurs, plaisante-t-il, que ce soit après avoir connu Marx à fond.

Un froid rampe sur le dos de Mika, qu'il étudie, d'accord, mais ensuite les nébulisations, et au lit ses cajoleries sont plus efficaces que les médicaments de la pharmacie.

Pendant les deux semaines qu'ils doivent passer enfermés, parce qu'il ne cesse de tousser, Mika se promet d'inventer n'importe quoi pour qu'il aille mieux. Au début, elle ne le laisse pas sortir, elle lui lit des livres, puis René Lefeuvre et les camarades des Amis du Monde viennent discuter dans la mansarde. Comme c'est maintenant l'habitude, Alfred Rosmer dîne avec eux le vendredi, avant de se rendre à son travail nocturne de correcteur. Les échanges avec les Rosmer sont tellement stimulants…

L'année de notre arrivée en France, nous avons fait la connaissance de Marguerite et Alfred Rosmer, qui allaient être si importants pour nous. Plus que des amis, ils étaient une torche, un chemin, un refuge, la famille que nous avions choisie. Ils étaient plus âgés que nous, avaient une passionnante expérience de la vie et du militantisme et, d'une certaine façon, ils nous ont adoptés.

À *La Grange*, leur maison de Périgny, nous avons rencontré des militants internationalistes qui allaient jouer un rôle fondamental dans les événements historiques qui approchaient. Plusieurs sont morts peu d'années après, fidèles à la conviction qui guidait notre vie : une société plus juste. Nous le savions, nous avions quitté notre pays pour cela, mais c'est grâce à eux que nous avons senti que, quelles que fussent nos origines et nos histoires, nous partagions un monde qu'il ne fallait pas abandonner à son sort. Nous pouvions le changer. Et nous le croyions. Passionnément.

Mai. Nouveaux parfums dans l'air, soleil merveilleux, air tiède, enfin le printemps après tant de mois de froid et de maladie. Elle ne sait pas comment c'est venu, elle ne s'en est pas rendu compte, occupée par les cours, les promenades, les livres, les discussions, mais ce matin-là, dix mois après leur arrivée à Paris, Mika est surprise par le *bonheur** (le *bonheur**, pas la *felicidad*). Il y a plusieurs raisons à cela : Hippo a pris quelques kilos, il ne tousse presque plus, il a fini de lire *L'Éducation sentimentale* de Flaubert, peut-être qu'en août ils pourront obtenir pour une somme très modique une maison à la campagne, à Saint-Nicolas-la-Chapelle, et puis le *printemps** explose dans les marronniers du Val-de-Grâce, les fleurs roses et blanches, dressées, résolues. C'est irréel, tout se transforme, ces arbres si grands et graves jusqu'à hier et maintenant en fleurs.

— À présent je comprends la place immense que le printemps occupe dans la poésie européenne. Chez nous la nature ne s'endort pas si profondément, si définitivement en hiver, dit-elle à Hippo en français. Au printemps tout se transforme au point qu'on croirait voir le monde renaître.

*Bonheur** aussi pourrait s'appeler ce qui, chaud et ouaté, envahit Mika, deux mois plus tard, dans les toilettes de la Sorbonne, quand elle constate pour la énième fois qu'il n'y a pas de tache, que ce ne sont pas ses règles, non, rien. Et au lieu de dire quel problème, quel drame, cette image de bébé qui s'insinue, un bébé insolent, adorable, l'enfant d'Hippo et de Mika, une émotion timide qui croît, courbe et liquide, comme une vague, et se défait sur le sable tiède de son corps. Elle a du mal à suivre le discours du professeur. Un enfant ? Non, un enfant serait un obstacle à la lutte révolutionnaire, ils l'ont décidé d'un commun accord, il y a des années : ils n'en auront pas. Ce serait beau, pourtant.

Elle ne dira rien à Hippo, elle ne veut pas l'inquiéter. Elle est sûre que d'ici une semaine, avant leur départ en vacances, tout sera rentré dans l'ordre. Ce n'est rien, un simple retard, se persuade-t-elle.

Le soleil du dernier jour de juillet entre à flots par la fenêtre. Désordre de valises ouvertes, de vêtements d'été pêle-mêle, de livres retirés des étagères. Comme si la mansarde représentait ce que Mika éprouve, un ensemble hasardeux de sensations contradictoires. L'excitation du voyage, l'inquiétude de ne pas avoir ses règles, culpabilité, joie, crainte.

Elle range avec empressement ses vêtements, quelques livres, le cahier, elle s'assied sur la valise qu'elle n'arrive pas à fermer, elle l'a trop bourrée et n'a pas assez de force. Hippo s'en chargera. Elle aurait dû lui en parler, mais au moment de partir en voyage… Que lui dirait-elle : Je crois que je suis enceinte ? J'ai peur d'être enceinte ? Je suis émue à l'idée d'être enceinte ? Non. Absurde de l'inquiéter inutilement, à peine deux semaines de retard, peut-être un peu plus. Et de nouveau, insensée, l'image d'un enfant.

Pour la chasser, elle va à la cuisine chercher le panier d'osier et prépare de quoi se sustenter pendant le voyage : pain, saucisson de Bretagne, pommes, oranges et le beaujolais que lui a recommandé un commerçant de la rue Claude Bernard. Elle le lui dira dans quelques jours, à Saint-Nicolas-la Chapelle, quand Hippo sera reposé, quand tous les deux seront reposés, elle aussi en a besoin.

Un rêve, ces vacances en Savoie qui vont commencer dans quelques heures. Quelle chance ils ont : Nicole, une camarade qui connaît la région leur a proposé de partager un logement de mille deux cents francs, c'est ce qu'ils dépensent à Paris. Le fils de Nicole a acheté des billets à prix réduit, après plus de six heures de queue.

Elle demande à Hippo de fermer cette valise pendant qu'elle s'occupe du repas.

Le train part à minuit pile. Le lendemain est un 1er août et Paris fera la sieste, il n'y aura ni bibliothèques ouvertes, ni cours, ni réunions.

À la Gare de Lyon, des centaines de Parisiens partent en vacances : brouhaha, fumée, chaleur. Hippo a les billets et marche d'un pas ferme devant Mika, ils sont en avance mais ils veulent monter dès que possible dans le train et y déposer leurs lourdes valises. Il y a déjà quatre voyageurs dans le compartiment, il ne sera pas possible de dormir, mais ils sont contents, Mika s'appuie sur l'épaule d'Hippo et regarde par la fenêtre. Ce Paris qui part en vacances est si différent de celui qui se presse dans les stations de métro en hiver. Ce sont des travailleurs qui se préparent à profiter d'un repos mérité.

Le train s'ébranle en sifflant, Hippo est excité comme un gosse : on part, Mikusha, on part en vacances.

La nuit en train est longue, le voisin de Mika ronfle bruyamment, Hippo s'est endormi après quelques contorsions pour caser ses longues jambes. Mika se lève en silence pour aller aux toilettes. Toujours rien. Elle attendra une semaine et, s'il n'y a rien de nouveau, elle le dira à Hippo. Comment va-t-il réagir ? Le roulis du train la plonge dans une agréable somnolence, et du néant, l'image du bébé.

Que lui arrive-t-il ? Est-il donc vrai que la maternité soit la vocation naturelle de la femme, son destin physiologique ? Naturelle ? Mais à quoi pense-t-elle ? La perpétuation de l'espèce est tout aussi naturelle que sa vocation révolutionnaire. Et puis, un enfant est incompatible avec le choix de vie qu'ils ont fait. La fonction reproductrice ne doit pas être soumise au hasard biologique mais à la volonté, pense-t-elle.

Rien de ce qu'elle pense ne semble avoir de sens. Ce qui lui arrive est plus simple que toutes ces élucubrations : elle aime Hippo d'une manière différente, son corps désire tellement le corps d'Hippo qu'elle aimerait avoir un enfant de lui, se prolonger dans un enfant. Une idée si primitive. Et pourtant si vraie que c'est ce qui lui arrive.

Une averse à cinq heures du matin, puis un soleil radieux à sept et le merveilleux lac du Bourget à neuf avalent le temps jusqu'à midi.

Mika s'est endormie et, quand elle se réveille, ils sont en Savoie, douceur des formes et des couleurs, les maisonnettes blotties dans les vallées, les bourgades grises et rouges, les cascades miniatures.

Déjà une semaine. Matinées ensoleillées sur la terrasse, un court *maillot** pour tout vêtement, les yeux rivés sur l'ombre veloutée des pins, promenades l'après-midi, lectures, caresses. Peau bronzée et bien-être où rôde cependant l'inquiétude.

Déjà une semaine. Toujours rien.

— Je n'ai jamais vu une journée aussi claire, lui dit Hippo.

— C'est vrai, jamais le ciel n'a été aussi pur, aussi bleu. Bleu, bleu, dit Mika. Sous ce bleu inexorable, tout est vrai, tout se dessine nettement, avec des contours précis, un coteau est un coteau, un arbre est un arbre. Aujourd'hui tout est vrai, tout est à sa place. C'est pour ça… – Mika s'interrompt… – que je voudrais te dire quelque chose…

Hippo sourit, la caresse : la Savoie rend sa brune poétique. Lui aussi veut lui dire quelque chose. Quoi ? Que se reposer c'est bien, mais que nous devons partir en Allemagne, Mika, c'est un moment crucial. Tu te rends compte ? La classe ouvrière la mieux organisée du monde, la plus puissante, face au nazisme qui grossit de jour en jour.

À cet instant précis, quelque chose de tiède et d'humide glisse le long de sa cuisse, sous la légère petite robe en lin qu'elle a achetée au marché aux puces.

— Je reviens.

C'est mieux comme ça, se dit-elle dans les toilettes. Elle ressent un élancement douloureux au ventre, puis soulage-ment et tristesse. Désillusion. Ses yeux s'embuent, elle se lave et cherche les linges.

— Qu'est-ce qui t'arrive, ma chérie ? Tu es toute pâle.

Elle va le dire à Hippo. Tout. Jusqu'à cette tendresse grandissante qu'elle éprouvait en imaginant l'enfant, et cette forte envie de pleurer, même si elle se sent soulagée. Il la comprend ? Bien sûr que oui, elle lui a tout confié, heureusement, elle n'aurait pas dû assumer seule un tel poids. Un poids mais aussi un plaisir, cette idée-là me faisait plaisir, Hippo. Ils auraient dû en parler davantage, Mika sait déjà ce qu'il en pense, mais pour elle c'est si important…

Non, ils vont poursuivre leurs projets, Mika sèche ses larmes. Elle ne veut plus parler, plus tard peut-être, pour le moment elle a besoin de se reposer. Elle se sent mal ? Elle souffre ? Non, c'est le malaise des règles, cet enfant qui n'était pas là, sanglots, qui n'a jamais été là, quelle idiote je suis, mais qu'elle aimait déjà rien qu'à l'imaginer, et qui ne viendra pas. Jamais.

Qu'elle pleure, oui, qu'elle pleure tant qu'elle voudra, lui dit Hippo en la serrant dans ses bras.

Cet enfant qui n'a pas été, que tu as imaginé cet été 1932, l'enfant que tu n'as pas eu, tu l'as pleuré dans d'autres enfants, bien réels ceux-là, morts à la guerre. Pendant des années tu as griffonné des pages, dans lesquelles tu revenais avec insistance sur la même chose. La première fois – et la seule pendant longtemps – où tu as osé écrire quelque chose sur la guerre, tu t'es intéressée à la mort d'un enfant. "L'enfant guérillero", c'était le titre de l'article que tu as publié en 1945, dans la revue Sur *que dirigeait Victoria Ocampo.*

Autre casse-tête pour ceux qui veulent te ranger dans une case. Si tu étais à la gauche de la gauche : comment ton témoignage peut-il se trouver dans la revue Sur, *à côté de textes de Borges et de Bioy Casares. C'est là que Julio Cortázar t'a trouvée, lui aussi publiait dans* Sur. *Et Pepe Bianco. Et Juan José Hernández, ce cher Juanjo, notre ami commun.*

Deux mois après ces vacances à Saint-Nicolas-la-Chapelle, les dernières que nous avons eues, un train nous a emmenés à Berlin. À notre arrivée, à la gare, Hippo m'a étonnée par une phrase en allemand que j'ai comprise : Tu es très belle.

— Entre nous, on parlera en espagnol, plus en français, me dit-il. Ce sera plus facile pour passer à l'allemand et le parler le plus vite possible.

Il y avait longtemps que je n'avais pas entendu sa voix en espagnol et j'en étais ravie.

Nous changions de langue selon les circonstances. C'était nécessaire et nous ne manquions pas de discipline. Mais ce n'était pas non plus exceptionnel ni extraordinaire parmi les militants internationalistes.

Dans ces réunions à Périgny, nous nous exprimions en diverses langues, si l'on ne comprenait pas les explications d'un camarade, quelqu'un traduisait en français, ou en allemand, en anglais, en espagnol. Nous étions presque tous polyglottes, et certains, comme Andreu Nin, Kurt Landau, Alfred et Marguerite parlaient russe, car ils avaient vécu en URSS. Nous ne nous rendions même pas compte que nous changions fréquemment de langue tant la passion révolutionnaire qui nous unissait franchissait les barrières idiomatiques.

17

Périgny, 1977

L'idée d'habiter à Périgny, un bourg à vingt-cinq kilomètres au sud-est de Paris, tenta aussitôt Guillermo Núñez. Au début, il s'installerait chez Juan Carlos Cáceres, le musicien qui avait créé le quintet Gotan, dans lequel Guillermo jouait de la contrebasse. Après, il verrait bien.

On lui avait dit qu'à Périgny résidaient des peintres, des sculpteurs, des artistes, des musiciens. Il ne pouvait pas imaginer que cette dame âgée, qui arrosait des iris et des pivoines dans un jardin voisin avait été capitaine pendant la guerre d'Espagne.

*Bonjour, madame**, sourire, et il continuait à descendre la rue Paul Doumer, mais ce matin-là, Guillermo, de très bonne humeur, voulut lui faire un compliment sur les fleurs, dans un français encore maladroit. *Merci**, répondit-elle, mais ne vous embêtez pas avec le français, *che*, je comprends l'espagnol. Quelle surprise, quel plaisir de rencontrer une Argentine ici, dans sa rue, c'est extraordinaire. Et elle, les yeux comme des lucioles, la voix ferme et rythmée : Vous trouvez que c'est si extraordinaire d'être argentin, une chance particulière ? Une voix jeune qui contredisait ces cheveux blancs, ce corps marqué par les années. Non, bien sûr, il n'est pas comme ces gens de Buenos Aires qui s'imaginent que nous sommes spéciaux. Rire de complicité. Mais ça fait plaisir de rencontrer si loin quelqu'un de là-bas, bien sûr que oui, convient Mika.

– Je vous offre un café ? Un maté ?

Ni le regard ni l'air amusé de Mika ne correspondent à son âge.

134

– Avec plaisir.

Mika ne lui demanda pas ce qu'il faisait en France, ce qui mit Guillermo à l'aise (ce n'était pas nécessaire, que pouvait faire un jeune musicien argentin qui débarque comme ça, d'un coup, à Périgny en 1977). Ce jour-là, curieusement, ils parlèrent de rock-and-roll, des Rolling Stones et de Led Zeppelin. Arco Iris, Mika ne les avait jamais entendus – il lui prêterait une cassette – mais elle connaissait Spinetta et, bien sûr, Magma, un génie ce Christian Vander.

Cette première conversation fut surprenante pour Guillermo ; Mika, à plus de soixante-dix ans, en savait presque autant que lui sur le rock. Les jours suivants, il allait constater que cette femme si singulière connaissait également la peinture, la littérature, la politique, les plantes, les chats, le théâtre, les armes, sans parler de l'histoire. Elle était parfaitement informée et sa sagesse sur les êtres humains était immense. Guillermo n'avait jamais connu quelqu'un comme Mika Etchebéhère.

Cette conversation se prolongea dans d'autres, un thé, des galettes, un verre de vin, du bouillon de légumes, des cerises cueillies sur son propre cerisier. Assis sur la terrasse, ou dans le salon chez Mika, en haut de la vallée d'où on jouissait d'une vue magnifique, ils échangeaient leurs impressions sur les sujets les plus divers et, de fil en aiguille, ils en vinrent aux confidences.

Sa petite maison, elle l'avait achetée dans les années 60, lui raconte-t-elle, mais bien avant, elle avait un toit à Périgny, à *La Grange*, la maison des Rosmer. Guillermo ne peut imaginer toutes ces personnes merveilleuses qu'elle a connues tout au long de… combien d'années, déjà ? Quelques mois après son arrivée en France… Quarante-sept ans ! L'autre jour elle lui a parlé d'Alfred et de Marguerite Rosmer. Il se rappelle ? Ils étaient liés avec des militants de plusieurs pays qui venaient les voir quand ils passaient en France.

Mika prend le bras de Guillermo et ils marchent vers l'endroit où se trouvait *La Grange*, elle évoque ses longues conversations avec les Rosmer, les réunions avec les camarades du groupe Que faire ?, les desserts que faisait Marguerite avec les fruits qu'ils cueillaient, la chaleur avec laquelle ils étaient toujours accueillis, surtout quand Hipólito était tombé gravement malade.

Ils vivaient avec un authentique sens communautaire, il y avait une petite boîte où ils gardaient l'argent, chacun donnait ce qu'il pouvait et prenait selon ses besoins. À certains moments, ils étaient nombreux, mais il n'y avait jamais eu de problèmes ni de demandes d'explications.

Ils s'arrêtent à un croisement : Dans cette maison que tu vois maintenant ont été discutés des grands événements du XXᵉ siècle. Ici, se retrouvaient des hommes et des femmes de la IIIᵉ Internationale et c'est dans cette maison qu'on a fondé la IVᵉ Internationale, en septembre 1938. Alfred Rosmer ne participait pas à cette réunion, il avait juste prêté sa maison. Il avait été très lié à Trotsky à l'époque de la Grande Guerre et malgré leurs positions nettement divergentes au début des années 30 ils sont restés amis toute leur vie. Les Rosmer étaient allés voir Trotsky et sa femme, en exil en Turquie, et plus tard ils s'étaient occupés de Sieva, le petit-fils des Trotsky, qui vivait à Paris et qu'ils emmenèrent au Mexique.

— Ce n'est pas Rosmer qui a introduit l'assassin de Trotsky dans sa maison de Coyoacán ? demanda Guillermo, tout excité. Je l'ai entendu dire par un journaliste espagnol qui menait une enquête sur le sujet.

— Non, ça ne s'est pas passé comme ça, c'est une interprétation tordue des faits, je l'ai dit à ce journaliste, ce doit être le même qui m'a interviewée pour la télévision espagnole. Oui, les Rosmer ont rencontré Ramón Mercader, à Mexico, et Natalia, la femme de Trotsky, l'avait même invité chez eux, mais ils ne pouvaient pas soupçonner que cet homme allait l'assassiner. Mercader était, ou feignait, d'être le fiancé d'une proche collaboratrice de LD.

— LD ?

— Lev Davidovitch Trotsky. LD, comme l'appelait toujours Natalia. J'ai beaucoup parlé avec elle lorsqu'elle est venue à Paris. Son compagnon était mort depuis de longues années déjà, mais c'était comme s'il vivait encore, toujours avec elle, dans la lutte qui a marqué leur vie.

— Comme toi avec Hippo. L'autre jour, quand tu me racontais les tragiques événements que vous avez vécus à Berlin, j'ai eu l'impression qu'il était là, à tes côtés, avec son immense déception de la défaite du prolétariat allemand, comme si Hitler venait d'arriver au pouvoir et que nous étions en 1933 et non en 1978. Et quand tu me parles de vos promenades, main dans la main, dans les quartiers parisiens, les cafés de Montparnasse, la mansarde, on dirait que tu as trente ans et que tu es autant amoureuse de lui qu'à l'époque. Vraiment, je t'envie.

S'il continue, il va la faire pleurer, elle qui est si dure, comme pensent certains. Mika rit de bon cœur. Dès le premier jour, Guillermo l'avait devinée d'entrée. Mais elle lui racontera un autre jour ce qu'elle sait de cette histoire à Mexico, pour le moment elle veut poursuivre au sujet de *La Grange*.

Cette maison, où même les murs et les fleurs étaient antifascistes, a été occupée par les Allemands pendant la Seconde Guerre mondiale, abîmée, saccagée, pillée, les livres ont été brûlés, les meubles et le piano détruits. Les nazis s'étaient acharnés sur *La Grange*, comme s'ils savaient tout ce qui y avait été projeté contre eux et combien ses habitants les haïssaient. Mais en 1946, les Rosmer et Mika s'étaient retrouvés en France et avaient reconstruit cette maison qui avait abrité tant d'histoire. *La Grange* eut de nouveau des livres, des rideaux, des tableaux aussi bons, ou meilleurs, et la machine à écrire, les plantes, de nouveau elle s'est peuplée de voix, d'enthousiasmes, de passions, car malgré tout ce qui nous était arrivé, nous avions toujours la foi.

— Il faut que tu apprennes cela, Guillermo. Je n'ai pas du tout aimé ce que tu as dit aujourd'hui. À ton âge ! Il y a toujours une raison de lutter, un sentier à emprunter, un objectif à atteindre.

Bon, ils en reparleraient. Pour le moment, elle va lui raconter les années 50, quand ils se réunissaient avec André Breton, Benjamin Péret, les exilés espagnols, Andrade. Elle lui a parlé de Juan Andrade ? Et de María Teresa, sa femme ? Et d'Andreu Nin ? Tu sais ce qu'ils ont fait à Andreu Nin ? Et à Kurt Landau ? Katia, sa femme…

Pendant les promenades au bord de l'Yerres ou sur la terrasse chez Mika, défilaient devant Guillermo les personnages de sa vie, du tueur d'Indiens des années 20 en Patagonie jusqu'à sa chère amie Simone Kahn, en passant par les surréalistes des années 50, de Katia Landau dans la prison de Barcelone, aux camarades d'*Insurrexit* à Buenos Aires, Arden Quin, Julio Cortázar, Léon Trotsky, son amie brésilienne Bluma, Jean-Paul Sartre, Alfonsina Storni, Jorge Amado, Copi. Et c'étaient aussi des morceaux de terre et de pâturage vert, colorés et vivants dans son récit, des petites histoires et la grande Histoire du XXᵉ siècle.

Puis il y eut ces voyages en auto de Périgny à Paris et de Paris à Périgny qu'exigeait l'imprimerie où Guillermo travaillait, pour arrondir ses maigres fins de mois de musicien. Mika jouait les copilotes, lui commentait les nouvelles qu'elle avait lues dans quatre journaux ou entendues à la radio. Et les visites que Mika lui rendait en fin de semaine, quand Guillermo restait seul à l'imprimerie, seigneur et maître de cet endroit où il habitait, une ferme du XVIᵉ siècle qu'à Périgny on appelait le *château**. Mika lui parla de l'époque où elle était correspondante de Radiodiffusion française, à Montevideo, pendant la Seconde Guerre mondiale, et de la revue *Argentine* *libre* où elle travaillait à Buenos Aires, de sa belle amitié avec Pepe Bianco, de la revue *Sur*, de mai 68 et de ses démêlés amusants avec un agent de police. Et pendant qu'elle s'occupait des roses, des iris et des pivoines de son jardin, ce petit carré vert qu'elle avait transformé en une annexe de Versailles, elle lui demandait mine de rien s'il allait sortir avec cette fille qu'il lui avait présentée l'autre jour chez les Marino. Mika la trouvait sympathique, alors que l'autre, celle qu'il avait amenée au *château**, ne lui plaisait pas du tout, elle ne voulait pas se mêler de ce qui ne la regardait pas, mais franchement que faisait Guillermo avec une femme aussi superficielle, c'est qu'à certains moments les hommes, même les plus lucides, sont incapables de penser, en tout cas on se demande bien avec quoi ils pensent.

Une fine et subtile maille de mots, d'affection et de complicité se tissa entre eux. Une maille qui leur permit de se soutenir face à l'adversité, aux problèmes, pourtant si différents qui étaient les leurs. Un petit coin de tendresse, de réflexions, d'apprentissage, de paix, qu'ils surent préserver dans toutes les circonstances de leur vie.

De l'Argentine, Mika et Guillermo ne parlèrent qu'au bout de quelques semaines, et en effleurant le sujet, parce qu'il était douloureux. Pour tous les deux. Mika avait choisi de quitter l'Argentine bien des années auparavant, la première fois avec Hipólito, la deuxième fois, seule, à la fin de la Seconde Guerre mondiale, qu'elle avait passée en Argentine. Malgré les dures conditions de vie dans l'Europe de l'après-guerre, faisant fi des conseils de ses amis argentins, Mika avait décidé de revenir en France.

À Paris, ils avaient été si heureux avec Hippo… Mika écrivit de nombreux articles sur la vie culturelle parisienne, expositions, littérature, théâtre, parfois sur les rues et les cafés.

Un sourire malicieux et elle baisse la voix : à vrai dire, c'était Analía Cárdenas, l'auteur de ces articles publiés pendant des années dans un journal de Rio de Janeiro. Bluma, une très chère amie brésilienne, lui avait obtenu ce travail. Son mari, Sam, était un journaliste reconnu. Ce fut un travail très intéressant, le Paris culturel des années 50 était splendide, et il lui permit de se nourrir. Mika prépare un autre maté, tu en veux ?, puis reste silencieuse, perdue dans quelque souvenir qui lui arrache un sourire : j'avais parfois des conflits avec Analía, elle était beaucoup plus ouverte que moi, ce qui est indispensable pour ce genre d'articles, et elle déchirait mes textes quand ils étaient trop durs pour un auteur dont je jugeais l'attitude réactionnaire ou frivole.

Guillermo est de plus en plus intrigué : Qui était cette Analía Cárdenas ?

Mika éclate de rire : Moi-même, mais avec une personnalité différente. Analía Cárdenas était mon pseudonyme. Une expérience très intéressante.

Guillermo a envie de lire ces articles. Elle les a gardés ? Oui, quelques-uns, elle lui montrera celui qu'elle a écrit sur ce café que Guillermo aime tant, le Dôme.

C'est au Dôme, en 1995, que j'ai rencontré Guillermo Núñez. Je n'ai pas enregistré ses paroles, comme dans d'autres entretiens, mais j'ai écrit dans mon carnet l'impression que m'a laissée cette rencontre.

Son regard brillait quand il évoquait ces conversations où tu lui racontais ta vie, les discussions idéologiques qui vous exaltaient, les trajets dans sa voiture, les conseils que tu lui donnais, vos disputes parfois et cette profonde amitié qui vous a liés pendant plus de vingt ans. Il ne semblait pas évoquer la rencontre d'un jeune musicien avec une femme âgée à forte personnalité. Tu étais morte trois ans auparavant, nonagénaire, mais dans sa voix, dans son regard, tu étais vivante, une femme fascinante, merveilleuse, sans âge. Une de ces personnes qui marquent un avant et un après dans la vie d'un homme.

— C'était une histoire d'amour, allait reconnaître Guillermo quatorze ans et bien des conversations plus tard, en 2009. Un

amour différent, spécial, pas celui d'un couple, bien sûr, mais pourtant celui d'un homme et d'une femme. Une femme magnifique, comme elle l'a été jusqu'au dernier jour de sa vie, d'une cohérence extraordinaire. Et si belle.

Ce n'était pas Guillermo qui détenait le cahier que tu avais écrit en Allemagne, ni les autres. Il n'avait pas la moindre idée de l'endroit où se trouvaient tes papiers, mais c'est après cette première conversation au Dôme avec Guillermo, où il m'a parlé de ce que tu lui avais raconté de Berlin, que je me suis promis de ne pas renoncer avant de retrouver tes papiers.

Et je les ai retrouvés.

Berlin, 1932

La foule, le brouhaha, des rires, des accolades les accueillent à la Anhalter Bahnhof.

Du bist sehr schön, tu es très belle, lui dit Hipólito à l'oreille, il exulte : Enfin l'Allemagne, Mikusha.

Ils ont l'adresse d'une pension non loin de là, sur la Schützenstrasse, et les indications pour y arriver. C'est facile, il faut passer devant les ministères, la poste, traverser l'avenue.

Hipólito propose de déposer les valises à la pension et qu'ils aillent marcher, il a envie de parcourir Berlin, de prendre le pouls du peuple. Mika se montre plus raisonnable : il fait nuit, très froid, ils n'ont rien mangé depuis des heures, le mieux serait de prendre un bouillon, d'aller dormir et demain... Mais Hipólito ne peut pas attendre demain, il veut sortir, il a un plan, ils ne se perdront pas.

Il sait qu'il a besoin de repos, léger reproche dans la voix de Mika, mais Hipólito, tendre : qu'elle ne s'inquiète pas autant pour lui, mon amour, c'est inutile, il va bien, il est presque gros. Ce rire clair auquel il est impossible de résister, et elle n'y résiste pas.

D'accord, la chambre à la pension, des écharpes, parce qu'il fait froid, des gants, puis ce breuvage chaud que Mika commande dans une gargote en étrennant son allemand, et plutôt bien, on dirait, car on le lui apporte à table.

— Viande ? demande Mika en allemand à la serveuse en indiquant des morceaux d'une couleur indéfinie.

— *Wurst*, lui répond-elle, et Mika traduit : Saucisse.

– *Reis*, riz ? fanfaronne Hipólito. Moi, je parle allemand.
– Le doigt sur la table. – *Tisch*, dit-il en allemand. *Bär*, ours,
fait-il en se désignant lui-même.

La femme éclate de rire :

– Bière ? demande-t-elle. Vin ?

– On ne boit pas, merci, dit Mika.

– *Bier nein, Wein nein*, bouffonne Hipólito. *Wasser*.

– L'eau, triste, mauvaise, bête, déclare la femme en ponc-
tuant sa plaisanterie d'un grand éclat de rire.

Sympathique, cette femme. Mika échange quelques
phrases avec elle : d'où ils viennent, depuis quand la femme
tient ce restaurant, les transports à Berlin. Sur la Leipzig-
strasse, à cinq minutes à pied, ils peuvent prendre un tramway
qui les emmènera jusqu'à Alexanderplatz, où veut aller
Hipólito.

– Comme elle parle bien allemand, ma brune, je suis fier.

Ils ont pris tous les deux des cours d'allemand à Paris, mais
Mika en sait plus que lui, elle n'a aucun mérite, elle parlait le
yiddish chez elle, tout comme Hippo parlait le français chez
lui. Dès qu'ils seront installés, ils iront à l'école du parti
communiste pour y étudier l'allemand et se mettront en
contact avec les travailleurs, pour savoir ce qu'ils pensent,
comment ils s'organisent dans cette situation. Conversations,
intrigues, alliances, affrontements.

Hipólito revient abondamment sur les derniers événements de la politique allemande, il les énumère, comme s'ils
révisaient un cours, pendant que le tramway les emmène en
ville. Le Reichstag a été de nouveau dissout par le chancelier
Von Papen, auquel le président Hindenburg a donné carte
blanche, et dans deux semaines, le 6 novembre, il y aura des
élections législatives.

Bahnhof Börse. Descendons, propose Hipólito, on est à
une station d'Alexanderplatz. D'accord, on continue à pied,
accepte Mika. Un vent froid s'est levé, mais la nuit est agréable
pour marcher. Passons par là. Ils font le tour du Hackescher

Markt et s'engagent dans une rue étroite. Münzstrasse, lit Mika à voix haute, joli nom.

Hipólito consulte son plan, Alexanderplatz est dans cette direction, allons-y.

Les rues sont quasi désertes. Le quartier est endormi, mais la vie continue dans les drapeaux rouges qui flottent sur les façades grises des immeubles. Les Berlinois exhibent leurs opinions politiques aux fenêtres. Votez pour la liste 2, la 3, la 1, lance-t-on aux passants. Mika est émue par tant d'enthousiasme.

Rouges sont les drapeaux des trois partis qui se disputent la classe ouvrière allemande. La faucille et le marteau sur celui des communistes, liste 3 ; les trois flèches du Front de Fer des socialistes, liste 2. Et celui-là ? demande Mika, bien que ce ne soit pas une question, mais l'impression qu'elle ressent de le voir si près, car elle sait bien que le cercle blanc avec la croix gammée noire au centre, c'est le nazisme, les hitlériens de la liste 1. Mika frémit et cherche la protection des bras d'Hipólito.

— Ces drapeaux nazis me font peur.

— Oui, mais combien y a-t-il de drapeaux communistes et socialistes ? Beaucoup. Les communistes ont plus de députés depuis deux ans. Mais les nazis aussi ont considérablement amplifié leur représentation.

— Ils n'auront pas la tâche facile, dit Mika avec conviction en s'efforçant de chasser ses craintes. Si on ajoute les voix socialistes et communistes, elles doivent être à égalité avec celles des nazis.

— En effet, ensemble, elles dépassent les nazis. Mais on ne peut pas faire confiance au parti socialiste… et si le PC allemand ne se sépare pas de l'Internationale communiste…

Mais Hipólito ne veut pas se montrer pessimiste, pas devant ce spectacle qui montre clairement que l'avenir est ouvert. Ils s'arrêtent à l'entrée d'une rue étroite, Hipólito fait passer Mika devant lui et l'entoure de ses bras.

— Regarde ces drapeaux, ma puce, toute cette passion politique. Le peuple allemand ne sera pas dominé sans combattre et nous serons à ses côtés.

Mika sent croître le feu que les paroles d'Hipólito ont allumé, ce désir d'action, de lutte, l'impression excitante d'être tout près de ce qu'ils cherchent depuis des années. C'est une sensation quasi physique, un doux vertige.

Dans la journée, les rues grouillent de monde, de bruits, de discussions politiques ici et là, auxquelles participent des femmes et des hommes de tous âges et conditions. C'est pour cette ferveur qui palpite sur le Scheunenviertel qu'Hipólito a voulu quitter la Patagonie, et plus tard Paris : c'est ici que nous devons être, Mika. Elle aussi le pense, il le sent dans sa main tiède qui s'accroche à la sienne, dans son regard brillant et concentré qui observe les visages de ceux qui parlent dans un groupe.

— Celui-là est socialiste, lui explique Mika, et l'autre, communiste. Le socialiste accuse les chefs du PC allemand de commettre une grave erreur, c'est pas bien, l'ami, d'obéir sans réfléchir, lui traduit-elle à l'oreille. Les dirigeants du parti socialiste ne valent pas mieux, réplique le communiste.

— Ils ont tous les deux raison, tranche Hipólito.

Les voix enflent, cherchent à s'imposer, se crispent, mais s'arrêtent avant la bagarre. Attenter à l'ordre public est sévèrement réprimé, leur expliquera-t-on plus tard.

À Alexanderplatz, une fille et un garçon, tout près l'un de l'autre, chacun avec une tirelire en métal, font une collecte pour leurs partis respectifs : le parti communiste et le parti national-socialiste. Il lui adresse une grimace de mépris, elle lui tire la langue et, l'air grave, cherche des yeux ceux qui la protègent. Le nazi a lui aussi des protecteurs qui montent la garde à quelques pas de là. Les uns et les autres se rapprochent, se toisent avec haine, mais cela ne va pas plus loin.

— Tu vois pourquoi on parle de la "discipline allemande" ?

Le petit rire de Mika lui provoque des chatouillements.

C'est plus que de la discipline, pense Hipólito, c'est la conscience de tout militant allemand aujourd'hui, qu'il soit communiste, socialiste ou nazi, d'être appuyé par son parti.

Il en parle plus tard avec Kurt Landau, le dirigeant autrichien dont Rosmer lui a dit si souvent tant de bien. Alfred a envoyé une lettre à Kurt pour lui présenter les Etchebéhère, lui demander de les piloter dans Berlin et de les aider à s'installer.

Mais avant que Kurt et sa femme Katia expliquent ce qu'ils ont préparé pour eux, Mika prend les devants, avec cette façon à la fois douce et énergique de clore un sujet : ce matin, ils ont décidé de s'installer dans le quartier autour d'Alexanderplatz. Est-il possible d'y trouver un logement à louer ?

Si Hipólito ne savait pas que presque toujours il y a une raison aux caprices apparents de Mika, si elle n'avait pas cet art si sympathique de s'imposer, s'il ne l'aimait pas autant, il lui reprocherait peut-être son attitude, elle n'a même pas écouté ce que les Landau avaient prévu pour eux… Katia ne l'a pas mal pris, elle rit : elle fera le nécessaire pour la satisfaire. Elle en parlera aux Schwartz qui habitent tout près d'Alexanderplatz et disposent d'une pièce à louer.

Un thé et un délicieux *Apfelstrudel,* tandis que Kurt, dans un français châtié, expose son analyse des derniers événements. Hipólito est d'accord avec lui : la position de l'Internationale communiste est absurde et dangereuse, soutenir que la social-démocratie est l'ennemi revient à minimiser et à favoriser le nazisme. Katia prend la parole en allemand : je les ai entendus dire : "Nous ne craignons pas un gouvernement nazi, il tombera avant n'importe quel autre et ce sera notre tour d'entrer en scène." Et Mika, en espagnol : "Il y a déjà un moment que l'Internationale communiste ne défend plus les intérêts des peuples mais ceux de la Russie, regardez ce qui arrive."

Nous nous sommes reconnus dès notre première rencontre. Nous nous comprenions grâce à un mélange de français et d'allemand, entrelardé de phrases en espagnol, même si très vite, stimulés par le besoin de comprendre ce que nous vivions, nous nous sommes immergés dans la riche langue allemande.

Notre amitié s'est forgée dans cette Allemagne dotée de puissantes organisations ouvrières, qui éveillaient en nous un si grand espoir et où nous allions subir une défaite ignominieuse. Une des plus belles et plus solides amitiés de ma vie.

Kurt Landau avait été un des fondateurs du parti communiste autrichien, et plus tard, lorsqu'il se rallia aux positions de Trotsky, il devint un des plus importants dirigeants de l'opposition de gauche internationale avec Andreu Nin, Alfred Rosmer et Leon Sedov, et il était également le responsable de la publication de *Der Kommunist*. C'est Trotsky, depuis son exil en Turquie, qui demanda à Landau de s'installer à Berlin pour se consacrer à la réunification des groupes de l'opposition de gauche, même si un an avant notre arrivée, en 1931, Kurt Landau, comme Rosmer en France, s'était éloigné du trotskisme pour créer son propre groupe : Wedding. Mais alors que Rosmer maintenait ses liens d'amitié avec Trotsky, Landau en arriva à l'affronter sérieusement dans des articles incendiaires qu'il écrivit pendant la guerre civile espagnole, sous les pseudonymes de Spectator et de Wolf Bertram. L'ironie, pour moi qui ai survécu tant d'années à tous, c'est que j'ai souvent entendu définir Kurt comme "trotskyste". Ils auraient dû lire la lettre que Katia m'écrivit de Barcelone. On le dit également de Rosmer, d'Hippo et de moi, d'Andreu Nin et d'autres camarades. Bien sûr, nous admirions tous Trotsky, ce qui ne signifiait pas que nous faisions partie d'un groupe trotskyste. Pour certains cela avait été le cas – Nin, Rosmer, Landau – puis ils avaient pris leurs distances ; pour d'autres – comme Hippo et moi – jamais. Les scissions des organisations communistes d'opposition furent multiples.

Que de simplifications obscures, que de hâte à mettre des vies entières dans des cases qui éliminent toutes les nuances et empêchent de comprendre les complexités de l'histoire.

Nous connaissions le parcours de Kurt Landau et l'importance de sa tâche, mais le voir en action et l'écouter en ces temps difficiles fut une expérience extraordinaire. Son analyse de l'Allemagne et de ses organisations aussi puissantes que désorientées, où le nazisme montait comme une marée, était brillante. Kurt parlait comme il écrivait, à la perfection, en développant point par point ses idées avec une grande clarté.

Hippo et moi étions d'accord avec lui, mais nous étions à un moment différent de notre histoire et nous voulions, nous avions besoin, de faire notre propre expérience : vivre au jour le jour, sans appartenir à aucun groupe politique, écouter et discuter avec les camarades de Wedding, comme avec ceux de l'école du KPD, où nous prenions des cours, ou encore avec les gens dans la rue, dans les tramways, au marché, lire les journaux, participer aux manifestations, noter les faits sur un cahier, bref, tirer nos propres conclusions de ce qui se passait.

Ces réunions exaltées du groupe Wedding se prolongeaient jusqu'à l'aube dans un local de la Schönwalderstrasse. On discutait beaucoup, peut-être trop. De nombreuses disputes furent délibérément provoquées.

Parmi les camarades de Wedding se distinguait Jan Well. C'est là que nous nous sommes connus. J'ai su qu'il allait provoquer des conflits dès le premier instant où je l'ai vu, mais je ne pouvais pas imaginer alors le rôle que cet homme sinistre allait jouer quelques années plus tard, dans l'épisode le plus humiliant de ma vie : lorsque j'ai été emprisonnée.

Malgré son intelligence, son apparente sympathie, sa scandaleuse beauté, son intérêt manifeste pour ma personne, il ne me plaisait pas. J'ai vu en lui ce que les autres n'ont pas vu : l'action déstabilisatrice de ce Jan Well comme il se faisait appeler en Allemagne, au sein de Wedding, et la manière rusée dont il influait sur les querelles internes. J'ai mis

Hipólito en garde. Il pensait que j'exagérais, que je m'acharnais sur Jan par aversion personnelle.

Peut-être bien, les motifs ne me manquaient pas, même avant la nuit de l'incendie du Reichstag, en tout cas je ne me trompais pas sur l'intention de Well de déstabiliser le groupe Wedding, son jeu a été découvert bien des années plus tard, à l'ouverture des archives en Union soviétique.

Hipólito est troublé par le comportement du camarade Jan Well. Landau lui a dit qu'en 1929 Well a joué un rôle fondamental dans la Bolschewistische Einheit, l'opposition de gauche unifiée, et qu'en 1930 il a été l'un des camarades qui ont favorisé la scission du groupe trotskyste pour en former un autre dirigé par Kurt Landau. Ils n'étaient pas tant en désaccord avec les idées trotskystes qu'avec le mode d'organisation. Mais maintenant, à Wedding, Hipólito perçoit que Jan Well s'oppose à Landau avec une telle habileté que, par moments, lui-même se rallie à ce que Well propose.

Mika, elle, ne se méprend pas, elle est clairement contre Jan Well : elle ne lui répondra pas, ne fera pas son jeu, l'a-t-elle prévenu en réunion, et elle ne s'est pas souciée de baisser la voix pour atténuer la dureté de ses paroles, elle s'est exprimée délibérément en français ; Well, Kurt, Katia et Hannah parlent français.

Ni le regard ardent que Jan Well lui adresse sans pudeur, ni son sourire radieux, ni ses éloges n'impressionnent Mika. Hipólito aime la voir ainsi. Au contraire d'autres camarades, hommes comme femmes, Mika n'est pas sous le charme des brillants discours de Well.

Hipólito doit cependant admettre que Jan a fait ce soir une lucide analyse de la situation, et il l'a répétée en français pour être sûr que tout le monde avait bien compris : dans les circonstances actuelles, le PC allemand pourrait être capable de changer sa position et de réagir, et dans ce cas nous devrons agir vite.

Hipólito a perçu le regard méfiant de Mika, mais l'analyse de Well lui semble fondée et il demande la parole pour appuyer et approfondir ce qu'a dit le camarade (il est perturbé par le regard de sa femme, mais il ne veut pas qu'une antipathie personnelle fasse obstacle au débat d'idées). Cependant, Jan Well parvient à donner une autre tournure à ses propos – Hipólito n'a pas compris tout ce qu'il a dit –, créant un affrontement entre Kurt, Sascha et Hannah d'un côté, et Mika, Hipólito et Michael de l'autre.

Ce n'est pas ainsi qu'il faut interpréter ce qu'il a dit, déclare Hipólito, il veut seulement préserver l'indépendance du groupe Wedding, non pas parce qu'il n'est pas d'accord, mais parce que... Il le sait, l'interrompt Jan, il comprend, il a été très clair, et avant qu'Hipólito puisse s'expliquer, il embrouille l'assemblée avec des arguments qui conduisent les uns et les autres à s'apostropher. Sauf Mika qui, sagement, refuse de prendre part à ces discussions, qui ont leur charme, c'est vrai, reconnaît Hipólito, après tout ils sont en train de préparer un monde nouveau, alors comment ne pas discuter ?

Mais tu ne vois donc pas, mon amour, que Jan Well cherche à provoquer une scission du groupe Wedding, lui dit-elle quand ils rentrent chez eux, comme avant dans le groupe que dirige Léon Sedov, le fils de Trotsky.

Il ne croit pas que ce soit une intention délibérée, elle exagère, Well n'est pas un ennemi, il ne faut pas oublier son parcours : c'est lui, avec Sascha, Hans et Kurt, qui a rassemblé les éléments dispersés pour organiser l'opposition au stalinisme en Allemagne. Et c'est sa vanité qui le pousse à vouloir être au centre, à disputer le leadership à Landau. Mais Mika a raison, heureusement qu'elle l'a arrêté, elle voit juste, sa brune.

Ça lui fait du bien de la serrer fort dans ses bras, sur le pont qui enjambe la Spree, et de la sentir tiède, tendre, de penser qu'elle est sa compagne, son amie, et de partager avec elle ce moment crucial de l'histoire qu'ils sont en train de vivre. Et ceux à venir.

Mika éprouva un sentiment semblable en reconnaissant la maison de la famille Schwartz, où Katia Landau leur avait trouvé une chambre.

Ce n'est pas ici qu'on s'est arrêtés l'autre soir ? a demandé Mika, étonnée, quand ils sont arrivés avec leurs valises.

Ce pouvait être ailleurs, Berlin est une ville immense, mais c'est justement à cet endroit qu'Hipólito l'avait embrassée et qu'ils avaient ressenti cette excitation qui prélude aux grands moments. L'appartement des Schwartz se trouvait à l'endroit qui s'appelle maintenant Wadzeckstrasse, à quelques pas de la Neue Königstrasse, d'où ils venaient à pied. Hipólito n'accorda pas d'importance à ce hasard, c'était juste une chance de se trouver dans le quartier qu'ils souhaitaient, mais Mika y vit une confirmation qu'ils étaient au cœur de l'histoire et qu'ici se préparait l'avenir de l'humanité.

Oui, quelle chance d'être au bon endroit, au bon moment et aux côtés de la meilleure personne qui soit pour le partager, écrit-elle dans son cahier couvert de papier bleu.

Et quelle veine d'avoir trouvé cette grande chambre confortable, avec une fenêtre qui donne sur la grande cour de l'immeuble, une salle de bain commune, le droit d'utiliser la cuisine et un petit placard pour ranger la vaisselle et les aliments : un foyer à Berlin. Un *chez-nous** à Berlin.

Dommage qu'il leur faille supporter Ilse Schwartz. Mika n'aime pas beaucoup cette petite-bourgeoise qui vit dans la nostalgie de l'époque où ils avaient un commerce prospère et une vie aisée, "on était vraiment comme des coqs en pâte", comme elle dit, quelle horreur. Elle comprend que la situation des Schwartz est difficile, ils sont tous les deux sans travail et ne se résignent pas à abandonner leur appartement et un certain confort auquel ils sont habitués. Mais cette femme irrite Mika, c'est plus fort qu'elle.

Hippo se montre plus patient. Bon, on va se coucher, a annoncé Mika hier soir, interrompant Ilse qui répétait pour la énième fois que, s'ils n'avaient pas tous ces problèmes sur le dos, ils n'auraient jamais loué la chambre, mais, ajoute-t-elle, ils ne la louent pas à n'importe qui, Katia a tellement insisté : ce sont des gens cultivés, bien éduqués, polyglottes. Mika s'est levée : Bonne nuit, Frau Schwartz. Mais Hipólito est resté encore un bon moment : Je ne pouvais pas lui couper le sifflet, Mika, pauvre femme.

Elle te plaît, plaisanta Mika, elle est jolie, non ? Et lui : il ne l'a même pas remarquée, il n'a d'yeux que pour sa brune. Et elle se sentit un peu bête de lui avoir dit cela.

Le rendez-vous avec les camarades est à cinq heures de l'après-midi, au bar Barrikade, où l'on vote aussi. Hipólito et Mika arrivent en avance pour se familiariser avec le quartier de Wedding. En se rendant la veille à la réunion du groupe de Landau, ils avaient déjà été étonnés de ne pas découvrir des rues étroites mais de larges avenues arborées, où les gens discutaient avec animation.

– Il y a quelque chose de spécial à Berlin, dit Mika en prenant le bras d'Hipólito, une force dans l'air, une force qu'on respire.

Des immeubles de quatre ou cinq étages, pavoisés de drapeaux à presque tous les balcons. Dans la partie ancienne du quartier, deux ou trois svastikas flottaient parmi de nombreux drapeaux frappés de la faucille et du marteau, tandis que dans la partie moderne, plutôt peuplée d'employés et de commerçants, quelques drapeaux socialistes et une courageuse bannière communiste qui jure au milieu d'une multitude de drapeaux nazis. Un courage contagieux, tu le sens, Hippo ?

– Bien sûr que oui, ma belle.

Rares sont les nazis qui circulent dans Wedding. Un groupe de six SA* en uniforme passe devant le local de la *Reichsbanner*. Les jeunes socialistes, eux aussi en uniforme, qui montent la garde devant la porte, se moquent et les provoquent.

– Eh ! Les héros, vous êtes pressés ? Ne courez pas si vite. Votre chef vous attend, ou quoi ?

Les nazis s'éloignent sans répondre.

À la porte du bar Barrikade, des hommes et des femmes brandissent des pancartes des différents partis ; à l'intérieur, une pièce est réservée au vote et dans l'autre les clients boivent de la bière et discutent. Tout est parfaitement tranquille.

Certains camarades sont déjà là, assis autour d'une table. Absurde, cet enjouement avec lequel Jan accueille Mika, et elle seule, en lui lançant *bonjour camarade**, le regard insistant et si éloquent, elle en a honte, qu'est-ce qui lui prend à cet homme ? Comme si elle ne le voyait pas, elle s'adresse à tous : Hippo et elle sont très impressionnés par le climat politique qu'ils ont observé. Ont-ils donc un courage extraordinaire, tous ces miltants allemands, communistes, socialistes, y compris nazis ? demande-t-elle aux camarades.

– Plus que du courage, c'est l'équilibre des forces, répond Jan Well en allemand, et il le répète en français, le regard fixé sur Mika.

– Les gens ne sont pas idiots, ils savent que la victoire n'est assurée pour personne, convient Hipólito en français.

– Ni la défaite, dit Mika en allemand en se détournant du regard insistant de Jan Well. L'avenir est ouvert, on va pouvoir faire du bon travail.

Ils vont pouvoir *le faire* ensemble, bien sûr que oui, approuve Jan Well avec un sourire infect, et Mika sent le rouge lui monter aux joues. Les autres l'ont-ils perçu ? Elle décide d'attribuer son trouble à une équivoque due au

---

* Sections d'Assaut : service d'ordre du parti nazi.

croisement des langues et de ne pas y prêter attention, même si ce regard ne renonce pas, ne la lâche pas, il passe de l'un à l'autre, suivant la conversation, mais revient se poser sur elle. Hipólito, Hanna, Hans, Sascha, Katia et Michael parlent comme si les yeux verts de Well n'étaient pas en train de la tripoter ouvertement. Elle seule les voit ? Non, Katia s'en est rendu compte et fait à Mika un clin d'œil complice.

— Hipólito et Mika ont promis de m'accompagner pour retrouver Kurt à la Porte de Brandebourg, on est déjà en retard, dit Katia pour mettre un terme à la réunion.

Katia était si petite et si mince qu'on aurait dit une poupée. C'était amusant de la voir à côté de son compagnon. Tu lui arrives au coude ! je lui disais en exagérant. Et toi, tu te prends pour une géante ? répliquait Katia sur le même ton. J'étais d'une taille normale, Hippo était beaucoup plus grand que moi.

Elle paraissait très fragile mais elle était très forte. La grève de la faim qu'elle organisa des années plus tard dans la prison de Barcelone, à laquelle se rallièrent les détenues de droit commun, fit trembler les puissants. Ils durent la libérer.

Quel plaisir on avait à être ensemble, à parler de tout et de rien, du destin de l'humanité ou d'un chemisier en solde qu'elle me conseilla d'acheter à Paris avant de partir en Espagne. Lectures, idées, histoire, étude, amour, peinture, fleurs... Et nos petites "tares", comme nous appelions ces sentiments qui parfois s'opposaient à notre volonté et que nos confidences aidaient à combattre. Il y avait aussi les leçons d'allemand qu'elle me donnait et mes leçons d'espagnol.

Katia a joué un rôle important dans notre petit groupe, c'était elle qui ramenait le calme quand nous nous exaltions ou nous désespérions de cette avalanche d'événements graves que nous étions incapables d'arrêter, voire d'analyser froidement, elle apportait un autre regard, une autre perspective. Question de personnalité ou peut-être empreinte biographique. Katia m'apprit qu'adolescente elle s'était liée à un groupe théosophique viennois, dont elle s'éloigna très vite, sa vie s'engagea sur d'autres voies, mais les lectures d'Anny Besant et de Krishnamurti avaient laissé des traces et les discours de Bouddha lui avaient paru magnifiques. Je ne les ai pas lus, je pensais le faire quand j'aurais le temps, juste parce qu'ils avaient intéressé Katia, mais la vie avec ses exigences et d'autres lectures urgentes réclamèrent mon attention.

L'oreille collée à la radio, dans le café de Unter den Linden, Kurt, Katia, Hipólito et Mika suivaient les résultats des élections. Ils n'apprendraient les scores définitifs que le lendemain, mais la tendance était déjà claire. Ils ne pouvaient que se réjouir : les communistes gagnaient sept cent mille voix, tandis que les socialistes et les nazis reculaient par rapport aux élections de juillet. "De tous côtés, avançait le *Rote Fahne*, le Drapeau rouge, on voit des SA qui abandonnent l'hitlérisme et se rangent sous la bannière communiste."

Avec six millions de voix communistes et de puissantes organisations ouvrières, le parti, malgré ses erreurs, se relève de sa précédente défaite électorale : une bonne base pour la révolution, selon Mika.

Tu croyais la révolution en Allemagne encore possible, il y avait des signes inquiétants que tu ne minimisais pas, mais d'autres aussi qui nourrissaient l'espoir : la grève des transports qui, interdite, avait cependant paralysé Berlin et le résultat des élections parlementaires du 6 novembre. En cette fin 1932, l'espoir était bien vivant.

Hipólito ne se montrait pas aussi optimiste : les erreurs du parti communiste sont graves. Kurt : Si le parti est essentiel pour le triomphe, comme le disait Lénine, il peut aussi conduire à l'échec.

Cet après-midi-là, pendant la manifestation organisée au Lustgarten, en écoutant les clichés du discours du KPD, Mika se rappela la phrase de Landau.

Tout ce laïus ampoulé, martial et vain : "Montrez-lui combien nous sommes, à ce Schleicher, et à tous ceux qui veulent interdire notre parti !" Et Florin, le secrétaire général : "Regardez la Russie, il n'y a pas de chômage là-bas."

— Ils feraient mieux de regarder l'Allemagne, s'impatientait Mika.

— La Russie, encore la Russie, toujours la Russie, et salut aux camarades de l'Internationale communiste, dit Katia à la fin des discours.

Pas un seul rayon de soleil, un froid terrible, qui ne pardonne pas. La Croix rouge a dû intervenir plus d'une fois.

— Les gens ne sont pas venus de tous les quartiers, avec un froid pareil, dit Hipólito d'une voix qui s'étouffe, pour entendre ce chapelet de paroles creuses. Ils cherchent une perspective, un chemin…

Une quinte de toux l'interrompt.

— Rentrons, dit Mika.

Quand elle l'avait entendu tousser, elle lui avait demandé de rester à la maison, mais il n'avait pas accepté, il était chaudement vêtu et se sentait bien.

— Je suis désolé, Mika. Je vais essayer de ne plus te saper le moral, lui promit-il en étouffant un nouvel accès de toux.

Heureusement, après un bain chaud, il semble se sentir mieux et plein d'énergie. Pendant que Mika écrit dans son cahier ce qu'ils ont vécu ces derniers jours, Hipólito est allé à la cuisine pour préparer le dîner : qu'elle le laisse faire, il va se débrouiller avec ce qu'il y a.

Mika le soupçonne de préparer une surprise et elle s'en lèche déjà les babines. Elle l'a vu chuchoter avec Katia – qui connaît bien Berlin – quand ils revenaient du Lustgarten. Hipólito s'est éloigné un moment : qu'elles l'attendent, il n'en avait pas pour longtemps. Mika est sûre qu'il cachait quelque chose dans la poche de son manteau quand il est revenu. Il a donné un prétexte quelconque, mais elle a bien perçu ce regard de gamin espiègle, cette petite lueur qu'elle connaît bien, et elle ne lui a posé aucune question.

Hipólito aime la surprendre par quelque plaisir inattendu. Comme il l'a fait à Paris, avec cette édition de la correspondance de Flaubert que Mika avait convoitée sur l'étal d'un bouquiniste des quais de la Seine, mais elle s'était dit, non, on doit faire des économies, je la lirai à la bibliothèque. Hipólito avait acheté le livre à son insu et, en arrivant à leur mansarde : ferme les yeux, ma puce, et maintenant ouvre-les, Flaubert ! Et le soir où Mika revint de ses cours d'espagnol, son premier travail en France, il l'attendait avec un délicieux canard préparé pour l'occasion par une camarade.

Quelle chance d'avoir un compagnon comme Hipólito, pense-t-elle en troquant son gilet gris pour le bleu, plus léger, et elle se regarde dans le miroir. Elle mettra le chemisier vert qui lui plaît. Elle se regarde de nouveau et sourit. Elle est aussi jolie, et peut-être plus qu'Ilse Schwartz. L'idée la fait pouffer. Elle en parlera à Katia pour rire avec elle.

Elle a trouvé amusant que Katia lui confie qu'elle choisissait ses vêtements avec soin, surtout ceux qu'elle porte à la maison, et comment elle lâche ses cheveux, lentement, et rejette la tête en arrière, un geste qu'adore Kurt, et arrête de rire, mon amie, car il n'y a pas que les idées, la compréhension, les actions communes dans la vie d'un couple. La sève qui nourrit quotidiennement le désir est riche et variée.

Qui pourrait imaginer qu'une militante comme Katia Landau consacre du temps et de l'imagination à renouveler sa garde-robe avec le peu d'argent qu'elle a, à changer de coiffure ou à trouver un khôl qui fasse ressortir ses beaux yeux verts. Cela n'arrive jamais à Mika, elle ne se soucie pas de ce qu'elle porte et, suppose-t-elle, Hipólito non plus – ni Kurt probablement –, mais Katia a eu des arguments très convaincants.

Elle brosse ses cheveux, se frotte les joues pour les colorer et peint ses lèvres avec ce rouge brillant que lui a offert Katia. Prends-le, Mika, et sers-t'en, regarde l'éclat que ça te donne.

Elle espère qu'Hippo ne va pas se moquer d'elle et, s'il est surpris, eh bien, tant mieux. C'est une chose qu'il puisse compter sur elle, qu'il la connaisse bien, c'en est une autre que Mika ne puisse plus le surprendre. Ce n'est pas bien. Après tout, n'est-il pas en train de lui préparer une surprise ?

Mika apprend beaucoup avec Katia, tout comme avant avec Alfonsina Storni et Salvadora Medina Onrubia.

Des voix l'arrachent à ses pensées. C'est Ilse Schwartz qui parle à Hipólito. Qu'elle est pénible, celle-là ! Mika ne veut pas aller à la cuisine pour ne pas gâcher la surprise qu'il lui prépare. Mais elle ne peut pas non plus le laisser exposé à la logorrhée d'Ilse. Ils sont en train de rire quand Mika apparaît à la porte de la cuisine.

— Mme Schwartz nous invite à dîner avec elle dans la salle à manger, M. Schwartz n'est pas à Berlin ce soir, dit Hipólito avec un grand sourire. Qu'est-ce que tu en dis ?

Que peut dire Mika s'ils l'ont déjà décidé. Ils sont très souriants, Ilse lui met des assiettes dans les mains : Tenez, prenez ça, s'il vous plaît, ma chère.

À table, une conversation qui a du mal à se nouer et cette omelette au fromage, dont Mika devrait faire l'éloge, mais elle se tait car Ilse a déjà tant parlé, que pourrait-elle ajouter. Hipólito va à la cuisine, un coup de main ? Non, reste assise. Il revient avec un torchon sur le bras et un plat dont il ôte le couvercle d'un geste d'histrion, il la regarde, un sourire dans les yeux.

— Regarde ce que je t'ai préparé, lui dit-il, comme ça, en argentin, des crêpes à la confiture de lait.

Elle fait une moue qui est loin d'être un sourire. Si Hipólito s'adresse à elle et la regarde ainsi, pourquoi mangent-ils avec Ilse ? Mais elle se tait : Merci, murmure-t-elle.

Bien sûr que non, il ne voulait pas, lui explique Hipólito plus tard dans la chambre, mais c'est elle qui m'a proposé qu'on dîne ensemble, que pouvait-il dire ? Il aurait dû inventer une excuse, n'a-t-il pas cuisiné aussi pour Ilse ? Et goguenarde : lui qui est si gentil, si sympathique.

— Mais qu'est-ce que tu as, Mika ? lui dit-il en français. Poussé par tes bons conseils de ne pas me démoraliser, je prépare ce que je croyais être une petite fête pour toi, pour nous, et tu réagis de cette manière absurde, irrationnelle.

— Pourquoi tu ne reconnais pas qu'Ilse te plaît ? Ce n'est pas un problème, je peux le comprendre. C'est une jolie femme, stupide mais jolie.

Hippo répond dans un français tranchant : ça l'énerve qu'elle perde son temps à ces bêtises, son temps et sa concentration, l'Allemagne, le monde ont besoin d'eux. Mika en souffre d'autant plus qu'il lui dit cela en français, alors qu'ils avaient échangé, dans cette langue, d'autres mots pour dire leur amour, leurs corps, leur désir. Et c'est en français qu'elle insiste, avec des mots auxquels elle ne croit pas mais qu'elle ne peut réprimer, une impulsion aveugle : il n'a qu'à dire qu'Ilse l'intéresse, qu'il l'admette. Tu me fatigues, Mika. Silence.

Elle ajoute deux ou trois phrases maussades, simplement parce que Hipólito se tait obstinément, il ne répond pas et pour la première fois depuis très longtemps, depuis cette crise en Patagonie, ils vont dormir sans s'étreindre, sans se prendre la main, sans même se souhaiter bonne nuit.

Deux ou trois phrases qui, lorsque Mika les évoque quelques jours plus tard, le 15 janvier 1933, pendant qu'ils marchent sur Frankfurter Allee, lui font honte. Aussi presse-t-elle fortement la main d'Hipólito, qui répond à son geste avec tendresse. Tous ces mots insensés se sont dilués et n'ont pas laissé en lui l'ombre d'une rancœur.

Les manifestants communistes avancent comme un seul corps sur la Frankfurter Allee. Le vent glacial pince la peau, il fait un froid terrible : moins quinze. Ils s'arrêtent sur la Wagnerplatz pour écouter les discours, seuls les porte-drapeaux pourront s'approcher des tombes de Karl Liebknecht et de Rosa Luxembourg. Les conseillers socialistes de Lichten-berg, où se trouve le cimetière, ont interdit de manifester car "cela peut déranger les visiteurs".

De plus en plus de gens affluent. Sa main dans la main d'Hipólito. Une longue sonnerie de clairon et de tous côtés s'élève la réponse : *Rote Front*. Même si pour Hipólito, c'est un peu théâtral, il est impossible de ne pas être impressionné. Avec leur nombre et de bons dirigeants, ils pourraient livrer bataille au nazisme.

Sur la Frankfurter Allee, toutes les fenêtres sont ouvertes, les chants s'élèvent. Hipólito observe les drapeaux rouges qui flottent au vent, ces jeunes gens qui marchent d'un pas ferme, disciplinés, ils dégagent une force émouvante. Comment leurs dirigeants peuvent-ils être aussi néfastes, aussi médiocres ? Mille voix n'en forment qu'une : "*Wir siegen trotz Hass und Verbot*", "Malgré la haine et la répression, nous triompherons". Il aimerait tant le croire…

– Regarde, lui dit Mika.

À quelques mètres d'eux, chantant à pleins poumons : Jan Well.

N'a-t-il pas soutenu à la réunion de Wedding qu'il ne fallait pas aller à la Wagnerplatz, que participer aux marches du parti avant toute modification de sa ligne politique, c'était faire le jeu du stalinisme ? Il est pourtant là. Étrange.

Ruvin Andrelevicius avait appris de la bouche d'Etchebé-hère que Mika était d'origine russe, de père et de mère russes ! Alors tout s'expliquait, sa ressemblance avec Irina, cette grande force qui émane d'elle, son émotion quand ils se sont joints au chant.

Cet après-midi, sur la Frankfurter Allee, quand Ruvin Andrelevicius a vu Mika Feldman, le poing levé, en train de chanter *Rote Front*, il a ressenti une émotion très profonde. Émotion totalement inadéquate à la personnalité de Jan Well.

Jan est subtil, séducteur, lucide, il peut défendre viscéralement une idée, mais ce n'est pas un sentimental comme ce jeune Lituanien, Ruvin Andrelevicius, parti à Moscou cinq ans plus tôt à la recherche du paradis. Il l'a trouvé, mais Ruvin n'existe plus. Après un long entraînement, le soldat 32 l'a enterré et, non sans douleur, l'a fait renaître en un efficace agent de la Guépéou, la police soviétique. Maintenant, Ruvin est Jan Well, l'homme qui a réuni en Allemagne ces salopards de renégats, de traîtres, d'ennemis du peuple russe et de Staline, puis les a fait scissionner en deux groupes et continuera à les diviser et à les affaiblir jusqu'à les réduire en miettes. Telle est sa mission. Pour la réussir, Jan feint de se rallier aux "traîtres" tels que Landau, Andreu Nin, Sascha Müller ou Alfred Rosmer. Comme eux – c'est là son avantage – il se rapproche et s'éloigne du parti communiste et de Trotsky selon les circonstances.

Jan Well n'aurait pas dû venir sur la place, malgré son désir de vibrer à l'unisson de ces grandes manifestations, comme celles où Ruvin a forgé son esprit. Mais, l'important, c'est la conviction et l'obéissance, pas le désir, lui dirait son mentor de la police soviétique.

Il avait dit à la réunion de Wedding qu'il ne fallait pas grossir les rangs du KPD avant que ne se produise un changement de cap. Mais pour Jan Well ce n'est pas grave de changer d'idée, se rassure-t-il, de fait c'est une des bases de sa personnalité, il l'a déjà fait plusieurs fois pendant ces trois années en Allemagne, ce n'est pas un idiot, il est ouvert au débat d'idées, comme il l'a dit à Etchebéhère en allant vers Wagnerplatz : c'est toi, Hipólito, qui m'a convaincu, à la réunion du mercredi, qu'il fallait y aller.

Mika ne semblait pas l'écouter, il l'avait déjà vue plusieurs fois se comporter ainsi pour que son mari ne se rende pas compte qu'elle tremble imperceptiblement dès qu'elle le voit. Il donnait raison à Etchebéhère lorsque, gagnée par l'enthousiasme des camarades, elle leva le poing et chanta *Rote Front* à gorge déployée.

– *Rote Front* ! fit Ruvin exalté.

Heureusement que Jan, qui n'était pas arrivé pour rien là où il était arrivé, sut juguler ce débordement et dit : Tu avais raison, Hippolyte, nous sommes communistes, *Rote Front*, malgré le Komintern et Staline, nous sommes communistes, *Rote Front*.

Mais attention, Jan se met lui-même en garde, cette femme russo-sud-américaine est capable de trouver Ruvin sous les nombreuses couches de discipline.

Il a une importante mission à accomplir et ne peut pas prendre de risques. C'est clair ? se demande l'ex-soldat 32. Oui, très clair répond Jan Well, persuadé de sa responsabilité historique.

Nous aurions pu avoir des soupçons ce jour-là, quand nous l'avons découvert dans une manifestation du KPD, même si nous aussi nous y étions, avec des milliers de camarades.

Sa présence sur la Wagnerplatz contredisait sa position lors de la dernière réunion de Wedding. Hippo était plus étonné que moi, il ne le croyait pas et moins encore sa justification absurde : que c'était nous qui l'avions convaincu.

Cependant, sa présence à Wagnerplatz ne me déplut pas comme en d'autres circonstances. Le poing levé et chantant *Rote Front*, Jan Well dégageait une conviction et une vérité que je n'avais jamais perçues en lui. Hippo le remarqua également.

Nous avons pensé qu'il fallait en savoir un peu plus sur le camarade Well, mais quelques jours plus tard se produisaient les événements de Bülowplatz, et tout le reste n'eut plus d'importance. À la réunion du groupe Wedding on ne parla que de ce qui allait se passer si les nazis parvenaient à leurs fins.

19

Berlin, 1933

Quand ils découvrirent les manchettes des journaux du mardi, ils n'en crurent pas leurs yeux : le dimanche 22 janvier, les nazis vont se rassembler sur Bülowplatz, devant la maison de Karl Liebknecht. Sous prétexte de se rendre au cimetière Saint-Nicolas pour y honorer Horst Wessel, le fondateur des Sections d'Assaut nazies à Berlin, ils avaient demandé et obtenu l'autorisation de manifester. Des milliers de nazis, avec leurs drapeaux et leurs chants, vont souiller Bülowplatz.

"Mort à la Commune !", voilà ce qu'ils hurlerlont en chœur devant le siège du KPD. "Rougissez vos couteaux avec du sang juif !" chanteront-ils dans Scheunenviertel, le quartier juif de Berlin.

Dans les usines, à l'école, dans les rues, sur les places et dans le train on parle de la manifestation des nazis à Bülow-platz. Hipólito et Mika achètent tous les journaux, ils notent ce qu'ils lisent, vivent et pensent dans le cahier couvert de papier bleu.

Une provocation inouïe, non seulement contre les communistes, mais contre toute la classe ouvrière. Lis, Mika, ce qu'écrit la presse libérale : le *Berliner Tageblatt* conseille à la police de faire marche arrière et d'annuler l'autorisation accordée aux nazis. La centrale des syndicats réformistes met en garde le ministère de l'Intérieur contre de funestes consé-quences. Ils n'oseront pas, Hippo, ils vont l'interdire, même la DAZ, l'organe de l'industrie lourde, déclare que les décisions rapides ne sont pas les meilleures et que la situation écono-mique et sociale de l'Allemagne exige avant tout du calme et que les victimes de Bülowplatz – ils assurent déjà qu'il y aura des victimes – ne vont pas contribuer à assurer le calme.

Un camarade de l'école : Ils veulent nous faire réagir pour interdire le parti. Herr Schwartz, inquiet : Cela peut être très grave. Et l'homme avec lequel ils parlent souvent au café : Schleicher va en parler au ministre de l'Intérieur, le docteur Bracht, il va prendre les choses en main, j'espère qu'ils vont interdire cette manifestation, il faut apprendre à méditer des décisions de ce genre.

Le *Rote Fahne*, l'organe du parti communiste allemand, demande aux ouvriers berlinois d'envoyer des lettres de protestation pour obliger le gouvernement à reculer. Des lettres de protestation ? C'est tout ce qu'ils ont trouvé ? Le parti social-démocrate, conséquent jusqu'au bout, déclare que cette provocation est rendue possible par le PC qui divise la classe ouvrière, quels crétins ; les ouvriers socialistes, disciplinés, s'abstiendront de manifester dimanche, déclare ce parti, plus soucieux de disqualifier le communisme que de s'opposer au nazisme. Il est vrai que le PC s'est lassé de désigner la social-démocratie comme l'ennemi principal. Les deux sont irresponsables, Hippo, les nazis vont nous bouffer le nez.

– Mais quelle ligne propose concrètement le parti ? se désespère Hipólito.

– Ils n'oseront pas, affirme un homme du groupe qui s'est formé spontanément la veille sur Bülowplatz. Je vous parie qu'au dernier moment la manifestation des nazis sera interdite.

– Les nazis viendront, tu peux en être sûr. Et le sang va couler, prédit une femme âgée.

– Et nous, qu'est-ce qu'on va faire, on va permettre ça ?

De tous tes documents, c'est le cahier que vous avez écrit en Allemagne que j'ai eu le plus de mal à déchiffrer. Curieux sigles de partis ou d'associations, phrases en allemand incrustées dans le texte espagnol, extraits de journaux allemands des 18, 19 et

20 janvier 1933, l'écriture serrée d'Hipólito alternant avec la tienne, penchée, des mots hâtivement rajoutés au-dessus de la ligne, ou au-dessous, dans l'urgence de rendre compte des événements : Hitler aux portes du pouvoir et le nazisme qui leur mord les talons.

En lisant et relisant ces pages, j'ai pris la mesure de l'événement, j'ai pu sentir le tremblement et la force d'un poing non pas levé mais dans la poche, serré d'impuissance. En déchiffrant les écritures, les sigles compliqués, en faisant traduire les coupures de presse, la Bülowplatz du cahier prenait vie, se chargeait de nuages menaçants, car là, la droite l'affirmait, la presse libérale, les gens dans la rue, les camarades de l'école, le sang allait couler, là se jouait l'ascension du nazisme vers le pouvoir, la maladresse des dirigeants communistes et socialistes, obnubilés par leur haine mutuelle, empêchait de le percevoir.

Jusqu'au dernier moment ils crurent que quelqu'un allait arrêter tout cela, mais non, le président se concerta avec le chancelier et le chef de la police qui le convainquirent qu'il n'y avait pas de raison d'interdire la manifestation, que l'État était au-dessus des partis et devait affirmer son autorité.

Le dimanche 22 janvier, les nazis se rassemblèrent devant la maison de Karl Liebknecht, siège du parti communiste.

Tous les accès à la place sont barrés. Des policiers armés jusqu'aux dents patrouillent tout autour.

Mika et Hipólito marchent, parlent avec plusieurs personnes qui, comme eux, ont tenté de s'approcher de Bülowplatz, sans idée précise sur ce qu'ils vont faire. Que faire, qu'aurions-nous dû faire ? L'indignation, la rage, un profond désarroi. Socialistes et communistes discutent, *Rote Front* ! s'écrie quelqu'un, un rassemblement semble se former, mais un blindé, d'où sortent quatre canons de mitrailleuses, intervient.

Circulez, circulez, ordonne la police.

– Le parti aurait dû organiser des rassemblements dans les quartiers pour empêcher la manifestation nazie.

– Le parti a demandé qu'on se regroupe aux abords de la place.

– Mais qu'a véritablement décidé le parti ?

On ne sait pas, les responsables n'ont pas confirmé la consigne. Et combien sont-ils, militants communistes et quelques socialistes, dans le grand périmètre de Bülowplatz ? Des milliers, mais en groupes isolés, incapables d'une action efficace, inutiles, impuissants.

Dans la tragédie du peuple allemand, Bülowplatz fut un point culminant, un moment décisif. Quelle amertume nous avons ressentie ce soir-là en rentrant chez nous, les bras ballants, vaincus. À partir de là, les événements se sont précipités à grande vitesse.

Quelques jours plus tard sur la même place, il y eut une contre-manifestation communiste impressionnante. Cent vingt mille personnes convergèrent des quartiers les plus éloignés. Il faisait un froid terrible. Nous nous sommes arrêtés dans la rue pour les regarder passer. Décidés, puissants, formidables. Comme Hippo me le suggérait, je pus les imaginer en combattants, la plupart étaient aptes à la lutte armée, mais je rejetai aussitôt cette idée.

J'avais du mal à accepter la voie des armes. Hippo, en revanche, s'y était préparé très jeune – et plus encore à partir de ce qu'il vivait en Allemagne, il était prêt à les manier. Ironie du sort, les armes, j'allais m'en servir plus que lui.

Ces jeunes Allemands que nous admirions dans cette splendide manifestation allaient devenir la chair à canon de la Seconde Guerre mondiale. Quelle infamie !

Dix jours ne s'étaient pas écoulés depuis le rassemblement des nazis sur Bülowplatz, lorsque Hitler fut nommé chancelier. Un ensemble désastreux de manœuvres politiques lui avaient permis d'atteindre la place pour laquelle il se battait depuis 1925. L'entrée triomphale des nazis brandissant leurs torches par la porte de Brandebourg faisait froid dans le dos. Dès lors, les troubles se multiplièrent : tabassages, assassinats, menaces d'interdiction du KPD, mots d'ordre violemment antisémites, répression à l'encontre des socialistes et des communistes.

Seul le front unique entre socialistes et communistes, c'est-à-dire l'unité de la classe ouvrière, aurait pu freiner le nazisme. Il y eut quelques tentatives intéressantes, une lueur d'espoir s'allumait chez les gens lorsqu'ils chantaient *Rote Front*, pour s'éteindre dès qu'intervenaient les dirigeants communistes et socialistes, avec leur haine mutuelle et leur politique totalement déconnectée des masses. Les militants de base étaient perdus.

Une abnégation et un courage individuels admirables mais une paralysie et une désorientation immenses de la classe ouvrière.

Pendant ce temps, les nazis gagnaient des positions.

Nous pûmes observer en quelques mois sur Ilse Schwartz l'effet toxique du nazisme et la transformation d'une grande partie de la société.

Ilse votait pour la social-démocratie, mais après les élections de novembre et ses conversations avec nous – plus exactement avec Hippo – elle était devenue une anticapitaliste enragée, communiste jusqu'au bout des ongles : Hitler tombera comme les autres, affirmait-elle. Mais les discours du Führer à la radio et certains propos entendus au marché suffirent à la convaincre qu'il fallait lui accorder une chance : Hitler va donner du travail aux Allemands, c'est ce qui nous manque le plus. Les gens mettent en lui beaucoup d'espoir…

Pauvre Ilse. Je la détestais, je trouvais son communisme viscéral très bizarre, elle qui se méfiait terriblement des ouvriers, tout autant que son enthousiasme pour Hitler, alors qu'elle était juive. Juive allemande, disait-elle, comme si cela faisait une grande différence.

Plus dur que les erreurs d'Ilse Schwartz, celles des camarades de l'école où nous étudiions : il ne faut pas s'inquiéter, Hitler ne restera pas plus d'un mois au pouvoir, il nous sera plus facile de convaincre les ouvriers qu'il les a trompés et, si le parti est interdit, il renaîtra renforcé.

L'opposition au stalinisme était minée par les disputes internes. Le groupe Wedding était sur le chemin de la rupture, dans laquelle Jan Well avait joué un rôle notable. Il savait ce qu'il faisait dans cette réunion où les positions s'affontèrent au point qu'on en arriva à envisager la dissolution du groupe, mais son jeu ne serait démasqué que bien des années plus tard.

À la fin de la réunion, Hippo était convaincu que nous étions tous sous le choc des événements, mais que Jan Well était de bonne foi, et il lui demanda d'être plus prudent. Les attitudes exaltées menaçaient la cohésion du groupe, lui expliqua-t-il avec patience, ce soir fatidique qui devait rester marqué au fer rouge dans notre mémoire, et pas seulement à cause de l'incendie du Reichstag. Les policiers d'un côté et Jan Well de l'autre nous conduisirent dans les labyrinthes de l'enfer.

Un froid intense et sec. Mika marche en silence entre Jan et Hipólito. Elle préfère ne pas intervenir dans la discussion, cela ne servirait à rien car Jan a l'art de tordre les mots et il semble maintenant d'accord avec Hipólito. C'est à lui qu'il s'adresse quand il parle, mais Mika est dans la ligne de mire de ses yeux perçants. Jan s'est placé volontairement à côté d'elle, mais elle n'a pas voulu y accorder d'importance. L'autre jour, Hipólito lui a demandé s'il n'y avait une raison inconnue de lui à cette détestation si viscérale de Jan Well. Une raison au-delà des désaccords idéologiques, précisa-t-il, délicat. Mais non, il n'y a rien qu'Hipólito ne sache déjà, puisqu'ils sont toujours ensemble, si c'était le cas elle le lui dirait, mais elle ressent un brin de culpabilité car plusieurs fois, maintenant, pendant qu'ils marchent dans la rue, elle tente de repousser ce qu'il y a de sale et de collant dans le regard de Jan Well, en l'ignorant.

Mais elle a beau s'en détacher, ces yeux chauds l'éclaboussent et ce qu'elle y lit lui fait honte, mais pourquoi inquiéter inutilement Hipólito, elle y a déjà fait allusion, sans insister, pour elle le camarade Jan Well est un voyeur.

— Et toi, qu'en penses-tu, Mika ?

Jan veut l'impliquer dans la discussion avec Hipólito.

Mais un homme qui passe en courant lui évite de répondre.

— Le Reichstag est en flammes ! annonce-t-il.

Quoi ? C'est incroyable, mais les gens qui sont à proximité disent la même chose : terrible incendie au Reichstag. Ils von le constater de leurs propres yeux, dit Hipólito, et ils s'engagent sur Friedrichstrasse en direction du Reichstag.

— Qui a pu commettre cette folie ?

— Les communistes, les communistes, qui d'autre ?

— Quels bénéfices peuvent tirer les communistes de l'incendie du Reichstag ? demande Mika.

Il est évident que l'objection déplaît aux trois jeunes avec lesquels ils parlent. Une étincelle pourrait déclencher un autre incendie, ils se regardent comme s'ils se demandaient quoi faire et, avant qu'ils se décident : Allons-y, ordonne Jan Well. À quelques mètres, un groupe de policiers. Les communistes ont incendié le Reichstag, leur dit effrayée une vieille dame. Encore les communistes. C'est une énorme provocation des nazis, il vaudrait peut-être mieux ne pas s'approcher, ils pourraient se faire arrêter.

Ils abandonnent l'avenue et s'engagent sur Auguststrasse. Des cris éclatent sur Sophienstrasse où ils viennent de bifurquer. Des gens courent, un jeune, presque un gamin, est traîné par les cheveux par un *schupo*. Hipólito tente de s'interposer, mais un autre policier surgit de l'ombre, suivi d'un autre, combien sont-ils, ordres criés, courses, confusion, des bras entraînent fermement Mika vers un porche d'immeuble. Ils entrent.

Jan Well a agi promptement. Mika veut revenir dans la rue, crier, empêcher que les policiers embarquent Hipólito. Qu'est-ce que tu veux ? Te faire arrêter toi aussi ? En prison, on ne pourra pas l'aider. Cette fois, Jan a raison, malgré les divergences, c'est un camarade. Le cœur de Mika bat la chamade, dehors son amour est en danger. La main de fer de Jan la tire. Une grande cour, flanquée de deux immeubles, ils essaient une porte, fermée, une autre aussi, celle du fond cède, l'escalier, Mika perçoit la respiration agitée de Jan, tout comme elle sent dans son corps la peur, l'appréhension, une bulle d'inquiétude, Jan Well la protège, ils sont ensemble, il a parlé au pluriel quand il a dit qu'ils pourront aider Hipólito, c'est un camarade et dehors l'ennemi les guette, la méfiance n'est pas de mise.

— Reste ici tranquillement, lui dit Jan en approchant son visage du sien. Je vais voir ce qui se passe avec Hippolyte et je reviens. Fais-moi confiance, on va s'en sortir.

Elle l'espère. Dix minutes passent, une éternité d'obscurs présages dans un coin de couloir du cinquième étage. Des pas, c'est Jan, heureusement, et pas quelqu'un qui habite ici : On ne peut pas sortir, Mika, ça grouille de policiers, murmure-t-il enflammé, ici nous sommes à l'abri.

— Et Hippolyte ?

Le hochement de tête négatif de Jan la désespère, elle dévale l'escalier, mais avant qu'elle atteigne le premier palier, il la rattrape, la saisit au visage, les doigts sur ses lèvres, un désespoir qui la caresse, et il lui dit à l'oreille qu'elle ne peut pas sortir, réfléchis un peu, s'il te plaît, cesse de faire du bruit sinon tu vas alerter les voisins. Mika se débat pour se libérer, Jan est plus calme, conciliateur : Ils vont le relâcher ce soir ou demain, sinon je connais un avocat, je m'occuperai d'Hippolyte, mais pour l'instant remonte, Mika, tu nous mets en danger.

La main de Jan Well lui presse légèrement la taille, un instant, comme si le geste lui avait échappé, et Mika remonte l'escalier, sur le palier elle se colle au mur, elle aimerait être un relief de ce mur, invisible. À quelques mètres, Jan Well la regarde, elle entend sa respiration, elle peut sentir son désir. Mais du calme, c'est un camarade. Obscurité crispée. Elle le voit s'avancer lentement et pressent qu'elle va avoir du mal à l'éviter. Jan a ouvert les bras et appuyé ses mains contre le mur, Mika au milieu se raidit : du calme, camarade, elle tente d'amadouer le fauve, le torse de Jan se rapproche de façon menaçante. N'aie pas peur, je ne te ferai rien, son visage maintenant tout près : Laisse-moi te sentir, seulement te sentir, je t'aime, je t'aime, en français, en allemand, en… russe ? La bouche de Jan frôle le cou de Mika et, comme si ce léger contact le précipitait dans l'abîme, ses mains avides la parcourent, son dos, ses fesses, lâche-moi, Jan !, ses seins, son ventre, laisse-moi, Jan Well se frotte contre elle, impose ce désir atroce qui l'assourdit, la fragilise, l'enveloppe, la souille, laisse-moi, Jan, elle est affaiblie, le regard perdu dans la verrière du toit, le ciel est dégagé. Ça te plaît, je le sais, son souffle sur son cou, elle se voit d'en haut, dis-moi que ça te plaît, à la merci de cette crapule, couverte d'ignominie, mais une impulsion subite lui fait lever la jambe et elle frappe Jan avec son genou, elle frappe de toutes ses forces. Et atteint son but. Les mains de Jan Well la lâchent pour se joindre à l'endroit de la douleur, la terrible douleur physique, et l'humiliation, *chlioukha*, lui murmure férocement Jan, un mot que Mika ne connaît pas, mais qu'elle n'a aucun mal à deviner : pute.

Mika gagne rapidement l'autre côté du palier, l'escalier, Jan peut encore la rattraper et la frapper, la violenter, quatrième étage, et même la tuer, une marche, encore une marche, troisième étage, mais il ne fait rien, deuxième étage, il ne fera rien, car ce qu'il veut, est-ce possible ?, c'est la séduire.

La cour glaciale et la rue sont accueillantes. Et maintenant aider Hippo. Un avocat. Kurt et Katia.

Pendant ces journées-là, il y eut des arrestations massives, quatre mille militants communistes et quelques socialistes. Hipólito fut libéré le lendemain matin. Il eut de la chance. Il n'était pas juif. S'ils m'avaient emmenée, moi ou Kurt ou Katia, qui sait si on aurait réussi à sortir. Après une telle frayeur, nous sommes devenus prudents. Fin février, tout avait déjà changé. Ces rues populeuses qui nous avaient tant émus quelques mois plus tôt, avec leur enthousiasme politique, étaient désertes, plus de drapeaux, plus de conversations. Abandonnées par les travailleurs, désolées. Ni communistes ni socialistes, et en certains endroits même les nazis s'étaient retirés, comme contaminés par la terreur qu'ils imposaient.

La campagne du nazisme était centrée sur la destruction du marxisme : "Un des deux sortira vainqueur : soit le marxisme, soit le peuple allemand." Les socialistes, les communistes et les quatorze dernières années de gouvernement étaient mis dans le même sac.

Il y eut quelques tentatives de front unique, entre socialistes et communistes, qui rallumaient la flamme de l'espoir, de petits accords qui finissaient par se dissoudre dans des affrontements mesquins, des injures, car l'accord majeur, le seul qui aurait pu articuler la résistance au nazisme, la réponse des masses ouvrières, que redoutait la bourgeoisie, ne se produisit pas. Ni les uns ni les autres n'eurent la volonté politique de réaliser le front unique.

Les provocations continuèrent, à trois reprises les nazis occupèrent Bülowplatz. Quelques jours avant les élections de mars, nous fûmes les tristes témoins de la dernière manifestation.

Nous étions dans le hall du cinéma Babylon, devant Bülowplatz, lorsque arriva un groupe de SA pour rendre hommage à leur fondateur, Horst Wessel, martyr et poète, héros vénéré des nazis. Nous assistâmes à une de ces chorégraphies dont les nazis étaient si friands : claquements de talons, demi-tour, tous ces guignols en chemise brune alignés, bras tendus, slogans, pas martiaux.

Trois SA sont entrés dans la maison de Karl Liebknecht, ils sont montés sur le toit et peu après nous avons vu flotter sur la hampe le drapeau à croix gammée.

"Où sont les communistes ? Au sous-sol !" criaient-ils en chœur quelques jours plus tard dans cette théâtrale marche aux flambeaux qui eut lieu simultanément dans plusieurs villes allemandes. Nous étions postés à l'angle de Friedrichstrasse et d'Unter den Linden. Effrayant, ce "réveil de la nation", conçu par la sinistre imagination de Goebbels.

Et les communistes avec leur discours absurde : "Plus c'est pire, meilleur c'est", "Avec Hitler, la situation internationale va s'aggraver et accélérer la révolution". La bêtise n'a pas de limites.

Comme celle d'Ilse Schwartz avec laquelle nous échangions quelques mots en rentrant chez nous. Elle était euphorique, à la radio, minute par minute, elle avait suivi toute la marche aux flambeaux et ce qui s'était passé dans la salle de Königsberg, où le Fürher avait parlé. Elle avait été émue, nous dit-elle, par cette foule pronazie qui hurlait à gorge déployée : *Heil ! Heil Hitler !* Et quand il a dit *Volksgenossen, Volksgenossinnen*, camarades du peuple, elle a eu l'impression qu'il s'adressait à elle.

Mais avait-elle entendu à la radio, lui ai-je demandé sans pitié, lorsqu'ils ont crié : "Pour un voyage direct et sans retour des juifs en Palestine" ?

Mais ce sont les juifs de Galicie, les Polonais, qu'ils n'aiment pas, nous expliqua-t-elle, nous on est allemands. Elle non plus ne les aimait pas, ces Galiciens de la Grenadierstrasse, non loin de chez elle, ni les Polonais qui s'étaient enrichis en Allemagne après la guerre.

Ce furent des journées sinistres, scandées par les vociférations d'Hitler et une société qui paraissait crépiter à son rythme. Le 5 mars, comme c'était prévisible, le parti national-socialiste triompha dans les urnes : quarante-quatre pour cent des voix.

Comme lors des élections précédentes, Hippo et moi sommes allés à Wedding. Quel énorme changement dans ces rues où patrouillent des nazis armés de revolvers et des gardes d'assaut à moto, le long de ces façades où seule l'absence de drapeaux montrait qu'ici habitaient encore des communistes ou des socialistes, dans les locaux où l'on votait, et c'est à peine si on voyait les panneaux de la liste 3, la communiste. Après cinq mois seulement, c'était incroyable.

– Nous sommes vaincus. Et vaincus ignominieusement, disait Hippo. Notre immense espoir en l'Allemagne est détruit.

Jamais, même à l'hôpital, je ne l'avais vu aussi déprimé. Et nerveux.

Ce soir-là, après les élections, nous somme restés tard à déambuler dans les rues, en quête de paroles et de consolation, au moins pour se défouler un peu.

– Les ouvriers ont des armes, répétait Hippo, et ils sont organisés par quartiers, ils se défendront, le sang va couler et les meilleurs tomberont.

Le lendemain, Hipólito avait une forte fièvre et nous ne sommes pas allés à la réunion du groupe Wedding.

Katia nous a rapporté que la scission du groupe était imminente.

Un nombre considérable de militants de la gauche antistalinienne, tant parmi ceux du groupe dirigé par Landau que parmi les partisans de Trotsky, avaient décidé de réintégrer le parti. Dans des circonstances pareilles !

Jan Well avait atteint son objectif. Et un autre agent de la Guépéou avait réussi à semer la discorde dans le groupe trotskyste. "Les perspectives de Trotsky pour la Russie et pour l'Allemagne ne sont plus valables", ont-ils déclaré, et le groupe s'est scindé.

Divisée en je ne sais combien de factions, avec des affrontements idéologiques et personnels profonds, la gauche ne put exercer la moindre influence sur les événements, elle se retrouvait minoritaire, paralysée et désorientée comme l'ensemble des militants du parti communiste allemand.

Mika ne révéla jamais à Hipólito ce qui s'était passé la nuit de l'incendie du Reichstag, elle ne lui raconta que la course, la cachette au cinquième étage, mais pas qu'elle était partie en courant, avec l'image d'un Well humilié et se tordant de douleur. Elle laissa entendre qu'il lui avait semblé un peu peureux, trouillard, le camarade, conclut-elle en riant, et ce fut tout. Pourquoi blesser inutilement Hippo, les événements étaient déjà bien assez douloureux.

Elle ne raconta l'incident qu'à Katia. Jan Well avait rompu avec le groupe Wedding, inutile d'en rajouter, ils ne se rencontreraient plus.

Mais tu te trompais, car vos vies allaient de nouveau se croiser en Espagne.

Le voisin du deuxième étage ne cesse de marteler son piano. Le *Horst Wessel Lied* grimpe l'escalier de l'immeuble, se moque des portes et des murs et envahit la chambre d'Hipólito, l'écrase. Il ne supporte pas cet horrible hymne hitlérien, et Mika n'est pas là pour le calmer, elle est allée voir Katia. Il enfouit sa tête sous l'oreiller, mais il entend encore le piano. Il a les nerfs à fleur de peau. Un rien le met hors de lui.

Il y a un moment, il a très mal parlé à Ilse, pauvre femme, il l'a blessée alors qu'il n'en avait pas l'intention. Dès que Mika est sortie, Ilse est venue frapper à la porte, voulait-il une liqueur, un thé ? Non, qu'elle l'excuse, mais non, non il n'était pas d'humeur à parler, il voulait lire, réfléchir. Elle a insisté, mais pourquoi était-il de mauvaise humeur, elle s'est approchée, avec son parfum et son beau corps ondulant. Hipólito, qui connaît son petit jeu et sait y parer avec élégance et parfois même avec humour, lui a cette fois demandé comment elle voulait qu'il se sente après cette terrible défaite qu'ils venaient de subir, cette fin de tout espoir.

Le geste de consolation d'Ilse et le piano du voisin avec le *Horst Wessel Lied*, c'est trop pour lui, et il lui pose une question absurde : d'après elle, qu'est-ce qui a conduit à un tel désastre, il faut essayer de comprendre, d'établir les responsabilités. Ilse sourit et cherche en l'air une réponse pour satisfaire cet énergumène qui continue de lui parler comme si elle était une camarade : il ne faut pas éviter le débat, Ilse, et faire comme s'il ne s'était rien passé en se débarrassant du poids de la défaite. Paroles aberrantes adressées à une Ilse qui tente encore de se rapprocher et de se montrer tendre : Mon cher Hippolyte, calmez-vous. Et lui, d'une voix crispée, comme si ce n'était pas la sienne : ils sont tous responsables, l'Internationale communiste, ces canailles de bureaucrates du parti, les organisations ouvrières, la social-démocratie, les faibles, les imbéciles, les indifférents. Et c'est presque un cri, alors qu'il n'avait pas élevé la voix : oui, tous, Ilse aussi, dont les yeux se remplissent de peur, comment pouvez-vous soutenir Hitler, comment ?

Elle tourna les talons et sortit de la pièce, Hipólito la suivit dans le couloir : elle doit quitter l'Allemagne, ne comprend-elle donc pas ? Ils sont juifs, ju-ifs ! Des déchets pour les nazis ! Grossier personnage, lui lança Ilse, hystérique, et elle partit se réfugier dans sa chambre. Il l'entendit sangloter mais rentra lui aussi dans sa chambre.

Le piano n'a pas cessé. Manteau, gants, la cour, la rue. Il va attendre dehors le retour de Mika.

Mais alors qu'il se tient sous le porche, il est de nouveau harcelé par le *Horst Wessel Lied*, cette fois chanté par une voix de femme. Hipólito ne fuit pas, il reste sur place à écouter le chant, mot à mot, comme s'il tentait ainsi de comprendre quelque chose qui lui échappe. Il comprend les paroles – il a bien appris l'allemand en quelques mois – et il en souffre de tout son corps.

Il rentre dans l'immeuble, monte l'escalier, ouvre la porte.

– Ilse, s'il vous plaît, je voudrais vous parler.

Elle entrouvre prudemment la porte.

Hipólito lui demande pardon, sincèrement, il regrette tout ce qu'il lui a dit, mais il la supplie de partir, c'est urgent, eux aussi vont quitter l'Allemagne.

Ilse pleure : mais non, mais quand, elle le supplie, qu'il ne l'abandonne pas, c'est pour ça qu'il s'est montré désagréable, maintenant elle comprend, ça lui arrive aussi…

Et comme une cataracte, entre larmes et hoquets, elle avoue cette histoire d'amour impossible, qu'Hipólito se garde bien de démentir. À quoi bon ? Qu'elle continue de croire ce qu'elle a besoin de croire.

Bien sûr qu'il l'aime, aussi il lui demande de convaincre son mari qu'ils doivent fuir, il les aidera. Un bateau appareille de Hambourg pour l'Argentine, il leur donnera des lettres pour des amis qui les aideront à s'installer et à trouver du travail.

Les sanglots d'Ilse s'interrompent : est-ce qu'il pense qu'ils pourront monter leur atelier de fourreur en Argentine ? On porte des manteaux de fourrure là-bas ? Oui, répond Hipólito en s'asseyant près d'elle sur le canapé, et ça marchera bien pour eux. Il prend la main qu'Ilse lui offre et il lui parle de son père, du téléphone qu'il a installé, du commerce de la famille de Mika et d'autres histoires de ce pays si lointain, il a l'impression d'en être parti depuis des siècles.

– Et vous, Hippolyte, vous allez revenir en Argentine ?

– Oui, bien sûr, un jour.

– Et nous nous retrouverons, affirme Ilse.

Aucun des deux ne le croit, mais elle, comme scellant un pacte, lui offre sa bouche sur laquelle il pose un doux baiser.

Si doux, si bref, si léger, qu'on pourrait douter qu'il ait eu lieu, mais il aida pourtant Ilse à prendre la dure décision de tout abandonner, son appartement sur cour du 33 Wadzeckstrasse, les ponts sur la Spree, le marché, ses petites affaires, son Berlin adoré, sa langue, pour monter à bord du navire qui allait les emmener à Buenos Aires, en mars 1934.

Ni son mari Karl ni son fils Carlos ne le surent, mais à sa fille Rachel, Ilse, déjà âgée, veuve depuis des années, parla de ce baiser d'Hippolyte, qui, avec la patine du temps, s'était enrichi de passion et de tendresse. "Cela m'a étonnée, mais je n'en veux pas à ma mère de cette infidélité, dit Rachel. Après tout, ce rêve les a aidés à fuir l'Allemagne à temps, à venir en Argentine et à nous donner la vie."

Hipólito non plus n'a pas dû te raconter ce qui s'était passé cet après-midi-là avec Ilse. Il avait sûrement pensé que c'était inutile, il t'a juste demandé d'aider les Schwartz. Et tu as écrit une lettre à ton amie Salvadora Medina Onrubia de Botana.

Il pleuvait sur Berlin quand nous sommes partis. Nous étions très tristes. Tant d'espoir réduit en miettes. Hippo a dû se montrer dur avec les Schwartz pour qu'ils ne nous accompagnent pas à la gare : nous n'aimons pas les adieux, s'il vous plaît, Ilse, n'insistez pas. Ses sanglots exagérés nous étaient insupportables. Son mari l'a retenue fermement dans ses bras et j'ai fermé la porte. Hippo a dit qu'elle pleurait par avance son propre départ de Berlin. J'ai senti qu'il y avait quelque chose de plus, mais je me suis gardée de tout commentaire.

Katia est partie avec nous à Paris. Kurt nous rejoindrait dès qu'il aurait organisé les tâches du groupe Wedding et fini de discuter et de publier le document sur la feuille bimensuelle qu'il diffusait. Il avait du mal à s'arracher à son groupe, à ces quatorze camarades qui restaient. Mais Kurt et Katia étaient d'origine juive, comme moi, et les rafles avaient déjà commencé.

À Paris nous pourrions travailler efficacement, nous cherchions à nous encourager mutuellement. "Pour un révolutionnaire, il n'y a pas de voie sans issue, mais juste un problème à résoudre", disait souvent Hippo. Pendant ce long et triste voyage en train, j'ai dû le lui rappeler.

20

Madrid, Pineda de Húmera, novembre 1936

Enfin en route vers le front, Mika se remettra du repos crispé de Madrid dans la nouvelle tranchée. Plus de discussions sur la position à adopter dans ce nouveau décor politique où on remet en vigueur les grades de l'armée régulière, où on entend le mot d'ordre d'un commandement unique. Les syndicats et les partis conservent le contrôle de leurs troupes, mais pour combien de temps ?

L'aide soviétique, espérée et redoutée, est arrivée. Le 28 octobre 1936, trois longs mois après l'apparition des avions italiens et allemands dans le camp des rebelles, les premiers tanks soviétiques débarquèrent en Espagne ; le 11 novembre, les avions russes traversèrent le ciel de Madrid et, avec eux, un solide contingent de conseillers soviétiques, militaires et économiques, et d'agents de la Guépéou, la police politique soviétique. Ce qu'avaient annoncé les camarades à la réunion de Périgny, et que Mika n'avait pas voulu écouter, était en train de se vérifier. La campagne contre le POUM a été déclenchée, une rumeur croissante d'insultes empoisonne l'air.

Mika ne veut plus parler après cette réunion à la caserne où elle s'est emportée : les armes et les techniciens, très bien, les Brigades internationales, parfait, mais les soviétiques finiront par imposer leur loi, qui est celle de Staline. Elle avait passé des heures à écouter ses camarades du POUM, elle était remontée. Et la responsabilité du gouvernement de la République par-ci, et celle du PC par-là, et si le POUM perd son autonomie…

– Arrête, lui crie Valerio. Tout cela est vrai, mais tu as tort de le dire, tu démoralises les miliciens. À quoi ça sert ? Cette guerre, il faut la gagner, et les Brigades internationales peuvent nous aider. Moi, tant que mon cœur battra, je continuerai à me battre.

– Tu as raison, Valerio, je me suis laissée emporter.

Mika demanda au commandant, qui savait mieux que quiconque à quoi s'en tenir, de parler aux miliciens. Elle se rangea finalement aux côtés du POUM, car c'était l'organisation qui avait le plus d'affinités avec le groupe d'opposition Que faire ? auquel ils appartenaient à Paris, et puis parce que c'est là qu'étaient les armes, parce qu'une colonne motorisée…

Et à l'évocation de ce moment une tempête se déclenche dans son corps, une douleur aiguë, pénétrante, du verre brisé dans sa gorge, quelque chose qui tord sans pitié ses entrailles. Elle ne peut pas se le permettre, pas maintenant qu'elle monte au front.

La veille, à Madrid, elle a fui le pathétique spectacle des réfugiés dans le métro, marché dans les rues au hasard et, sans le vouloir, elle s'est retrouvée devant la porte de chez elle. Sa maison, pourtant elle n'y avait vécu que quelques jours, avec tant d'illusions sur ce projet qu'elle avait partagé avec Vicente et Marie-Louise… Combien de siècles avaient passé depuis qu'elle avait quitté cet endroit par ce chaud après-midi ? À peine quelques mois.

Mika se planta devant la porte, sans se décider ni à sonner ni à poursuivre son chemin. Vicente Latorre était au front de Lérida, lui avait-on dit, mais était-il possible que sa chère amie Marie-Louise et son petit Jacques soient encore là ? Non, ils avaient sûrement fui en France.

Dans cet appartement devaient se trouver ses livres, ses cahiers, sa couverture patagonienne, cette robe mauve que lui avait offerte Hippo, les lettres, celle où il lui disait que… Comme si un obus venait d'exploser en pleine rue Meléndez

Valdés, Mika partit en courant vers le carrefour, bifurqua et descendit à toutes jambes une rue étroite, une place, des arbres, d'autres rues. L'un après l'autre se défaisaient ces nœuds serrés, anciens comme ceux des marronniers du Val-de-Grâce, qui s'étaient formés dans son corps, les larmes se mirent à couler sur ses joues, et un sanglot furtif, retenu, gagna en densité et en force, à mesure qu'elle courait désespérément dans la nuit obscure de Madrid.

Une explosion lointaine et la lueur qui illumina le ciel à l'ouest stoppèrent sa fuite hasardeuse. Mika ralentit le pas et s'efforça de reprendre ses esprits.

Lorsqu'elle arriva à la caserne de la rue Serrano, elle avait retrouvé son calme, mais elle évita le regard des miliciens qui l'attendaient éveillés, car les traces de ses pleurs risquaient de la trahir.

Elle le savait, mais ce soir-là elle en eut la certitude : l'arrière-garde ne lui valait rien, elle l'affaiblissait.

Ces inévitables discussions politiques si souvent stériles, ces gens qui déambulaient de tous côtés dans les rues à la recherche d'un abri, les enfants qui reconnaissent déjà le bruit des avions qui peuvent les tuer, les stations de métro, ces sinistres caves, ces tranchées sans ciel, où se retrouvent, soudées par la peur, les personnes les plus diverses.

Et les souvenirs qui peuvent l'assaillir à tout moment, cette vie qui a été, qui aurait pu être et qui n'est plus.

Elle ne veut pas penser, tout ce qui ne concerne pas cette guerre lui est hostile, douloureux. Au front, il faut vivre au jour le jour, il n'y a pas de place pour la réflexion, écrivait-elle hier à Katia.

Quelle joie cette lettre de Katia que Juan Andrade lui a rapportée de Barcelone. Ils sont très enthousiastes, le développement révolutionnaire de l'Espagne va donner une forte impulsion à l'orientation du mouvement ouvrier international, écrit-elle, ils le constatent jour après jour, des militants de diverses organisations, des socialistes et des communistes du monde entier veulent s'engager dans les milices. Barcelone est devenue le nouveau centre où se donnent rendez-vous les révolutionnaires internationalistes. Le POUM n'a ni le temps ni le souhait de prendre part aux discussions et aux intrigues des groupes, et il a nommé Kurt coordinateur et conseiller politique pour aplanir les différences et rassembler les forces. Depuis des années, Landau rêve d'un nouveau Zimmerwald* qu'il voit maintenant possible en Espagne. Il est en train de rédiger les bases programmatiques d'une conférence à Barcelone, à laquelle assisteraient des délégués du monde entier.

Qu'il est réconfortant de sentir ses amis aussi optimistes, au milieu de cette guerre si inégale et de la menace ignoble que le stalinisme fait peser sur le POUM.

À Madrid, Mika s'est laissée dominer par l'inquiétude que lui transmettaient les camarades du POUM, mais maintenant qu'elle monte au front, tout ce qui lui importe c'est de gagner cette bataille.

Elle regarde Corneta devant elle et s'attendrit. Quatorze ans, un enfant. Mika a voulu lui interdire de venir, mais elle n'a pas pu l'en empêcher. Ses frères ont été tués et il veut se battre… ou du moins les accompagner, même si on ne lui donne pas un fusil, il pourrait être utile. Comme s'il devinait les pensées de Mika, le gamin tourne la tête et lui sourit. Qu'il ne soit pas tué, par pitié, qu'il ne soit pas tué, pense-t-elle.

Un vent glacial lui mord la peau. Mika respire profondément, l'air froid l'anesthésie de la tête aux pieds et lui donne un étrange contentement. Dans peu de temps elle sera sur le champ de bataille. Elle prendra des décisions, combattra aux côtés de ses miliciens, elle les nourrira, s'occupera d'eux, les encouragera. Et les fascistes ne passeront pas.

No pasarán, répète-t-elle et sa fanfaronnade la fait rire.

---

* La conférence de Zimmerwald, en Suisse, avait rassemblé, du 5 au 8 septembre 1915, les partisans de l'internationalisme – dont Trotsky – qui s'opposaient au militarisme et au nationalisme.

— De quoi ris-tu ? lui demande Valerio en la prenant par le bras. Qui rit tout seul pense à ses bêtises.

— Je ris parce que je me suis dit qu'ils ne passeront pas.

— Non, ils ne passeront pas, confirme Valerio.

Il est heureux de la voir si enjouée, même s'il pense qu'elle fait un peu la folle, car il n'y a pas de quoi rire… Ils vont sur un front très exposé, lui a dit le capitaine envoyé par le haut commandement, un compatriote de Valerio. Mika doit le savoir, et elle rit ? Au fond, il n'est pas étonné, il y a longtemps qu'il pense qu'elle est folle, sinon elle ne serait pas ici, une femme, étrangère qui plus est.

— Non, Valerio, je ne suis pas folle, réplique-t-elle d'un ton sec, la lutte des Espagnols est aussi la mienne, peu importe le pays où on est né.

— Mais je plaisante, ne te fâche pas, avec des folies comme la tienne, la révolution va triompher.

21

Paris, 1933

Ils sont très affectés par ce qu'ils viennent de vivre à Berlin, ce qui n'empêche pas ce plaisir tout simple, sans détour, qui s'empare d'elle dans les rues, au Petit Pont, au café de la Mairie, quand elle mord dans une baguette encore chaude, ou au milieu des odeurs et des bruits du marché de la rue de Seine. Mika a retrouvé Paris comme un amour ancien, les ponts, les rues et les gens lui redonnent le moral et le calme qui semblent manquer à Hippo. Il est très abattu.

Depuis leur retour, tout va bien : elle a deux élèves et d'autres en perspective, le temps est agréable, ses amis merveilleux. Ils n'ont pas eu besoin de chercher un logement, Alfred et Marguerite Rosmer leur ont trouvé un deux-pièces au loyer modéré, rue Gay-Lussac, tout près de l'endroit où ils avaient vécu. Ils ont pu emménager rapidement. Une camarade des Amis du Monde, qui quitte Paris, leur a vendu pour quelques francs tout ce qu'elle avait chez elle : une table, des bancs, un fauteuil déglingué qui est parfait pour lire, des étagères, un vieux portemanteau et même des casseroles et de la jolie vaisselle.

En partant à Berlin, ils s'étaient débarrassés de ce qu'ils avaient dans leur mansarde, ils ne comptaient pas revenir à Paris, mais cette brave Françoise, la concierge de la rue des Feuillantines, à qui ils avaient laissé ce qu'ils ne pouvaient emporter, avait gardé le poêle dans une cave inoccupée de l'immeuble. Elle trouvait amusant qu'on l'ait baptisé Mefisto, comme s'il s'agissait d'un être vivant, d'un petit animal, il serait toujours temps de s'en débarrasser, avait pensé

Françoise, et voilà que maintenant ils pouvaient le récupérer. Les Baustin l'ont ramené avec leur voiture, et ce soir Mefisto ronfle, satisfait, dans son nouveau foyer. Mika a profité de la fraîcheur qui annonce l'automne pour l'alimenter.

— Regarde comme il est joli notre Mefisto, et content de son charbon, dit-elle à Hipólito, très concentré, qui reste silencieux. Je te prépare un maté ?

— D'accord.

Et le maté arrive accompagné d'une longue caresse.

— Je n'en peux plus de te voir dans cet état, si abattu, sans projet, lui dit Mika en français.

Depuis des jours, elle se demande comment lui parler sans le blesser. Maintenant les paroles s'enchaînent, douces, énergiques, amoureuses et exigeantes. Mika parle longuement, Hippo l'écoute avec attention.

— Avec qui je vais partager *notre* projet ? De qui je vais apprendre, moi, si tu baisses les bras ?

Hippo ne baisse pas les bras, il enlace le corps de Mika, l'étreint, la presse, la lèche pour boire cette fantastique énergie, ce moral qu'elle ne perd jamais. Tu as raison, chérie, elle fait bien de le secouer de cette léthargie dépressive où il est plongé. Comment va-t-elle l'aimer s'il s'abandonne à l'angoisse, s'il continue de ruminer son poison, perdu, incapable de passer à l'action. Pour s'aimer, il faut s'admirer mutuellement, comme lui admire la trempe avec laquelle Mika affronte l'échec, son regard tourné vers l'avenir. Et elle : qu'il continue à parler, mais pas de si loin. Elle se rapproche, se colle à son corps : elle l'entendra mieux s'il la touche.

Hippo lui prend la main et l'entraîne dans la chambre, ils s'assoient au bord du lit, comme s'ils devaient s'accorder sur les clauses d'un nouveau contrat, et il lui dit de sa voix grave et calme : Je suis persuadé qu'il faut faire un effort personnel constant pour grandir, pour se dépasser tous les jours, pour nourrir l'esprit, l'enrichir. Et si l'autre se laisse aller, il faut le lui montrer, l'exiger de lui, parce que *l'amour*, comme dit Balzac, *porte le sceau des caractères**.

Plus qu'une jolie phrase, c'est une grande vérité, Mika en est convaincue. Hippo a forgé Mika, ils se sont formés l'un l'autre pendant des années. Elle s'allonge sur le lit, les bras ouverts, en une invitation muette à se fondre en elle, qu'il accepte, ému.

Cette nuit-là, plus tard, après l'*omelette** et la salade (l'amour leur a donné une faim de loup), ils font la première ébauche du livre qu'ils écriront sur la tragédie du prolétariat allemand.

Le vendredi ils se réuniront avec André Ferrat, le camarade du parti communiste français, dont ils ont fait la connaissance chez les Rosmer. Son idée de constituer un groupe autour d'une revue est séduisante. Le fait qu'André, rédacteur en chef de *L'Humanité*, veuille lancer une publication hors du parti, et donc nécessairement clandestine, montre clairement son courage. Il faut ouvrir le débat, après ce qui s'est passé en Allemagne, Hippo, aucun communiste sérieux ne peut accepter sans broncher les postulats de l'Internationale communiste.

Tout lui semble différent maintenant qu'il y a un chemin, un projet, maintenant que l'amour l'a remis sur les rails, merci Mikusha, lui dit Hippo avant de l'embrasser et de lui souhaiter bonne nuit.

Nous nous sommes mis sérieusement au travail pour écrire ce livre sur notre expérience à Berlin. En nous inspirant de nos notes, de nos conversations, de nos réflexions, nous avons élaboré une table des matières qui a servi de guide. Pendant que je donnais mes cours particuliers d'espagnol pour faire bouillir la marmite, Hippo écrivait. Sous le pseudonyme de Juan Rústico, il publia deux articles dans la revue *Masses*, que dirigeait René Lefeuvre, à l'automne 1933. Ce furent les premiers textes publiés en France après l'arrivée du national-socialisme au pouvoir en Allemagne, et ils eurent beaucoup d'échos.

À cette époque ont commencé les réunions préparatoires à la constitution du groupe Que faire ?, un intéressant projet visant à unifier l'opposition autour d'une revue, dans laquelle s'exprimeraient des communistes, membres ou non du parti, et même des points de vue différents.

Au PC, il n'y avait pas de place pour les désaccords, sous peine d'exclusion ou de fortes mesures disciplinaires. Que faire ? se proposait de publier des opinions, des analyses, des critiques, et de remettre le parti sur la voie des principes du marxisme-léninisme. Même si plusieurs d'entre nous – dont moi-même – pensaient que c'était impossible, vu ce que nous savions à ce moment-là sur le stalinisme, c'était utile pour se rapprocher des camarades de la base, comme le soutenait Jeanne Ferrat, la femme d'André, encore membre du parti communiste français. Que faire ? rassemblait des camarades qui s'étaient éloignés d'abord du PC puis de Trotsky, comme Pierre Rimbert.

Presque tous furent d'accord, ils signeraient leurs articles de pseudonymes. Non par souci d'anonymat, mais par simple prudence. Cela leur donnerait plus de liberté pour écrire.

André Ferrat choisit le nom de Marcel Bréval, le Polonais Grigory Kagan, un des délégués de l'Internationale communiste était Pierre Lenoir et Hippolyte Etchebéhère, Juan Rústico.

Les premiers temps, Hippo et André se chargèrent de la direction ; Kurt Landau, déjà installé à Paris, s'occupait des relations avec les groupes allemands et autrichiens, et Grigory Kagan des groupes d'opposition polonais.

Grâce à Katia et Kurt, André et Jeanne, Pierre Rimbert, Charles Biron, Georgette Curat, Hippo et moi, le cercle s'ouvrait, les collaborateurs étaient plus nombreux. Dans notre appartement de la rue Gay-Lussac, les réunions se prolongeaient jusque tard dans la nuit.

C'était un moment très spécial. À Paris se retrouvaient les exilés du nazisme : polonais, autrichiens, allemands, et des révolutionnaires internationalistes espagnols, suisses, anglais, nord-américains, sud-américains. Persuadés que la classe ouvrière communiste internationale, après la défaite en Allemagne, était davantage disposée à écouter les opposants de gauche, nous n'avons pas épargné nos efforts pour parvenir à l'unité.

Et nous ne nous trompions pas, Que faire ? devint au fil des années une des revues les plus prestigieuses et les mieux considérées du mouvement français.

Le découragement d'Hippo marquait le pas à mesure qu'il s'impliquait dans l'action révolutionnaire : réunions, lectures, contacts avec d'autres organisations, textes à préparer pour la revue. Et une nouvelle activité l'obsédait et le distrayait en même temps, où il atteignit, comme en tout, l'excellence.

Avec la semelle en caoutchouc de mes chaussures et d'ingénieux outils fabriqués de ses mains, il faisait des faux passeports pour les camarades exilés, avec des signatures et des tampons parfaitement en règle.

Les camarades arrivèrent à trois heures de l'après-midi, Hippolyte pensait finir à six heures, mais Grzegoz leur raconta qu'il avait obtenu un travail grâce aux papiers flambant neufs qu'Hippo lui avait faits, et tout le monde de se réjouir et de laisser filer le temps en anecdotes et rires, c'est à peine s'ils discutèrent des premiers points du rapport qu'ils devaient envoyer en Pologne. Quand Mika rentra à sept heures, l'appartement était totalement enfumé. Elle traversa promptement le salon, ouvrit les fenêtres et se pencha dehors comme si elle avait du mal à respirer et, d'une voix étouffée où perçait la colère :

— Tu te fais du mal, Hippo, très mal, tes poumons en prennent un coup. Demande-leur de ne plus fumer à l'intérieur.

188

– Je ne m'en rends pas compte, ça ne me gêne pas.

Comme si elle ne l'écoutait pas, Mika gagna en deux pas la porte de la rue et l'ouvrit en grand, ainsi que la fenêtre de la chambre et celle de la salle de bain. Alors seulement elle donna un baiser à Hippo et salua les camarades : Bonsoir.

Elle ne voulait pas les aider ? lui proposa Hippo, même si Mika devait être fatiguée… tout l'après-midi à travailler…

– Donne-moi quelques minutes pour me rafraîchir et j'arrive.

– Et puis, lui dit-il à l'oreille, il faudrait préparer quelque chose à manger, on ne va pas laisser partir les Polonais le ventre vide, affamés comme ils sont. Ils ont mangé tout le pain.

Ils étaient six, il allait falloir se débrouiller. Il proposa de sortir pour acheter quelque chose, mais Mika l'en empêcha : Il fait trop froid dehors. Comme elle venait juste d'arriver, ça ne l'embêtait pas de ressortir. Ils firent bouillir quantité de patates auxquelles ils mélangèrent une boîte de saumon japonais, assaisonnant le tout avec une mayonnaise que prépara Mika. Un plat copieux et bon marché.

Hippolyte demanda à ses camarades de sortir fumer dans le couloir – sans trop s'expliquer, il n'aimait pas parler de sa maladie – mais dans la chaleur de la discussion ils oublièrent la consigne et lui aussi, et qui sait combien de cigarettes ils auraient encore fumées, si Mika, lassée, n'avait pas réagi :

– Je ne veux plus qu'on fume ici. C'est clair, camarades, ou je dois le dire encore plus fort ?

Sur ce, elle se leva et s'enferma dans la chambre.

Personne ne souffla mot et ils continuèrent à travailler. Sans fumer.

Les camarades se sont retirés, Hippo entre dans la chambre et voit Mika sur le lit, profondément endormie. Épuisée. Une vague de tendresse le submerge. Il ne doit pas seulement prendre soin de ses poumons, mais aussi de son amour. Il l'a un peu oublié. Demain il lui achètera des fleurs au marché et l'invitera à faire une longue promenade, ou à aller au Louvre.

Hippo ne se soignait pas, je n'ai pas su – ou pas pu – freiner ses excès, et à l'hiver 1934 il a été hospitalisé pour la première fois à l'hôpital Cochin. Pas plus d'une semaine, mais c'était une alarme sérieuse, il devait impérativement changer son mode de vie. Quelques jours à la maison, couché, d'autres à Périgny, où ses joues ont repris des couleurs, un propos optimiste du médecin et il s'est estimé guéri : réunions jusqu'à pas d'heure, étude, écriture, visite aux travailleurs en grève.

Il n'était pas complètement rétabli quand le mouvement révolutionnaire des mineurs a éclaté dans les Asturies, et, sans y réfléchir à deux fois, nous avons décidé de partir en Espagne. Le projet de Que faire ? avait avancé, la revue verrait bientôt le jour et notre place était là où se menait la lutte. Nous n'avons plus reparlé de sa santé. Tandis que nous attendions nos passeports, nous suivions pas à pas les nouvelles en provenance d'Espagne. La répression sanglante déclenchée contre les mineurs freinait nos projets. Pour les soutenir, Hippo écrivit alors un long article sur les événements dans les Asturies, qui a malheureusement disparu à Barcelone, quand les staliniens ont saccagé le siège du POUM en 1937.

L'hiver 1934-1935 fut glacial. Je sortais de bonne heure pour donner mes cours d'espagnol, presque toujours à des hommes qui voulaient apprendre la langue en un minimum de temps pour faire des affaires en Espagne et en Amérique du Sud. Je préférais que les réunions avec nos camarades aient lieu chez nous pour éviter à Hippo d'être exposé aux rigueurs du climat. Mais ce n'était pas toujours le cas, et ça ne suffisait pas. Sa santé exigeait une alimentation équilibrée et régulière, plus d'heures de repos, une vie sans privations ni émotions d'aucune sorte. Pas la vie que nous menions, celle que j'avais permise, jusqu'à ce sinistre après-midi d'avril 1935.

Mika marche rue du Bac. La tiédeur du soleil d'avril la réconforte, heureusement il fait beau. Encore un cours aux enfants Roussel et retour à la maison. Ne pas s'attarder. Elle a besoin de savoir si la fièvre d'Hippo n'est pas montée. Elle peut encore sentir au bout des doigts sa peau brûlante et moite. Cette quinte de toux qui l'a réveillée en pleine nuit s'était apaisée le matin et la fièvre avait baissé.

– Je me sens bien, Mika, je vais dormir, inutile que tu restes.

Elle a accepté à contrecœur, ils ont besoin d'argent, mais elle n'a pas cessé de sentir une boule d'angoisse lui parcourir le corps.

Enfin le cours est terminé. Elle se hâte de rentrer, le porche, ah ! toutes ces marches jusqu'au sixième étage, un bruit sourd, un accès de toux qu'elle entend de l'escalier. Vite. La clé tourne, la porte s'ouvre et, sous ses yeux, Hippo plié en deux, la tête penchée sur une cuvette, du sang.

Tuberculose, a conclu le médecin de l'hôpital, au vu de la radiographie des poumons d'Hippo. Ce n'était pas la première fois qu'elle entendait ce mot, déjà à Buenos Aires – d'où leur départ en Patagonie – et l'an dernier, quand il a été hospitalisé à Cochin, mais à présent ce n'est plus une menace, quelque chose qui pourrait lui arriver s'il ne se soigne pas, *c'est là*, dans son poumon gauche comme le montrent les clichés.

Heureusement que c'est apparu, la consola Hippo, il peut ainsi suivre un traitement, une brève hospitalisation et il sortira comme neuf.

Mika ne pouvait articuler un mot, tout se brouillait, il dut insister : Allez, ma douce, ne t'inquiète donc pas, quelque chose se déchira dans sa voix. Il va se soigner, il lui promet qu'il va se soigner.

Elle le serra dans ses bras, elle ne pouvait se laisser gagner par le désespoir, cela ne l'aiderait pas. C'est égoïste de s'abandonner à l'angoisse. Elle et lui forment une maille tissée de deux fils, si celui de Mika s'effiloche, d'où Hippo va-t-il tirer des forces pour se rétablir. Bien sûr que tu vas guérir, *mon chéri**.

Oui, mais au sanatorium, pas à ses côtés.

Le médecin le décrivit comme un endroit idyllique : altitude, air pur, arbres, bonne nourriture, contrôles et soins constants, repos, loin de l'air vicié de Paris. Mais loin d'elle ! Entre quatre et huit mois, dit-il comme si de rien n'était.

Comment Mika va-t-elle survivre tout ce temps sans Hippo ? Et lui sans elle ? Ils ne pourront pas le supporter. Mais le sanatorium lui offrira la nourriture et les soins qu'elle ne peut lui offrir.

— Il y a une bibliothèque ? demanda Mika au médecin et elle fit un clin d'œil à Hippo. Il y a des livres dans ce sanatorium ?

— Bien sûr que oui.

Très gentil, le docteur, mais qu'elle sache – il le lui dit nettement – que c'était la dernière fois qu'il parlait avec elle, il a accepté exceptionnellement, il y a des règles à respecter, au sanatorium, Mika ne pourra pas se renseigner auprès des médecins, elle n'est pas l'épouse d'Etchebéhère.

Le docteur Chevanson, qui l'avait soigné à Cochin, le lui avait déjà dit.

Marguerite, Katia et Mika se promènent dans la campagne autour de Périgny, une bonne excuse pour parler entre elles.

Bien sûr que l'engagement entre Hippolyte et Mika n'a nul besoin d'être signé devant quiconque et que le mariage est une institution petite-bourgeoise, mais le supprimer n'est pas une priorité. Après tout, les Rosmer sont mariés, ils s'évitent des complications. Même Trotsky est marié avec Natalia, et elles éclatent de rire.

— C'est une manière légale d'utiliser le patronyme du mari, dit Marguerite.

C'est Marguerite qui dit ça ? Elle n'est pas Marguerite Rosmer, ils se sont servis toute leur vie du pseudonyme avec lequel Alfred signait ses articles dans *La Vie ouvrière*, depuis 1913, son véritable nom est Alfred Griot. Rires. Et Katia Landau s'appelle en réalité Julia Lipschutz. Éclats de rires.

Le visage de Katia se rembrunit :

– Il faut le faire. T'appeler Etchebéhère, fait-elle à voix basse, sans en dire plus. Tout de suite.

Mika comprend ce qu'elle insinue – eux aussi sont juifs – mais elle préfère prendre une autre voie.

L'idée de porter le nom d'Hippo lui plaît, explique-t-elle à ses amies, de fait elle s'en sert, mais qu'on ne l'oblige pas à faire quelque chose qu'ils n'ont pas décidé. Si elle n'a pas évité des larmes amères à sa mère quand celle-ci lui a demandé qu'ils se marient s'ils vivaient ensemble, pourquoi se soumettrait-elle à la grisaille bureaucratique dont elle n'a que faire.

– Et si la santé d'Hippolyte s'aggrave, qu'est-ce que tu vas faire ? lui demande Marguerite. Seule l'épouse peut entrer dans la salle de soins intensifs.

– Hier, j'ai vu un chapeau adorable, dit Katia à Mika qui paraît déconcertée. Parfait pour la noce.

De nouveau les amies éclatent de rire, insufflant légèreté et bonne humeur pour soutenir Mika.

Au-delà de l'aspect pratique de la décision dans ces circonstances historiques et personnelles, il y a cette peur obscure, ce vide vertigineux qui souvent s'empare d'elle... et s'il... si Hippo... oui, elle veut porter son nom pour toujours.

Ils accomplirent les formalités en quelques jours. La situation n'admettait pas de tergiversations.

Le 7 mai 1935, à 12h30, Hippolyte Etchebéhère et Michèle Feldman se marièrent à la mairie du VIe arrondissement. Ils étaient accompagnés par Kurt et Katia Landau, et Alfred et Marguerite Rosmer.

Ce n'était qu'une formalité, mais Mika portait le chapeau que lui avait offert Katia et une robe à fleurs ; Hippolyte, un costume beige, dans lequel il flottait, et une cravate à rayures.

À la sortie, ils allèrent au café de la Mairie. Lui ne pouvait pas boire, mais ils commandèrent un sancerre pour trinquer avec les amis. Hippo leva son verre.

— Pour Mika, qui a fini par se décider. Je lui ai demandé sa main en septembre 1920. – D'un geste, il calma les éclats de rire. – Il lui a fallu quinze ans pour m'accepter comme mari.

— Pour Hippo, enchaîna Mika en levant son verre, à qui j'ai déclaré mon amour il y a quinze ans. Ce qu'il ne dit pas, c'est que c'est moi qui ai fait le premier pas.

— À vous deux ! lança Alfred Rosmer, et tout le monde leva son verre.

Demain matin de très bonne heure, ils partiront pour le sanatorium de Labruyère.

Comment dormir cette nuit, avec la perspective d'une séparation de plusieurs mois. Et pourvu qu'il s'agisse de mois et non… quelque chose de glacé rampe sur son échine. Tu vas tellement me manquer, mon amour. Elle s'efforce de ne pas craquer – courage, courage !, mais je veux que tu t'en ailles maintenant, que tu guérisses. Les mains inlassables, comme si elles pouvaient s'imprégner de la peau de l'autre, de sa chaleur.

— Ne t'inquiète pas, Mikusha, je reviendrai. Attends-moi, aime-moi et on refera le monde.

22

Pineda de Húmera, décembre 1936

À Pineda de Húmera, la colonne du POUM, commandée par Mika, remplace celle de la CNT, qui a été décimée. L'ennemi est tout près, à l'hôpital de Bellavista. Si près qu'on a l'impression de l'entendre respirer. Le capitaine qui les a installés le leur a dit sans détour : la distance entre eux et nous est courte, c'est dangereux, il faut surveiller jour et nuit. Et pour la première fois ils sont seuls sur le front.

À Sigüenza, à Moncloa, il y avait d'autres colonnes au combat, mais à Pineda de Húmera seuls les cent vingt-cinq miliciens du POUM. Et Mika.

C'est là, Mika, sur ce front extrêmement dangereux ? Tu avais déjà les trois étoiles sur ta capote. C'est ce feu nourri et toutes ces bombes à main avec lesquelles vous avez repoussé les fascistes ? Ou le sirop pour la toux et ce chant dans les tranchées ?

Une vaste cuisine de campagne avec un sol à carreaux rouges et un bon feu de cheminée, le nouveau foyer de la colonne du POUM.

Assise sur un petit matelas, Mika dégrafe son soutien-gorge et le retire par une manche du tricot, en une suite de mouvements compliqués, à l'abri de la capote qui la couvre. Même les gestes les plus simples sont devenus difficiles.

À côté d'elle, autour, mêlant leurs ronflements, leurs odeurs et leurs insomnies, les quarante hommes qui ne sont pas de garde dans les tranchées. Et Corneta, qui dort à ses pieds, sur une peau de mouton. Bonne nuit, lui a-t-il dit avant de se coucher, et il l'a embrassée, très spontanément, comme s'il était chez lui avec sa mère, et non pas dans une cuisine-caserne au beau milieu de la guerre.

Demain matin, de très bonne heure, Mika se rendra dans la petite maison de campagne où loge le chef du secteur, le commandant Ojeda, pour recevoir consignes et ordres. Et pour demander des capotes, des gants et des repas chauds. Des grenades et des mitrailleuses. Elle ne voit pas comment affronter une armée avec ce qu'elle a vu dans les réserves, camarade colonel.

Le colonel Juan Ojeda, commandant du secteur de Pineda de Húmera, et le journaliste français Roger Klein, se sont réunis au siège de campagne du colonel Augusto Ramírez, près de la Moncloa.

Des violettes dans un vase, un bon Rioja et un parfum qui promet des délices. Basilic, thym et cochon de lait cuit à point. C'est que dans cette maison, à l'encontre des coutumes de la guerre, il y a une femme, Ethelvina. Elle est jeune, très belle, souriante, elle cuisine merveilleusement et elle est très amoureuse de son compagnon. Pourtant, elle ne plaît pas à Ojeda, il ne sait pas très bien pourquoi, mais en ce moment même, alors qu'il parle avec enthousiasme du capitaine Mika Etchebéhère, il surprend sur son visage une légère crispation, l'irritation qu'elle doit ressentir – soupçonne-t-il – à l'idée que, malgré sa présence éblouissante, trois hommes s'intéressent à une autre femme. Même si celle-là est tellement spéciale.

Juan Ojeda avait déjà entendu parler du capitaine Etchebéhère par le général Ortega, responsable de Moncloa, mais à présent qu'il la voit tous les jours sur le front, il peut affirmer que cette femme ne cesse de le surprendre. En bien. Il admire en particulier son sens de l'ordre, Ojeda s'interrompt un instant pour souligner : de l'authentique ordre des choses, et son sens de la guerre l'étonne.

— Son sens de la guerre ? relève le journaliste français.

Oui, de la guerre. Même si, comme elle l'a elle-même avoué, elle ignore tout des questions de stratégie et de tactique militaire. "Les cotes sont pour moi un mystère indéchiffrable", a-t-elle déclaré devant la grande carte d'état-major, épinglée sur le mur de son bureau.

Ojeda a ri, Mika aussi, et cela a détendu l'atmosphère.

– Quand je dis son sens de la guerre, je veux parler de celle qui est de ce côté, la nôtre, qui n'a pas grand-chose de militaire, même si nous, nous sommes des militaires de carrière. Nous nous battons comme des guérilleros, sans la passion des premiers jours, fatigués et démoralisés par un combat inégal. Le capitaine Etchebéhère est un phénomène, il n'y a personne comme elle pour remonter le moral des miliciens, pour maintenir vivant l'idéal révolutionnaire. Ils résistent bec et ongles depuis douze jours, beaucoup sont malades, mais ils ne veulent pas revenir à Madrid. C'est leur capitaine qui les encourage et les réconforte, elle leur donne même du sirop pour la toux !

Tu as d'abord eu l'idée de mélanger du miel à cette mauvaise gnôle que l'épicier leur avait offerte. Quand tu as vu comment ils se portaient mieux, tu as chargé les délégués d'acheter des flacons de sirop. Mais l'amélioration tenait moins à la potion que tu leur administrais qu'à cette tendresse à contre-temps au milieu du sifflement des balles, à ce petit mais grand geste dont ils avaient tant besoin. Et Corneta qui t'accompagnait.

Tout le monde rit quand Ojeda leur raconte que le capitaine Etchebéhère court les tranchées avec une cuiller et du sirop en disant, comme aux enfants : Ouvre la bouche, camarade.

C'est trop drôle, s'esclaffe Ethelvina de son rire cristallin, que dément une lueur de contrariété dans ses yeux. Un gâteau, une liqueur ? propose-t-elle en se levant et ses mouvements, son corps provocant captivent toute l'attention des hommes.

Pourquoi ne l'aime-t-il pas ? Tomás Oleido, un compagnon d'armes auquel Ojeda avait confié son antipathie pour Ethelvina la veille, lui avait demandé, ironique, s'il n'enviait pas Ramírez. Non, en aucune façon, et peu lui importe qu'elle ne soit pas la véritable épouse du colonel Ramírez, laquelle vit à Valence, à chacun sa vie.

Peut-être parce que Ojeda ne pourrait pas envisager d'être au front avec une femme (la sienne est à la maison, avec les enfants, très loin de la bataille), il pense que Ramírez, qui occupe un poste de commandement, ne devrait pas avoir sa maîtresse à ses côtés. Encore que s'il avait trouvé cela si blâmable, il n'aurait pas accepté la première invitation ; non, c'est quelque chose chez Ethelvina qui le gêne. Méfiance. Aussi, avant de discuter de certains sujets délicats de la guerre, il lui demande si elle aurait l'amabilité de les laisser seuls.

Ramírez n'apprécie guère cette demande, c'est évident, mais il ne peut s'y opposer. Ethelvina n'a pas eu besoin d'explications, elle a compris et elle s'éclipse après avoir donné à son amant un long baiser sur la bouche. Ojeda soupçonne que ce baiser s'adresse plus à lui et au journaliste français qu'à l'amant d'Ethelvina. Une manière tordue de provoquer.

Juan Ojeda l'a vu, Mika. Avant même de se retrouver chez Ramírez, avec Ruvin Andrelevicius – Andreï Kozlov, comme il se faisait appeler en Espagne –, Juan Ojeda se méfiait de cette femme. Il était loin de se douter de ce qui allait arriver. Et si ce soir-là – et d'autres – il parla tellement et si bien de toi, devant Ethelvina, ce n'est pas seulement par plaisir, mais parce qu'il avait perçu que cela l'irritait. Mais il se garda bien de dire quoi que ce soit d'inconvenant.

Le chœur des miliciens avait déjà eu lieu et il n'a pas voulu en parler devant Ethelvina. Cela pouvait passer pour un manque de discipline, une imprudence. Plus tard, cependant, dans un café où ils continuèrent de parler, et de boire, il raconta l'histoire, en riant, au journaliste Roger Klein.

C'est à travers les propos du commandant Juan Ojeda que Roger Klein fit ta connaissance. Comment ne pas être fasciné par une femme qui avait organisé un chœur parlé sur le front ? Mais beaucoup d'eau passerait sous les ponts avant qu'il puisse formuler la proposition qu'il te ferait le jour où tu es entrée dans cette résidence pour personnes âgées à Alésia. Comme vous en avez ri.

Les insultes commencèrent dès le premier jour. Pourquoi les fascistes faisaient-ils cela ? Pour se défouler, s'échauffer, pour trouver à leur engagement une raison qui n'existait peut-être pas.

— Eh ! Les Russes, répondez en russe si vous n'avez pas encore appris l'espagnol, fils de pute !

Mika leur ordonna de ne pas répondre. C'était un moyen de les provoquer pour repérer leurs positions, il ne fallait pas tomber dans ce piège. Mais les fascistes étaient très près, trop, et ils avaient déjà tué onze miliciens et blessé quelques autres, comment supporter ça ?

— On va voir si vous avez des couilles, ou si vous êtes tous des tapettes qui ont peur de répondre quand on les insulte !

La tranchée boueuse, le froid glacial, la perspective d'un combat inégal. Et maintenant les insultes. Ils allaient répondre, oui, mais à leur façon, ils n'étaient pas comme les fascistes, camarades, on va leur donner une leçon !

Mika proposa à ses hommes de former un chœur parlé, comme ceux qu'elle avait entendus à Berlin, pendant ces gigantesques manifestations, avant l'accession de Hitler au pouvoir. L'idée était séduisante : les voix s'élèveraient à l'unisson pour ensuite céder la place aux couplets de trois mineurs qui chantaient très bien.

Il y eut de l'enthousiasme, de la chaleur et même des rires dans la cuisine qui leur servait de caserne, le soir où ils décidèrent quoi répliquer aux rebelles.

— Sales traîtres ! Ce sont des ouvriers et ils sont avec les exploiteurs !

— Non, pas traîtres, plutôt : on vous trompe, vos officiers sont des vendus !

— Des malheureux.

— Malheureux, trompés, pourquoi tant de délicatesse ? Des salauds, oui, voilà ce qu'on va leur dire : fils de pute, je chie sur tes morts !

De ce défoulement d'insultes, pardon Mika, surgirent quelques idées, Mika appuya celle sur les Maures, oui, ce serait très bien de leur dire que leurs colonels chrétiens ont amené les Maures en Espagne pour écraser le peuple espagnol, ça les fera réfléchir.

Il fut difficile d'arriver à un texte définitif, à tel mot plutôt que tel autre, comment se les rappeler dans la tranchée, moi je vais les oublier, mais si on change quelque chose, dit Deolindo, ce n'est pas très grave, ce qu'il faut, c'est crier tous ensemble. Comment Mika a-t-elle pu penser que cent hommes allaient dire les mêmes mots en même temps ? Ils étaient espagnols, pas allemands.

En 1933, les centaines de milliers de militants disciplinés du PC allemand n'avaient pu empêcher Hitler d'accéder au pouvoir ; en Espagne, le désordre des multiples organisations avait couru comme un incendie, mais tenu tête au fascisme. Qu'ils crient donc ce qui leur sortait des tripes, comme l'avait dit Deolindo.

Quelque chose dut être perçu au milieu de la clameur retentissante du chœur des miliciens, car l'un des quatre hommes qui, le lendemain, désertèrent les rangs franquistes pour rallier la colonne du POUM, dit à Mika que ce qu'ils avaient crié sur les Maures l'avait frappé en pleine poitrine comme une balle.

Elle ne pouvait prévoir ce qui arriva après le chœur, lorsque les miliciens commencèrent à balayer les dernières insultes avec le couplet : *Ay, Maricruz, Maricruz, maravilla de mujé** et

---

* Ah ! Maricruz, Maricruz, merveille de femme.

que ceux d'en face reprirent le refrain. C'était là une fraterni-
sation non souhaitée, troublante et inévitable.

*Comme si ce couplet qui les accompagnait depuis le début de
la guerre,* Maricruz, Maricruz, *avait tissé un manteau qui les
liait fatalement et douloureusement, comme leur coexistence dans
les quarante prochaines années. Tu ne savais pas comment réagir,
ce que tu devais faire.*

Elle les écoutait chanter en silence lorsque le messager
arriva : elle devait se présenter immédiatement devant le
commandant Ojeda. Cela ne l'étonna pas, les cris avaient dû
parvenir à ses oreilles. Heureusement, les décibels des
chansons avaient diminué et Ojeda n'avait pas entendu ce
chœur improvisé de rebelles et de républicains chanter en
chœur *Maricruz, maravilla de mujé.*

Ce n'était pas la première fois que Mika montrait à Ojeda
son sens particulier de la discipline. Il avait raison : elle n'avait
pas demandé l'autorisation d'organiser ce chœur parlé destiné
aux fascistes parce qu'elle n'était pas sûre de l'obtenir.

— C'est pour ça que vous n'avez pas demandé l'autorisation, capitaine ? lui demanda Ojeda, en s'efforçant de garder
son calme, de ne pas crier comme elle le méritait probablement. Parce que vous doutiez que j'approuverais votre plan…
aussi original qu'imprudent ?

— Je regrette, camarade colonel. — Mika l'appelait ainsi,
elle trouvait cela ridicule, mais elle n'allait pas l'appeler "mon
colonel". — Il faut dire que mes miliciens sont très fatigués,
mal protégés de ce terrible froid, ils ne mangent et ne dorment
pas assez. J'ai pensé qu'ils méritaient une compensation.
Répondre aux insultes des fascistes a été pour eux un
soulagement.

D'ailleurs, Mika n'avait pas organisé cette explosion de
cris. Simplement cela s'était produit et elle n'avait pas pu, pas
voulu l'empêcher.

Quoi que pensât Ojeda de cette idée de chœur parlé, son
opinion fut mitigée par la présence des franquistes qui avaient

rejoint leurs rangs. Mika les présenta à Ojeda, qui ne cacha pas sa satisfaction. Vous les avez déjà interrogés, capitaine ?

— Non, camarade colonel, et je n'ai permis à personne de le faire.

Et là-dessus Mika se retira sans lui donner l'occasion de dire s'il était ou non correct de poser des questions à ceux qui changent de camp, qu'il les pose lui, si cela lui paraissait adéquat, mais qu'il ne compte pas sur elle.

23

Pineda de Húmera, décembre 1936

Le 23 décembre, Mika demanda à Ojeda l'autorisation d'organiser un petit réveillon de Noël, avec chants et vin : même si personne n'est croyant, camarade colonel, ça fait partie des traditions des miliciens. Mais oui, naturellement, accepta Ojeda.

Est-il naturel de voir ici, chez Ramírez, à la chaleur d'un feu de cheminée, un groupe de gens qui parlent et boivent comme une nuit de Noël ordinaire ?

Non, ce qui serait naturel, c'est d'être en famille, avec sa chère femme et ses enfants. Mais ils sont en guerre et le colonel Juan Ojeda ne peut s'éloigner que de quelques kilomètres de son poste de commandement. C'est aussi le cas de Muñoz et de Ramírez (encore que celui-ci soit ravi d'avoir sa petite amie près de lui).

Ethelvina a une conversation animée avec Andreï Kozlov, le conseiller soviétique, ses joues sont colorées par l'alcool ou l'excitation de l'échange, les mouvements de sa chevelure et le léger balancement de son corps, une invite. Aucun doute, sa proie est maintenant le Russe. Ojeda les observe sans se cacher. Kozlov ne lui plaît pas, aucun de ces Russes ne lui plaît, reconnaît-il, et encore moins l'obséquiosité de certains de ses frères d'armes avec les Soviétiques, pas besoin d'aller très loin, Ramírez lui-même, pourquoi l'a-t-il invité chez lui ?

D'ici peu, les milices seront militarisées et passeront sous le commandement du Conseil de Défense. Les communistes, qui avant la guerre n'étaient qu'un groupe, gagnent des positions jour après jour grâce au renfort décisif des Brigades internationales. Le PC est à présent le seul mouvement populaire. Et les socialistes ? Les poumistes ? Les vaillants anarchistes ? Les anarchistes, ils ne peuvent s'en passer, même s'ils ne les aiment pas, mais que va devenir le POUM ? Dans le dernier numéro du journal du PC, les poumistes sont traités de fascistes, de traîtres, d'agents du nazisme.

Hier, à Puerta de Hierro, Ojeda s'en est ouvert à Cipriano Mera, le dirigeant de la CNT, qui commande le 11ᵉ régiment. Il n'est pas d'accord avec la politique du gouvernement de la République, Ojeda lui a dit. Mera non plus, il ne faiblira pas dans sa lutte contre le fascisme, mais il juge que le gouvernement, soutenu par le PC, est en train de couler la révolution.

Le colonel Ojeda préfère ne pas trop réfléchir, comment pourra-t-il continuer à commander avec efficacité si le découragement le gagne. Cette complicité avec l'omnipotence soviétique a beau lui déplaire, il faut gagner la guerre, tente-t-il de se convaincre, tandis qu'Ethelvina entrouvre ses lèvres et les mouille lentement de sa langue et que le regard obscène de Kozlov plonge de la bouche au décolleté d'Ethelvina. Une impudeur édifiante. Ni scandale ni excitation, mais un puissant sentiment d'absurdité s'empare de tout.

Si l'important c'est de gagner la guerre, est-il naturel que Juan Ojeda, qui commande un régiment, soit là, à trinquer avec des gens qu'il rejette et non pas à son poste de commandement ? L'image du capitaine Mika, le visage sale, les cheveux en désordre, demandant des gâteaux, des noix et des boissons pour le réveillon de ses miliciens, le remplit de honte. Il prend sa cape. Il s'en va. Déjà ?

— Mais nous n'avons pas encore trinqué, restez encore un moment, colonel.

— N'insiste pas, mon amour, dit la voix cristalline, le colonel doit avoir ses raisons pour partir. – Le cristal se fait tranchant. – Le colonel Ojeda vous a-t-il parlé du capitaine Mika, don Kozlov ?

La capitaine du POUM, lui semble-t-il qu'elle murmure à Kozlov, mais il n'écoute plus car même Ramírez trouve que sa petite amie passe les bornes. Ethelvina ! s'exclame-t-il, énervé.

— Excusez-moi, colonel Ojeda, dit-elle d'une voix faussement veloutée. Augusto a raison, je me conduis comme une gamine. Je dis tout ce qui me passe par la tête.

Sans un mot, un bref geste d'assentiment, mains, mimiques, sourires ironiques, Ojeda referme la porte, la voiture, vite, ses pas, la route. Il va rompre la règle, après tout c'est Noël, il va dans les tranchées.

Flamenco ? Claquements de mains ?

Mika le découvre et s'approche, troublée.

— Camarade colonel, qu'est-ce qui se passe ?

— Je viens trinquer avec vous.

Ruvin Andrelevicius se sentit fier lorsqu'il apprit que Mika était à la tête d'une colonne. L'imaginer avec son calot de milicienne, fusil à la main, donnant l'ordre d'ouvrir le feu, il en eut un frisson agréable. Ce n'était pas pour rien que Mika Feldman l'avait impressionné dès le premier jour, mais il n'avait pas oublié ce qu'elle avait infligé à Jan Well sur le palier de l'immeuble de Sophiestrasse, non, il n'a pas oublié, mais il est persuadé que Mika se défendait plus contre elle-même et la force de ce qu'elle ressentait, que contre lui.

Il le lui dirait, il la mettrait en face de sa vérité ; pour l'heure, il est Andreï Kozlov et il ne peut se permettre une telle spontanéité, encore moins avec quelqu'un du POUM. Cette femme ne peut donc cesser de chercher des ennuis ? Mal orientée, comme toujours, quel dommage, les jours du POUM sont comptés. Mika pourrait être très utile au parti, si quelqu'un lui ouvrait les yeux, et elle mettrait toute son énergie et son intelligence au service de la cause.

Quand elle vit arriver Ojeda, Mika se sentit coupable. Il lui avait donné l'ordre strict de maintenir l'état d'alerte, il y aurait probablement une attaque, avait-il prévenu. Et voilà que ses hommes fraternisaient au son des *fandangos* et des *tarantas* avec les fascistes ! Elle n'aurait pas dû permettre une chose pareille mais, comme l'autre fois, elle n'avait rien pu faire, la situation lui avait filé entre les doigts. Les mains des soldats de Franco se libéraient, timides au début, puis plus rythmées à mesure que le flamenco pénétrait dans les corps, *olé !* s'écria quelqu'un de l'autre côté, *olé !* de celui-ci, crescendo des *palmas*, des cris, voix rauque du chanteur, mains qui claquent au rythme des *bulerías*, mains décidées, sans peur, sans méfiance, mains de paysans, d'étudiants, d'employés et de mineurs, mains espagnoles.

Ojeda semblait plus perplexe qu'en colère.

— Chantez doucement, ordonna Mika qui s'avança à la rencontre du colonel.

Peu à peu le vacarme s'apaisa, comme si les miliciens avaient honte de cette complicité qui s'était nouée malgré eux avec le chant. Un poste avancé républicain face à l'ennemi qui, quelques heures plus tard, passé les chants et les *palmas*, allait les cribler d'obus de mortier.

— Il n'y a pas que le chant et le rythme qui les unissent, dit Ojeda comme s'il se parlait à lui-même. Ceux qui ont déserté hier soir l'armée franquiste et les miliciens de votre colonne sont-ils vraiment différents ? Non.

Ojeda avait un large sourire lorsqu'il félicita Mika de ne pas avoir interrogé ces déserteurs qui les avaient rejoints ni permis que d'autres le fassent, il ne le lui avait pas dit mais son sens du devoir lui plaisait, tout ce qu'elle faisait lui paraissait très bien, il tenait à le lui dire, sans tourner autour du pot.

Qu'arrivait-il donc au commandant Ojeda ce soir ? Ses yeux brillaient comme les colliers de givre enroulés aux pins.

— Tout, vraiment ? Même quand je ne vous apporte pas le matin le rapport, ou comment s'appelle ce papier que vous avez exigé de moi dès mon arrivée où on doit détailler la quantité d'armes, le nombre de miliciens, les mouvements de l'ennemi ? J'ai horreur de cette corvée, camarade colonel.

– J'aurais dû dire presque tout.

C'était étrange de voir le colonel ici, assis sur un rocher comme dans un fauteuil confortable, détendu, riant, en plein front de Pineda de Húmera.

Tu avais un sourire de satisfaction lorsque tu as ordonné à tes hommes de reprendre leur poste de garde ou d'aller dormir. Ils t'ont vue revenir sur tes pas et marcher avec Ojeda dans la campagne. Et ils ont réagi.

Une heure avait passé, peut-être plus, le temps s'évaporait à la chaleur de cette conversation franche et détendue, lorsqu'ils furent interrompus par le petit Corneta, qui était devenu inséparable de Mika ces derniers jours.

– Qu'est-ce que tu fais sans calot ? – Il le lui tendit maladroitement. – Mets-le, la nuit est glaciale. – Le garçon jeta un coup d'œil nerveux derrière lui et, comme se rappelant quelque chose, il ajouta : Et… et puis il est tard, tu devrais aller dormir.

Mika perçut la présence d'un groupe d'hommes à quelques pas de là. De toute évidence ils avaient envoyé Corneta en émissaire. Elle mit son calot, se leva, "Je reviens", murmura-t-elle à Ojeda, elle prit la main de Corneta et se dirigea vers l'endroit où étaient les hommes, qui entraient dans la cuisine en se cachant. Elle devait les rassurer :

– Je suis en train de parler avec le colonel de quelque chose de très important pour tous. Dans quelques jours la relève va arriver et nous rentrerons chez nous.

Les visages renfrognés lui montraient que ce n'était pas suffisant.

– Demain, si on ne nous attaque pas, je ferai la grasse matinée. Je n'aurai pas besoin de me lever aux aurores pour aller chez le commandant, nous sommes en train d'examiner la situation.

Ça non plus.

– Corneta, toi qui n'as jamais froid, tu m'accompagnes ?
J'ai encore des détails à régler avec le camarade commandant.
Prends la couverture.

Cette fois, ils semblèrent rassurés.

Mika, Ojeda et Corneta marchaient dans la campagne
gelée. Toute fière, Mika promenait le colonel sur son terrain
comme un invité d'honneur. La bise sifflait dans les pins, le
froid mordait la peau.

Corneta s'écarta de Mika pour courir vers un foyer creux
rempli de braises. Les paysans étaient habiles pour allumer un
feu n'importe où. Un vrai cadeau dans cette nuit glaciale. Ils
s'assirent autour. Le gamin appuya sa tête dans le giron de
Mika et s'allongea.

Les voix résonnaient, fortes, dans le silence compact de la
nuit, ils finirent par murmurer. Lorsque Corneta s'endormit,
Mika confia à Ojeda ce qui s'était passé avec ses miliciens.

– Étrange relation, dit Ojeda. Ils se comportent comme
s'ils étaient votre mari. Ou votre père. Ou vos enfants. Ce
gamin lui-même, on dirait votre fils.

– Ce sont mes enfants, mais aussi mon père. Je les protège
et ils me protègent. Ils se soucient du peu que je mange, de
mon sommeil, ils trouvent miraculeux que je résiste autant ou
plus qu'eux aux duretés de la guerre. – Son regard cherche
dans la nuit les mots qui fuient. – Et d'une manière plus
compliquée, plus subtile, ils sont aussi mon mari. Et moi, leur
femme. C'est peut-être absurde que je doive rendre des
comptes aux miliciens, mais il y a tant de choses absurdes dans
cette guerre, vous ne croyez pas ?

– Si, bien sûr. Et vous obtenez ainsi que ces hommes rudes
obéissent à vos ordres sans sourciller, ce n'est pas mal.

– Ils m'obéissent, en effet, mais parce qu'ils le veulent bien
et parce que… – Mika marqua une longue pause comme si
elle devait rassembler son courage pour pouvoir parler. – …
Parce qu'ils m'aiment. Ils me voient comme ça les arrange,
mais ils m'aiment. Et moi aussi je les aime.

Ojeda ouvrit la bouche pour répondre, mais il se ravisa. Mika ne laissa pas s'installer un silence gênant : ce soir, en parlant avec lui, elle faisait un peu enrager ses hommes.

Ojeda lui avait inspiré tant de crainte avec sa science militaire, tant de respect avec ses cheveux blancs, son calme, son sérieux, et voilà que maintenant elle lui parlait de ses miliciens et de son cher Corneta : comment il avait fait des pieds et des mains pour s'enrôler, un gamin encore, et si courageux, qui l'accompagnait partout, elle lui prêtait son fusil et le bordait le soir.

Ojeda lui parla de la "Sanjuanada", le complot qu'il avait organisé pour renverser Primo de Rivera, de ses enfants, de sa chère épouse, ils lui manquaient beaucoup... Mika lui raconta Berlin, la montée du nazisme et, après qui sait combien de temps, elle put prononcer le nom d'Hippo, Hipólito Etchebéhère, son mari, et même lui raconter quelques anecdotes, dont l'une très amusante sur leur séjour en Patagonie, et une réflexion d'Hippo quand il était hospitalisé, réflexion si lucide et si juste aujourd'hui. Mais le plus étrange fut ce moment où Mika, touchée par quelque tendresse cachée du commandant, lui décrivit en détail la robe mauve plissée qu'Hippo lui avait offerte par un après-midi de mai à Paris.

C'était si agréable d'être là, à parler toute la nuit, à conjurer les ténèbres, à oublier pour quelques heures cette misérable et magnifique vie de chien que l'on vivait au front. Le commandant était un ami, un ami de toujours et pour toujours, comme le sont les amis à la guerre.

Le jour se levait lorsque Mika entra dans la cuisine avec Corneta. Elle remonta sa couverture et se coucha sur sa paillasse. Ce matin-là, elle dormit profondément. Les tirs de mortier de routine commencèrent l'après-midi.

Roger Klein est allé voir le commandant Ojeda dans son abri, au front. Comme convenu, ils devaient visiter ensemble les tranchées. Ce n'est pas habituel, mais Ojeda trouve le journaliste français sympathique. Pour écrire son article, il vient s'informer ici et non pas auprès du célèbre 5ᵉ régiment, voilà qui inspire de la sympathie. Quelques minutes ont passé, Ojeda lui a dressé un tableau sommaire du front lorsqu'une explosion les fait sursauter. Ils sortent et Ojeda suit la direction du bruit. Pourvu que ce ne soit qu'une escarmouche de l'ennemi, un nouveau tir de harcèlement, car ni les hommes – la plupart malades – ni les armes ne pourront repousser une véritable offensive. Et la relève n'arrive que demain.

Une estafette portera l'ordre du commandant Ojeda au capitaine Etchebéhère : maintenir un feu nourri tant que l'ennemi ne cesse pas de tirer. Salut et courage.

Mais avec quoi vont-ils les arrêter, se désespère Ojeda, avec quoi ? La mitrailleuse qui s'enraye ? Des bombes artisanales ? Il y a quelques heures, il leur a fait livrer de la poudre et des cartouches pour les fusils.

Une série de déflagrations assourdissantes déchirent l'aprèsmidi. Comment font-ils pour produire un tel tonnerre ? Le commandant sourit : Cette Mika est prodigieuse.

Des explosions d'obus de mortier les surprirent dans la tranchée d'évacuation. Il ne fut pas nécessaire de donner des ordres, les miliciens reculèrent. Le crépuscule s'embrasait de rouge, de bleu, de doré, de vert. Les dynamiteurs alignés tenaient leurs bombes prêtes, ils allaient les lancer par vagues de six.

– Je vais avec eux, dit Corneta, qui partit en courant avant que Mika puisse ouvrir la bouche.

Quand elle reçut le message du colonel, Mika ordonna d'ouvrir le feu. Six bombes explosèrent à quelques secondes d'intervalle, puis six autres et encore six. La pinède craqua comme du bois frappé par un éclair. Avec une fronde ils envoyèrent une volée de bombes sur le mortier qui les visait. Lancée par les miliciens audacieux, la dynamite créa une impressionnante puissance de feu. La tranchée de l'ennemi se tut peu à peu et resta silencieuse. Mais douze hommes de plus étaient morts.

— Que ces fils de pute viennent encore nous dire qu'on est des traîtres, des complices de Franco, alors que c'est nous qui avons le plus de couilles pour affronter les fascistes tous les jours, dit le Chuni.

— Il faut continuer le combat et tous les pendre, je leur chie dessus, ajouta Ramón.

Ce matin-là, les miliciens avaient été indignés de lire les accusations de la presse stalinienne contre le POUM. Ils n'en revenaient pas. Cette efficace et brève bataille les avait revigorés.

— Je ne veux pas rentrer à Madrid pour entendre ce que ces canailles disent de nous.

Moi non plus, pensa Mika, mais elle se tut.

— Pourquoi on dit que nous sommes des traîtres ? questionna Corneta.

Mika allait demander qu'on ne leur apporte plus que *La Batalla* et *La Antorcha*, les journaux de l'organisation et de la CNT. Elle ne voulait pas que ses hommes soient démoralisés par les insultes du PC.

Une bouffée d'odeurs diverses l'enveloppa brusquement lorsqu'elle entra dans la cuisine : pain grillé tiède, beurre rance et bûches couvraient la puanteur de cette tanière de fauves. C'était la dernière nuit ici, dans cette cuisine-dortoir, plantée en pleine campagne. Elle allait la regretter. Elle ôta ses bottes et approcha ses pieds du feu.

— Le colonel Ojeda est dehors, avec un étranger, lui dit Corneta, tu sors ou je les fais entrer ?

La cuisine était un endroit réservé aux miliciens, le colonel n'avait rien à faire ici. Elle se rechaussa et sortit.

— Je vous présente Roger Klein, capitaine. Il écrit sur notre guerre pour un journal français.

Grand, beau, le regard pénétrant, l'homme lui tendit la main.

– Que font donc les Français du Front Populaire à regarder les bras croisés la lutte du peuple espagnol ? attaqua Mika. Pourquoi ils ne nous envoient pas des armes pour combattre le fascisme ? Ils viennent voir la guerre comme une corrida.

Ce n'était pas lui qui avait décidé de ne pas soutenir les travailleurs espagnols, lui répondit calmement le journaliste, et Mika comprit qu'il avait raison, ce n'était pas sa faute, personne n'est coupable du crime que commettent les nations dites démocratiques avec leur non-intervention, mais elle ne pouvait plus arrêter l'avalanche des questions : que voulait-il ? Écrire une chronique pittoresque, probablement apitoyée et pleine de bonne volonté, sur la poignée de miliciens qui pendant quatre semaines à Pineda de Húmera avaient résisté aux mortiers et aux mitrailleuses fascistes en ripostant à la dynamite ?

Roger Klein ne parut pas se formaliser de l'agressivité de Mika : il voulait juste parler avec elle, écouter ce qu'elle voudrait bien lui raconter, il comprenait que ce n'était pas le bon moment, aussi l'invitait-il à dîner le lendemain soir, à Madrid, à l'hôtel Gran Vía où il logeait, ce serait un honneur. Malheureusement, ironisa-t-il, il ne pouvait obtenir de la France et de l'Angleterre qu'elles fassent pour la révolution espagnole ce que faisaient les fascistes européens pour les fascistes espagnols, il aurait beaucoup aimé, mais il ne pouvait qu'écrire, le mieux possible, sur la situation qu'elle et ses hommes vivaient sur le front. Une conversation amicale, un repas chaud et un bon vin.

– Peut-être, répondit-elle avec une mimique qui ne parvint pas au sourire mais qui avait perdu son hostilité initiale. Peut-être, si après m'être lavée et avoir dormi, j'ai envie d'une conversation, que j'irai à ton hôtel vers neuf heures. Mais ce n'est pas sûr.

Rien n'est sûr, pensa Mika le lendemain matin quand ils quittaient Pineda de Húmera, pas même que cette colonne décimée du POUM qu'elle commandait retournerait au front. On les félicita pour leur conduite héroïque. Corneta se tenait très droit, le corps raidi, pour paraître plus vieux, quand *L'Internationale* salua leur départ. Mika aussi était fière.

24

Madrid, janvier 1937

Après le succulent repas avec lequel Bernardo fêta leur retour à la caserne de la rue Serrano, et après la chaleur du vin et du cognac, Mika se laissa choir tout habillée sur un lit moelleux. Quelle fatigue ! L'épisode désagréable avec les militants des Jeunesses Socialistes Unifiées* l'avait épuisée. Elle avait envie de dormir toute la journée du lendemain, et même toute la semaine ou le mois suivant. Mais elle se réveilla à huit heures. Elle avait donné rendez-vous à neuf heures au journaliste français et, bien qu'elle eût décidé quelques heures plus tôt de ne pas y aller, son horloge interne lui dictait un autre choix. Elle avait envie de dîner et de parler avec cet homme.

Se laver à l'eau chaude et au savon, se sécher dans une serviette moelleuse, brosser des cheveux mouillés et propres, autant de plaisirs oubliés pendant ces semaines de tranchées humides et cette cuisine-dortoir malodorante.

Elle aurait aimé se mettre une robe, vêtement normal d'une vie normale, mais non : pantalon bleu de ski et sa vareuse neuve. Elle n'avait pas un manteau de femme, mais elle avait le rouge à lèvres offert par Katia Landau à Paris. Elle l'utilisa sans se regarder dans le miroir et revêtit la cape qui lui arrivait aux chevilles.

Dans le vestibule, elle croisa Corneta : Tu es très belle, on dirait ma mère.

— Quelle élégance ! s'exclama le Chuni. On peut savoir où tu vas comme ça, toute pomponnée ?

---

* Organisation de jeunesse dominée par les communistes.

La capitaine n'avait pas de comptes à rendre, les reprit Valerio, bien que son regard inquiet posé sur Mika démentît sa remarque.

– Je vais parler de notre guerre au journaliste français. Je serai à l'hôtel Gran Vía.

– Dis-lui qu'on a réussi à faire décamper les franquistes.

– Et qu'on n'est pas des traîtres, lança Corneta, ni des contre… contre… contre-révolutionnaires !

Il était si touchant, que Mika dut se contrôler pour ne pas le serrer dans ses bras : Oublie ces mots difficiles, Corneta, et embrasse-moi, je dois partir.

Corneta avait assisté à l'algarade entre le responsable des JSU et Mika le matin même.

Les quatre jeunes socialistes qui s'étaient joints à la colonne du POUM à Sigüenza la quittèrent en arrivant à Madrid, sur ordre de leurs chefs : le POUM est trotskyste et Trotsky est un contre-révolutionnaire, un traître, ceux qui suivent Trotsky sont des traîtres. Le responsable avait récité sa leçon apprise par cœur.

– Des traîtres, nous ? – Elle bouillait de rage. – Vous appelez traîtres ceux qui ont combattu avec vous ?

Avec naïveté et maladresse, le garçon répondit : Viens avec nous, les chefs sont d'accord, ils te laisseront ton grade de capitaine et même plus, parce que tu le mérites.

Que leur dire, qu'ils se trompent, que la direction du POUM a des différends avec Trotsky, surtout depuis qu'il a durement reproché à leur leader, Andreu Nin, de faire partie du gouvernement de la Generalitat. Mais ces désaccords ne sont pas l'essentiel, l'ennemi n'est pas Trotsky, ni non plus ces jeunes des JSU, ni même le PC. Mika ne voulait pas se mêler de ces politicailleries et perdre de vue leur but : la guerre, c'est contre le fascisme.

– Je reste ici, camarades, et racontez à vos chefs avec quel courage les miliciens du POUM ont combattu. Vous étiez là pendant le siège de Sigüenza, non ? Et plus tard lorsqu'on nous a rendu hommage en jouant *L'Internationale*, pour notre comportement dans la bataille de Moncloa ?

C'était inutile, ils obéissaient, et Mika ne voulait pas non plus les brutaliser : allez, bonne chance, et courage, leur souhaita-t-elle en les quittant.

Corneta avait noué sa petite main à celle de Mika et, d'un même élan naturel, il lui donna un baiser.

Déflagration d'un obus, ciel incendié, rues défoncées, douloureuses, ombres mouvantes, un crépitement lointain de mitrailleuse, voix, cris étouffés... Ainsi était la nuit dans Madrid assiégé par les franquistes, que Mika dut traverser pour arriver à l'hôtel Gran Vía. Elle fut choquée par le contraste avec les lumières douces, les nappes blanches, les bruits des couverts, des serveurs, les verres, les clients parlant autour des tables, civils, officiers, miliciens.

— J'ai cru que tu ne viendrais pas, lui dit Roger Klein, sa main chaude serrant celle de Mika, avec un grand sourire. Je suis très content de te voir.

Elle ne s'étonna pas du tutoiement de Klein ; il ne combattait pas mais participait de cette camaraderie de guerre qui rapproche les uns et les autres.

Les regards intrigués posés sur elle. Elle aurait dû ôter les insignes de son manteau, dit-elle à voix basse à Klein, les gens allaient penser qu'elle était un capitaine de pacotille, de ceux qui gagnent leurs galons en restant en ville. Bah ! On voyait bien à son visage qu'elle venait du front, la peau tannée, cette allure arrogante, cet orgueil de ceux qui se battent. Et c'était lui qui semblait fier. Elle le trouvait sympathique, le journaliste français.

Viande grillée, omelette aux pommes de terre, gâteaux nappés de sirop, le tout arrosé d'un Rioja réputé. Dehors, la guerre !

Cette guerre qui éteignait par sa nouvelle tournure la ferveur révolutionnaire des premiers temps. Mika fut heureuse d'être d'accord avec Roger Klein sur le fait qu'avant l'arrivée des armes russes, le parti communiste espagnol n'était qu'une petite organisation parmi d'autres ; les anarchistes de la CNT-FAI et les socialistes de l'active UGT avaient bien plus de poids. Bien sûr, les Brigades internationales comptaient beaucoup, inutile de nier qu'il était émouvant de voir tant de braves gens venir se battre en Espagne. Et que dire des avions soviétiques bataillant dans le ciel espagnol contre l'aviation fasciste, elle-même avait été émue aux larmes par le petit triangle gris russe sillonnant le ciel, c'est un des nôtres, un des nôtres ! s'était-elle exclamée comme une folle. Le rire de Mika s'éleva dans la salle. Elle se rappelle la première fois qu'elle a vu les avions ennemis, italiens lui avait-on dit, ses jambes s'étaient mises à trembler de manière incontrôlable, elle était morte de peur.

Peur ? s'étonna Roger, il pensait qu'elle n'avait peur de rien. Eh bien, il se trompait. C'est ce qui se raconte sur elle, peut-être sa légende, dit-il. Mika a peur des obus, des fusils, des nuits noires, du froid et des maladies, parfois de certaines personnes, quant aux avions ennemis elle n'en a pas simplement peur, mais une peur panique.

Envie de rire, pour rien, parce que ce soir-là il fallait rire, parler, bien manger, être un peu ivre, se laisser aller. Ils échangèrent des idées intéressantes sur le commandement et l'obéissance, le gouvernement bourgeois de la République, Largo Caballero, l'omelette française et l'espagnole, ses origines juives, et il leur fut agréable de se trouver en accord sur bien des points.

Il aurait pourtant été préférable que Roger Klein n'aborde pas l'épineuse question du lien avec ses miliciens : n'avait-elle pas eu des propositions, des insinuations, quelque tentative... amoureuse ? Mika se raidit et se mit sur la défensive : non, jamais, ses miliciens la respectent.

Elle avait déjà abordé le sujet avec Ojeda, mais elle ne voulait pas le faire avec Roger Klein. Pourquoi lui posait-il ces questions, allait-il l'écrire dans un article ? Non, bien sûr que non, lui répondit-il, cela l'intéresse à titre personnel, tout ce qu'il discute avec elle ne tient pas à des raisons professionnelles, mais si ça la gêne...

Conscient du malaise, Roger Klein tenta de faire glisser la conversation vers la situation du POUM, elle lui répondit poliment, mais sans approfondir, lui suggérant de parler avec Juan Andrade, Quique Rodríguez ou un autre camarade du POUM qui pourrait l'informer mieux qu'elle, et maintenant, camarade journaliste, je m'en vais, je suis fatiguée de toutes ces parlottes vaines.

Elle fut tranchante, même grossière, à en juger par sa manière méprisante de mettre un terme à une conversation qu'elle avait appréciée. Rien dans l'attitude de Mika n'avait semblé le suggérer, mais Roger Klein s'enhardit : Tu veux dormir ici ?

La question la surprit. Crainte, indignation, satisfaction, tristesse ou qui sait quoi d'autre, lorsqu'elle lui répondit sèchement : Avec toi ?

– Avec ou sans moi, comme tu voudras. Tes principes te l'interdisent ?

Oui, ses principes de combattante le lui interdisaient, lui expliqua-t-elle, le personnage qu'elle incarnait aux yeux de ses miliciens, et même s'ils ne l'apprenaient pas, même si elle et lui étaient les seuls à le savoir, quelque chose de la cause qu'elle servait en serait rabaissé.

Le souvenir d'Hippo, son corps tiède, ses longs bras qui la serraient, sa chaleur... Une plaie à vif la rendit soudain muette. Comment pouvait-elle, même un instant...

Roger Klein lui offrit de la raccompagner à la caserne. Non, merci, je rentrerai toute seule. Ses mains prirent celles de Mika et il chercha son regard : il espérait ne pas l'avoir offensée en la considérant comme une femme... Et ses yeux brillèrent quand il ajouta : une femme exceptionnelle.

— On se retrouvera un jour à Paris, si nous survivons, et nous poursuivrons alors cette conversation. Au revoir, camarade, dit Mika en partant.

Ils avaient beau vivre dans le même pays, ils ne se croisèrent de nouveau que lorsque Mika, ironie du sort, écrivit sa version de leur conversation dans ses mémoires de guerre.

Ce fut Ded Dinouart, une amie de Roger et de Mika, qui renoua les liens.

25

Paris, 1975

Pour Ded Dinouart, c'était un honneur que Mika lui eût confié le manuscrit de ses souvenirs de guerre. Ded, qui aurait tant aimé combattre et vivre ces années-là, put suivre les événements avec émotion.

Dès qu'elle lut ce fragment, Ded soupçonna que ce journaliste français, dont parlait Mika, pouvait être son ami Roger Klein, qui travaillait à l'agence Reuter. Pourtant beaucoup de Français avaient couvert la guerre civile espagnole, ce n'était pas forcément lui, aucun nom n'était mentionné dans le texte, aucun détail n'indiquait que ce fût lui, et Roger ne lui avait pas parlé de son entretien avec une femme capitaine du POUM, mais l'idée ne l'abandonna pas. Peut-être parce qu'à travers ces pages elle avait pu imaginer ce journaliste : beau, sensible, intelligent et séducteur, comme Roger Klein l'était encore.

Elle aurait pu demander à Mika mais elle n'osa pas, préférant sonder Roger. Oui, il avait rencontré le capitaine Mika Etchebéhère. Ded lui fit lire les pages du manuscrit dans lesquelles Mika parlait du journaliste français.

Jamais elle ne l'avait vu aussi en colère : ça ne s'est pas passé comme ça, Ded, c'est totalement faux, j'ai juste voulu offrir un lit avec des draps propres à une femme qui avait passé des semaines au fond des tranchées dans des conditions inhumaines. Mika lui avait inspiré une grande admiration comme combattante, rien de plus, ça alors, il n'en revenait pas, certes elle ne le nommait pas dans ces pages, mais c'était bien lui, sans aucun doute. Il n'avait jamais dit qu'il voulait faire l'amour avec une femme commandant une colonne sur le front de Madrid et il n'y avait rien eu ce soir-là qui rabaissât ce qu'il se rappelait comme une rencontre chaleureuse de deux êtres humains dans un moment très dur, aux dimensions "d'une aventure pittoresque dans l'Espagne rouge", comme l'écrivit Mika. Si cela s'était produit, si cette frivolité avait dicté son attitude envers elle, Mika n'aurait pas formulé de souhait de continuer leur conversation à une autre occasion, comme elle-même le raconte, ce serait incohérent.

Il devait parler avec Mika Etchebéhère, il demanda à Ded de la convaincre que les choses ne s'étaient pas passées comme elle le décrivait.

Ce devait être un malentendu, disait Ded. Elle eut du mal à en parler à Mika, c'était une question délicate et, quand elle le fit, il était bien tard. Elle lui expliqua qui était Roger, tout ce qu'elle savait de lui, avant et après la guerre civile. Ce n'était pas juste de mettre ainsi Roger Klein en mauvaise posture.

Quelle mauvaise posture ? Mika n'avait cité aucun nom, c'était elle, Ded, qui avait eu l'idée de l'associer à son ami et de lui faire lire le manuscrit. Mais cela n'avait plus d'importance, ses souvenirs de guerre allaient être publiés, les épreuves étaient corrigées, lui dit Mika, mais le plus important est que les choses s'étaient passées telles qu'elle les avait écrites : le journaliste avait voulu coucher avec elle, ajouter à ses conquêtes une femme capitaine.

Mais Roger avait protesté quand Ded le lui avait rapporté : non, pas du tout, ça ne s'est pas passé comme ça.

Mika et Roger restaient fermes sur leur version des faits lorsque Ded et son compagnon, le poète et militant trotskyste Guy Prévan, les invitèrent à manger chez eux, trente-huit ans après ce dîner à l'hôtel Gran Vía. Cette situation fâcheuse devait cesser, ces deux amis chers étaient deux personnes magnifiques, deux vieux combattants qui avaient beaucoup en commun.

Tous deux acceptèrent l'invitation de Ded : ils devaient parler, s'expliquer. Mais ils n'éclaircirent pas grand-chose lors de cette rencontre.

— J'ai du mal à vous reconnaître, dit Mika à Roger, en choisissant la mise à distance du vouvoiement. Vous avez beaucoup changé.

Et elle le regarda avec dédain. Un dédain de porte close. Rigide. Antipathique.

Il ne répondit pas : vous aussi, se limitant à serrer la main qu'elle lui tendait, sans la moindre ébauche de sourire.

La conversation roula sur divers sujets, menée par l'habile Maurice, un ami sociologue qu'ils avaient invité avec l'intention d'apaiser les esprits. Tous participaient, mais l'ambiance était pesante.

— Bon, dit Mika. J'ai cru comprendre que vous aviez lu mon livre, monsieur Klein.

— En effet et je tiens à dire très clairement que je n'ai jamais eu d'intention… malhonnête à votre égard.

— Malhonnête ? reprend Mika avec défi. Je dirais plutôt frivole, même si je pense n'avoir pas employé ce mot.

Seul le regard de Roger accusait un certaine indignation, sa voix restait courageusement calme, ses paroles étaient nettes, prononcées d'une voix très basse, comme s'il voulait les tenir à l'écart des oreilles qui n'étaient pas celles de Mika.

— Je ne voulais pas coucher avec vous, madame. Vous m'avez mal compris.

Mika mit un temps infini à répondre, il était évident qu'elle se contrôlait :

— Comment aurais-je dû comprendre votre invitation à dormir dans le lit de votre chambre d'hôtel ? dit-elle en élevant la voix. Et s'adressant à tous : Excusez-moi pour ce manque de pudeur, mes amis, mais je crois que M. Klein et moi sommes allés trop loin pour tirer cette affaire au clair.

— Oui, trop loin, convint Roger, soulagé de cette porte de sortie que lui ouvrait son adversaire.

Maurice parvint très astucieusement à remettre la conversation dans le cadre d'un repas agréable en compagnie d'amis respectables, intelligents, cultivés, des gens bien, comme ils l'étaient tous autour de cette table. Il trouva même le moyen de les mettre d'accord, mais oui bien sûr, c'est ça, fit-il, en effet, fit-elle, ce qui n'était pas difficile, après tout ils avaient beaucoup de points en commun sur leur vision du monde. En fin de soirée, ils se dirent au revoir avec moins de rancœur qu'à leur arrivée.

Après, il y eut le mariage de Ded avec Guy, où Mika et Roger furent témoins, comment refuser cela à des amis ? Puis ces réunions et ces repas qu'organisaient les Prévan. Le différend entre Mika et Roger se dilua dans les conversations et les rires, pour devenir une anecdote amusante, dont les protagonistes étaient deux personnes merveilleuses, des gens formidables qui avaient partagé la grande aventure idéologique et culturelle du XXe siècle.

J'ai lu quelques textes inachevés, des ébauches de ce repas avec le journaliste français, que tu as écrits au fil des années, le premier, au lycée français de Madrid en 1938. Dans ces notes, il est toujours question d'un homme qui admire une femme combattante qui ne se permet pas – alors qu'elle en avait peut-être envie – de succomber à un moment de plaisir. L'incident avec le journaliste te sert à aborder ta relation complexe avec les miliciens, la situation du POUM condamné à mort par le PC, la non-intervention de la France. Que reste-t-il de ce journaliste réel, délibérément privé de nom dans ton témoignage, si ce n'est la trace de ses paroles ? Rien qui ne soit la construction difficile et captivante des personnages.

Que restait-il de celui que Ded avait cru retrouver ?

Pour paraphraser ton ami Julio Cortázar citant Derrida, au moment de faire connaître tes souvenirs de guerre, il ne te restait presque rien de Roger Klein, ni son nom, ni Roger Klein luimême, ni ton existence en relation à la sienne, ni le pur objet de

Roger, ni ton pur sujet d'alors devant Roger dans la salle à manger de l'hôtel Gran Vía, à Madrid. Un personnage qui s'est probablement imposé à toi mais surtout un personnage qui convenait à ton récit (comme convient à ce livre le personnage de Roger Klein que m'a offert Ded Dinouart).

Il ne reste rien de ce personnage, sauf l'anecdote qui vous a réunis en 1976, de cet homme qui allait devenir un de tes grands amis dans les dernières années de ta vie. La preuve : avec le journaliste, vous vous tutoyiez, avec Roger vous n'avez jamais abandonné le vouvoiement.

Mika commençait à avoir des malaises, elle eut de sérieux problèmes après une chute et dut être hospitalisée. Roger lui fit la surprise d'une visite. Elle qui traînait la patte ironisa sur sa tenue de joueur de tennis, mais elle fut sensible à son geste. Oui, il jouait au tennis, lui dit-il, jusqu'à ce qu'on le lui interdise, Mika n'avait pas idée de son véritable état de santé.

Il regarda d'un côté et de l'autre, comme craignant d'être entendu, puis il se rapprocha de Mika et, à voix basse, comme s'il priait, il déclina une longue liste de maladies, certaines réelles, d'autres inventées. Comme il l'avait fait rire.

Tous deux redoutaient de vieillir, le corps déclinant avec ses demandes d'attention permanente, en totale dysharmonie avec leurs idées, le temps implacable. Ce que Mika lisait dans les journaux, écoutait à la radio, dans les conversations avec des amis ou des inconnus, ce qu'elle observait dans la rue, les vernissages et les manifestations, tout cela éveillait en elle des réflexions, mais le temps que cela lui prendrait de l'écrire, elle le volait à la vie. Il arrivait la même chose à Roger.

— Je préfère en parler avec vous, pendant qu'on se promène.

Ces rues de Paris maintes fois arpentées, à pas de plus en plus lents, avec ce foisonnement d'idées. Regardez, Mika, un autre vieux, et sur ce banc, Roger, une vieille. C'était bizarre, ils n'avaient jamais vu autant de vieux dans la rue. Est-ce parce que nous nous rapprochons de la vieillesse et que nous faisons partie de ce peloton ? Peut-être, Mika, peut-être. Rire les soulageait. Quand commence la vieillesse, Mika ? Il y a un jour pour ça ? Une heure ?

– Quand nous essayons de comprendre les raisons et les sentiments, les peines et l'injustice de certaines rancœurs des vieux.

Roger fut hospitalisé dans un hôpital des environs de Paris pour des problèmes cardiaques, et Mika lui rendit visite. Heureusement, il put se rétablir, mais adieu au tennis et même à la mobylette sur laquelle il se déplaçait : comme sport, il ne me reste que vous, Mika.

La vieillesse, la politique, la peinture, l'histoire, la littérature, le cinéma…

Ils ne reparlèrent pas de cette soirée à Madrid, pendant la guerre civile, jusqu'au jour où Mika s'installa dans la résidence Alésia, pour personnes âgées, quatorze ans après leurs retrouvailles.

Rire ensemble lui donna assez de légèreté pour affronter un des jours les plus difficiles de sa vie.

Mika a visité plusieurs résidences, elle a parlé avec les administrateurs et les directeurs, demandé des rapports, comparé les avis opposés, mais il est clair qu'aucune de ces résidences ne lui plaît. Elle sait ce qu'elle doit faire, elle a effectué toutes les démarches nécessaires, signé les contrats pour son appartement de Saint-Sulpice, le futur propriétaire n'en prendra possession qu'à sa mort, mais il lui versera une rente viagère. La maison de Périgny, elle la vendra aux propriétaires du grand terrain limitrophe. Elle a vendu un tableau de Picabia, les autres sont en de bonnes mains, les papiers sont classés, tout est plus ou moins en ordre et, ce qui ne l'est pas, sa brave amie Paulette Neumans s'en chargera. Mais qu'il est difficile de se décider à rejoindre le bataillon décrépit de ceux qui se préparent à passer de l'autre côté, comme elle l'a confié l'autre jour à Roger Klein. Quelle drôle d'impression ! Comment avez-vous fait ?

Roger habite lui aussi dans une résidence de ce genre, il sort se promener, rend visite à des amis, va de temps en temps au cinéma, mais il n'embête personne avec ses maux, il paie pour qu'on s'occupe de lui.

Il y a une semaine, en revenant d'une de ses recherches de résidence, Mika a décidé de cesser ces déplacements épuisants. Elle est allée à Perigny où elle a récupéré deux ou trois livres, puis elle a recommandé à M. Ringlos, le mari de Rolande, de s'occuper des iris, des pivoines, des cerisiers et des rosiers. Elle a fait ses adieux à Trois Pattes et à Boulette, donné ses papiers à Guy Prévan, sa machine à écrire à Guillermo et son porte-feuille à son amie Paulette, qui se chargera de tout payer. Et la voilà désormais installée dans la maison de retraite Alésia. Dans la chambre, petite et agréable, avec couvre-lit et rideaux de couleur, que Samuel Beckett a laissée.

La première fois que Mika y était allée pour s'informer, elle était en train de parler avec la directrice de l'établissement lorsque Beckett, qui se tenait derrière celle-ci, lui avait subite-ment décoché un clin d'œil et tiré la langue, absurde comme un personnage de son œuvre. Elle voulut voir dans ces mimiques un témoignage de bienvenue. Mais il s'en était déjà allé dans un autre monde. Regarde ce qu'il m'a laissé, dit-elle à Roger Klein, venu lui rendre visite. Elle ouvre le petit frigo : il est plein de whisky.

— Un petit verre, Roger ?

— Pourquoi pas. Je ferai attention à parler le moins possible en rentrant à ma résidence, pour qu'on ne se rende pas compte que je suis soûl.

Incroyable vie. Qui aurait pensé que ces deux-là allaient un jour se rendre visite dans leurs maisons de retraite respectives.

— Mika, j'aimerais savoir quelque chose. J'ai attendu jusqu'à maintenant pour vous le demander.

— Dites-moi, Roger.

– Vous vous rendez compte de l'erreur que vous avez commise avec moi ?

– Et vous de l'erreur que *je* ne vous ai pas permise de commettre avec moi ?

Mika éclate de rire, imitée par Roger : Peut-être, je me suis peut-être trompée, sa main sillonnée de veines s'appuie sur celle de son ami. Et lui : Peut-être que celui qui s'est trompé c'est lui, ses yeux clairs sans âge, peut-être avait-il ces intentions qu'elle lui a attribuées cinquante et quelques années plus tôt… Mais maintenant, oui, maintenant, c'est sûr, Roger allait faire cette proposition à Mika. Et il la prononce, formellement, solennellement, d'une voix claire : On dort ensemble, Mika ? Ce qu'il ne sait pas, dit-il tout bas, c'est si on va le leur permettre à la résidence Alésia, est-ce qu'elle a vérifié, elle qui sait toujours tout ? Chez lui, il semble que ce ne soit pas permis.

Lorsque Paulette entre dans la chambre, elle est accueillie par des éclats de rire.

– De quoi riez-vous ?

– C'est un secret.

III

26

Madrid-Cerro de Ávila, janvier 1937

La nouvelle les terrassa. La compagnie du POUM qui avait pris leur place à Pineda de Húmera avait été brutalement décimée. Son capitaine, vingt et un ans, mort. Quatre-vingt-douze miliciens tués et plus de cent blessés.

De nouveau cette culpabilité amorphe, pâteuse, implacable, qui revient chez Mika. Son crime est d'avoir eu la chance de ne pas mourir dans la bataille. D'avoir survécu à Pineda de Húmera, à Moncloa, à Sigüenza, à Atienza ! Et pas eux. Ils sont morts, quelle douleur, et Mika est vivante. Elle ne sait pas pourquoi elle se sent coupable, elle n'a aucune explication.

L'autre jour, Valerio lui a dit que les miliciens pensaient qu'elle avait quelque chose de spécial qui la protégeait, un ange gardien, car avoir survécu à la bombe de Moncloa, c'est peut-être parce qu'elle n'a pas peur de mourir, a aventuré le vieux, ou parce qu'elle veut mourir, qu'il ne lui arrive rien.

— Ne dis pas de bêtises, c'est juste le hasard, un jour ça va me tomber dessus, comme tout le monde. Mais pas parce que je le cherche.

Mika ne veut pas mourir, mais surtout elle ne veut pas que tant d'autres continuent de mourir autour d'elle. Depuis des mois elle voit tomber des êtres humains comme des arbres qu'on abat. La mort est si présente qu'elle la sent dans l'air. Celle de ses camarades. Et des autres. Car elle ne peut pas, n'a jamais pu – comme d'autres – se réjouir des cadavres de l'ennemi, elle déroge à la loi fondamentale de la haine, ses miliciens le savent et maintenant, après tant de combats partagés, ils le tolèrent, l'acceptent comme quelque chose qui lui est propre, comme cette manie de regretter qu'on brûle des tableaux, des statues, des églises, cette insistance à vouloir préserver la culture.

Madrid, assiégé par l'artillerie et les avions fascistes, pue la mort. Gelé. Blessé. Une plaie sur le plateau de Castille. Mika veut retourner au front dès que possible.

Dans le local du POUM elle a entendu qu'ils craignaient d'être dissous d'un moment à l'autre, mais le commandant, qui est dans la caserne où ils logent à Madrid, lui apprend que les miliciens seront intégrés, avec d'autres compagnies, à une brigade, probablement la 38ᵉ, de tendance socialiste.

– Un par un ?

– Non, tous ensemble, et toi comme capitaine. Il n'y aura pas de compagnies isolées, sur aucun front.

Il vaut mieux se joindre à une unité bien armée et cesser d'être cette armée minuscule qui gagne son honneur au prix de ses morts. Mais elle devra en parler avec ses miliciens, ils sont toujours volontaires, même s'ils doivent se plier à la décision de l'état-major des milices.

– Moi, je préfère la CNT, dit Ramón.

– Si on reste ensemble, ça va, dit le Chuni.

– Si on fait appel à nous, c'est parce que nous avons une réputation de combattants bien méritée.

La discussion s'achève rapidement, car le pire est de rester loin de la guerre, sur ce point ils sont tous d'accord. Il ne reste plus qu'à attendre la décision du colonel Ramírez, commandant de la 38ᵉ brigade.

Ethelvina, comme absente, les yeux fixés sur l'écharpe qu'elle est en train de tricoter, n'a pas perdu un mot de ce que l'officier a dit à Augusto.

– Ne les intègre pas dans la brigade, tu n'y as pas intérêt, affirme-t-elle d'un ton catégorique lorsque l'officier s'est retiré.

Augusto hausse les sourcils, intrigué, un sourire crispé par lequel il tente de dissimuler son malaise.

— La 2ᵉ compagnie du POUM, ce n'est pas celle qui est commandée par une femme, la capitaine d'Ojeda ?

— Mais qu'est-ce que tu racontes, Ethelvina ? Pourquoi d'Ojeda ? Ce n'est pas bien de parler comme ça, tu laisses entendre quelque chose qui n'existe pas.

— Allez, tu sais bien ce que je veux dire, mais ce n'est pas à cause d'Ojeda que je ne trouve pas bien qu'ils intègrent la 38ᵉ brigade, c'est parce que les gens du POUM sont dangereux et que cette femme est la pire de tous.

— D'où tu sors ces idées ? demande Augusto agacé. Tu ne comprends rien à ces choses, tu es une femme.

Une femme ? Est-ce qu'avec elle il ne pouvait pas parler, partager les soucis et les joies ? N'est-ce pas pour ça qu'Ethelvina était avec Augusto au front ? Comment ça, elle ne comprend pas ? Il ne la considère plus comme sa compagne ? Sa voix s'éteint, bien sûr que si, mon amour, mais sur ce point elle se trompe, elle manque probablement d'informations, non, elle n'en manque pas, elle écoute, prête plus d'attention qu'il n'y paraît, elle a une intuition, cette femme ne lui plaît pas du tout. Elle l'a soupçonnée d'être une espionne dès la première anecdote racontée par Ojeda, un très bon militaire peut-être, mais, comme homme, un naïf qui est tombé dans ses filets, et puis que fait une Sud-Américaine à moitié française dans la guerre d'Espagne ? Bizarre, non ? C'est un agent de la Gestapo, tous les gens du POUM sont des traîtres, et surtout Mika.

— Ce que tu dis est une infamie ! – Le ton monte. – Qu'est-ce qui t'arrive, Ethelvina ? Tu es jalouse de la capitaine ? dit-il avec un petit rire contrôlé.

Il se maîtrise, c'est évident, il ne veut pas de problèmes avec elle.

— Pourquoi je devrais être jalouse ? Tu la connais ?

– Oui, je l'ai vue à Pineda de Húmera, pendant une réunion avec Ojeda.

– Et pourquoi tu ne m'en as jamais parlé ?

Elle hausse le ton.

– Sans raison particulière, je ne te parle pas de toutes les personnes que je rencontre. Je n'y ai accordé aucune importance, tente de la calmer Augusto.

Peu importe si cette harpie l'a émoustillé, dit Ethelvina, mais qu'il l'écoute bien parce qu'elle est sûre de ce qu'elle affirme : cette compagnie du POUM ne doit faire partie d'aucun bataillon de la 38ᵉ qu'il commande, c'est clair ?

Augusto ouvre de grands yeux, une ombre de colère cède habilement la place à un ton joueur : C'est un ordre, ma colonelle ? Ou je dois dire ma générale ? Son rire sonne faux.

Un point de plus dans la bataille qu'Ethelvina n'est pas disposée à perdre. Elle se ressaisit, sa voix s'adoucit, elle feint une sérénité qu'elle n'a pas : Augusto ne lui a-t-il pas dit que la compagnie qui a remplacé la sienne avait été complètement détruite dès que Mika était partie ? Il ne trouve pas ça un peu bizarre ? Pourquoi tant de jours passés là-bas et cette attaque qui les anéantit juste au moment où elle s'en va ?

Qu'est-ce qu'elle insinue ? Ayant perdu son sourire et toute envie de conciliation, Augusto se lève et, tout bas, d'un ton vibrant de colère : ce qu'elle dit est très grave, la voix monte, se tord, c'est absurde, incohérent, cette colonne qui a été brutalement anéantie était elle aussi du POUM.

Maintenant, il aimerait bien savoir, l'air menaçant il s'approche d'Ethelvina. D'où sort-elle que les gens du POUM sont des traîtres ? Est-ce qu'elle ne parle pas un peu trop avec ce Russe, Kozlov ? Elle ne pousserait pas un peu trop loin son sens de l'hospitalité ?

À ce point, un changement de stratégie s'impose à elle : si elle lui a donné ce conseil, c'est parce qu'elle l'aime, Augusto, parce qu'elle veille sur lui. Elle éclate en sanglots, indignée, s'écarte de lui, ses sanglots redoublent à chaque pas, inconsolables.

Elle a vu juste. Augusto la retient et la prend dans ses bras. Ne nous disputons pas, ma chérie, non, plus de disputes, dit-elle entre ses larmes, je t'aime beaucoup moi aussi. Il s'écarte d'elle pour la regarder dans les yeux : mais que ce soit clair, Ethelvina, ce qu'on raconte sur le POUM est une saloperie.

Et comme pour le confirmer Augusto Ramírez prend du papier, un stylo, et écrit : la 2ᵉ compagnie du POUM est appelée à se joindre à la 38ᵉ brigade. Si vous êtes d'accord, ce soir on ira vous chercher à la caserne.

— Caporal González, portez ce message à la caserne de la rue Serrano.

Ils marchèrent deux heures et s'arrêtèrent à un couvent. À la porte, des camions les attendaient, certains transportant déjà des miliciens. Petite luciole, la lanterne de Mika brillait dans la nuit. Álvarez, présent, Antolano, présent… Elle faisait l'appel avant de monter dans les camions.

— Mais, c'est une femme ! s'exclama un milicien qui s'approchait du groupe. Venez voir, le capitaine est une femme.

Et un autre :

— Alors, c'est une femme qui vous commande, vous ?

— Oui, et on en est fiers ! répondit le Chuni énervé. Une femme capitaine qui a plus de couilles que tous les capitaines réunis, plus de couilles que vous tous ! Une autre question ?

— Du calme, Chuni, fit Mika. Le camarade t'a juste demandé…

Le milicien l'interrompit : il n'avait pas voulu lui manquer de respect, je vous assure, c'est juste la surprise.

Malaise. Ses miliciens l'ont acceptée, ils sont mêmes fiers d'elle, mais on a vu avec le Chuni le malaise que peut provoquer l'idée d'avoir comme chef une femme, dans un bataillon où tous les officiers sont des hommes.

— Cette femme est un sacré mec ! entendit-elle José Manuel dire.

Quel éloge ! Mika serra les poings dans ses poches, elle ne devait pas se laisser gagner par la colère. Elle aurait préféré entendre : cette femme est une sacrée femme, et non pas un sacré mec. Mais le moment était mal choisi et la situation ne se prêtait pas aux discussions philosophiques sur la nature de l'homme et de la femme, et leurs coutumes en société.

Et quand ils arrivèrent à destination, la proposition du commandant Barros allait aggraver les choses : elle devait laisser sa colonne à la charge de quelqu'un d'autre et venir avec lui, il la nommait capitaine-adjoint.

— C'est une promotion ? ironisa Mika sur le point d'exploser. Vous pouvez vous la garder.

Mais ce n'était pas elle qui commandait ce bataillon, c'était Barros, un militaire de carrière. Ou elle acceptait cette proposition ou elle devait s'en aller et abandonner le combat. Ça, jamais. Elle déglutit et s'efforça de paraître le plus aimable possible.

— Excusez-moi, camarade commandant. Reprenons les choses. J'ai besoin de comprendre votre proposition : si c'est une manière de m'écarter parce que le fait que je sois une femme est un problème pour les autres officiers, vous n'avez pas besoin de m'indemniser avec un grade à rallonge aussi inutile. – Elle essayait de se contrôler mais la colère la gagnait. – Je peux revenir dans ma colonne et demander à un camarade d'en prendre le commandement, je préfère ça à un titre ronflant mais administratif et absurde.

L'homme au teint olivâtre la regarda d'un œil sévère. Il parla lentement, comme accablé par une grande fatigue. Il fut clair :

— Vous vous trompez doublement : cette fonction n'est pas administrative et ne tient pas à de supposés problèmes créés par votre condition de femme. Je veux que vous assuriez la liaison entre le poste de commandement et les tranchées, que vous me transmettiez les besoins de vos hommes, que vous veilliez à la discipline sans rigueur inutile, ainsi que vous savez si bien le faire, comme on me l'a rapporté.

Mika décida de le croire, sans plus.

Ses miliciens, impatients de gagner les tranchées, estimèrent que c'était un honneur. Mika proposa Fuentes comme capitaine. Et, en riant, elle nomma Corneta adjoint du capitaine-adjoint. Le gamin la regardait l'air grave, sans un mot.

— Qu'est-ce que tu en penses, Corneta ?

— Je viendrai te rendre visite, dit-il enfin, et son petit visage s'éclaira d'un sourire. Ou c'est toi qui viendras, mais pour le moment je pars avec eux dans les tranchées.

Et comme pour clore l'échange, le gamin lui donna un baiser hâtif sur la joue et rejoignit ses camarades. Un nœud dans sa poitrine qui ne pouvait pas se défaire en larmes : Bonne chance, camarade, lui murmura-t-elle, alors que Corneta ne l'écoutait plus. Promets-moi de ne pas te laisser tuer.

Mika passe dans les tranchées pour informer les autres compagnies de sa mission et connaître leurs besoins. Elle ne rencontre pas le moindre signe d'hostilité, ni chez les capitaines ni chez les miliciens. Elle devra réviser certaines idées qu'elle se fait. Et comprendre ses hommes, les accepter tels qu'ils sont. Même la décision de Corneta, elle doit l'accepter.

S'ils ont dit aujourd'hui que Mika a des couilles, c'est parce qu'ils ne savent pas s'expliquer autrement, tout le catéchisme qu'ils ont appris sur la femme s'est effondré avec elle. Pour ne pas le déclarer faux et pour continuer à s'y conformer, ils jugent Mika différente : un être hybride, ni homme ni femme, ou pire encore, "un sacré mec".

Ce que les miliciens ne sont peut-être pas capables de penser, c'est que justement parce qu'elle est une femme, elle ne commande pas comme un homme, arme à la main, autoritaire. Dans sa colonne, tout passe par la discussion de l'assemblée, Mika ne prend pas de décision sans consulter auparavant ses miliciens.

Dans la guerre, quelqu'un doit commander, elle en a le tempérament, elle est capable d'organiser, de voir comment on peut se sortir d'une situation difficile. Les gens obéissent, s'ils le veulent. Surtout dans les milices. Elle, non seulement ils lui obéissent, mais ils l'aiment, conclut-elle, et cela lui fait plaisir, qu'importe si pour se justifier ils doivent dire que Mika est un sacré mec ou qu'elle a des couilles.

C'est à ce moment-là, quand tes miliciens t'ont définie aussi maladroitement pour justifier leur obéissance aux yeux des autres ? Il était clair que tu restais leur capitaine, même si Fuentes occupait la place.

27

Cerro de Ávila, février 1937

À Cerro de Ávila, l'ennemi n'est pas aussi près qu'à Pineda de Húmera, environ quatre cents mètres les séparent de la position la plus proche. Mais les fascistes tiennent les hauteurs, protégés par des barbelés.

Depuis leur arrivée, déjà six jours, rien, pas un coup de feu. Seul ce crachin tenace, le froid, la boue, les poux et l'ennui. Pourquoi on nous a envoyés ici ? Pour récolter des poux et des rhumatismes ? protestent les hommes. Les tranchées profondes, bien creusées, montraient les signes d'une longue occupation. On pouvait deviner dans la boue la présence des miliciens qui les avaient précédés. Les Brigades internationales ont subi ici de lourdes pertes et ils sont venus pour les remplacer.

Le projet est de prendre Cerro de Ávila. Mais quand, quand ? insiste Corneta. Quand on en recevra l'ordre, dit Mika. J'espère que ça ne va pas tarder, dit Ramón, et s'ils n'attaquent pas, on ira les déloger.

— Tu te trompes, explique Mika. On ne cherche pas le combat, comme au début. Maintenant, on fait partie d'une armée commandée par des professionnels. Ce sont eux qui décident quand, comment et où on va combattre.

— Ici, le seul combat, c'est contre les poux ! s'exclame José Luis en exhibant entre ses doigts celui qu'il vient d'arracher des coutures de sa veste. Regarde, Mika, il est gros, non ? Et il brandit sous ses yeux un pou énorme.

Elle s'efforce de dissimuler le dégoût qu'elle ressent. Hier, le commandant Barros l'a remise à sa place. Elle ne devait pas donner tant d'importance à ce problème, il avait rejeté, agacé, le projet de Mika de combattre les poux. Elle ne comprenait pas ? Les hommes, immobiles dans les tranchées, sans se laver ni se changer, attrapent des poux, c'est inévitable, mais soyez tranquille, personne ne meurt des poux.

Et il a raison, Barros. Corneta lui a donné une leçon toute simple : arrête de t'inquiéter, ce n'est pas aussi terrible que tu le penses. Des poux, j'en ai eu des tas. Dans mon village, tous les gosses ont des poux.

C'est peut-être parce que Mika ne connaît pas la misère à ce point qu'elle est obsédée par les poux. Mais les miliciens aussi en semblent obsédés. Ils organisent des courses de poux et ils en parlent à tout bout de champ, mais cela est davantage dû à l'ennui de l'inaction qu'à un véritable désagrément. Il faut inventer quelque chose, pense Mika.

Lire. Lire au front ! La seule idée l'étourdit de plaisir. Elle rapportera des livres de Madrid. Des livres qui racontent des histoires simples, captivantes, Salgari, Jules Verne, des revues illustrées. Ce ne sera pas facile, il y a tant d'analphabètes !, mais cela vaut la peine d'essayer.

– Une école ? Mais où voulez-vous installer une école ? s'étonne le commandant Barros.

Mika lui explique son idée. Il y a trois instituteurs parmi les miliciens.

– Bon, essayons, accepte le commandant, peut-être pour qu'elle cesse de lui parler des poux.

Mais en quelques jours le colonel Pablo Barros allait devenir le plus fervent partisan de l'école du front républicain.

Le colonel Augusto Ramírez avait pensé que c'était une idée intéressante, même s'il ne croyait guère à son efficacité. Mais ce matin-là il a vu l'école de ses propres yeux. Imagine, Ethelvina, dit-il à sa femme, ils ont construit deux baraques derrière les premières lignes, et là, en attendant le combat, ils apprennent à lire et à écrire. Il y a des caisses de livres, rangés par thèmes, des hommes en train de lire, d'autres qui feuillettent des revues dans les tranchées. C'est fantastique. Non seulement ça remonte le moral des miliciens pendant les périodes d'immobilité, mais cela leur permet d'apprendre.

Augusto veut étendre cette initiative à toute la brigade. Aussi a-t-il demandé au capitaine Etchebéhère de passer le voir pour lui expliquer tous les détails. Il l'a invitée à dîner, il espère qu'Ethelvina fera honneur à sa présence... Cela ressemble à une mise en garde, mais il nuance : tu verras, toutes ces fausses idées que tu t'es faites s'effaceront, c'est une femme agréable et très intelligente.

Ce n'est pas ce que pense Ethelvina. Comme Augusto le lui a demandé, elle a servi à Mika un repas, avec vin, dessert, café, elle a toléré, comme si elle n'en voyait rien, le mépris affiché, déguisé en indifférence, avec lequel la traite cette femme, et ce sourire mordant quand elle s'est enquise de son âge. Mais qu'Augusto ne lui demande pas de continuer à feindre maintenant que Mika est enfin partie et qu'ils sont seuls tous les deux.

Elle n'aime pas Mika, et pas seulement à cause de la répulsion naturelle que lui inspire cette femme si masculine, mal fagotée, les ongles négligés, la peau rêche, qui se permet de critiquer sa relation avec Augusto, sa présence ici, avec lui. Oui, je sais qu'elle n'a rien dit, mais c'est évident. Et tu n'as pas trouvé bizarre qu'elle te demande des précisions sur l'attaque ? Ses yeux lancent des éclairs. Rencontrer Mika n'a fait que confirmer ses intuitions. Sa voix se fait plus aiguë puis elle descend, comme cherchant le ton approprié à sa sentence : cette femme est une traîtresse.

Augusto grimace légèrement, ses yeux se plissent, sa bouche s'ouvre et les mots durs qu'il voudrait prononcer n'en sortent pas. Il est furieux.

– Comme le POUM tout entier, renchérit Ethelvina, provocante. Je ne comprends pas ton attitude, tu es un officier de la République, un commandant de brigade. Tu vas perdre ton prestige et ton pouvoir.

– Ça suffit ! – Il est rouge de colère, fait un pas vers elle, mais s'arrête. – Ça suffit.

– Ça suffit, dit Mika à Ramón. Tais-toi.

Elle ne pouvait permettre que Rámon continue de déblatérer sur Ramírez : et qu'est-ce qu'il se croit, ce type, tout commandant de brigade qu'il est, à vivre avec une femme sur le front, et c'est même pas sa femme, c'est sa chérie, et les airs qu'elle se donne celle-là, faut voir ça.

Ramírez est peut-être malade, c'est pour ça qu'il a besoin de sa femme près de lui, suggéra Mika, mais l'autre continuait de plus belle. Cette situation la mettait en porte-à-faux. Sortir de chez le commandant de la 38ᵉ brigade et se mettre à bavasser sur lui avec un milicien… non, elle devait lui clouer le bac.

– Ça suffit.

Mika ne voulait pas juger, mais à un moment elle avait été très énervée par cette chaleur de foyer qu'on respirait dans la maison de Ramírez, c'était un manque de considération indécent pour tant de combattants morts de froid ou de faim, malades, couverts de poux, qui n'avaient pas le privilège de vivre avec leur femme comme le commandant des milices.

Dommage, parce qu'elle l'aime bien, Ramírez. Si elle ignore la fille – comme elle l'a fait pendant la soirée – elle peut parler avec lui, au point qu'elle s'est permise de lui demander où en est le projet de la prise de Cerro de Ávila.

– Vous savez qu'à trop parler et trop tôt, on a provoqué de grands désastres, il lui a répondu sur un ton aimable et compréhensif. Il vaut mieux être prudent.

Elle reposa la question le lendemain à Cipriano Mera, quand elle retourna à Puerta de Hierro avec Corneta sous prétexte de porter un message de Barros.

– Qu'est-ce qu'il y a, Mika ? Tu n'as plus confiance en nous ?

– Pas complètement, plaisanta-t-elle, même si c'était en partie vrai.

– J'ignore quand le combat sera engagé.

– Si tu le savais, tu ne me le dirais pas non plus. De toute façon maintenant je n'ai pas un grand pouvoir de décision, je ne suis que capitaine-adjoint, ironisa-t-elle.

Mika a confiance en Cipriano Mera, le dirigeant de la CNT, à présent commandant éminent des milices, qui incarne l'anarchisme intransigeant et austère, celui de Mika au début de sa vie militante. Elle l'admire.

– Avoue que le communisme n'a pas beaucoup pris chez toi, lui disait Mera. Dans le fond, tu es restée anarchiste.

À en juger par son incapacité à respecter la hiérarchie imposée et par sa foi dans le credo de l'égalité, elle restait en effet anarchiste. Elle avait vraiment le plus grand mal à obéir aux ordres du commandant de son bataillon, il fallait toujours qu'elle discute, qu'elle argumente, qu'elle se mêle de tout.

Mera lui demanda à voix basse, pour que Corneta n'entende pas, si elle rencontrait des problèmes parce qu'elle était du POUM.

– Tu peux parler devant Corneta, c'est un vrai militant.

– Ah, oui ? fit Mera.

– Je suis du POUM, déclara Corneta tout fier.

Cipriano était très inquiet parce que le PC était en train de répandre l'idée que le POUM était contre-révolutionnaire, et que le gouvernement ne faisait pas grand-chose pour l'en empêcher, quels salopards, des militaires de carrière se rangeaient à cette idée, certains avec imprudence, sans réfléchir, tandis que d'autres y croyaient de bonne foi. Mais personne n'imposerait à son organisation le rejet du POUM, et la conduite de la guerre ne pouvait se passer de la CNT.

Mika préférait ne pas en parler davantage, elle ne voulait pas perdre le moral alors que le combat était imminent.

Personne ne le lui confirma, mais elle quitta Puerta de Hierro avec cette idée en tête. Corneta lui aussi en avait marre d'attendre. Tu me prêteras ton fusil pour la bataille ? Le garçon était impatient de se battre.

Ethelvina López Maló, la compagne de Ramírez, et Andreï Kozlov, le conseiller soviétique, ne pouvaient prendre le risque d'être vus ensemble dans un café de Madrid. L'époque n'était pas aux imprudences. Andreï lui avait donné un numéro de téléphone, qu'elle l'appelle quand elle aurait des choses à lui dire, il pourrait la recevoir dans son bureau, à l'abri des regards indiscrets.

Ce n'est pas à cause de la dispute avec Augusto qu'elle a décidé de lui téléphoner, mais poussée par ce qu'elle croit être le dévouement à la cause. Elle est communiste, pas socialiste comme Augusto, elle le lui a déjà dit.

Elle va raconter à Kozlov tout ce qu'elle sait, et plus encore, sur cette contre-révolutionnaire. Elle a perçu qu'au-delà du conflit avec le POUM, Andreï Kozlov s'intéresse à la personne du capitaine Mika Etchebéhère. Il la connaît, oui, a-t-il admis l'autre soir. Ce doit être un gros poisson et Ethelvina comprend que c'est le bon moment pour agir, elle veut contribuer à la démasquer. Mais, s'il vous plaît, Andreï, ne dites pas que ça vient de moi, mon mari... lui... c'est un naïf.

— Votre mari ? fait Andreï goguenard.

— C'est tout comme, répond Ethelvina sur la défensive.

— Oui, mais c'est plus facile s'il ne l'est pas, camarade, dit-il avec un sourire éloquent.

Quel bel homme, et avec quelle assurance il tend la main pour caresser le visage d'Ethelvina, puis ses cheveux, doucement, en silence, son bras glisse vers sa taille qu'il presse avec conviction, tendresse, une vague de picotements de plaisir parcourt le corps d'Ethelvina, durcit ses mamelons, l'ouvre tout entière, la pousse contre ce corps ferme, tiède, avide, ce corps d'homme, de mâle, les mains pressées d'Andreï ont relevé sa jupe, baissé sa culotte, écarté ses jambes, et maintenant il est collé à elle, son sexe énergique, délicieux, la pénètre, encore et encore, ah, que c'est bon.

Ethelvina n'aurait jamais imaginé, en se rendant à ce bureau, mue par son dévouement à la cause, que quelque chose d'aussi merveilleux pouvait arriver, un plaisir insoupçonné, si nouveau, elle ne connaissait pas l'amour, maintenant elle sait ce que c'est. Andreï la caresse lentement, en silence. Elle n'était venue que pour parler du capitaine Etchebéhère. Au fait, je ne t'ai pas encore raconté.

— Raconte, *milaïa moia*.

Ce n'était pas Mika qui commandait, ça ne servait à rien de demander s'ils n'allaient pas être ravitaillés en armes. Mais elle le fit.

— Les munitions arriveront dans une heure, lui dit Barros.

Le plan l'inquiétait énormément. Selon ce qu'on lui avait expliqué, une unité de sa brigade sortirait en avant-garde et graviraient la colline d'Ávila avant l'aube. Ils couperaient les barbelés et lanceraient des grenades pour neutraliser les mortiers. Après quoi s'élanceraient à travers champ, l'une après l'autre, les compagnies qui formaient le bataillon commandé par Barros.

— Et vous, vous êtes confiant pour cette opération ? osa lui demander Mika.

— Oui. Si les miliciens du bataillon d'avant-garde parviennent à s'infiltrer en silence, à frapper comme la foudre et que les nôtres suivent, nous pourrons prendre Cerro de Ávila.

La sonnerie du téléphone interrompit la conversation. L'appel venait de Puerta de Hierro.

— Le commandement a décidé que votre compagnie sortirait à l'avant-garde, elle a été choisie pour son expérience et son excellent travail. – Barros eut une mimique étrange, une ébauche de sourire n'osant pas s'afficher. – Prenez cela comme un honneur et expliquez-le à vos hommes.

Un honneur ou une sanction ? La question lui traversa fugacement l'esprit, mais elle ne la laissa pas s'installer. Lorsque le Chuni la posa à voix haute quelques minutes plus tard, Mika répondit fermement : Un honneur, camarade, un honneur, la 4ᵉ compagnie du POUM a été distinguée pour son expérience et sa témérité. Imón, Sigüenza, Moncloa, Pineda de Húmera, Atienza.

Sa gorge se serra. Le seul mot d'Atienza lui faisait mal jusqu'aux entrailles.

— Ils vont nous descendre à coups de canon, dit Ramón, d'un ton neutre. Il vaut mieux être les premiers que rester en arrière à dépendre des autres.

— Espérons que ceux qui vont nous ouvrir la voie ne seront pas endormis, dit le Chuni, que ses camarades sifflèrent.

— Il a raison. Comment savoir s'ils ne vont pas partir en courant ? lança Anselmo.

— Si les chefs ont pris cette décision, c'est parce que nous sommes prêts à monter à l'assaut, voulut les rassurer Mika, même si elle n'avait pas de certitude. Les autres compagnies suivront.

— Ce serait bien de prendre Cerro de Ávila, déclara Corneta d'une voix forte, et tous le regardèrent surpris, car le gamin ne parlait pas beaucoup.

Oui, ils allaient réussir à prendre Cerro de Ávila, affirma quelqu'un, et cela redonnerait un grand souffle aux forces républicaines, démoralisées par la récente chute de Málaga, appuya un autre.

Ni peur ni fanfaronnade. Un calme tendu.

Après trois semaines d'inaction, les hommes étaient impatients de combattre.

Fuentes désigna deux miliciens pour la distribution des munitions, Mika se mit d'accord avec ses hommes : il valait mieux qu'ils soient légers pour monter, on leur porterait la nourriture plus tard.

Corneta nettoyait son fusil lorsque Mika s'approcha de lui.

– Je vais avoir besoin de toi pour m'aider à faire la liaison. – Corneta hocha négativement la tête. – Personne ne court aussi vite que toi, Corneta.

Il la regarda avec un large sourire.

– Non.

Mika comprit qu'elle ne pourrait pas le convaincre. Une volonté d'homme intègre dans un petit corps d'enfant maigre.

– Comment ont réagi les hommes ? lui demanda le commandant lorsque Mika revint des tranchées.

– Bien. Leur courage est admirable. Franchir en courant cette distance… ça effraierait n'importe qui. Les Espagnols n'ont pas peur de la mort.

– C'est vrai. Peut-être à cause de la religion, ou de la pauvreté. Et aussi par vantardise, nous, les Espagnols, on est des matamores, dit-il en riant.

Il valait mieux qu'ils mangent quelque chose et se reposent pour être frais avant l'aube. Lui avait encore quelques retouches à faire sur le croquis qu'il dessinait. Mika allait faire un autre tour dans les tranchées et irait dormir, elle le lui promettait.

– D'où viens-tu, Ethelvina ? lui demanda Augusto.

– De chez ma cousine Lucía.

– À cette heure ?

– Oui, à cette heure, répondit-elle avec défi. Et alors ? Si ça ne te plaît pas, je m'en vais.

Mais ce n'est pas encore possible, Andreï lui a dit qu'ils verraient plus tard. Pour l'instant, en pleine guerre, c'est compliqué. Ethelvina pense que son amant n'est pas très décidé. Augusto avait femme et enfants, et cela ne l'avait pas empêché de s'afficher avec elle. Elle devra faire en sorte qu'Andreï Kozlov ne puisse se passer d'elle. Comme Augusto.

— Pourquoi tu me parles comme ça ? Tu m'en veux, Ethel-vina ? – Il s'approche, la prend dans ses bras et l'embrasse. – Viens mon amour, dit-il en l'entraînant dans la chambre.

Elle doit arriver à obtenir la même chose avec Andreï.

À quatre heures et demie, on informa Barros que les hommes s'étaient mis en marche, mais il était déjà cinq heures et rien, silence, pas la moindre détonation. Mauvais signe.

— Rejoignez les positions de la 4ᵉ compagnie et restez avec les hommes jusqu'à ce qu'ils sortent pour attaquer, essayez de les calmer.

Et lui, qui allait le calmer ? Mika contrôla son bras qui se tendait pour caresser les cheveux de Barros, geste auquel elle renonça pour lui substituer un sourire : Comptez sur moi, camarade.

Le temps s'étirait comme une corde dans la tranchée, sans détonations ni nouvelles. Rien. À six heures moins le quart, des tirs et des explosions déchirèrent le silence. Les corps des miliciens s'agitaient dans l'attente d'un ordre, les dynamiteurs avec leurs grenades, d'autres avec leurs fusils, la musette remplie de balles.

Mika chercha Corneta et se glissa près de lui, dans la tranchée. Elle lui murmura à l'oreille : Reste avec moi, Corneta, je n'ai confiance qu'en toi. Je dois t'avouer, ne le dis à personne, que j'ai un peu peur.

— Moi aussi, Mika, mais j'irai avec la compagnie.

Quelques minutes plus tard, les tirs et les déflagrations cessèrent. Que se passait-il ? Le bataillon ne pouvait avoir conquis la position en si peu de temps. Les estafettes ne transmettaient plus que des questions.

La lumière de l'aube commençait à découper avec une dangereuse netteté les silhouettes des hommes.

À six heures, la 4ᵉ compagnie reçut l'ordre de monter à l'assaut. Plaquée contre la terre, Mika avait les yeux fixés sur le terrain plat où ses miliciens se déployaient. Pas une plante, pas un seul monticule derrière lequel s'abriter.

Mika aurait voulu les étreindre tous, les protéger. Ils avançaient à découvert lorsque les premiers obus explosèrent, suivis du crépitement des mitrailleuses. Les hommes se jetaient à terre, puis se relevaient et couraient. Ils tombaient. Blessés ? Morts ? Les autres continuaient vers l'avant, certains reculaient, en marchant ou en rampant.

Elle était courbée contre le parapet, ses yeux fouillaient les lueurs de l'aube, essayant de distinguer au loin les silhouettes de ses garçons, une lame d'angoisse plantée dans sa poitrine, et les éclats sans pitié des mortiers, les crépitements des mitrailleuses.

Elle vit le Chuni revenir et s'effondrer à quelques mètres d'elle, le visage ensanglanté. Mika courut vers lui : Ils ne m'ont pas eu, c'est juste une égratignure, sanglotait-il. Mais ils ont eu Fuentes, une balle lui a explosé la tête, il est mort près de moi. Rubio et Lorenzo aussi.

Juan Luis et le Rodo arrivèrent en courant :

— Ce n'est pas une bataille, c'est un massacre. Ils nous ont tirés comme des lapins.

— Je viens chercher des renforts pour relever les blessés, demanda le Rodo.

— Des brancards, parvint à articuler Mika à l'estafette.

Les mitrailleuses des fascistes continuaient d'aboyer, tenaces, meurtrières. De plus en plus d'hommes regagnaient la tranchée d'évacuation, beaucoup de blessés.

— Tu as vu Corneta ? demanda Mika à Ramón.

— Oui, il est blessé. Très loin.

— On va récupérer le gamin, promit le Rodo.

À quelques pas de là, silencieux, visiblement perturbé, se tenait le commandant Barros. Un homme s'approcha pour lui dire qu'il avait un appel. Je reviens tout de suite.

Peu après, sa voix s'élevait dans ce matin blessé : Le bataillon qui a lancé l'attaque s'est retiré trop tôt, mais ils se remettent en marche. Le poste de commandement ordonne de repartir à l'assaut.

Mika se planta devant Barros, elle parlait tout près de lui, comme mordant les mots : Le capitaine a été tué, je prends le commandement, lui dit-elle, ou ils sortent avec moi, ou ils ne sortent pas. Sa voix tremblait de fureur.

– Tu n'iras nulle part, ni toi ni personne. Combattre, oui, se suicider, non. Et que les chefs aillent se faire foutre ! s'exclama le Chuni.

Un chœur d'insultes s'élevait dans la lumière du matin : Salauds ! Fils de pute !

– Si vous me permettez, je vais parler au commandant, dit Mika à Barros en s'efforçant de garder son calme. Je vais lui expliquer qu'on ne va ressortir que pour ramener les blessés.

Le commandant accepta, lui aussi était déconcerté.

Est-ce alors, Mika, après les pertes terribles dans ta colonne, en cette matinée fatale, quand tu as appelé le commandement des milices confédérales pour leur communiquer ta décision ? En tout cas il fut clair que tu étais leur capitaine et que tu n'enverrais plus tes hommes se faire tuer inutilement.

Par téléphone, Cipriano Mera accepta la décision de Mika de ne pas repartir à l'attaque. Dans un moment ils seraient là : Rassure tes miliciens et rassure-toi.

Mika comptait et recomptait ses hommes. Combien n'étaient pas revenus ? Plus de la moitié. Et personne n'avait ramené Corneta.

À sept heures, Cipriano Mera en personne confirma que l'opération avait été abandonnée, l'ennemi était trop sur ses gardes, ce qui prouvait qu'il y avait des fascistes infiltrés dans les forces républicaines. Quand ils étaient arrivés…

Mika cessa d'écouter Mera car le Rodo et José Luis arrivaient, portant Corneta dans une couverture. Il était vivant !

Elle courut vers lui, le cœur battant, les larmes la suffoquèrent quand elle découvrit sa mine de moribond et son sourire lumineux : Je vais guérir, Mika.

Mais il est mort quelques heures plus tard, à l'hôpital.

"Il n'avait que quinze ans." C'est par cette phrase, qui dit ta grande douleur, que tu termines tes mémoires. Et lorsque tu as écrit sur la guerre pour la première fois, en 1946, pour la revue Sur, *tu as choisi comme thème la mort de cet enfant. Qu'il s'appelle Clavelín, Corneta, Juanito, il y avait beaucoup de morts dans la douleur de cette mort.*

Elle pleurait désespérément, à chaudes larmes, lorsque Corneta fut emmené à l'hôpital. Cipriano Mera s'approcha et posa son bras sur l'épaule de Mika.

— Allez, petite, arrête de pleurer, courageuse comme tu es. Bien sûr, après tout, tu es une femme.

Mika sursauta comme si on l'avait brûlée, la fureur la protégeait de sa douleur lancinante :

— C'est vrai, je suis une femme. Et toi, malgré tout ton anarchisme, tu es pourri de préjugés, comme n'importe quel mec !

Mais Cipriano Mera était un ami, un ami inébranlable, comme il allait te le prouver peu après, au cours de ces événements lamentables que tu as décidé de ne pas raconter dans tes mémoires. Cipriano a risqué sa peau pour te sauver.

Oise, 1935

Au deuxième étage, pavillon A du sanatorium de Labruyère, dans l'Oise, à soixante-cinq kilomètres de Paris, la chambre 1 est occupée par Louis Hippolyte Ernest Etchebéhère. Il a "un peu de tuberculose", écrit-il à son amie Marie-Lou ; il prend quelques jours de vacances "chez ses parents", dit-il à Andreu Nin, elles lui seront utiles pour approfondir ses lectures et consolider sa formation théorique. Pour le moment, il s'est éloigné de Que faire ? et de tout groupe politique, informe-t-il les camarades Pierre Rimbert et André Ferrat, comme si c'était sa décision, un retrait volontaire, et non pas cette toux brutale, ces vomissements de sang, son poumon gauche sérieusement atteint. Il ne conçoit son activité politique future que comme un produit de ce travail préliminaire, écrit-il à Victor Serge, il a besoin de connaître à fond le mouvement ouvrier français avant, pendant et après la guerre, et l'incidence sur lui de la révolution d'Octobre.

Mais il ne s'intéresse pas qu'au mouvement ouvrier français, à Lénine, Marx et Trotsky. Il y a aussi Stendhal, Balzac. Ce qui me fascine le plus chez Flaubert, c'est sa capacité d'enthousiasme, écrit-il à Mika. Et Gide a de grandes pages. Tu as lu Milton, ma douce ? Je te raconterai une anecdote sur la première de *Brand*, d'Ibsen, ça te plaira. Et Cervantes ? C'est curieux, nous n'avons pas parlé du Quichotte.

Ces lettres à Mika qu'Hippolyte écrit non seulement sur du papier mais dans son imagination, ces lettres qui font partie de tout ce qu'il fait, un dialogue jamais interrompu, le maintiennent alerte et vif dans cette interminable cure de silence à laquelle il est soumis au sanatorium.

Comme s'il gravissait une montagne abrupte, Hippolyte, gramme après gramme, prend quelques kilos. Le 10 mai, à son entrée, il pesait 62,1 kg ; le 27, 64 ; le 22 juin, 67,2. Il espère que Mika est moins inquiète maintenant que le jour où on lui a communiqué le diagnostic.

Il lui fallut deux mois pour sortir de la catégorie 1, où il n'était autorisé ni à sortir de sa chambre ni à recevoir de visite, et avoir un libre accès au couloir et à la cour. Pour fêter l'événement, il organisa une brève grève de la faim avec les malades du pavillon 1 et 2 pour obtenir une nourriture meilleure.

C'était drôle de voir ces paquets d'os mal ficelés refuser la nourriture, raconta-t-il à Mika quand elle peut enfin lui rendre visite.

Comment peux-tu faire une chose pareille ? lui reproche Mika, bien que son regard trahisse sa fierté.

Ils ont perdu un peu de poids, mais leur moral a remonté lorsqu'ils se sont organisés et ont exercé leur pouvoir de protestation. La nourriture est maintenant meilleure pour les trois cents malades, et même mangeable. Et elle verra, il va grossir, il le lui promet. Et elle, est-ce qu'elle mange bien ? Hippo la trouve très maigre. Tu as assez d'argent pour manger, mon amour ?

— Oui, j'ai un nouvel élève en espagnol et on m'a promis une traduction, le rassure Mika.

On est loin de la vérité. Mika n'a ni travail, ni élève, ni traduction, ni un centime depuis début juillet. Mais elle ne se plaint pas, Hippo est nourri et soigné aux frais de l'État, et elle s'offre le luxe des pommes et des tomates du jardin de Périgny. Et d'autres trésors que lui a laissés Marguerite : pain frais, fromage, œufs et ces délicieuses confitures qu'elle prépare.

— Tu dois manger davantage, Mika, lui a recommandé Marguerite avant de partir.

Les Rosmer sont rentrés à Paris et elle est restée seule à *La Grange*, cette maison lumineuse, peuplée de beaux objets et de livres. Le parfum des plantes s'infiltre par les fenêtres et elle a tout le temps pour lire et écrire de longues lettres. Le seul fait d'être à *La Grange* la calme, l'absence d'Hippo est ici plus supportable. Ou plus belle, comme maintenant, à la tombée de la nuit, peuplée de grillons et de lucioles, et qu'elle la laisse sortir et emprunter le sentier qui conduit au pré, où elle grimpe aux arbres, devient épais feuillage, et s'élève vers le ciel. "Tu me manques tellement, tellement."

Et il y a ces lettres à Hippo qui font partie de sa vie quotidienne et qu'elle écrit non seulement sur papier, mais dans son imagination, il y a des années qu'elle parle de tout avec lui.

Ce qu'elle ne dit pas, même dans les lettres qu'elle ne lui écrit pas, ce qu'elle garde pour elle, c'est sa peur de cette énorme tache sur le poumon d'Hippo. Quand elle lui pose des questions sur les analyses, elle prend soin de ne pas laisser percer cette angoisse qui la ronge, cette terreur car, s'il semble aller un peu mieux, il n'est pas encore hors de danger.

L'autre jour, d'un ton irrité, elle a demandé une réponse précise au médecin :

— Est-il oui ou non tiré d'affaire ?

— S'il vous plaît, madame, ce n'est pas aussi simple.

— Parlez franchement.

— Non, il n'est pas tiré d'affaire. Mercredi, on va lui faire une radiographie et on verra s'il y a des changements depuis son arrivée.

Mika déchira l'enveloppe de la lettre d'Hippo d'un geste impatient, elle sauta les lignes à la recherche des résultats des diagnostics médicaux. Mais rien, à part ce qu'écrit Mirsky dans son essai sur Lénine et la blague qu'il a faite à un camarade, le sympathique Bertau. Mika s'empressa de lui répondre : l'anecdote sur Bertau l'a bien amusée, tes commentaires sur le livre de Mirsky sont intéressants, et la radiographie ? Tu ne m'en dis rien, comme si c'était secondaire.

Dans la lettre suivante, qu'elle a reçue hier, Hippo lui explique que sa tache au poumon s'est modifiée, en haut et à gauche, mais pour plus de certitude le médecin va lui faire une autre radio en trois quarts de profil. La semaine prochaine ils en sauront davantage.

Une semaine entière ! Et elle qui ne pourra pas aller le voir jeudi, ses économies sont épuisées et elle n'a plus d'argent pour prendre l'autobus jusqu'à ce qu'on lui paie une nouvelle traduction. Mais dimanche les Baustin l'emmèneront en voiture, elle a tout préparé avec Marguerite.

Il ne faut pas désespérer. Hippo ira mieux dans quatre ou cinq mois, ainsi que le prévoient les médecins, ils seront ensemble dans la *roulotte*, se répète-t-elle. En novembre ou décembre.

La *roulotte*, c'est comme ça qu'elle appelle la mansarde où elle a déménagé, parce qu'elle a la même taille. Elle a eu de la chance de trouver ce logement. Elle paiera mille francs par an, quel soulagement, et non plus trois cents par mois comme c'était le cas pour l'appartement de la rue Gay-Lussac. Une chambre avec une cuisine, mais sans gaz ni électricité, et un vasistas qui donne sur le ciel, tant les murs sont inclinés. Grand comme il est, Hippo devra l'ouvrir pour pouvoir se tenir droit, mais il aura une vue sur la belle coupole du Val-de-Grâce. "L'important, c'est moins de tenir debout qu'allongés", lui écrivit Hippo. Pour éviter l'étouffement, Mika a couvert les murs d'affiches de plages et de montagnes que Katia lui a procurées dans l'agence de voyages où elle a travaillé quelques semaines.

Cet espace réduit peut être un avantage, il leur servira de prétexte pour ne pas recevoir de gens, pour une intimité inévitable. Dans la *roulotte* ne peuvent entrer qu'eux deux. Il est absolument indispensable à Hippo de vivre dans un lieu tranquille, sans visites ni réunions, ni individus indélicats qui lui inonderaient les poumons de fumée. Elle n'aurait jamais dû l'accepter. Sa colère chasse l'angoisse, la déguise, elle peut s'en prendre à quelque chose, combien de fois elle l'avait pensé, mais elle se contentait de râler sans prendre les mesures drastiques qui s'imposaient.

S'ils n'avaient pas vécu toutes ces privations, s'il avait moins travaillé et surtout s'ils avaient vécu plus paisiblement. Elle le lui dira, elle veut être très claire, même si elle relativisera la maladie. Elle prend son stylo et du papier et lui écrit : "Aucun travail sérieux n'est possible quand on vit sous la menace de dix visites par jour, oui, mon amour, il est indispensable de préserver notre *roulotte* du bruit."

Préserver notre *roulotte* du bruit, a-t-elle écrit, mais aura-t-il assez d'air pour respirer convenablement ? Combien de mètres cube sont nécessaires à ses poumons ? Monter et descendre six étages par l'escalier ne va-t-il pas lui faire de mal ?

L'angoisse s'empare d'elle de nouveau, elle se lève, sort et respire profondément. Elle se laisse envahir par le parfum nocturne des plantes, qui la calme. Lui aussi respire un air propre au sanatorium, essaie-t-elle de se consoler. Que va-t-il se passer dans la *roulotte* ?

Il ne la connaît pas, il était hospitalisé depuis trois mois lorsque Mika a loué ce logement.

La connaîtra-t-il ?

La question la frappe au visage comme une gifle. Au bord de l'abîme, elle rentre et se réfugie dans l'écriture et le papier à lettres : "Ah, quel bel hiver nous passerons à travailler ensemble dans notre *roulotte*, je me lèverai à chaque instant pour m'asseoir sur tes genoux, t'embrasser et te caresser longuement."

C'est la meilleure thérapie de la semaine, Hippolyte vient de lire la lettre dans laquelle Mika lui décrit son rêve : tous les deux dans la *roulotte*. Une tiédeur s'éveille dans son corps, ce n'est pas écrit dans la lettre, mais il peut suivre la main de Mika qui glisse vers le bas, prend son sexe et l'embrasse, quel délice. Et il se voit soulevant sa jupe à la recherche de ce petit puits humide et tiède qui l'accueille. Assis face au mur, convalescent, seul, dans un silence absolu, les yeux fermés, leurs corps sains, leurs beaux corps, leurs corps puissants, livrés aux ruses du plaisir. "Tu m'as fait entrer dans ton rêve de bonheur et, comme les enfants, j'aimerais crier : vite, plus vite."

Il n'a encore rien dit à Mika, il ne veut pas lui donner de faux espoirs, mais si les analyses révèlent que sa tuberculose ne s'est pas aggravée, il sera autorisé à passer trois jours chez lui. Une permission comme celles qu'on donne aux soldats pour qu'ils puissent souffler, lui dit Bertau. Quelle horreur ! Mais ça vous fera beaucoup de bien.

Hippolyte est très content que Marguerite et les Baustin viennent le voir, Gregory lui a aussi promis une visite, mais ils seront entourés de gens. Est-ce que Mika pourra venir seule le jeudi de la semaine prochaine ? Tous ces jours sans la toucher, la sentir. "Tu vas te moquer de moi, mais je n'ai pas honte de te le demander : apporte-moi un de tes mouchoirs. Ton parfum me fera plus de bien que le soleil."

À peine entrée dans la *roulotte*, Mika se déchausse et s'allonge sur le lit. Elle est épuisée. Toute la journée à courir par-ci par-là, les cours d'espagnol qui ont repris, l'entretien avec M. Heller pour des traductions de l'allemand et la distribution de la revue *Que faire ?*. De la librairie espagnole du 10 rue Gay-Lussac au kiosque de Mabillon que tient un camarade polonais ; puis la librairie de la rue Baudelaire, près de la Bastille, où travaille le cousin d'un autre camarade.

Ce n'était pas prévu, mais des problèmes ont surgi au dernier moment, et maintenant tout le travail organisationnel repose sur les épaules de Mika : imprimerie, expédition, distribution, contacts. Peu à peu la revue a trouvé sa place, ils peuvent en être fiers. L'autre jour, Hippo était très content du dernier numéro, elle lui racontera les commentaires élogieux reçus par courrier, et pas seulement de France.

Pourvu qu'on lui permette de passer ces trois jours à la maison et que ces saletés de bacilles l'abandonnent définitivement.

Pendant les trois ou quatre mois qui restent avant son retour, tout va changer : elle gagnera assez d'argent pour avoir une base solide – elle se laisse emporter dans un tourbillon d'optimisme –, ils pourront voyager et passer du temps sous un climat sec, bénéfique pour la santé d'Hippo, ils étudieront, écriront.

Elle a déjà obtenu ces traductions de l'allemand dont elle tirera une coquette somme en peu de temps. Et ils pourront partir en vacances en Espagne.

Elle sort de son sac le texte à traduire. Elle le lira demain, il fait déjà sombre et elle veut écrire sa lettre quotidienne : "Mon aimé, aujourd'hui en espagnol, je suis très fatiguée."

Hipólito, lui aussi en espagnol, "pour que tu gardes le timbre mat et ample du castillan. Son de bronze, de cloche, le flûté français nous en a déshabitués. Mais pas le carillon, plutôt le bronze que la main du sonneur séduit, étouffe. Une langue mâle. Faite de notes graves".

Hipólito tergiverse, tarde, digresse délibérément. L'optimisme de la lettre de Mika l'émeut et l'inquiète. Il craint d'avoir fait naître de faux espoirs avec sa probable visite de trois jours, car aujourd'hui le médecin ne lui a pas donné de bonnes nouvelles : les analyses sont plutôt positives, mais la maladie n'est pas neutralisée, comme il le pensait. Il y a quelque chose… mais rien d'inquiétant s'il se soigne… Expliquez-vous clairement, docteur, s'il vous plaît. Rien ne garantit que la maladie ne puisse pas revenir. Et il est hospitalisé depuis cinq mois !

Doit-il le dire à Mika ? Pas maintenant, rien n'est vraiment sûr, sauf ce vent d'automne : "L'automne a commencé comme certains opéras. Avec une ouverture formidable et un grand orchestre. On est étourdi, hébété. Hier soir, le vent, ivrogne noctambule, n'a cessé de hurler contre les fenêtres. Peu ont dormi. Et pas moyen de l'apaiser."

De même qu'il ne peut apaiser l'inquiétude provoquée par les propos du médecin. Il en parlera à Mika comme une anecdote sans importance, une sorte d'objection à une réflexion philosophique : si on ne peut rien affirmer catégoriquement en médecine, jusqu'à quel point est-elle une science ?

Elle veut déjà lui demander ce qu'est cette ombre qui apparaît sur les clichés, cela indique-t-il que la maladie n'a pas disparu, ou qu'elle peut revenir ? La radio n'était-elle pas censée être meilleure ? Alors pourquoi, mais elle ne doit pas commencer sa lettre par cette question, elle la glissera en catimini, comme un détail oublié, après lui avoir parlé des nouvelles traductions qu'on lui a commandées et de l'imprimerie qu'elle a dû nettoyer, des livres de Racine et de Montaigne qu'elle prendra dans la bibliothèque de *La Grange*. Et juste avant : "Je t'aime plus que jamais, j'ai besoin de ta présence, de tes bras, de tes baisers, de ta voix."

Et comme en passant, comme une phrase amoureuse, comme si elle n'était pas désespérée ni morte de peur, tout son corps noué, "cette ombre sur les clichés, ça veut dire que tu ne viendras pas ?" Surtout que son écriture ne tremble pas.

L'idée lui vient beaucoup plus tard, et même si elle est terriblement douloureuse et surgie du néant, elle grandit comme seul peut grandir un délire par une nuit d'insomnie, elle prend consistance, et au lever du jour Mika décide de lui en faire part : si une grande passion est capable de réveiller son énergie et de l'arracher à sa maladie, elle s'écartera, elle renoncera à Hippo, elle le laissera libre, il n'aura pas à se sentir coupable, tout ce qu'elle veut, c'est qu'il guérisse. Elle n'a pas relu les trois pages lorsqu'elle les plie et les glisse dans une enveloppe. Elle écrit le nom, l'adresse et poste la lettre, parce qu'il fait déjà jour.

Après une sieste réparatrice et une soupe de légumes, sa lettre lui semble un étrange cauchemar. Mais elle l'a déjà envoyée.

Cette lettre insensée juste aujourd'hui, alors que le médecin lui a annoncé qu'il peut passer quatre jours chez lui. Mika doit l'avoir écrite à la lueur d'une bougie, se dit Hippolyte. Cette impression de limite, de déformation, d'étroitesse, provient de la zone d'ombre et de lumière créée par la flamme d'une bougie. Il le lui a dit depuis longtemps : elle doit installer l'électricité dans la *roulotte*. Ce n'est pas possible que Mika se charge de tant de tâches pour la revue, il en parlera aux camarades. Seule une immense fatigue peut expliquer cette lettre, il ne peut pas croire qu'elle ait pensé à cette folie, "tu dois te rendre à cette merveilleuse évidence, ce grand amour que tu me souhaites, celui qui réveille toute mon énergie pour me guérir, c'est le nôtre. C'est avec toi seulement que je peux mener cette vie, haute, tendre, noble, sans gaspillage". Comme elle l'a fait souffrir, il n'arrêtait pas de sécher ses larmes pendant sa cure de silence. L'abandonner, s'éloigner de lui, est-ce de la générosité ? Il n'a pas besoin d'une autre femme, il a besoin de Mika. Et ce ne sont pas ces paroles odieuses qui l'éloignent de lui qu'il espérait, mais d'autres qui "te rapprochent, te lient, t'étreignent, te serrent plus fort et mieux contre moi".

Comment a-t-elle pu lui écrire ces phrases si douloureuses : "Nous qui avons sauvegardé presque miraculeusement notre amour dans toutes les circonstances de notre vie. Nous l'avons construit, nous l'avons conquis." Il ne tient pas à analyser leurs treize ou quatorze années de vie commune, il lui rappellera seulement qu'ils ont passé tout ce temps non pas l'un à côté de l'autre, mais "l'un contre l'autre, dans une profonde attirance mutuelle, qui n'a pas diminué un seul jour". Car pour tomber amoureux il ne faut qu'un instinct aveugle, mais cette longue présence à nos côtés, "ce paradis, cheminer ensemble dans la vie, les mains enlacées, cette œuvre de la volonté, de la clairvoyance et de la spontanéité des sentiments. Nous avons gagné notre droit à l'amour".

Les lettres de l'Oise furent les plus belles que j'aie reçues dans ma vie, les plus amoureuses, contenant les plus profondes réflexions sur les événements que nous vivions et sur ses lectures, mais aussi sur nous, sur la nature de notre amour. Hipólito Etchebéhère avait une intelligence étonnante, un esprit et une plume brillante. Et un cœur énorme.

Je les ai gardées avec moi pendant des années, à Buenos Aires pendant la Seconde Guerre mondiale et de nouveau à Paris en 1946. Mais je n'avais pas besoin de ces lettres pour me souvenir de lui. Hippo, il était en moi, tout le temps, comme ma peau, mes os, mais les avoir et les relire m'ont aidée à tenir le coup quand je flanchais, à retrouver mon chemin quand je me perdais.

Je n'ai jamais cessé d'être avec lui, où que je me trouve, et lorsque je me suis installée dans l'appartement de la rue Saint-Sulpice, dans les années 50, j'ai éprouvé une grande joie, c'était comme revenir à nous, à la vie que nous aurions pu avoir.

Quand nous habitions rue Gay-Lussac ou rue des Feuillantines et que je sortais pour travailler ou distribuer la revue *Que faire ?*, j'aimais marcher dans les petites rues du quartier et faire une halte au café de la Mairie, place Saint-Sulpice. Je suis passée une infinité de fois devant le 4 de la rue Saint-Sulpice, sans soupçonner que là, dans cet appartement du quatrième étage, j'allais vivre jusqu'à la fin de mes jours.

Il était complètement délabré quand je l'ai acheté. Un grand ami, Carmelo Arden Quin, le génial peintre uruguayen qui avait déjà produit de grandes œuvres, a pris un pinceau, des outils et, avec son immense talent, il a transformé cet espace en ruine en une œuvre d'art, confortable et belle. Cela lui a pris du temps. Plus d'un an. Je dormais au milieu des briques, des planches et des pots de peinture empilés. Mais nous avons passé du bon temps et l'appartement a fini par être magnifique, chaleureux, pratique et très original.

Là, dans notre quartier, j'ai continué à partager ma vie avec Hippo, surtout les événements qu'il aurait aimé vivre, comme ceux de mai 68.

29

Paris, 1968

Depuis plusieurs jours l'eau n'arrive plus avec la pression
suffisante et il y a des coupures de courant, mais Mika n'est
pas affectée par ces désagréments. Au contraire, elle s'en
réjouit, enfin les choses bougent. Un vent de jeunesse
parcourt la France, les rues de Paris bouillonnent d'étudiants
et d'ouvriers qui chantent *L'Internationale* avec le même
enthousiasme que des années plus tôt.

Elle fait chauffer sa cafetière sur le fourneau à gaz et sourit
de découvrir que les coupures touchent aussi le gaz, la flamme
est minuscule et le café tarde à se faire. Le pays est paralysé,
Hippo, lui dit-elle en replaçant son portrait sur la petite table.

Une douche et elle s'habille. Jupe grise, bas, chaussures
basses au cas où il faudrait courir, chemisier bleu clair et
cardigan. Où a-t-elle rangé ce foulard rouge que portaient les
femmes à Madrid ? Elle aimerait le nouer autour de son cou.
Pourquoi pas ? Il faut fêter ça.

L'arôme du café inonde son appartement de la rue Saint-
Sulpice et elle le boit avec cette impatience, cette envie de
lutter qu'il est si bon, à son âge, de sentir de nouveau. Elle rit.
Elle n'est pas si vieille, malgré les multiples maux qui la har-
cèlent, ce doit être l'ennui, ce matin elle se sent en pleine
forme et gare à ceux qui se mettront en travers de son chemin.
Sa fanfaronnade l'amuse. Elle est d'excellente humeur, la
soirée d'hier avec les garçons de la rue Gay-Lussac lui a fait
beaucoup de bien… cette rue où ils habitaient, à quelques pas
de la librairie espagnole, où Hippo lui adressait ses lettres
quand il était au sanatorium.

L'agitation règne dans les rues depuis des semaines, les étudiants de la Sorbonne, les travailleurs ont rejoint les étudiants de Nanterre, il y a de nouvelles publications comme *L'Enragé*, qui lui rappelle *Insurrexit*. Hippo aurait tellement aimé être là et courir avec elle devant les CRS, ces maudites forces antiémeutes qui arrivent toujours pour gâcher la fête.

Elle a l'impression d'entendre sa voix : Vite, Mikusha, ces gamins écervelés ont besoin de nous.

Allons-y.

Elle a laissé son manteau accroché à l'entrée. Sac à main, gants, elle sait qu'elle s'en servira plus tard. Elle prend une autre paire, ceux en coton.

La Sorbonne est devenue un bastion autogéré, un comité d'occupation a mis en place une série de services pour les étudiants en grève : infirmerie, réfectoire et même une garderie où Mika se rend pour donner un coup de main et où elle a eu l'autre jour le plaisir de tomber sur son amie Ded. Quel bonheur.

À Saint-Michel, il doit déjà y avoir foule et Mika se glisse entre les tables renversées à la terrasse des cafés, elle décide qu'il vaut mieux remonter vers le Luxembourg, traverser le jardin, où il y a toujours moins de gens, et descendre ensuite par la rue Saint-Jacques jusqu'à la Sorbonne.

Les jeunes la connaissent déjà, ils lui sourient quand elle franchit les barricades qu'ils sont en train de dresser : "*Bonjour camarade** !" Ce garçon brun et mince s'adresse à elle en espagnol, "Hola, Mika !", hier ils ont longuement parlé. La fille blonde, Lise, était là aussi, très sympathique. C'est elle qui lui a dit qu'elle lui rappelait sa grand-mère, sauf que sa grand-mère ne serait pas là aujourd'hui, c'est une bourgeoise.

Mika s'approche et regarde ses mains salies et ses ongles noirs à force de dépaver la chaussée. Elle se plante devant Lise. Est-ce qu'elle est folle ? Quelle imprudente, elle l'a déjà dit hier à Paul, son compagnon, non ? Oui, c'est vrai, répond-il.

Mais personne ne l'écoute, dit Mika. Elle ouvre son sac et en sort une paire de gants qu'elle tend à Lise.

– Les pavés, il faut les sortir avec des gants, explique-t-elle en enfilant les siens.

– Des gants ? dit la jeune fille déconcertée. Moi, je ne porterai jamais de gants, même quand je serai vieille.

Mika se penche et ramasse un pavé.

– Si tu ne mets pas de gants, tes mains sales te trahiront.

Lise lui fait un clin d'œil : Vous, vous en connaissez un rayon sur tout ça. Elle n'y avait jamais pensé.

– Et maintenant, au travail, il faut finir avant l'arrivée des CRS.

À onze heures, la police charge avec une violence dispro-portionnée, des blindés avancent par la rue Clovis, des poli-ciers forment une barrière avec leurs boucliers, des pavés passent au-dessus de la tête de Mika. Puis, c'est la fumée des grenades, les balles en caoutchouc, les matraques, les cris.

Mika s'est réfugiée sous un porche, elle plisse les yeux comme si elle était myope, alors qu'elle y voit parfaitement, et s'efforce de repérer où est son amie Lise. Elle est sûre qu'ils ont pu s'échapper, elle les a vus courir mais ne les a pas suivis, c'était inutile et qui sait si ses jambes lui auraient obéi, il vaut mieux marcher lentement, comme si de rien n'était. Elle a peur, mais personne ne va le savoir, encore moins ce policier, ce *flic** repoussant qui s'approche d'elle et la prend par le bras : Madame, que faites-vous ici, au milieu de ces échauffourées ?

Elle ne sait pas, elle ne sait pas ce qui se passe, monsieur l'agent. Le policier lui explique tout, à l'envers, bien sûr. Elle se montre inquiète, cette jeunesse, quel problème !

– Où allez-vous, madame ?

– Chez moi, je n'habite pas loin. Rue Saint-Sulpice.

Ne vous inquiétez pas, madame. Il va l'accompagner jusqu'à chez elle. Ce n'est pas la peine, mais si, mais si, insiste-t-il. Elle le remercie infiniment. Ses gants salis de goudron sont bien rangés dans son sac. Mika a les mains blanches, soignées, les cheveux blancs, le pas plus lent que nécessaire, tandis qu'ils s'éloignent vers le jardin du Luxembourg, et ce sourire qu'elle ne peut réprimer : Tu vois, Hippo, je peux encore les tromper.

30

Madrid, avril 1937

Le colonel Ojeda le lui a dit, quand il est venu à Cerro de Ávila ; le vieux milicien Valerio le lui a dit, sur le chemin de Madrid ; Quique, Eugenio et d'autres camarades le lui ont dit, dans le local du POUM, ainsi que Marguerite dans sa lettre : elle devrait rentrer en France. Mais Mika ne voulait pas. Sa place était dans cette guerre, elle allait se reposer à Madrid en attendant d'être envoyée sur un nouveau front.

Avec des compagnies décimées, le destin des miliciens du POUM devenait incertain. Dans ce qui avait été leur caserne, rue Serrano, s'étaient installés des bureaux des milices de la CNT. La situation l'exigeait, a-t-on expliqué à Mika.

Ne pas avoir de place lui faisait mal. Mais les miliciens du POUM qui avaient survécu à la terrible bataille de Cerro de Ávila, après quelques jours de repos, seraient envoyés sur un autre front, imaginait-elle.

Si Mika ne voulait pas partir en France, au moins qu'elle loge avec des camarades socialistes ou anarchistes, lui conseillaient ses amis. La station de radio du POUM ainsi que son journal *El combatiente rojo* avaient été saisis. Jour après jour, les insultes du PC intoxiquaient la population. Madrid grouillait de *checas**, la prévenait-on.

Mika avait du mal à réfléchir, elle ne cessait de voir ses miliciens courir à travers champs, elle les voyait tomber, leurs

---

* Police politique ainsi baptisée en référence au modèle soviétique (Tchéka). La plupart des partis politiques et des syndicats créèrent leur propre *checa*. Madrid en compta jusqu'à vingt-six.

corps déchiquetés, les allées et venues des brancards, le petit visage de Corneta mort… Quelle douleur.

Les miliciens rentrèrent chez eux, mais elle n'avait pas encore mis les pieds dans l'appartement de la rue Meléndez Valdés depuis le début de la guerre, Marie-Louise était partie en France avec son petit (ce que lui confirma Katia dans une lettre), Vicente Latorre, son compagnon, se battait et Mika était incapable d'affronter ses souvenirs.

Elle pouvait loger chez Amparo, une tante de Quique. Elle accepta.

— C'est pour quelques jours, pas plus, jusqu'à ce qu'on nous appelle au front.

Mais les jours passaient et Mika n'était pas convoquée. Elle apprit que les miliciens du POUM avaient été incorporés à un bataillon de la CNT et d'autres, sur le front d'Aragon, à la 29e division que commandait Rovira, militant du POUM.

Et Mika restait à Madrid, à l'insupportable arrière-garde.

Capitaine, sous-officier ou simple soldat, peu importe, mais qu'on l'envoie au front, s'il vous plaît.

— Pas avant que vous vous soyez reposée et que vous ayez complètement récupéré, lui dit le colonel Ramírez, quand Mika se présenta à Puerta de Hierro, avec ses exigences.

Mika regarda attentivement Augusto Ramírez. Le teint gris, les yeux cernés, les traits tirés. Sa voix se fit plus douce :

— Celui qui doit se reposer, c'est vous. Vous avez l'air fatigué, inquiet. Et, plus préoccupée : Il s'est passé quelque chose que j'ignore ? Les fascistes ont avancé ? Expliquez-moi, camarade commandant.

Ramírez ne pouvait pas t'expliquer que son manque de sommeil n'était pas seulement dû à la guerre, Mika, il aurait été ridicule.

Hier soir, la dispute avec Augusto a été terrible. Cris, insultes. Il est midi et Ethelvina a du mal à se lever, elle est épuisée. Et d'une humeur massacrante. Elle ne sait même plus ce qui a déclenché la dispute, peut-être quelque chose d'important, comme la fusion du parti socialiste et du parti communiste, qu'elle a suggérée, Augusto est en total désaccord. Ou une tache sur la nappe quand Augusto a renversé son verre de vin, il est si maladroit. Ou, pire encore, cette irritation sourde que provoque son timbre de voix, ou le regard de mouton égorgé qu'il lui adresse quand elle le repousse. Ou encore quand il bâille ou se force à rire pour elle.

Après la dernière rencontre avec Andreï Kozlov, Ethelvina s'était promis d'être plus tendre avec Augusto, plus gentille, de se réconcilier avec lui. Et de limiter sa relation avec Andreï à ce qu'elle est : une aventure, rien qu'une aventure, c'est du moins ce qu'elle n'arrête pas de se répéter pour essayer de s'en convaincre.

Mais l'image d'Andreï, ses mains expertes, sa voix, la douce férocité avec laquelle il lui fait l'amour, s'immisce dans tout ce qu'elle fait. Alors, Ethelvina ne supporte plus d'être avec Augusto en faisant semblant d'être ce qu'elle n'est plus. Cette fille jolie et naïve n'existe plus, à présent c'est une vraie femme. Et une femme veut un homme, pas un toutou d'appartement.

Il est vrai qu'elle ne peut pas être avec Andreï car, si passionnées que soient leurs rencontres, il ne s'engage pas. Ethelvina plaît à Andreï, et beaucoup, sinon il serait impossible d'atteindre un tel plaisir quand ils s'aiment, mais il y a une limite, une barrière qu'il dresse et qu'Ethelvina n'arrive pas à franchir. La peau, le désir, le sexe les lient fortement, mais cela ne suffit pas, elle devra trouver un autre moyen pour se l'attacher. Pour être sa compagne, sa complice, sa femme. Et traverser fièrement la vie au bras d'Andreï Kozlov.

Ce même après-midi, en rangeant la chambre, elle trouve le premier maillon de la chaîne avec laquelle elle veut attacher Andreï : le papier que griffonnait le capitaine Etchebéhère en parlant avec Augusto, quand elle est venue dîner chez eux. Ethelvina l'a caché, elle ne sait pas bien pourquoi, et a menti en disant qu'elle l'avait jeté parce que du vin s'était renversé dessus. Augusto n'y avait pas fait attention.

Andreï aimera sûrement avoir ce papier, s'enthousiasme Ethelvina. Il y a des noms en code et des traits… qui pourraient bien être ceux d'un croquis, comme ceux que dessine Augusto. Ah ! Si elle avait un de ces croquis qu'il dessine et jette ensuite. Elle cherche partout, mais ne trouve rien. Elle sait bien que Mika Etchebéhère et Augusto parlaient de livres à lire au front, de l'endroit où installer les écoles, mais elle n'est pas censée être au courant.

— Où est maintenant le capitaine Etchebéhère ? demande-t-elle à Augusto pendant qu'ils mangent autour d'une table joliment dressée.

— On n'avait pas dit que tu ne parlerais plus d'elle ? lui répond Augusto nerveux.

Elle a juste posé la question pour parler de quelque chose qui ne les concerne pas eux et leur relation, pour les rapprocher – la grimace d'Augusto n'est pas encore un sourire, mais trahit déjà un soulagement. Elle sait qu'il a de l'estime pour elle, et c'est réciproque, après ce qu'Augusto lui a expliqué, elle s'est sentie un peu jalouse l'autre soir, reconnaît-elle, et elle a dit des bêtises, mais la vérité c'est que le capitaine l'inquiète, après tout c'est une femme, comme elle… Elle espère qu'elle n'a pas été tuée…

— Non, justement, je l'ai vue aujourd'hui à Puerta de Hierro. – Sa voix a retrouvé son intonation habituelle. – Elle veut retourner au front mais… c'est compliqué en ce moment. On a parlé un long moment.

— C'est une chance qu'elle soit vivante. Raconte-moi.

Soulagé, Augusto franchit ce pont de paix qu'Ethelvina lui tend, une conversation banale, une excuse pour revenir à la compréhension et à la tendresse, il se laisse bercer dans cette ambiance tiède, les bûches brûlent dans la cheminée, sa femme est pelotonnée contre lui sur le canapé et il parle, il répond à ses questions, jusqu'à ce que la fatigue le gagne. On va dormir, ma chérie ?

Quand il vit le soi-disant document secret, le conseiller soviétique Ruvin Andrelevicius comprit que Dumas, Verne et Salgari étaient des noms d'écrivains, que les traits ne correspondaient à aucun plan d'opération, mais à un gribouillage machinal au crayon. C'était un début : les membres de la police espagnole qui collaboraient avec eux étaient particulièrement bornés.

Il ne crut pas non plus un mot de l'histoire absurde d'Ethelvina qui lui avait expliqué comment elle s'était procuré ce papier, mais il ne dit rien. Des croquis ? Il n'y en aurait pas d'autres, par hasard ? lui demanda-t-il, moins par véritable intérêt que pour voir jusqu'où elle serait capable d'aller. Le mot croquis, elle avait dû l'entendre prononcer par Ramírez. Il est touché que la femme du colonel socialiste, membre du commandement des milices, s'efforce d'être une bonne collaboratrice. Il ne la quittera pas tout de suite, comme il l'avait décidé. Il lui fera encore l'amour, deux ou trois fois, sauvagement, comme elle aime, en récompense du précieux cadeau qu'elle lui a offert : la localisation de Mika Etchebéhère. Mika Feldman. Ruvin n'oublie pas qu'elle est d'origine russe, comme presque tout ce qu'il aime.

Il se demandait où était passée Mika, il avait perdu sa trace depuis Cerro de Ávila, puis appris par son informateur qu'elle avait parlé avec Ramírez à Puerta de Hierro, mais cet incapable ne l'avait pas suivie. Et voilà qu'Ethelvina la lui livrait sur un plateau. Elle avait dû tirer les vers du nez de Ramírez, cette femme fait de lui ce qu'elle veut.

Il a le nom de la rue, du croisement, mais pas le numéro ni l'étage de l'appartement où elle loge.

De toute façon, l'endroit ne convient pas, elle est chez le parent d'un camarade, lui a dit Ethelvina sans plus de précision. Quelqu'un du POUM ? a demandé Kozlov. Elle n'en était pas sûre, elle n'avait pas voulu insister pour ne pas éveiller les soupçons d'Augusto, mais elle allait se renseigner dès que possible.

Belle femme et chère camarade, Andreï lui pinça les fesses et lui suça le mamelon gauche, puis le droit, avec délectation, tandis que l'image de Mika s'insinuait en lui et qu'il perdait le contrôle de ses mains. Ça suffit. Tu dois t'en aller, Ethelvina, sinon ton mari va finir par te soupçonner.

Si l'appartement où habite Mika est celui de quelqu'un du POUM, il n'est pas encore prudent d'avancer un pion. Le plan est différent. Les dirigeants tomberont comme des rats dans le piège qu'on leur tendra à Barcelone et ils seront tous arrêtés. Entre-temps on se sera débarrassé de Largo Caballero. Avec Negrín comme chef du gouvernement, il sera plus facile de manœuvrer. L'ordre est clair : il faut exterminer totalement le POUM.

Mais pour Mika il n'est pas nécessaire d'attendre autant. Il a cet absurde papier griffonné comme prétexte et l'information de la police politique soviétique selon laquelle Mika vivait en Allemagne quand Hitler est arrivé au pouvoir, qu'elle est une dirigeante du trotskysme international, une ennemie de l'URSS, de Staline et de la République espagnole.

Et son ennemie personnelle, mais cela, bien sûr, il ne le dira à personne.

Ennemie ? Quel dommage qu'une femme de cette trempe, qui commande des miliciens, soit devenue une marionnette des traîtres. Ruvin est persuadé que Mika pourrait être un cadre excellent si elle était capable de comprendre, de faire une conversion totale, de se confesser et d'offrir sa collaboration au parti. Transformer ses erreurs et ses déviations en armes pour la cause. L'idée l'excite : Mika comme appât, une sucrerie où les mouches traîtresses viendraient s'engluer. Une formation rapide, que Ruvin lui-même pourrait lui dispenser, elle se perfectionnerait plus tard en Union soviétique.

*Ce soir-là, Ruvin Andrelevicius conçut un plan aussi extraor-
dinaire qu'insensé : faire de toi un agent de la Guépéou et être lui-
même ton guide, ton mentor.*

Et si elle n'accepte pas cette formidable possibilité qu'il lui
offre : aveux (par tous les moyens possibles) et poteau
d'exécution.

Elle était devant le porche de la rue León. Elle tenait la clé
mais n'arrivait pas à la faire tourner, le cri du policier interrompit son geste : papiers d'identité !

L'homme devait l'attendre depuis un long moment. Il était
tard, minuit passé, et il n'y avait pas âme qui vive dans la rue.

Mika lui tendit son livret de milicienne. Il le regarda d'un
bout à l'autre, comme s'il ne comprenait pas ce qu'il lisait, ou
que cela lui était égal, et il leva les yeux sur elle.

— Tu viens avec moi, lui ordonna-t-il en lui empoignant
rudement le bras.

— Où ça ? – Mika se débattit pour se libérer. – Vous n'avez
pas besoin de me tenir. Où dois-je vous accompagner ?

L'homme ne la lâcha pas : Les questions, c'est nous qui les
posons.

Tout se passa très vite. Mika fut tentée de s'enfuir en
courant, mais il la rattraperait ; puis d'entrer dans l'immeuble
et de lui fermer la porte au nez, mais il était trop fort. Elle
pensa lui demander qu'il lui permette de prévenir ses amis.
Amparo allait s'inquiéter de son absence, mais faire entrer la
police chez elle était un risque à ne pas courir. Même si tout
cela n'était qu'un malentendu qui serait levé, la sensation du
danger agitait sa poitrine. Elle était paralysée, muette, sans
réaction.

— On y va, lui lança l'homme.

Pour ne pas se sentir humiliée, Mika marcha à côté de lui,
ils atteignirent le coin de la rue et bifurquèrent. À quelques
mètres, dans la rue Lope de Vega, devant le monastère, une

auto noire, neuve, les attendait. La porte arrière s'ouvrit. L'homme poussa brutalement Mika à l'intérieur du véhicule.

Mika a déjà été interrogée par deux policiers pendant des heures, lorsque Ruvin se présente à la *checa* d'Atocha.

— *Bonjour, camarade**, la salue-t-il en souriant.

Et à cet instant le déclencheur d'un appareil photo, une, deux, trois fois. Stupéfaction et peur sur le visage de Mika, fixées pour toujours sur les photos. Ruvin lui-même apparaît sur les pupilles dilatées de Mika.

Ils sont dans la cour, en pleine lumière naturelle.

— Jan Well ! lâche-t-elle stupéfaite en un murmure que Ruvin entend à peine.

Personne d'autre que lui dans la checa *ne t'a entendue l'appeler Jan Well. Tu as pressenti confusément que révéler son nom risquait de compliquer encore plus ta situation. Et Ruvin comptait là-dessus. Mais il interpréta ta prudence comme de la complicité.*

Il voulait juste voir l'effet qu'allait produire sa présence. Ruvin se retire sans dire un mot. Une photo, puis une autre. C'est Andreï Kozlov qui a convoqué Oleg Alexandrovitch, le photographe. Un rêve longuement caressé.

C'est dans les archives secrètes de Moscou que Ruvin avait admiré les photographies des détenus prises dans les prisons, avant et après les interrogatoires, et avant les exécutions. Cette habileté à surprendre dans les yeux la haine, l'angoisse, le mépris, la douleur, jusqu'à ce sourire fou qu'imprime la terreur. Merveilleux clichés. Véritables œuvres d'art qu'aucun musée ne peut exposer.

L'idée lui avait traversé l'esprit, brève mais intense. Il aurait été magnifique de capter sur les photos les mille nuances du visage de Mika tel que Ruvin l'avait vu cette nuit-là, sur le palier du cinquième étage de l'immeuble de Sophienstrasse : la peur battant ses tempes, la fureur dans ses yeux… et ce désir inavouable. La radieuse beauté des grandes tensions.

Et il est là, maintenant, dans la *checa*, jouissant de la situation. Posté dans la pièce contiguë à la cour, Ruvin les épie par la fente de la porte. Mika contre le mur rongé d'humidité, belle, hautaine. La violence de la situation lui donne encore plus d'allure. Tout près d'elle, le photographe déclenche une rafale de clichés fixant la riche gamme des inflexions de sa beauté convulsive. Ruvin sourit, satisfait.

Il ne s'est pas trompé en choisissant le photographe de la *Pravda*, à en juger par le plaisir qu'il prend à sa tâche. C'était risqué de lui confier cette mission secrète dans les locaux de la *checa*, mais il sait déjà comment se justifier. Ruvin Andrelevicius – alias Andreï Kozlov – est un agent chevronné de la Guépéou, et Oleg Alexandrovitch, un membre discipliné du parti, habitué à obéir. Oleg gardera le secret et Ruvin les photos.

Le souvenir de la nuit où les SA ont arrêté Hippolyte Etchebéhère, pendant que Mika et Jan Well se cachaient dans un immeuble de la Sophienstrasse, s'impose à lui. Il s'est maintes fois répété en imagination, méticuleusement, tous ces gestes qui n'ont pas eu lieu : sa main tenant fermement Mika, l'empêchant de descendre l'escalier, elle dans ses bras, sa bouche scellant les lèvres de Mika pendant qu'il lui arrache ses vêtements, puis il la lèche, la boit, la pénètre, plusieurs fois, elle ne résiste plus, elle se donne, gémit, jouit.

Mais rien de tel n'est arrivé parce que la main de Jan Well n'a jamais attrapé Mika pour l'empêcher de descendre cet escalier. Il lui a permis de s'en aller. Grande erreur.

Mais la vie l'a replacée sur son chemin.

La vie et les idées contre-révolutionnaires, obstinées, de Mika, hier avec le groupe Wedding, aujourd'hui avec le POUM, qu'Andreï Kozlov a le devoir d'éliminer. Ce n'est pas seulement une affaire personnelle, c'est son travail, se justifie-t-il.

L'idée de gagner Mika à la cause du parti, cette idée qui l'a exalté la nuit dernière a perdu de sa vigueur à la lumière du jour. Trop risqué. Rien de plus qu'un exercice intellectuel. Ruvin avait même pensé comment il blanchirait Mika devant Orlov, le cerveau de la Guépéou en Espagne, chargé d'éliminer les dissidents.

Le pire, ce ne sont pas les questions ni les accusations absurdes, ni les mauvais traitements des agents staliniens ; le pire, ce sont les photos de cet homme répugnant, Oleg Alexandrovitch, et les yeux de Jan Well, ces yeux avides, répugnants, qui la souillent en parcourant son corps en silence, comme cette nuit-là à Berlin.

La *checa* a adopté une routine : interrogatoire, photos, visite de Jan Well – appelé aujourd'hui Andreï Kozlov – dans son cachot.

– Qu'est-ce que tu fais ici ? lui demande Mika, quand ils sont seuls. Pourquoi on me photographie ? Qu'est-ce que vous voulez de moi ?

Jan se contente de la regarder, avec ces yeux qui sont mains, langue, sexe, et ne lui adresse la parole que pour lui demander de coopérer à l'enquête.

Les interrogatoires sont menés par deux jeunes, qui rivalisent de bêtise et d'ignorance. Les questions sont presque toujours les mêmes : vivait-elle en Allemagne quand le nazisme a pris le pouvoir ? Est-elle un agent de la Gestapo ? Croit-elle qu'il faut aider le gouvernement républicain à gagner la guerre ? – Elle qui est au front depuis le premier jour ! – Est-elle d'accord avec la politique du gouvernement ? Est-elle trotskyste ?

Ils lui posent ces questions, comme si c'était facile d'y répondre, comme si ces policiers pouvaient comprendre les longues explications qui s'imposent. Mika simplifie : oui, je suis trotskyste. Pour celui qui l'interroge, comme pour tant d'autres, un communiste qui n'est pas d'accord avec Staline est trotskyste, contre-révolutionnaire, ennemi du peuple. Que pense-t-elle de Trotsky, avait insisté le policier hier.

"J'ai une grande admiration pour lui." Cela vaut-il la peine de lui expliquer la différence ? Pas du tout.

Suivent d'autres questions encore plus bêtes : croit-elle que les seuls ouvriers révolutionnaires sont ceux du POUM ? Comment est-il possible qu'elle critique l'URSS, le pays le plus démocratique du monde et celui dont la loi électorale présente les plus grandes garanties ? Assez !

Quel délit commet-elle en soutenant telle ou telle opinion sur le gouvernement républicain, sur Staline ou Trotsky ? demande Mika impatiente. Je veux juste m'informer, répond le jeune. Et il continue comme un automate :

— Quelle est votre idéologie politique ?

— Je suis marxiste.

— Quelle sorte de marxisme ?

— Il n'y a qu'un seul marxisme.

Elle s'efforce de ne pas perdre son calme et de ne pas se moquer d'eux, mais ils se mettent à la harceler : que signifie "Dumas" ? Et "Salgari" ? Enfin ils lui montrent le papier qu'elle a griffonné machinalement chez Ramírez : est-ce elle qui l'a écrit ? Reconnaît-elle son écriture ? Elle éclate de rire. C'est un texte en code ? Et ce croquis ? Ils sont fous, pense-t-elle, ou alors tellement idiots qu'ils ne se rendent pas compte. Mais elle reste coite. Le rire monte en elle comme de l'écume, incontrôlable.

L'homme doit penser qu'elle se moque de lui, mais elle rit de l'absurdité de la situation, Mika soupçonnée de haute trahison pour avoir recommandé des livres à lire au front !

Ils ne peuvent pas à croire à une telle extravagance, c'est une invention, un vulgaire prétexte pour l'arrêter à cause de sa relation avec le POUM. Mais pourquoi elle ? Elle ne leur dit rien de sa conversation avec Ramírez, elle a d'abord besoin de comprendre ce qui se passe.

Comment ce papier griffonné est-il arrivé à la *checa* ? Impossible que ce soit Ramírez qui le leur ait donné. Ramírez est un militaire socialiste qui rejette – il le lui a dit quelques jours plus tôt à Puerta de Hierro – les attaques injurieuses contre le POUM, qui sont lancées en même temps que les procès de Moscou. Ramírez a du respect pour Mika et même de l'admiration, dirait-il sans exagérer.

La présence de Jan Well la trouble. Il est évident que ce sinistre photographe et les agents obéissent aux ordres d'un certain Andreï Kozlov, mais les questions sont trop stupides pour venir de Well, c'est une canaille, mais il est intelligent. On dirait plutôt un formulaire destiné à tous les détenus.

Et si c'est Jan Well qui a organisé son arrestation, qu'est-ce qui l'a déterminé ? Le combat contre le POUM ou ce coup de genou bien placé qui doit encore lui faire mal ? Il a dû se sentir humilié. Il ne lui a pas dit un seul mot de Berlin, comme s'il ne se souvenait de rien.

L'image de cette jeune femme, Ethelvina, lui traverse l'esprit, mais pourquoi aurait-elle fait cela ? Et à qui aurait-elle fourni cette "preuve" fallacieuse... À Jan Well. Est-ce possible ? Elle frissonne. Est-ce si surprenant ? Dès leur première rencontre elle avait senti qu'il fallait se méfier de lui. Le conseiller soviétique Andreï Kozlov à Madrid, alias le camarade de l'opposition de gauche Jan Well, un de ceux qui a favorisé, à Berlin, le retour en masse des opposants de gauche au PC, et qui sait quel autre nom et fonction désignent une seule et même personne : un agent de la Guépéou.

Et un agent de la Guépéou qui a pour elle une obsession particulière.

Ce que lui ont raconté Alfred dans sa lettre et les camarades à Paris sur les procès de Moscou est terrifiant. Les staliniens veulent-ils faire la même chose en Espagne ? Sera-t-elle une des victimes des purges en Espagne ?

Ce n'est pas possible, pense Mika le lendemain. Si c'était le cas, Jan n'aurait pas cherché hier à la convaincre. Comment comprendre une telle absurdité ?

Well ne lui parle presque jamais, aussi s'étonna-t-elle lorsqu'il lui demanda tout bas si ce qu'elle a avoué à l'agent est vrai : qu'elle admire Trotsky, ce chien enragé. Ou ne l'a-t-elle dit que pour l'énerver ?

— Mon admiration pour Trotsky croît en proportion de la sinistre persécution dont il est l'objet.

Elle ne se rend pas compte ou quoi ? Qu'elle l'écoute donc, qu'elle profite de son isolement pour réfléchir. Et là, il lui débita tout ce discours inepte sur le camarade Staline et la révolution. Il cherchait à l'endoctriner, elle n'en croyait pas ses oreilles. Mika resta silencieuse, jusqu'à ce qu'il la fasse sortir de ses gonds en disant que celui qui est contre Staline est en faveur d'Hitler.

— Tu m'as fait arrêter pour me remettre dans le droit chemin ?

Ce n'était pas drôle mais la tension se changea en rire puis en fou rire.

À en juger par son expression, Mika pense qu'elle n'aurait pas dû le provoquer. Au-delà de sa mystérieuse identité, Jan Well est un type dangereux. Et il est fou. Très fou, comme elle le voit dans ses yeux incendiés. Et dans ces autres yeux que sont ceux de l'appareil photographique d'Oleg Alexandrovitch.

— Tu le regretteras, lui dit Jan Well avant de sortir.

Mika a disparu depuis plus d'un mois. Un voisin l'avait vue partir avec un policier. Amparo prévint Quique, lequel avertit Juan Andrade et les autres camarades. Le colonel Ojeda a personnellement enquêté en tant que responsable de la zone où Mika combattait, ainsi que le colonel Ramírez, comme commandant de brigade, mais personne ne sait où elle se trouve.

L'avocat Benito Pabón, lié au POUM, a envoyé une lettre au ministre : on s'inquiète en Espagne et à l'étranger de la disparition de la citoyenne française Michèle Etchebéhère, capitaine des forces républicaines, arrêtée à la porte de son domicile par un agent de police, qu'on lui indique où elle est détenue et quelle est sa situation légale actuelle.

Dis-moi la vérité, Andreï, lui demande Ethelvina. Elle le voit bien, elle le sent, il est obsédé par cette femme. Ils se sont vus seulement deux fois pendant tout ce temps, et encore, parce qu'elle a insisté, proteste-t-elle. Andreï est comme absent, même quand il lui fait l'amour. C'est à cause de cette capitaine ? Et sans attendre de réponse : Si j'avais su, je ne t'aurais rien donné.

Elle a raison, Ethelvina, mais Ruvin ne l'avouera pas.

Qu'elle cesse de dire des bêtises, et qu'elle l'aime, et pour la faire taire, pour nier cette vérité, sans préambule, Ruvin se jette sur ce corps tiède, ouvert à son désir. Encore, encore, lui dit-elle, ce n'est pas Mika qui le lui demande mais c'est ce que Ruvin imagine, et il lui donne tout, tout ce qu'il a est pour elle, je vais te remplir de lait, murmure-t-il en soufflant, et lorsque enfin survient le plaisir il s'endort, mais la voix aiguë d'Ethelvina l'arrache à son agréable sommeil.

Pourquoi doit-elle toujours parler à ce moment-là ? Furieux, il se lève. Tu ne peux donc pas te taire ? Il se rhabille avec des gestes brusques. Qu'elle s'en aille, il a besoin d'être seul, oui, tout de suite. Il lui arrache le drap avec lequel elle paraît se défendre, se couvrir, et il lui jette ses vêtements.

– Va-t'en !

Les yeux d'Ethelvina brillent d'un étrange éclat lorsqu'elle s'arrête devant Ruvin, à la porte de la chambre.

Il sait qu'il l'a maltraitée. Non sans effort, il tente de la calmer par une caresse qu'elle repousse. Tant mieux, qu'elle s'en aille vexée, et qu'elle ne revienne pas.

– Mon bon souvenir à la capitaine ? Tu te la fais, c'est ça ?

Il est furieux, Ethelvina le rend furieux.

– Je ne veux plus jamais te voir ! Dehors ! hurle-t-il.

Pauvre Ramírez, je le plains.

Lorsque Mika se réveille, Jan Well est là, dans la cellule. Il la regarde avec une tendresse écœurante. Elle sursaute :

– Qu'est-ce qu'il y a ?

– Rien. Je suis venu te voir.

– Quand va-t-on me libérer ?

– Quand tu auras avoué.

– Je n'ai rien à avouer et tu le sais très bien.

– Écoute, Mika, ne sois pas stupide.

Paroles murmurées comme des litanies, par lesquelles Jan lui explique à quel point elle est dans l'erreur.

Aujourd'hui, elle ne lui dira rien, elle le laissera parler pour voir jusqu'où il est capable d'aller et ce qu'il veut. Il est vraiment convaincu de ce qu'il explique.

Curieux. Ce qu'il veut, elle pourrait l'énoncer de la même manière : une société égalitaire. Geôlier et prisonnier partagent le même rêve et la même foi marxiste dans l'avenir, mais alors qu'elle est convaincue que cette machine de destruction qu'est le stalinisme est en train d'étouffer la révolution, pour lui la soumission la plus absolue au parti communiste et la défense des intérêts de l'Union soviétique sont essentiels.

– Si on veut que la révolution triomphe, Mika, il faut être dur maintenant.

Le silence de Mika l'incite à parler. En effet, ce qu'il veut, c'est qu'elle collabore à la destruction de l'adversaire, c'est-à-dire de ceux qui ont combattu jusque-là avec elle. Pour la convaincre, il invente une excuse : elle ne sait probablement pas qui sont en réalité ces canailles du POUM.

– Pense au fossé qu'il y a entre ceux qui sont à l'avant-garde des intérêts du peuple et les sbires de la Gestapo, Mika.

Elle suffoque d'indignation, elle a réussi à rester silencieuse, à résister à l'envie de l'insulter, de le frapper, mais la phrase qu'il vient de prononcer la brûle. Maintenant, elle peut, maintenant qu'il n'est plus là, tout ce mur de

contenance se brise. Elle explose : qu'il s'en aille, qu'il disparaisse, qu'il la laisse tranquille !

Il ne semble pas troublé, il comprend, tout cela est
nouveau, ils en reparleront, mais qu'elle se dépêche, il n'y a
pas beaucoup de temps.

Et faisant fi de toute précaution sur ce qu'il faut dire ou pas
dans une *checa* :

– Jamais ! Tu comprends ? Jamais je ne collaborerai avec
Staline et ses pions. Ce sont des racailles ivres de pouvoir qui
ont écrasé la révolution.

31

Madrid, juin 1937

La réunion avec les chefs militaires convoquée par le nouveau gouvernement a beaucoup inquiété Juan Ojeda. Un climat de pogrom plane sur le POUM et Ojeda est persuadé que Negrín n'empêchera pas sa liquidation, confie-t-il à Augusto Ramírez, un des rares militaires à avoir protesté. Pour Ramírez, le jeu du PC est de plus en plus clairement condamnable, et le pire c'est qu'il se trouve des frères d'armes pour croire que les militants du POUM sont des agents de la Gestapo, simplement parce que le parti communiste l'affirme. Personne ne conteste l'importance de l'aide russe dans cette guerre, lui-même, quelques mois plus tôt, avait une opinion différente ; il avait même invité chez lui un conseiller russe. Mais maintenant que les masques sont tombés et que l'on voit ce que coûte cette aide et comment le gouvernement de la République se plie aux directives de l'Internationale communiste... il est indigné. Et Ojeda : pendant que les militants du POUM sont traités de chiens, de traîtres, qu'ils sont persécutés et emprisonnés, le commandant José Rovira et ses miliciens sont au front, où ils risquent leur vie pour la République. Quand on pense à tous ceux du POUM qui sont tombés au combat ! Quelle infamie !

Dans ce contexte, la disparition de Mika pourrait s'expliquer, même si Ojeda trouve étrange qu'on l'ait arrêtée, plus d'un mois avant ses dirigeants, elle qui n'est pas officiellement militante du POUM. Oui, c'est bizarre, dit Ramírez, très inquiet du sort de la capitaine, ça ne semble pas répondre à la même logique, il y a quelque chose qui ne colle pas.

Personne n'a aucune nouvelle de Mika, pas la moindre information, ni Amparo, la femme qui la logeait, ni ses camarades, ni Cipriano Mera, ni ses amis français, ni le ministre auquel s'est adressé l'avocat… L'aurait-on tuée ?

Ojeda a un pressentiment contraire, il croit encore possible de la sauver où qu'elle se trouve. Ils doivent continuer à chercher, à exiger des réponses, propose Ramírez.

Au fil des jours, Ethelvina s'est convaincue de la réalité de ce qui s'est passé avec Andreï Kozlov : il l'a tout simplement rejetée de sa vie. Que pouvait-elle faire ? Rien ? Aussi quand elle entend derrière la porte la conversation d'Augusto avec Ojeda, elle ne s'excuse même pas de les interrompre :

— Pourquoi vous ne demandez pas à Kozlov ? Il sait très probablement où se trouve la capitaine.

Que sait-elle ? Aurait-elle vu Kozlov ? lui demande Augusto d'une voix tendue, au bord de la colère. Elle ne dit ni oui ni non, elle se débrouillera plus tard avec lui, l'important pour le moment est de dénoncer Kozlov.

— Le conseiller Kozlov a une obsession maladive pour la capitaine Etchebéhère, bien au-delà de la politique et de son travail, affirme Ethelvina. Il y a des années qu'ils se connaissent. Peut-être une histoire passionnelle…

— Il vaudrait mieux nous dire tout ce que vous savez, madame, intervient Ojeda qui s'efforce de rester courtois. Nous vous en serions très reconnaissants.

— Comment tu sais qu'ils se connaissent depuis des années ?

La colère contenue rougit les joues d'Augusto et lui déforme la bouche.

— C'est lui qui me l'a dit. Il la hait. Ou il l'aime. Ça revient au même. — Comme elle avec Andreï, pense-t-elle. — Il veut l'avoir avec lui.

— Et où se trouve la capitaine d'après vous ? demande Ojeda.

Ethelvina ne le sait pas exactement, mais elle a son idée, elle est une grande observatrice des êtres humains, explique-t-elle. Ojeda s'efforce sans doute de se montrer agréable avec elle, il ne l'aime pas du tout et cela se voit, mais il la croit et c'est le plus important.

— Il se pourrait que Kozlov soit un amant dépité qui utilise son pouvoir pour régler de vieux comptes. L'arrêter sous prétexte d'appartenance au POUM et faire d'elle ce qu'il voudra. Pauvre femme.

Absurde, intervient Augusto, Ethelvina a beaucoup d'imagination, mais elle ne sait rien, il y a deux ou trois mois qu'on ne voit plus Kozlov. Et il la regarde fixement : qu'elle le confirme, s'il te plaît, on dirait qu'il la supplie.

Pathétique : il est plus inquiet de ce que pense Ojeda que de ce qui s'est passé avec Andreï, qu'est-ce qu'il en coûte à Ethelvina de dire : C'est vrai, il y a très longtemps qu'on ne l'a pas vu, mais elle ne le dit pas.

Ojeda le tire de ce mauvais pas honteux, il remercie doña Ethelvina de son aide, il lui serre la main et lui dit au revoir avec un sourire.

Ça y est, c'est fait. Andreï va comprendre qui est Ethelvina. Ce qui la dérange, c'est d'avoir sauvé la peau de cette femme qu'elle trouve si antipathique. Mais c'est un moindre mal.

Ruvin ne supportait pas que Mika ait gâché, par pur entêtement, la possibilité qu'il lui avait offerte. Mais c'était aussi un soulagement. Il se trouvait à Barcelone pendant ces journées agitées et il se rend compte qu'il aurait été très difficile, voire impossible, de réaliser son plan. La guerre déclenchée contre le POUM est brutale, toutes les têtes vont tomber. Quatre cents traîtres sont déjà sous les verrous.

Kurt Landau se cache, mais Ruvin le connaît, il a du caractère et il est imprudent, à un moment ou un autre il ne pourra pas s'empêcher d'intervenir et on le cueillera. C'est une question de jours. Katia a déjà été arrêtée dans le local du POUM et c'est Ruvin qui l'a dénoncée. Il déteste cette femme, il est persuadé que c'est elle qui a monté Mika contre lui, même pas pour des divergences idéologiques mais parce que Katia ne tolérait pas que Jan Well fasse de l'ombre à son mari.

Heureusement, tout ça, c'est du passé. Ce n'est pas Ruvin qui l'a décidé, mais il éprouve une grande satisfaction intérieure de savoir qu'il est inutile de tergiverser avec ces traîtres, de perdre son temps à les diviser, les affronter, les affaiblir. Enfin on va faire ce qui convient : les effacer de la surface de la terre, les éliminer.

Que faire de Mika ?

Le plan consiste à la fusiller s'ils n'obtiennent pas des aveux. Harcelez-la, leur a-t-il dit avant de partir à Barcelone, sans la blesser, précisa-t-il. Mais Mika n'a signé aucun aveu et Ruvin est paralysé, il ne peut ni l'utiliser, ni la tuer, ni l'avoir, ni la toucher. Il peut au moins la regarder, ça oui, et elle soutient son regard. Un jeu qui lui plaît beaucoup. Mais tout a une fin. La conversation avec Ojeda a orienté le cours des événements.

Lorsque le colonel a longuement tourné autour du pot – inquiétude du ministre de la Justice… lettres de l'étranger pour savoir où se trouve Andreu Nin et, avant lui, Mika Etchebéhère, bizarre qu'elle ait disparu avant même l'arrestation des dirigeants du POUM, Ruvin n'a pas bronché, mais quand le colonel, mine de rien, a dit : Hier, on en a parlé avec Ramírez et sa femme, vous vous souvenez d'elle, Kozlov, une très jolie brune ? Ruvin a compris qu'Ojeda savait parfaitement que Mika était entre ses mains. Cette garce d'Ethelvina s'est vengée. A-t-il des informations sur la capitaine Etchebéhère ? lui demande Ojeda. Elle est arrêtée ?

Bien sûr, le conseiller Andreï Kozlov l'ignorait, cela ne rentre pas dans mes attributions, colonel, vous vous trompez. Mais il a des contacts et lui promet de se renseigner. Je vous en serais très reconnaissant, lui dit Ojeda en lui lançant un regard d'acier.

Cette situation ne peut plus se prolonger. Demain, Mika sera transférée à la Direction Générale de la Sécurité, qui s'occupe des activités subversives et d'espionnage.

Il la revoit dans cet escalier, lui échappant des mains, lui-même la repoussant hors de sa portée. Mais il dispose encore de la nuit qui vient.

La lueur d'une bougie tremble dans le cachot. Il y a du défi dans sa façon de se planter devant lui, bougie à la main. Qu'est-ce que tu fais ici, à cette heure ? lui demande-t-elle.

– Tu le sais bien, *ma belle**, dit-il en s'avançant vers elle. Pas un mot, pas un cri, sinon je te tue.

Brusquement, l'obscurité. Mika a éteint la bougie et lui a filé entre les doigts, se réfugiant qui sait où. Ruvin pourrait trouver une autre bougie, mais chercher Mika à tâtons est un jeu qui l'excite. C'est elle qui a inventé ce jeu, la coquine, et il est même possible qu'elle devine la raideur de son sexe, de tout son corps, et qu'elle l'attende dans un coin du cachot. Mika le désire – conclut Ruvin – depuis l'instant où ils se sont rencontrés dans ce local de Wedding. Enfin, il en a l'eau à la bouche. Mains tendues comme un aveugle, fouillant l'obscurité pour la découvrir parmi les ombres.

– Dis-moi : froid, tiède ou chaud, guide-moi, lui demande-t-il comme un gamin. Où te caches-tu ?

Comme s'ils jouaient à colin-maillard. Ce type est fou, pense Mika en se plaquant contre le mur et en retenant sa respiration pour se rendre introuvable. Que faire ? Elle doit tout de suite inventer quelque chose. Et s'il insiste ? C'est alors qu'il la découvre.

– Tu es là ! s'exclame-t-il tout réjoui dans son délire.

Il lui touche le front, les cheveux, sa main suit la courbe du cou. Le contact de la peau de Mika le trouble, il descend sur l'épaule, le bras, la longue main, elle ne crie pas, ne parle pas, tremble-t-elle ? Ruvin peut sentir l'appel du sexe humide entre les jambes de Mika, la clameur de tout son corps, mais il choisit la lenteur : On a toute la nuit, *ma chérie**, du calme.

Il va répéter ces gestes dont il a si souvent rêvé. L'image de ses mamelons durcis est irrésistible et ses mains les cherchent fébrilement, comme s'il y avait un incendie à éteindre, sa bouche se jette voracement sur ses seins.

Énergique et calme, la voix de Mika le surprend : Jan, elle l'appelle, Jan, déconcerté, il écarte ses mains de sa poitrine.

– Jan Well, regarde-moi.

La bouche de Ruvin cherche les lèvres de Mika, mais elle s'en détourne doucement, elle lui prend la tête entre les mains, avec délicatesse, comme si elle avait besoin de distinguer clairement ses traits, leurs visages se font face.

– Jan.

– Dis-moi.

Alors, contre toute attente, Mika lui crache dessus. Son crachat contient tout son dégoût.

Les nombreuses gifles que Ruvin lui donne ne le soulagent pas de ce crachat qui semble grossir, l'envelopper, l'étouffer. Il doit sortir, courir, crier, se laver le visage, se laver de la honte.

Lorsque Jan fut sorti, Mika se laissa glisser par terre et resta prostrée, incapable de bouger. De toutes les batailles, celle qu'elle venait de livrer avait été la plus exténuante. Elle s'endormit sans comprendre comment, avec quelles armes et quelles ressources, elle l'avait gagnée.

Le lendemain, elle s'efforça d'assembler les pièces du puzzle, les photos d'Oleg Alexandrovitch et le regard obscène de Jan Well, souriant, la remerciant de ne pas l'avoir appelé Well devant les autres, Andreï Kozlov tentant de la gagner au stalinisme, Jan Well jouant à colin-maillard, cette obsession malsaine pour elle, cet ensemble retors de sentiments qui cherchaient... son acceptation ? Il voulait la réciprocité – effrayant –, qu'elle l'accepte, qu'elle le désire, qu'elle l'aime... On ne pouvait expliquer autrement que Jan Well, Andreï Kozlov, ou quel que soit le nom de cette canaille, ne l'ait pas violée ou tuée quand il la tenait à sa merci. Avait-il perçu chez elle quelque signe d'encouragement ? Impossible.

Le gardien entra et jeta ses vêtements sur son grabat, ceux qu'elle portait quand on l'avait conduite à la *checa*.

– Lave-toi et habille-toi. On t'emmène ailleurs.

Elle ne sait pas pourquoi on l'a emmenée à la Direction Générale de la Sécurité, mais dans l'obscurité de sa cellule Mika se sent beaucoup plus près de la lumière qu'à la *checa*. Elle ignore ce que le sort lui réserve, mais elle a la certitude d'avoir échappé aux griffes de Jan Well. Et ça, c'est déjà beaucoup.

Trois jours après que Juan Ojeda eut parlé avec Andreï Kozlov, l'avocat Pabón fut informé que Mika Etchebéhère était détenue à la Direction Générale de la Sécurité.

Quand Ojeda l'apprit, indigné, il voulut s'y rendre sur-le-champ, mais l'avocat le lui déconseilla, on ne lui avait même pas permis de la voir, il pourrait la défendre s'il y avait un procès public, mais dans les circonstances actuelles... ils devaient tenter de la libérer en agissant sur d'autres ressorts du pouvoir.

– Mera, dit Juan Ojeda.

Ils pouvaient éliminer le POUM, mais comment faire abstraction de la puissante CNT-FAI. Cipriano Mera était leur commandant, et un grand ami de Mika.

Manuel Muñoz, directeur de la Direction Générale de la Sécurité, reçoit immédiatement Cipriano Mera : Qu'est-ce qui vous amène, commandant ?

– Il m'est arrivé au front une nouvelle que je n'arrive pas à croire. Détenez-vous ici Mika Etchebéhère, une citoyenne française d'origine argentine, qui est capitaine de notre armée ?

– Oui. Je m'en souviens parce qu'elle est étrangère.

– Comment est-il possible qu'on ait emprisonné une combattante antifasciste de l'importance de Mika Etchebéhère ? Vous devez la libérer tout de suite. De quoi est-elle accusée ?

– L'action judiciaire n'est pas encore entamée, mais elle est accusée de désaffection envers la République, commandant.

– Mensonge ! s'exclama Mera. Que ses accusateurs osent venir me le dire en face. Cette femme exceptionnelle a combattu avec un grand courage à Sigüenza, Moncloa, Pineda de Húmera. Sa colonnne a été décimée au Cerro de Ávila. Et vous l'emprisonnez ? Désaffection envers la République ? Libérez-la immédiatement ! tonne-t-il.

– De sérieuses accusations pèsent sur elle, commandant.

– Ne pèse sur elle que le fait d'avoir combattu avec des miliciens du POUM dont le PC veut se débarrasser, avec votre complicité irresponsable. Complices de criminels, voilà ce que vous êtes !

– Vous allez trop loin, Mera !

– Nous, les Espagnols, nous avons l'habitude de dire ce que nous pensons et d'appeler les choses par leur nom !

Mais s'il continue ainsi, il ne va pas atteindre son objectif. La camarade Mika mérite un effort, ce n'est pas le moment de se laisser aller à dire n'importe quoi. Il baisse d'un ton : Écoutez, monsieur Muñoz, Mme Etchebéhère est une personne en qui j'ai une confiance absolue. Et se rapprochant : C'est une amie très chère. – Il voit briller une lueur dans les yeux de Muñoz. – Je réponds d'elle.

– Fallait le dire avant, Mera, dit-il avec un sourire qui cherche la complicité.

Qu'a-t-il compris ? Peu importe, Mera ne veut pas perdre de temps en élucubrations. C'est en tout cas une meilleure approche et il faut en profiter : il lui demande instamment de libérer Mika.

Muñoz est silencieux, pensif, mais son visage a changé, et Mera, habituellement laconique, argumente : détenue ici, elle ne leur sert à rien, il essaie de mettre les choses au clair, alors que dans la division que je commande un capitaine comme elle me serait très utile.

– Après toutes ces précisions, dit Muñoz, vous pouvez partir tranquille, je ferai le nécessaire pour libérer la prisonnière. Mais elle n'ira pas dans votre division ni dans aucune, ne me mettez pas dans l'embarras, commandant, les femmes ne sont plus autorisées au front, encore moins à des postes de commandement et de surcroît si elles sont étrangères et suspectes. Je vous l'envoie et vous vous occupez d'elle. Vous la gardez bien à l'abri, là où personne ne la verra, ou sinon vous la faites partir, rentrer dans son pays, qu'elle disparaisse. Il y aura des temps meilleurs et vous pourrez aller la voir en France.

Mera lui flanquerait avec plaisir son poing dans la figure, mais il ne bronche pas. L'important, c'est de libérer la camarade Mika. Muñoz regarde tout autour, comme s'il craignait que les murs écoutent et d'une voix très basse :

– Entre nous, Mera, je peux vous dire que votre amie, elle n'est pas du tout appréciée. – Une longue pause. – Des gens haut placés. Mettez-la à l'abri.

Et pour mettre fin à cette inconfortable situation dans laquelle il s'est lui-même mis sans le vouloir, il lui tend la main. Cipriano la serre sans poser la moindre question.

Le lendemain, dans la voiture d'Eduardo Val, Mika atteignit le nord du rio Tajuña, où se trouvait la 14e division des forces confédérales, commandée par Cipriano Mera.

Elle le lui dit d'emblée : malgré ce qui s'est passé, elle veut continuer à combattre, elle ne va pas abandonner la guerre, il faut rester aux côtés du peuple espagnol. Comme les milliers de brigadistes venus du monde entier qui risquent leur vie pour une révolution qui appartient à tous et qui n'a rien à voir avec la politique scélérate du parti communiste et de ses laquais du gouvernement. Le PC et le gouvernement ne sont pas le peuple, Mera, prends-moi dans ta division.

— Pas maintenant, Mika, on verra plus tard, répond-il avec un regard triste qui dément cet avenir.

C'est absurde, injuste, il le sait, mais il n'est pas en son pouvoir de modifier les choses, camarade, c'est la situation maintenant, il a eu beaucoup de mal à la faire sortir de prison, crois-moi, tu dois partir, Mika, ça a marché une fois, mais il ne pouvait pas lui garantir que... Et puis, qui sait s'il sera encore là...

— Je n'ai pas besoin d'autres explications, camarade, je m'en vais.

Elle comprit que Mera ne pouvait pas l'admettre dans sa division et elle ne voulait pas le bousculer davantage. Il avait certainement dû passer un marché pour la faire libérer : qu'elle s'en aille. Il ne lui avait rien dit de sa conversation avec Muñoz et elle ne lui avait pas posé de questions. Elle sentit sa gorge se serrer.

— Le camarade Val se chargera de te loger en lieu sûr, jusqu'à ce qu'on te donne un laissez-passer pour la France.

— Je n'irai pas en France. Je vais me cacher, j'ai des amis. Je reste ici, à l'arrière-garde, jusqu'à ce que je puisse revenir au front. Je n'abandonnerai pas notre guerre.

— On y va ? lança Val.

— Oui. Un moment, dit Mika, et à Mera : Merci pour tout, camarade Cipriano.

— Camarade, amie, sœur, femme courageuse, lui dit Cipriano d'une voix émue en la serrant entre ses bras. Tu vas beaucoup me manquer, nous manquer à nous tous. Il sécha ses yeux avec sa manche et tenta de plaisanter : Tu t'es tellement mise en rogne à cause de ce que je t'ai dit à Cerro de Ávila, et maintenant c'est moi qui pleure.

Avant de monter dans la voiture, Mika s'arrêta pour regarder autour d'elle. Au loin, elle pouvait distinguer les premières tranchées. Les tranchées, c'était fini pour elle. On l'avait expulsée de la guerre. De sa guerre.

32

Madrid, octobre 1937

La femme qui l'accueille au Lycée français de Madrid lui demande de la suivre dans un long couloir, elle ouvre une porte et l'invite à entrer.

– Vos affaires sont là, lui dit-elle à voix basse, sans autre explication. Je vous laisse vous installer et vous reposer. Nous nous verrons plus tard.

Mika observe cette pièce spacieuse et claire, qui sera désormais son refuge. Les meubles massifs, le parquet, les tableaux et même la lumière dorée de l'après-midi qui passe à travers les rideaux, tout cela lui fait mal. Cette atmosphère légère et cet air pur l'étouffent. Choses normales d'une vie normale qu'elle ne saura pas vivre. Nostalgie des tranchées, du danger, de la boue et de la saleté, des obus et des mitailleuses, de l'odeur de la poudre et de la peur.

Dans la guerre, il faut surveiller, décider, agir, attaquer, se défendre, veiller sur les combattants. Dans la guerre, c'est l'urgence qui commande, on n'a ni le temps ni la possibilité de s'abandonner à la douleur. Dans la guerre, tout ; hors de la guerre, rien.

Mais après cette terrible bataille du Cerro de Ávila, où ils ont risqué le tout pour le tout, on l'a mise à l'écart, on a expulsé Mika de la guerre.

Ta phrase "on m'a expulsée de la guerre" attirait mon attention. Pourquoi "expulsée" ? Et qui t'avait expulsée ? Dans tes mémoires, tu t'es arrêtée après la défaite de Cerro de Ávila, mais la guerre a continué.

*J'ai lu un article qui affirmait que tu avais été arrêtée par une patrouille franquiste, mais l'auteur avait aussi écrit à propos d'*Insurrexit *que pendant la guerre civile espagnole tu avais été infirmière et que pendant la Seconde Guerre mondiale (alors que tu t'es réfugiée en Argentine) tu as participé à la Résistance en France. On peut difficilement le croire. Rien dans tes notes, pas même entre les lignes, n'indique que cela aurait pu se passer ainsi, mais il y a ce mystérieux et insistant "on m'a expulsée", une expression bizarre pour parler de l'ennemi.*

On t'avait expulsée en effet, non pas l'ennemi mais ceux qui combattaient avec toi. C'est dans les Mémoires de Cipriano Mera *que j'ai trouvé l'explication à ces mots douloureux que tu as écrits au Lycée français.*

Recherchée par les fascistes, comme une femme dangereuse, chef des rouges, recherchée par la Direction Générale de la Sécurité de la République, recherchée par les féroces agents du stalinisme. Accusée de désaffection envers la République. Enfermée dans une prison de la République et non pas dans celle des rebelles fascistes. Quelle humiliation.

Mika se retrouve donc au Lycée français, en attendant que ses amis lui obtiennent un laissez-passer pour la France. Elle a accepté parce qu'elle a besoin de se mettre à l'abri, mais elle ne partira pas, elle attendra le bon moment pour repartir se battre, au coude à coude avec ses miliciens.

Sur certains fronts, il y a encore des combattants du POUM, même s'il se confirme ce qui a été dit hier : la 21ᵉ division, composée de militants du POUM, va être dissoute, il reste peu d'espoir. Rovira, son commandant, a été arrêté et accusé de haute trahison.

Tant d'horreurs se sont succédé depuis son arrivée à la *checa*. Hier soir, Amparo, la tante de Quique Rodríguez, prévenue par les amis anarchistes qui la logeaient, est venue la voir. Quand elle lui a expliqué en détail les nouvelles fraîches, Mika a eu du mal à assimiler une telle cruauté. Quique prisonnier, comme Juan Andrade, Pedro Bonet, Julián

Gorkin, Escuder et Paul Thalmann. À Barcelone, non seulement les dirigeants du POUM ont été arrêtés, mais aussi des centaines de militants. Andreu Nin a disparu de la prison et personne ne sait où il est. Kurt a été arrêté chez ses amis et Katia, à la prison des femmes, est en train d'organiser une grève de la faim à laquelle se sont jointes les détenues de droit commun. Chère et courageuse Katia, comme elle aimerait l'embrasser, l'encourager.

Mika a eu de la chance d'être arrêtée à Madrid, lui a dit Amparo, une chance aussi, Juan Ojeda et Cipriano Mera. Et une chance encore, la tournure prise par la folie d'Andreï Kozlov, qui a laissé aux autres le temps d'intervenir et de lui sauver la vie.

Mais quelle vie ? La vie telle qu'ils la concevaient tous les deux était une maille tissée de deux fils, elle ne pouvait tenir avec le seul fil de Mika. Comment vivre seule la vie qui avait été la leur, la vie des idées, des émotions. La vie unique et riche qu'ils avaient. Mika ne peut vivre cette vie sans lui. Elle ne peut pas.

Quand la mort la menaçait, elle pouvait être seule. Elle ne regrettait pas son absence quand elle était enfouie dans la boue après l'explosion de cet obus, ni quand on les mitraillait, ni avec la faim, les poux, le froid jusqu'aux os. Elle n'avait pas senti la solitude dans la terreur quotidienne de la guerre, mais dans cette belle pièce lumineuse, il est partout. Dans ce fauteuil d'où il lui parle de ses lectures, au lit où il l'attend, à la fenêtre ouverte sur le crépuscule.

Elle regarde la rue arborée, elle est frappée par la splendeur de la coupole qui se découpe dans le ciel rougeoyant de Madrid qu'il ne verra plus. Elle ferme les yeux. La douleur est presque physique. Étourdie, égarée, elle tend la main pour saisir son absence et se ferme la bouche pour étouffer un cri. Plus jamais ses yeux gris, sa voix chaude, son corps tiède, plus jamais lui.

Que peut-elle faire maintenant ? se dit-elle en se laissant tomber dans un fauteuil.

Elle reconnaît sur la table son petit sac de voyage, qu'elle a laissé dans l'appartement de Meléndez Valdés, quand ils sont partis à Saragosse avec une colonne motorisée. Qui sait comment il est arrivé ici, Marie-Louise a dû le laisser quelque part avant de partir en France avec son fils. Elle l'ouvre et y trouve la robe mauve que lui avait achetée Hippo à Paris, juste avant de partir en Espagne.

Le contact avec le tissu doux lui rappelle ses yeux brillants posés sur elle, ses mains parcourant lentement son corps, ses bras qui la soulevaient, son rire. Et les tendres petits surnoms, *ma douce**, ma brune, *mon cri-cri**, murmurés à son oreille, mikusha, mon petit grillon, se répandent dans la pièce, rebondissent sur les murs.

Mika lâche la robe comme si le tissu la brûlait. L'enveloppe contenant les lettres. Elle ne peut pas les lire maintenant, impossible. Le cahier bleu qu'ils ont écrit en Allemagne et à Paris. L'agenda allemand de l'année 1935 qu'on lui a offert quand elle faisait des traductions. Elle l'ouvre et trouve des pages blanches. Un stylo, vite. Écrire. Pineda de Húmera, Sigüenza, Moncloa, les lieux où elle a combattu. Juste des mots isolés, pour le moment. La Chata, Juan Laborda, Corneta, le Maño, Antonio Guerrero, le Marseillais, Emma, Ramón, Valerio, les noms de ceux avec qui elle a combattu. Donner forme aux journées de guerre, les raconter pour les autres, rendre compte de l'histoire.

Mais aussi une planche de salut à laquelle s'accrocher dans le sombre océan de son absence. Mot après mot, son cœur s'apaise.

Tu as maintes fois réécrit ces notes tout au long de presque quarante ans. J'en possède certaines, j'en ai vu d'autres à Paris et je les ai décrites pour ne jamais les oublier. Je les pose sur ma table de travail. Manuscrites, en plusieurs couleurs, dactylographiées, sur une petite feuille épaisse et sur une grande qui est une copie au papier carbone de qui sait quel original, sur les pages blanches d'un agenda allemand de 1935, dans un cahier noir, un carnet orangé à couverture plastique, un article de la revue Sur *de 1946, signé de ton nom, dans lequel tu parles de la guerre, et dans les marges d'un autre, écrit sous pseudonyme pour un journal brésilien, qui n'a rien à voir avec la guerre d'Espagne.*

Des notes, encore des notes, tu as passé ta vie à écrire ces souvenirs, jusqu'à ce qu'enfin, en 1975, tu publies tes mémoires sur la guerre.

Le soleil est maintenant couché. Mika pose son stylo et referme son carnet. On l'attend pour dîner. Avant de sortir, elle ramasse la robe mauve, la plie soigneusement et la range au fond du sac.

Le front m'était interdit, je ne pouvais rien faire d'autre que lire et tenir quelques réunions, mais je n'ai quitté Madrid que lorsque les franquistes sont entrés dans la ville, le 28 mars 1939. Alors je me suis occupée de mon passeport français et, en septembre, j'ai réussi à franchir les Pyrénées. Sur les conseils du consul, je me suis déplacée sans bagages. Ma valise, mes livres, un sac de toile et ma machine à écrire sont arrivés à Paris en novembre 39.

Je n'ai pas pu promener ma douleur sur certains ponts et j'ai refait mes bagages : j'ai embarqué à Marseille sur un bateau à destination de Buenos Aires.

Mon amie Salvadora Botana m'avait incitée à ne pas attendre et elle avait raison : en juin, les Allemands sont entrés dans Paris. Et moi, juive, j'étais déjà en Argentine. L'humidité de Buenos Aires m'enveloppa comme un manteau irréel. Après neuf années d'absence, je n'avais plus l'habitude.

33

Paris, 1936

Les longs mois qu'Hipólito passa au sanatorium lui don-
nèrent l'occasion de réfléchir sur certains sujets, que le tourbillon de la vie, avec ses urgences et ses exigences, ne lui avait
pas permis d'approfondir. L'amour. L'équilibre. Le temps.

Jamais il n'a douté de son amour pour Mika mais, maintenant qu'il a pu s'arrêter et réfléchir, il lui donne sa juste et
énorme dimension. Il est important de maintenir l'équilibre,
vaille que vaille, la politique les passionne, mais ils ne doivent
pas se laisser dévorer. Et puis prendre en compte que le temps
n'est pas infini, la maladie dénude sans pitié la tyrannie du
temps.

C'est pourquoi, en cet après-midi d'avril, avec l'argent
qu'on lui a avancé pour une traduction, Hipólito entre dans
un magasin, puis un autre, s'attarde longuement, regarde,
compare, imagine et finalement choisit une robe légère, de
couleur mauve, à la jupe large, il paie et demande qu'on lui
enveloppe la robe dans du papier de soie. C'est le premier
argent qu'il gagne depuis il ne sait plus combien de temps et il
est content de s'être permis ce petit luxe.

Une quinte de toux crispe un instant son visage. Quand ils
avaient fait connaissance, à l'époque d'*Insurrexit*, Hipólito lui
avait dessiné une robe, que Mika avait adorée. Il tousse
encore. Elle l'avait fait tailler dans le tissu qu'il lui avait offert,
et elle l'a longtemps portée. Il n'aurait pas dû l'oublier. Sa
toux redouble. Mais il est encore temps.

Le temps, il ne doit pas oublier ce qu'il a pensé pendant sa
longue cure : le temps n'est pas infini.

Depuis qu'Hippo était sorti du sanatorium, deux mois plus tôt, l'idée faisait son chemin, mais les résultats inquiétants des dernières analyses et la conversation avec le spécialiste précipitèrent leur décision : ils allaient partir en Espagne. Un climat sec est capital pour sa santé et l'Espagne est en train de vivre un moment historique très intéressant.

Il y a quelques mois de cela, leur amie Marie-Louise, qui habite à Madrid, lui avait proposé de partager un appartement et la semaine dernière elle lui a confirmé qu'elle a trouvé un travail. Le soir même, Mika lui écrivit une lettre : qu'elle prenne un crayon et calcule combien d'argent il leur faudrait pour vivre convenablement à Madrid eux quatre, Mika, Hippo, Marie-Lou et son petit Jackie (son compagnon, Vicente Latorre, elle ne le compte pas car, à cause de son travail, il ne venait qu'en fin de semaine à Madrid), manger une nourriture saine, ordinaire mais bonne, le gaz, l'électricité, louer un petit appartement de trois pièces, qu'elle le lui dise le plus vite possible. Hipólito écrivit lui aussi à Marie-Lou : qu'elle ne l'imagine pas comme l'homme avec la peau sur les os qu'elle a vu en France. Il avait pris dix kilos au sanatorium, l'air de Madrid ferait le reste, dis à Jackie qu'il va avoir bientôt un copain géant avec qui il pourra jouer au parc.

Sans attendre sa réponse, Mika lui envoya une autre lettre : Hippo allait venir à la fin de la semaine prochaine pour étudier sur place les problèmes pratiques, il avait des contacts avec des camarades, des idées, un peu d'argent et une grande illusion. Tu n'es pas seule, Marie-Lou, tu peux compter sur nous, notre aventure commence, tu vas voir, la belle vie qu'on aura ensemble.

Et que se referment ces trous dans les poumons d'Hippo, par pitié, qu'ils se referment, que les taches, les menaces disparaissent, qu'il guérisse une fois pour toutes.

Mika restera à Paris un ou deux mois pour tout régler et gagner un peu d'argent pour vivre en Espagne sans trop de difficultés. Elle avait de bonnes perspectives : des traductions, des cours particuliers, des travaux de dactylographie, tout ce qui viendrait.

Puis, brûler ses vaisseaux, détruire les ponts derrière soi. Une vie nouvelle. L'Espagne. Joie.

Joie... et peur. Quelque chose d'amorphe, de menaçant l'assaille brusquement, à tout moment. Quand elle rentre chez elle, fatiguée, après une journée infernale, le matin à courir partout, entre ses cours et ses démarches, puis choisir les vêtements, ranger des papiers, encore plus difficile à décider et, en fin d'après-midi, aller chercher la traduction dont l'a chargée Pepin, deux francs la page, quatre-vingt pages qu'elle commence tout de suite parce que, lorsque ce sera terminé, elle aura gagné cent soixante francs et pourra envoyer de l'argent à Hippo, elle ne veut pas qu'il se prive. Il faut qu'il mange bien, qu'il se repose, qu'il fasse la sieste, lui a-t-elle demandé avant qu'il parte, promets-le-moi.

Elle se déchausse et se jette sur le lit, elle remet son travail de traduction au lendemain, elle est épuisée. Il vaut mieux s'endormir plus vite et ainsi moins souffrir. Elle a passé beaucoup de temps seule quand Hippo était au sanatorium, de très longs mois, mais cette absence chargée de présages la fait cruellement souffrir jusqu'au tréfonds. Une main de fer lui tord les entrailles.

Hippo se portera mieux en Espagne, comme en Patagonie, tente-t-elle de se convaincre. Mais elle est triste de quitter Paris, cette ville qu'ils aiment tant. Et sa *roulotte,* un petit nid pour eux sous les toits de Paris, le refuge de leur amour, si petit et si clair, silencieux, gai, avec les affiches, le puits de jour ouvrant sur le ciel et le doux carillon des cloches du Val-de-Grâce. Elles sonnent pour toi, lui avait dit Mika quand Hippo découvrit la mansarde lors de sa première sortie du sanatorium, dont ils avaient tant profité, leurs corps à l'unisson des cloches fêtant leurs retrouvailles.

En cette nuit tiède, tout lui rappelle Hippo, son odeur, l'amour.

Elle se déshabille, enfile sa chemise de nuit, se lave les dents, le visage, et se brosse les cheveux. Avant de s'endormir, elle continuera un moment cette lettre qu'elle lui écrit tous les jours, jusqu'à ce qu'elle sache à quelle adresse l'envoyer.

"Tes bras ne sont pas là pour me soulever, ni ce rire avec lequel tu fêtes mon retour, ni ton imitation d'une sirène qui me fait tant rire, ni ta voix. Personne ne me demande rien, personne ne m'attend. Ton absence est tellement énorme, elle tombe lourdement sur le lit, en vêtements d'été, puis saute sur les étagères et les planches qui nous servent de bureau et de table, grimpe sur les murs étouffant les affiches et couvre d'obscurité la petite fenêtre. Me serais-je trompée d'appartement ? Je ne veux plus rien savoir de ce chardonneret et encore moins des câlineries des petits chats qui s'aiment sur le toit et que tu n'entendras plus. Je ne veux plus regarder notre ciel de Paris, ni les marronniers du Val-de-Grâce, que tu ne regarderas plus jamais avec moi."

Comment cela, jamais ? Elle exagère, elle écrit n'importe quoi. Quelque chose de glacé rampe sur sa colonne vertébrale et se loge dans son cou. Elle voulait simplement dire que sans lui ce n'est pas pareil, les choses familières ne lui plaisent plus, mais elle a écrit cet horrible avenir et, dans la dernière ligne, ce "jamais" terrifiant. Même s'ils restent en Espagne, ils pourront revenir à Paris, et jouir du ciel d'été, écouter les chats amoureux. Elle sort les choses de leur contexte. Elle biffe les mots erronés, mais ça se remarque trop, elle devra mettre son texte au propre. Elle ne doit pas se laisser gagner par la tristesse, Hipólito est à Madrid et il lui faut préparer joyeusement le voyage.

"Je t'aime, écrit-elle pour lutter contre ce poids dans sa poitrine et ses larmes contenues. Dis-moi, mon chéri, est-ce que tu te reposes au moins deux heures par jour ? Manges-tu bien ? Ne te presse pas de chercher du travail, profite du soleil, ne marche pas trop. N'oublie pas de te peser. Veille à ne pas perdre de poids. Ne te fâche pas si je te répète ces recommandations. Je suis loin et je commence à être inquiète. Tu dois prendre soin de ta santé, à tout prix."

L'écriture déborde des lignes, s'en écarte, à tout prix, maintenant elle pleure, "à tout prix", écrit-elle de nouveau en lettres énormes... "Prends soin de toi, prends soin de toi", comme ça, à l'argentine... Elle souligne les mots d'un gros trait noir. Elle poursuit sur une autre page de son cahier, "Ne meurs pas, je t'en supplie, ne meurs pas", écrit-elle à la fin d'une de ses nombreuses listes : "Rembourser Andrée, se renseigner pour les reportages, vaisselle." Et maintenant, préalable au départ : "Se calmer. Combattre l'angoisse."

Je parcours les pages de ton cahier à couverture noire et je découvre tes listes, tes longues listes de tâches à effectuer, ton besoin de tout prévoir : quoi emporter, faut-il acheter des serviettes à Paris ou à Madrid ? Est-ce que l'imperméable d'Hippo peut encore résister à quelques pluies ? Ce souci de la minutie et les jours précieux que tu as perdus – et que tu allais tellement regretter – à gagner un peu plus d'argent. Au début, tu te proposais d'emporter six cents francs à Madrid, puis neuf cents, mille trois cents. Et bientôt deux mille quatre cents en perspective, tu ne pouvais perdre cet argent, un matelas confortable sur lequel Hippo pourrait se reposer, et le long voyage qu'ils feraient dans toute l'Espagne. "L'avenir nous appartient quand nous l'affrontons tous les deux", lui as-tu écrit.

Assurer l'avenir devint ton obsession. Tes lettres à Hippo contiennent d'innombrables projets de tous ordres. Reportages à envoyer en France, collection de livres pour enfants, articles, traductions, et même une page de mode qui simplifiait les modèles de haute couture pour les mettre à la portée de l'habileté de jeunes travailleuses. Katia et toi avez passé des heures à préparer ce projet destiné aux magazines féminins.

Les voyages que vous feriez, les gens, le prix des haricots verts et du tramway que vous compariez entre les deux pays, le climat, les anecdotes, les conquêtes ouvrières, mais rien qui révélât l'ampleur de ce qui s'approchait. Dans ta vie, cependant, dans ton cahier, sans que tu puisses le contrôler, un danger menaçait.

Tu savais par les lettres d'Hippo, par ce que tu entendais à la librairie espagnole de la rue Gay-Lussac et par les réunions avec les camarades qu'en Espagne régnait une atmosphère effervescente avec le Front Populaire. Tu demandais à Hippo de tout te raconter, de tenir un journal décrivant les nouveautés de la politique espagnole, et il faisait cela pointilleusement, mais vous ne sembliez pas soupçonner que l'Espagne était au bord d'une guerre sanglante qui allait faire un million de morts. Une seule phrase dans une lettre d'Hippo, juste un détail : "On va parcourir l'Espagne, puis il y aura la lutte."

"Apporte-moi ta tendresse et nous referons le monde", t'écrivait-il. "Envoie-moi ton amour et j'aurai toutes mes forces", lui écrivais-tu.

Hipólito fera ce que Mika lui demande dans sa lettre, il se reposera à la pension. Il est épuisé, il n'a jamais vu autant de gens dans toute sa vie que pendant ces journées à Madrid. Il essaie de nouer des liens avec des maisons d'édition, multiplie les entretiens et consulte même les petites annonces pour gagner son pain. Que ce soit lui, pour une fois, et pas Mika, la pauvrette, qui n'arrête pas de travailler pour eux deux depuis tant d'années.

Cette situation provisoire – logement, travail, politique – l'empêche de se concentrer sur le travail qu'il veut et doit faire. Et si une chose est claire pour lui, c'est que l'heure de l'action approche.

Heureusement, ce n'est plus un malade, bien que par moments il soit accablé de fatigue, l'air tonique de Madrid et l'énergie de ce peuple sont en train de le guérir. Il a juste besoin de Mika près de lui, *mon cri-cri**, ma douce, comme elle lui manque, trois semaines déjà, "celui que tu sais hoche la tête et dit non, non, non, ce n'est pas possible, je ne peux pas vivre ainsi", lui écrit-il, et ce fut si agréable d'imaginer Mika lisant la lettre, souriante, pudique et radieuse.

Quand elle arrivera, Hipólito aura trouvé un logement pour l'accueillir, un travail, une certaine sécurité, Mika en a besoin et lui aussi. Il obtiendra du travail, Andrade et Enzina lui ont donné bon espoir, ils pourront bien vivre à Madrid. Et qui sait… ce qu'ils n'ont pas trouvé en Allemagne se trouve peut-être ici, au coin de la rue.

La politique est présente partout, jusque chez les enfants. Jeanne Buñuel lui a raconté que, l'autre jour, elle était au parc de la Moncloa avec son fils d'un an et demi lorsqu'un groupe de jeunes s'est approché et l'un d'eux lui a demandé si elle appartenait à l'Union des Frères Prolétariens, fondée dans les Asturies en 1934 dans la chaleur de l'insurrection des mineurs, peut-être parce que Jeanne portait un foulard rouge autour du cou.

— Bien sûr, répondit-elle.
— Et l'enfant ?
— Lui aussi.
— Alors, salut, camarade.
Et tous la saluèrent en levant le poing.

Les lettres d'Hippo, émouvantes, riches en détails, pittoresques, étaient un stimulant dans ce tourbillon d'allées et venues, d'activités, de rangement de livres, de vêtements, d'objets de toutes sortes, de conversations avec les camarades, de cours, de textes à dactylographier, de traductions, sans compter les journaux, l'effervescence produite par la grève des métallurgistes, les longues marches, les cours d'allemand avec Katia, les séjours à Périgny.

Mais Hipólito court désespérément après un travail qui se refuse, c'est ce que Mika craignait. Son état ne va pas s'améliorer ainsi, il faut qu'il se repose, qu'il prenne le tramway, lui dit-elle dans sa lettre, le tramway de Madrid est si bon marché.

Superbe, l'anecdote de Jeanne. Avec trois ou quatre de ce genre, il pourrait composer un petit article pour *Vendredi*, qu'elle proposerait à Madeleine Paz. "Je brûle du désir d'être là-bas. Raconte-m'en plus."

La panique des classes aisées en Espagne est profonde. Les rumeurs courent comme la poudre et grossissent sous l'effet de la censure. Ce que leur a raconté un ami de Vicente Latorre, qui travaille dans une entreprise, peut donner la température de la situation. Dans cette entreprise, le personnel a été sélectionné de manière très spéciale : les ouvriers sont tous recommandés par des curés, des militaires ou des relations des propriétaires. Rodolfo a souvent entendu l'administrateur dire qu'il est sûr de ses gens, qu'ici il n'y aura pas de grève. Hier, une délégation du personnel s'est présentée avec une liste de revendications et cet administrateur vient ainsi d'apprendre qu'ils sont tous syndiqués, qui à l'UGT, qui à la CNT. Il s'est mis en colère et a pris les choses au tragique. Un de ses associés lui a dit : "Non, mon ami, pas ça. Il faut faire bonne figure et sourire. Ce n'est pas une bonne époque pour faire le malin."

Qu'est-ce que tu en penses, Mikusha ? Hipólito a lu les nouvelles sur les grèves impressionnantes des métallos français. C'est formidable ce qu'ils ont obtenu, raconte-moi.

Magnifique, incroyable, presque toutes les grandes usines sont occupées. À l'intérieur, les ouvriers sont disciplinés et joyeux. Les locaux d'une propreté scrupuleuse. On chante et on défile en musique. Les petits commerçants et les chômeurs aident les ouvriers en grève. Il y a de la nourriture et des radios. Augmentation des salaires, une semaine de congés payés et des conventions collectives, déjà admises par certains patrons. Des grèves éclatent un peu partout.

Le mardi, Mika et Georgette sont allées rendre visite à une amie gréviste des Galeries Lafayette, elles sont restées toute la nuit dans le vaste sous-sol transformé en salle de réunion. Le lendemain elle était fatiguée en donnant ses cours, mais c'était formidable d'avoir partagé cette expérience, observé la cohésion, la discipline impeccable, l'esprit de lutte, la bonne humeur. Dire que les six mille employés tiennent entre leurs mains, depuis déjà une semaine, toute la richesse accumulée dans cet immense édifice et qu'à l'heure actuelle il ne manque pas une seule aiguille, que des hommes et des femmes gardent les portes, prêts à s'opposer à toute intrusion, que des gens qui jusque-là ignoraient le syndicat obéissent aux délégués. Émouvant. Il ne lui manque que son chéri.

Hipólito n'est pas aussi optimiste que Mika, il est évident que dans cette première période du Front Populaire, le prolétariat se renforce, grâce à son action indépendante. Mais attention, il y a un danger sérieux, il ne faudrait pas qu'il se vende à la bourgeoisie et à sa politique de guerre. La bonne volonté relative dont le gouvernement et les patrons témoignent envers les ouvriers montre clairement où est le danger.

Mais assez de politique, il a deux bonnes nouvelles à lui annoncer.

Aujourd'hui a été signé le bail pour l'appartement du 36 rue Meléndez Valdés. Un troisième étage, lumineux, gai. Demain, pour fêter l'événement, Hipólito, Marie-Lou et Jackie iront pique-niquer au parc de la Moncloa. Après avoir signé les papiers, Vicente a dû partir, mais il reviendra samedi.

Et puis, Juan Andrade lui a confirmé qu'il pourrait faire quelques travaux pour les éditions Zenith, ils ne savent pas encore lesquels, ils ont passé tout leur temps à discuter passionnément de la situation en Espagne et dans le monde. La droite est très nerveuse face aux avancées quotidiennes du peuple, Mika, ça fait plaisir. Pour être tout à fait heureux, il ne lui manque que "la confiance abandonnée de ta bouche, de ton corps tiède".

Quel bonheur cette lettre d'Hippo, et la bonne nouvelle qu'ils ont trouvé un appartement. Elle le sent si vivant, plein d'énergie, pourvu que ce soit vrai et qu'il guérisse enfin pour toujours. Elle aimerait terminer ce qu'elle a en cours et prendre le train, mais on vient de lui proposer un travail de quinze jours, et une autre traduction, elle ne veut pas gâcher cette occasion, on la paie très bien, suffisamment pour passer deux ou trois mois à la montagne avec mon Hippo chéri ! Tu comprends, mon amour ?

Les griffes de l'angoisse : si elle ne part pas à Madrid, il risque d'être fatigué par l'emménagement dans l'appartement, elle ne connaît que trop bien cette capacité à se passer de tout, se priver de l'essentiel. S'il n'avait pas connu les dures privations qui ont suivi son départ de la maison familiale, il ne serait pas tombé malade. Qu'il s'occupe de l'appartement, mais sans se fatiguer. Mika lui enverra deux cents francs, qu'il se fasse prêter de l'argent en cas de besoin, ils pourront le rembourser sans problème. Pourquoi a-t-elle accepté ce travail, elle devrait partir tout de suite pour prendre soin de lui. Encore quelques jours et elle pourra disposer de plus d'économies. Et maintenant chasser cette ombre sinistre et travailler.

Elle a une valise prête avec ses vêtements d'hiver et, bien enveloppé, le seul trésor qu'ils possèdent : six assiettes de Limoges. Elle s'est débarrassée des vieux papiers et les recoins sont presque propres. Reste l'épineuse question des livres. Elle en a fait déjà plusieurs paquets : ceux qu'elle emporte, ceux que les Rosmer et les Baustin lui apporteront plus tard et ceux dont elle n'a plus besoin, mais comme c'est difficile…

Elle veut terminer sa lettre ce soir : À Paris, il pleut et il fait chaud. Embrasse-moi et attends-moi.

Les voilà installés dans l'appartement de la Moncloa. Enfin. Hipólito est fatigué. Marie-Lou l'a quasiment obligé à se coucher, peu importe s'ils n'ont pas fini de ranger, elle doit sortir et lui fait promettre de se reposer.

— Ne bouge pas, retourne au lit, lui a dit Jackie quand il l'a vu en train de réparer un volet. Maman ne veut pas. Recouche-toi.

Il est attendri par sa sollicitude, ce gamin est un amour. Hipólito passe de bons moments avec lui. Mika va adorer vivre avec Jackie. La vie est étrange, qui leur fait partager la vie d'un enfant, eux qui ont décidé de ne pas en avoir pour ne pas être limités dans leur lutte. Depuis cet après-midi à Saint-Nicolas-de-la-Chapelle, ils n'en ont pas reparlé, il avait presque oublié, et ces derniers jours, en jouant au parc avec Jackie, en parlant, car avec lui c'est possible, l'idée d'avoir un enfant lui a traversé l'esprit. Mais ce n'est pas le moment et il n'est pas en assez bonne santé pour se permettre d'être père. En parlera-t-il à Mika ?

Non, peut-être plus tard, s'il va mieux. Comme elle lui manque. Il voudrait qu'elle vienne maintenant, sans attendre.

Le vendredi après-midi, elle prendra le train et dimanche matin elle sera à Madrid. Elle a rangé dans son sac à main sa robe mauve pour pouvoir se changer dans le train. Elle veut la porter quand Hippo viendra l'accueillir sur le quai.

— Tu es encore plus belle que cet après-midi de 1920, lui avait-il dit quand elle l'avait essayée. Les années et les luttes t'ont embellie.

— Et cette robe, lui avait répondu Mika.

Et maintenant, elle le constate devant le miroir, elle se trouve jolie dans cette robe qu'Hippo lui a offerte. Elle tourne sur elle-même et le mouvement de la robe lui donne des ailes, elle est presque heureuse.

Il ne fallait pas, lui avait-elle dit en ouvrant le paquet. Mais il avait raison, ce cadeau lui avait fait un bien fou.

Elle aussi a un cadeau pour Hippo, qui fera du bien à tous les deux : un long voyage, comme lorsqu'ils étaient partis en Patagonie. Ainsi se présente leur vie en Espagne : de longues journées, larges, pleines, calmes.

34

Atienza, août 1936

Un soleil violent, implacable, une chaleur qui augmente avec les heures, ce soleil est aussi intense que celui qui embrase les cœurs de ceux qui se sont retrouvés à la Puerta del Sol pour clamer : Nous sommes là, *no pasarán* ! Combien sont-ils ? Des centaines, des milliers. Hipólito a l'impression que tout Madrid est dans la rue pour s'opposer aux rebelles de Melilla.

Tout Madrid, non, les complices des fascistes sont bien à l'abri chez eux, veillant sur leurs trésors, morts de peur devant ces fleuves humains qui affluent des banlieues vers la Puerta del Sol et qu'ils ne pourront pas arrêter. Ils sont très nombreux. Des hommes de tous âges, et quelques femmes.

Ils ne savent pas comment s'organiser, ni où trouver des armes, ni comment s'en servir, ni où ils combattront, mais il y a en eux la volonté farouche de se battre, une détermination qui n'a pas besoin et n'attend pas de directive du gouvernement ni d'aucune organisation en particulier.

Quand Mika et Hipólito vont demander des armes dans les locaux des JSU ou de la CNT, personne ne leur demande à quel parti ou quelle organisation politique ils appartiennent. Quiconque veut s'armer pour se battre peut le faire.

Mais il fait nuit noire et il n'y a pas d'armes, seulement des rumeurs selon lesquelles elles arriveront, par la rue de la Flor ou par Cuatro Caminos. Dans les haut-parleurs de la Gran Vía et de la rue d'Alcalá, on entend les voix de ministres qui appellent au calme et affirment que la tranquillité règne dans toute la République. La situation est totalement sous contrôle, affirme le gouvernement dans les journaux du soir.

Mais tous ces gens qui courent ici et là à la recherche d'armes ne semblent pas l'entendre. *A las barricadas, a las barricadas*, chantent-ils. L'heure de l'action a sonné, quoi qu'en disent les fonctionnaires. Et si le gouvernement ne leur donne pas des armes, ils les trouveront chez les syndicats, ou ailleurs, n'importe où.

— Reposons-nous, lui demande Mika pour la troisième ou quatrième fois. On marche depuis des heures, Hippo. Ça va te faire du mal…

Et dans ses yeux cette alarme qu'elle ne parvient pas à dissimuler.

— Après tout ce qui m'est arrivé, je n'ai pas l'intention de mourir le jour où la révolution commence.

Éclats de rire, étreinte, il aime la tenir contre lui, blottie contre sa poitrine, si petite et si grande femme, comme je t'aime. Heureusement qu'elle est là, sans elle rien ne serait aussi excitant.

— Tu te rends compte, mon petit grillon, tout ce qui s'est passé depuis ton arrivée. La révolution t'attendait. Je ne te l'ai pas dit ? Donne-moi ta tendresse et nous referons le monde. Ici, à Madrid, tout de suite, cette nuit.

— Hippo, s'il te plaît, il faut que tu te reposes.

Très bien, mais il ne veut pas rentrer à l'appartement de la rue Meléndez Valdés, les armes peuvent arriver au local des JSU et, s'ils s'en vont, ils risquent de les perdre, tout le monde réclame un fusil. Ils se reposeront ici même, place Santa Ana, Hipólito étend des pages de journal sur les dalles, personne ne leur dira rien. Cette nuit, la ville appartient au peuple, celle-là et toutes celles qui suivront.

— Viens, Mika, ton lit à la belle étoile et ton homme t'attendent.

Hipólito était très excité ce 18 juillet 1936. Enfin ! dit-il quand il apprit la nouvelle. Le soulèvement de Franco à Melilla ne surprit que le gouvernement de la République ; le peuple était en alerte, il veillait. Assassinat du lieutenant Castillo de la Garde d'assaut, vengé par celui de Calvo Sotelo. Un camp, l'autre camp. La tension était palpable et, enfin, l'ennemi se montrait. Ce fut un soulagement, le signal que les dés étaient jetés. La voie de la lutte s'ouvrait, ardue, mais certaine. Le peuple espagnol décidait de prendre son destin en main et d'organiser la bataille qui devait durer presque trois ans. Ce soir-là, face au danger, les divergences furent oubliées et on forma un front unique contre le fascisme. Ainsi naquirent les milices et nous étions là. C'était émouvant, merveilleux. Et terrible.

La nuit fit place à un dimanche lumineux, plein d'espérance. Au matin, les armes n'étaient pas encore là. Je parvins à convaincre Hippo de rentrer à la maison : on mangerait, on prendrait un bon bain, on dormirait quelques heures dans un vrai lit et des draps propres, et plus tard on sortirait pour participer à la lutte.

À la maison, Vicente Latorre disait au revoir à Marie-Lou et à Jackie. C'est lui qui nous suggéra d'aller au local du POUM, l'organisation la plus proche idéologiquement de notre groupe d'opposition Que faire ?. C'était une bonne idée, Hippo avait déjà parlé avec Juan Andrade et ils étaient tombés d'accord. Une stricte affinité idéologique n'était pas nécessaire pour combattre dans les rangs de telle ou telle organisation, ni une concordance sur toute la ligne. L'ennemi, c'était le fascisme et en face ceux qui voulaient l'éliminer de la face de la terre : socialistes, communistes, anarchistes, poumistes et ceux qui n'appartenaient à aucun groupe ou parti politique partageaient le même objectif.

C'était la révolution à l'état pur, celle dont nous avions rêvé depuis notre plus tendre jeunesse. Nous aurions pu rejoindre la CNT-FAI, ou les JSU, mais c'est au sein du POUM que nous avons trouvé notre place.

Le 20 juillet, une foule immense assiégea pendant des heures la caserne de la Montaña, en plein centre de Madrid, avant de s'en emparer. Les camarades du POUM ne trouvèrent pas beaucoup d'armes, mais c'était un début. Hippo leur apprit à manier les fusils et, de façon naturelle, devint leur chef.

Le 21 juillet 1936, une colonne motorisée du POUM, sous les ordres d'Hipólito Etchebéhère, partit à la rencontre de l'ennemi. Deux camions, trois voitures de tourisme, cent miliciens, trente fusils, une mitrailleuse sans trépied et une claire détermination au combat.

Le 22, à Guadalajara, la colonne se joignit à une formation de quatre cents miliciens issus de toutes les organisations politiques et syndicales, commandée par Martínez Vicente, un militaire de carrière républicain. Chaque organisation avait ses responsables.

Pendant ces journées de Guadalajara, la figure d'Hipólito acquit un grand prestige parmi les miliciens. Sa lucidité, son calme pour affronter une foule de situations complexes, cette capacité à dire exactement ce qu'il fallait dire au bon moment, sa capacité innée à commander, à prendre des décisions, son courage : c'était un leader. Non seulement les miliciens lui obéissaient, mais ils l'admiraient, ils l'aimaient. Il avait un pouvoir magique qui attirait les gens.

Il fit beaucoup pendant ces journées. Il mit sur pied un tribunal révolutionnaire, formé par différentes organisations, pour juger les fascistes tombés entre les mains des miliciens, ou ceux qui avaient été dénoncés comme tels par la population. Timide au début, son prestige gagna peu à peu les autres formations, bien au-delà de notre petite colonne de cent cinquante hommes.

J'avais encore, comme avant la guerre, mes préjugés, mes idées, mes habitudes de militante, mes dilemmes moraux, j'avais du mal à comprendre ce monde si différent de celui que j'avais connu jusque-là. J'avais tant à apprendre et tant de choses à changer. La guerre, la vraie guerre, avec son feu et ses morts, ne m'avait pas encore traversée. Nous n'étions pas arrivés à Atienza.

Ce matin de bonne heure les camions partent pour Atienza. Hipólito a confiance en ses hommes, ils sont bien entraînés et d'ici peu ce seront des combattants exceptionnels. Il ne lui a pas été facile de s'imposer, certains le regardaient avec méfiance. Qui était-il, lui, un étranger, pour les commander ? Mais les murs qui les séparaient sont tombés peu à peu avec le travail concret et l'organisation de la colonne.

Un étranger, oui, a-t-il dit au Maño, mais peu importe où on est né et où on a vécu, c'est la lutte de tous, camarade, la révolution que nous voulons tous.

Et si Etchebéhère prend des décisions, c'est parce qu'il a appris certaines choses au cours de sa vie, parce que depuis tout jeune il s'est préparé pour ce moment. Il a dû changer rapidement, laisser de côté habitudes et principes pour s'adapter aux miliciens et à la situation qu'ils vivent.

Il sourit en se rappelant le regard épouvanté de Mika devant ces tonneaux de vin apportés par les camarades :

— Tu dois leur interdire le vin, Hippo, lui dit-elle à un moment où personne ne pouvait les entendre.

— Et qu'est-ce qu'ils vont boire ?

— De l'eau.

— La guerre, ça ne se fait pas avec de l'eau !

— Mais nous pensons qu'on ne doit pas boire d'alcool quand il faut agir.

— Il va falloir mettre un peu de vin dans nos principes, dit-il en riant, et il lui donna un baiser.

Mika a du mal à accepter les règles de ce monde en guerre. Elle s'afflige que personne ne fasse la moisson. Le blé va manquer pour le pain, raisonne-t-elle avec une logique qui ne correspond pas au moment qu'ils vivent, qui se soucie du blé, aujourd'hui tous veulent combattre. Nous sommes en pleine guerre civile, Mika, lui a-t-il dit quand elle a réagi si mal après qu'un homme a été exécuté pour pillage. Mais elle va s'adapter, il en est sûr, elle changera.

Hipólito ne veut pas que Mika prenne de risques physiques, il lui a demandé de rester demain avec le médecin, à l'arrière-garde.

Mais elle n'atteignit pas l'arrière-garde. Un abcès à la gorge et une forte fièvre l'ont confinée à l'hôpital. C'est à peine si Mika vit Atienza. On lui raconta que l'artillerie républicaine avait fait sauter ici et là quelques rochers et que tout s'était arrêté rapidement. Il y aura sûrement une autre bataille. Maintenant, la colonne s'est déplacée à Sigüenza et de là ils partiront à Atienza dès que ce sera nécessaire.

Mika va mieux. Elle décide d'attendre dehors qu'Hipólito vienne la chercher à l'hôpital. La violente lumière de midi l'éblouit.

La lumière d'Espagne l'avait déjà impressionnée en 1931. Les couleurs sont plus vives, le vert des arbres plus vert, le gris du pavé plus acéré, les pupilles d'Emma, la jeune milicienne, deux bonbons brillants et Hipólito est radieux comme elle ne l'a jamais vu. Ce n'est pas seulement à cause d'elle et de ses sentiments, le vieux Quintín l'a dit l'autre jour : le chef a le soleil sur lui, vous l'avez vu ?

Son amour, son homme irradie la joie dans son monde en guerre.

Une joie à laquelle Mika ne peut accéder que par moments, pour ensuite sombrer dans une peur sourde : perdre Hippo. Le perdre, parce qu'il ne trouve pas nécessaire de manger, de dormir, de se reposer, il ne veut pas gaspiller un seul instant, il passe le plus clair de son temps dans la lutte. Comment sa santé va-t-elle résister ?

Mais il est vrai qu'il ne tousse presque plus et n'est plus fatigué, même sa démarche a changé, comme si la force de la révolution avait dissous les symptômes de la maladie. Mais n'oublie pas les dernières radios, mon chéri, lui a-t-elle dit l'autre soir… Le regard d'Hipólito a suspendu sa phrase. Ce n'est pas le moment de parler de ses poumons malades.

Peur de le perdre, car il l'a dit lui-même lorsque Mika l'a supplié d'être prudent, de ne pas s'exposer :

– En Espagne, il faut être téméraire si on veut être obéi. Le chef doit marcher en tête.

Le voilà qui arrive et son large sourire biffe d'un trait de plume tout mauvais présage. Ils s'étreignent fortement. Hipólito va bien. Elle l'observe tandis qu'il conduit le camion. Il va très bien. Mika ne se souvient pas lui avoir vu ces couleurs depuis leur séjour en Patagonie.

Le lac couleur jade, la rivière caracolant entre les montagnes, cette terre où ils construiraient leur cabane et où Mika pensait avoir trouvé sa place dans le monde. Cette route qui les mène au front, ce hangar de la gare de Sigüenza où loge la colonne, c'est ça leur place dans le monde. Ce qu'ils cherchent depuis leur jeunesse est ici et maintenant. Pour cette révolution, ils ont renoncé à avoir un foyer, des enfants, ils ont choisi volontairement, avec le cœur et la raison, d'appartenir à une génération sacrifiée. Elle ne se laissera plus sombrer dans cet abîme obscur. Regarder Hipólito, si beau, dans son bleu troué aux genoux, ces longues mains sur le volant, et l'écouter donner des nouvelles, se laisser gagner par son optimisme.

Ce soir-là, le lendemain et le surlendemain, Mika s'active avec enthousiasme, animée par la volonté d'accomplir des tâches nullement héroïques mais nécessaires : nettoyer et aménager les hangars où ils logent, sur le quai de la gare, planifier la distribution des repas, des vêtements, veiller à ce qu'il n'y ait pas de bagarres. Et elle y parvient, même si par moments elle glisse sur le toboggan de l'angoisse.

Pendant ce temps, Hipólito organise, instruit, planifie, s'entretient avec les responsables des autres formations. Il rêve d'unifier les opérations militaires qui se préparent contre l'ennemi. L'autre jour, Hipólito a rencontré la Pasionaria et ça lui semble possible : Nous sommes ensemble dans cette lutte, camarade, lui a-t-elle dit, mais pas un mot sur Trotsky, Staline, ni sur le gouvernement de la République, rien qui puisse les éloigner.

Malgré ses efforts, ce soir, à la veille du combat, Mika ne peut réprimer la terreur qui monte en elle. Elle masse les pieds abîmés d'Hipólito et doit chercher une excuse, se lever, un linge humide, dit-elle, qu'il ne s'en rende pas compte, elle mouille son visage, l'air frais la rassérène. Quand elle revient, il a fermé les yeux, heureusement il ne la voit pas. Mika aimerait lui dire une fois de plus de ne pas se faire tuer, il doit comprendre qu'il est indispensable, fondamental. Mais elle n'en fera rien. Une caresse légère qui ne le trouble pas, prendre un matelas et s'allonger près de lui. Si près. Si loin.

Hipólito a les yeux fermés mais il perçoit ces sanglots retenus, cette peur terrible qui palpite dans le corps de Mika, cela lui ferait du bien de la serrer dans ses bras, de la consoler, mais ce ne serait pas suffisant. Elle a du mal à s'engager dans cette voie où il se trouve depuis quelques jours. Hipólito doit l'aider à assumer cette guerre, à la faire sienne. Le plus vite possible. Pour la lutte et pour son propre bien.

Mais il est certain que Mika va changer, peu à peu. Ou tout d'un coup.

Elle frémit en observant le noir des bottes que chausse Hippo. Mauvais signe. Absurde ! Depuis quand est-elle superstitieuse ? La peur ne la lâche pas un seul instant. Hipólito la serre dans ses bras, comme s'il voulait l'absorber : Donne-moi ta chaleur et on va gagner cette bataille, et toutes les autres.

Il doit partir, il est une heure et ils doivent atteindre Atienza avant l'aube. Ils vont prendre le château comme prévu, il le promet. Mika fait quelques pas avec lui et lui murmure : Ne te fais pas tuer. Hipólito lui caresse la joue et la regarde longuement : Ne souffre pas, mon amour. Il a confiance en sa bonne étoile, qu'elle aussi soit prudente, qu'elle ne quitte pas le médecin et qu'elle veille à ce que les filles restent à l'arrière-garde. Autre baiser. À bientôt.

Bientôt, en effet. Quelle joie ! Hipólito marche vers Mika enveloppé dans une longue cape noire, le béret incliné, les yeux brillants. Une brève visite, juste un baiser, il vient charger du carburant. Et lui dire qu'il l'aime beaucoup.

– Prends soin de toi.

– N'aie pas peur, lui dit Hippo en riant. *Questo è ferro*, comme il disait quand elle allait le voir au sanatorium. Pourvu que ce soit vrai.

Derrière une colline, Atienza est un bourg médiéval qui s'éparpille au pied du château. Le jour est venu, Emma et Mika ont installé une tente de premiers secours. Elle imagine Hippo qui progresse vers le bourg en guidant ses hommes porteurs de puissantes grenades. Ils vont prendre le château, quoi qu'il en coûte. Il se l'est promis.

Le soleil se lève. Les tirs redoublent et les mitrailleuses crépitent. Emma et Mika se regardent, la peur flamboie dans les yeux de la jeune fille. Silence. Encore du silence. Tout semble arrêté. Emma s'approche de Mika et se blottit contre elle. Elle tremble. Au loin, la silhouette d'un homme qui court vers elles. C'est Quintín. D'autres le suivent.

Il pleure. Il pleure à chaudes larmes : Quel malheur, mon Dieu, quel horrible malheur ! Quintín s'immobilise devant Mika : Ils l'ont tué.

Que dit-il, elle ne comprend pas : ils ont tué ton mari.

Mika entend mais ne comprend pas. Il est mort, dit Quintín, et le Maño, les yeux rougis, s'approche et la serre dans ses bras : Ils ont tué Hipólito, je suis désolé. Derrière, Carmen et Rolo. Et Emma qui étouffe un sanglot acide.

Tué ? Hippo est mort ? Son visage est brûlant et quelque chose d'immense et d'affilé, de glacé, s'incruste dans son corps.

Mort. Hippo est mort.

Un saut dans le vide. Un immense néant. Quelqu'un donne une vague explication : un obus, une explosion. Il n'a pas souffert, assure une autre voix. Mais personne ne le nie : il est mort. Et elle, pas une larme.

On lui donne son pistolet. Mika le fait passer d'une main à l'autre. Si Hippo est mort, elle ne veut plus vivre. Une seule balle et c'est fait.

Elle voit les yeux gris d'Hippo posés sur elle : Tu vas te tuer parce que tu as trop mal, maintenant, en pleine bataille ? Et nos principes ? Tu t'occuperas de ton petit destin personnel après la révolution, si tu ne meurs pas au combat. Ce n'est pas le moment de mourir pour soi.

Personne ne le lui a demandé, personne n'y aurait songé ; pourtant Mika est là, dans la nuit noire, elle monte la garde sur la colline, comme d'autres dans la campagne et aux abords de la ville de Sigüenza. Elle frémit en distinguant les postes de l'ennemi, de plus en plus proches. Les fascistes eux aussi entassent des pierres, mais derrière ils alignent de puissantes mitrailleuses. Et eux, qu'ont-ils ? Une poignée de fusils, quelques canons, de la dynamite et quelques bombes artisanales.

Oui, parce qu'elle ne veille plus seulement à ce qu'il ne leur manque ni abri ni nourriture, maintenant elle se sent aussi responsable du destin de ses miliciens.

Mes miliciens ? se surprend-elle à penser. Que de temps a passé depuis le malaise des premiers jours face à ces combattants qui ressemblent si peu aux militants internationalistes auxquels Mika est habituée, et elle si différente de ce qu'elle sentait de ce bonheur compact, lumineux qu'Hipólito

montrait dans ce monde en guerre. Deux mois, trois mois ?
Trois siècles. Dans la guerre le temps se compte autrement.

Un sourire complice vers le ciel : C'était donc ça, Hippo,
ce qui devait m'arriver ?

Paris, mars 2007 – Buenos Aires, mai 2011

Postface et remerciements

L'histoire de ce livre a commencé il y a de nombreuses années, un dimanche d'automne 1986, quand l'écrivain Juan José Hernández m'a parlé d'une Argentine qui avait commandé des troupes pendant la guerre civile espagnole. Tout prenait vie dans la voix moelleuse de Juan José, je me laissais bercer par ces histoires où les personnes d'un monde fascinant, que lui avait connues et moi pas, se mêlaient sans heurts avec les personnages des livres qu'il lisait et écrivait. Mika est un de tes personnages, ou il est à quelqu'un d'autre ? je lui ai demandé. Mika est réelle et elle vit encore, à Paris, m'a-t-il répondu. Lui et son ami Pepe Bianco, pilier de la légendaire revue *Sur*, lui avaient rendu visite plusieurs fois. Une femme fantastique, extraordinaire.

Je n'imaginais pas que cette histoire allait m'accompagner comme une rivière parallèle à ma vie, une rivière qui disparaît pour resurgir ailleurs à la surface. Je me suis plongée dans sa vie et j'ai renoncé plusieurs fois à la raconter, jusqu'à ce qu'enfin nous nous rejoignions dans l'écriture de ce roman.

J'insiste sur le mot "roman", bien qu'il s'appuie sur des documents historiques. Le choix des situations et des personnages répond aux exigences de la narration.

Les chapitres sur la guerre suivent, d'une bataille à l'autre, le plus fidèlement possible le témoignage de Mika et d'autres ouvrages que j'ai consultés. J'ai choisi de raconter la guerre du point de vue du POUM, car c'est celui de mes personnages. (Encore qu'en ce moment, je n'exagèrerais pas en disant que je me sens poumiste, mais je ne suis pas partie de là, ce sont mes personnages qui m'y ont amenée).

Les chapitres qui recréent la vie de Mika se fondent sur des manuscrits, des lettres et des témoignages que j'ai accumulés pendant presque vingt-cinq ans. D'où des conjectures plausibles et des formes littéraires qui conviennent au roman sans contredire l'histoire. Tâche ardue. L'imagination a dû livrer un dur combat pour s'imposer à l'épuisante exigence de l'histoire. Avec des personnages qui ont vécu et des faits qui ont eu lieu, au-delà de mes écrits et des siens, s'abandonner à l'invention peut être un plaisir excessif.

Toi, tu vas écrire sur Mika, aventura Juan José Hernández en 1986, alors que j'étais loin d'imaginer un roman. Et il le répéta, avec un certain enthousiasme, en 1996, dans mon appartement de Madrid, lorsque je lui ai raconté les curieuses péripéties de mon enquête. En décembre 2006, chez lui à Buenos Aires, après avoir écouté mes dernières trouvailles, il m'a dit avec véhémence : Arrête de chercher interminablement, Elsita, ça suffit, maintenant écris.

Tu avais raison, cher Juanjo, il était temps d'échapper à ce piège. J'ai beau savoir que la mémoire a besoin de l'imagination, un respect excessif de mes personnages, engagés à fond dans leur époque, me liait pieds et poings à une histoire qui grandissait, comme un corps étranger, dans toutes les directions. Ces documents inédits, ces manuscrits surprenants que j'avais trouvés, exerçaient sur moi un charme particulier, un certain délire missionnaire, ils exigeaient d'autres recherches, plus d'éléments, me poussaient à voir de mes yeux les endroits où Mika et Hipólito avaient vécu, à marcher dans les mêmes rues qu'eux, des conversations, des livres, des revues, des journaux, des bibliothèques dans différentes villes, des cartes des années 30. Et la contrariété, les moments de lassitude, je range tout ça dans une boîte et je l'oublie. Jamais je ne pourrai tout savoir, tout comprendre, comme si je ne savais pas que pour écrire, justement, il ne faut pas tout savoir ni tout comprendre. C'est en écrivant qu'on découvre. Je me promenais comme une équilibriste sur un fil d'éléments de plus en plus gros, de plus en plus long, mais pas moins glissant pour autant, jusqu'à ce que l'image émouvante de la maison de Mika à Périgny, condamnée à l'oubli, comme sa propre vie, me permette de franchir le pas.

J'ai envoyé un long mail à Juanjo, qui était l'embryon de ce roman. Mais il n'a pas pu le lire, car cet après-midi de mars 2007 où je marchais, bouleversée, dans le jardin de Périgny foulé par le temps, respirant le parfum des fleurs d'autrefois, et tenaillée par l'urgence de raconter l'histoire de Mika, Juan José Hernández mourait à Buenos Aires.

Quelques jours après qu'il m'eut parlé de Mika, en 1986, j'avais dévoré *Ma guerre d'Espagne à moi*, ses mémoires de la guerre civile, publiées par les éditions Denoël, en France, en 1975. Moi qui suis argentine comme Mika, comment était-il possible que je n'eusse jamais entendu parler de cette histoire extraordinaire ?

Pour corriger cet oubli injuste, j'ai écrit un article pour la revue *Crisis*, en 1988. Tu es trotskyste ? m'a-t-on demandé. Non, mais la vie de Mika m'intéresse. La vie d'une trotskyste ? ont-ils insisté. Cette façon de réduire l'histoire à des étiquettes allait être un écueil auquel je me heurterais souvent pendant cette recherche, des rochers difficiles à éviter, qui se sont amoncelés jusqu'à former un mur moisi qui empêchait que des figures comme celle de Mika – et de tant d'autres antifascistes qui ont vécu la grande aventure intellectuelle et révolutionnaire du XXᵉ siècle – de prendre leur véritable dimension. Aucun parti, aucune organisation politique ne transmet en héritage aux générations futures l'épopée de Mika. Mika Etchebéhère est une des grandes oubliées de l'histoire.

Anarchiste, communiste, trotskyste, opposante de gauche au stalinisme, membre du groupe Que faire ?, du POUM ? Toutes ces classifications, et aucune en définitive, pourraient aller à Mika. Ces mots bourdonnants comme des frelons me faisaient peur. Je n'aurais pas assez d'une vie et demie pour mettre à jour les alliances et les ruptures, les proximités et les trahisons. Je dois avouer que dans cette recherche sinueuse et excitante, j'ai failli renoncer plusieurs fois. Il m'a fallu revenir à la fascination initiale, au moment où j'étais entrée, nue, dans la simple trame du récit de Juan José Hernández. C'est un écrivain de fiction qui m'avait lancé le défi et j'ai relevé le gant.

En 1990, j'ai publié un autre article sur Mika, dans *Todo es historia*, la revue que dirigeait Félix Luna. Je ne sais plus pourquoi j'avais choisi d'écrire à la deuxième personne du singulier, si étrangère à l'écriture journalistique. Je parlais à Mika de ce que j'avais lu dans son livre. C'était intitulé "Lettre ouverte à Mika Etchebéhère". C'était simplement une manière de faire parvenir son histoire au lecteur. On invente une combinaison de mots et ce sont eux qui finissent par vous inventer : la deuxième personne du singulier m'a permis une proximité que je n'avais pas. Et donné de l'audace. Mika était encore vivante, mais je n'avais pas songé à rencontrer quelqu'un d'aussi grand, d'aussi courageux, dont j'étais si loin. Qu'allais-je lui dire ? Ce n'était qu'une idée fugace qui s'installa en moi lors d'un voyage que je fis à Barcelone. Je n'avais rien programmé, sinon je me serais mieux informée avant de quitter Buenos Aires. Je savais seulement qu'elle vivait près de Saint-Sulpice. J'avais trois jours de libres devant moi. J'ai pris le train pour Paris.

Place Saint-Sulpice, il n'y a que huit numéros. Onze heures du matin, c'était un bon moment pour trouver un concierge. Je pus en rencontrer deux, mais ils ne connaissaient pas Mme Etchebéhère. Je revins l'après-midi et poursuivis mon enquête, cette fois dans la rue Saint-Sulpice. Je passai devant le numéro 4. Ses papiers – qui allaient connaître tant de vicissitudes – étaient encore là, mais à l'époque j'ignorais leur existence. Dommage que Conchita, la concierge, ne soit pas sortie dans la rue à ce moment-là, elle aurait pu m'indiquer l'adresse de la maison de retraite où vivait Mika et j'aurais eu l'occasion de la rencontrer, ne fût-ce qu'une seule fois, et de parler avec elle.

L'histoire de Mika a sombré quelques années dans l'oubli.

En 1994, j'étais déjà installée à Madrid lorsque j'ai rencontré Arnold Etchebéhère, le neveu d'Hipólito. Mika était morte deux ans plus tôt. Nous avons parlé d'elle, mais aussi de littérature, de politique, d'histoire, de cinéma, de l'Argentine, de l'Espagne et du Nicaragua. Il y eut aussi deux réunions avec Pepe Lamarca, photographe argentin résidant en Espagne, qui ouvrait des pistes que je suivrais des années plus tard. Mika s'enrichissait de nuances, mais restait pour moi le personnage de son propre livre, jusqu'à cet après-midi où Arnold me montra les documents de Mika : son certificat de décès, le certificat établi à Paris dans les années 50 attestant légalement de la mort d'Hipólito à Atienza. Ce fut pour moi une grande émotion, comme si voir et toucher ces documents me confrontait à la constatation de son existence réelle. Tampons, signatures qui légalisaient son existence dans le monde. Son nom : Micaela Feldman (jusque-là je ne connaissais que le nom d'Etchebéhère). Une date de naissance, un lieu, les noms de ses parents. C'est ce jour-là que j'ai eu l'idée d'écrire un livre sur Mika. Je posai quelques questions auxquelles Arnold ne sut répondre (il avait fait la connaissance de Mika dans les années 70), mais il me donna quelques noms et téléphones d'amis de Mika qui habitaient à Paris.

Ce fut là le fil d'une énorme pelote que je suis encore en train de dérouler. D'autres personnes m'ont aidée sur ce chemin, et je les remercie toutes.

Bien qu'elle ait accepté un entretien avec moi en 1995, la China Botana décida de l'annuler parce qu'un oncle de mon père, qui avait été sénateur, s'était battu en duel avec son mari soixante ans plus tôt. Je ne savais rien de cet épisode, qui n'a pas dû être très grave, car les deux avaient survécu (je rappelle au lecteur qu'il ne s'agit pas ici de fiction). Mais je suis très persévérante. J'ai laissé passer les années et, en 2006, je l'ai rappelée. Je lui ai dit rapidement mon nom et la raison pour laquelle je voulais la voir. Elle me reçut chez elle, avec du thé et des galettes, me montra une photo de Mika qu'elle eut la gentillesse de m'offrir et me raconta de savoureuses anecdotes. Nous avons parlé longuement de son fils Copi, que j'admirais tant, qui s'entendait si bien avec Mika, et elle me montra des planches de *La Femme assise* et la couverture d'un livre de cuisine, écrit par elle, qu'il avait illustré.

Conchita Arduendo, qui aidait Mika à faire le ménage, je l'ai vue deux fois, à douze ans d'intervalle. Certains de ses récits avaient pâli avec le temps, mais le souvenir de sa bénédiction de la dépouille de Mika au cimetière était intact, aussi émouvant que lorsque j'avais fait sa connaissance. Conchita avait l'habitude d'être interviewée. Elle avait travaillé pour Mika, pour André Breton, puis pour sa veuve, et enfin pour Marguerite Bonnet, la spécialiste du surréalisme.

Dans les années 60, Mika et Ded Dinouart s'étaient rencontrés chez Breton. Elles sympathisèrent en parlant de la relation complexe de Mika avec ses miliciens, et de Ded avec les Algériens, qu'elle soutenait. Mai 68, manifestions, réunions avec des amis, théâtres. Je dois à Ded, entre autres histoires, celle du journaliste Roger Klein.

J'ai fait la connaissance de Guillermo Núñez en 1995, au cours de mon premier voyage à Paris pour enquêter sur Mika. Il allait me montrer des lettres, des photos, la machine à écrire, la fameuse canne – de Rosmer ou de Trotsky ? Mais lors de cette première rencontre son récit fut assez précis pour me permettre d'imaginer Mika et Hippo en Patagonie, à Paris, en Allemagne. Mika était tellement vivante dans ses propos que j'ai succombé à la tentation d'en faire un personnage de mon roman. Mika racontant à son jeune ami le cahier de Patagonie, Juan Rústico et les notes prises à Berlin. Les papiers de Mika et d'Hipólito devinrent pour moi une obsession qui ne m'a pas lâchée jusqu'à ce que je les trouve.

Ils étaient en possession de Guy Prévan, poète et militant trotskyste, ami de Mika depuis les années 60. Je m'en doutais bien avant qu'il me le confirme. Au début, il ne me montra que des articles de presse sur le livre des mémoires de guerre de Mika, il me parla longuement des procès de Moscou et des nombreuses scissions dans l'opposition stalinienne, des surréalistes, de Benjamin Péret et de beaucoup d'autres personnalités. Cela me conduisit à faire plusieurs voyages à Paris et à partager des heures de conversations passionnantes avec Prévan, avant d'accéder à toutes les archives. Je les ai dégustées lentement, à mesure que je gagnais sa confiance. Lettres de Mika et d'Hipólito, notes de lecture des deux qui m'ont conduite de livre en livre, lettres d'amis, cahiers de Paris, de Berlin, agenda allemand, carnets. Deux lettres d'Alfonsina Storni qu'il m'offrit, une lettre et une carte postale de Cortázar. J'ai pris des notes, fait des photocopies. Un jour, il a décidé de me prêter les cahiers et les lettres pour que je puisse m'en servir avec le temps nécessaire chez moi à Madrid. Grâce à sa générosité, j'ai pu écrire ce roman. J'ai lu à mon aise, déchiffré les lettres, j'ai archivé et, à mon voyage suivant, je lui ai rendu les documents. Je pouvais, au besoin, continuer à les consulter chez lui. Mais lorsque des années plus tard, j'ai voulu vérifier quelque chose, Guy Prévan ne les avait plus.

Après tant de recherches et tant de voyages, les écrits de Mika et d'Hipólito Etchebéhère sont aujourd'hui beaucoup plus près, dans la ville où j'habite, Buenos Aires, dans une bibliothèque spécialisée. Mais ni moi ni personne ne peut les consulter, on les "catalogue" depuis des années et ils ont même disparu du site web de l'institution, qui les avait pourtant exposés comme un de ses trésors. J'espère que ces fâcheuses et injustes circonstances changeront et que quiconque voudra accéder à ces archives, que Mika Etchebéhère avait confiées à Guy Prévan, le pourra.

Par Prévan, je suis arrivé à Widebaldo Solano. Et, par ce dernier, à Emma Roca.

J'ai trouvé au Musée Social les lettres de Mika à Alfred et Marguerite Rosmer, qui m'ont permis de connaître des détails de leur vie, de leurs idées et de la singulière relation qui les unissait. Et j'ai pu y consulter la revue *Que faire ?*.

Grâce aux lettres de Mika à sa jeune amie Adriana Pecoroff, j'ai pu imaginer le jardin de la maison de Périgny, la relation avec les chats, et cette incroyable lucidité chez une femme de son âge. Jacky Noel et Esther Ferrer m'ont apporté d'intéressantes nuances sur les dernières années de Mika. Je cherchais Paulette Neumans depuis le milieu des années 90, tout le monde la citait mais personne ne pouvait me fournir ses coordonnées. Je n'ai appris son patronyme que lorsque Alfredo Corti m'a écrit, après avoir appris que je préparais un livre sur Mika. C'était en quelque sorte le neveu de Paulette. Malheureusement, elle était morte en 2002.

Gerardo Mazur, directeur de la Sociedad Hebraíca, me procura quelques articles. Isaac Waxemberg me donna une liste des passagers arrivés à bord du vapeur *Waser*. Les sœurs Silvia, Nora et Lidia Stuhlman ont partagé des souvenirs de leur enfance avec moi et avec leurs maris, pendant que nous prenions un thé délicieux chez Silvia. En rapprochant informations, témoignages et documents, j'ai découvert une confusion entre Micaela Feldman et une autre femme portant le même patronyme (fille d'autres parents) dans les archives de Moisés Ville, qui se trouvent à New York.

Au début de mes recherches il n'y avait pas Internet, et ce fut donc une pierre précieuse que je découvris avec la page de la Fondation Andreu Nin et leurs passionnantes informations sur le POUM. Je pris contact avec Juan Manuel Vera, avec qui nous eûmes plusieurs conversations et qui me prêta des ouvrages fondamentaux comme celui de Katia Landau et d'Ignacio Iglesias.

Malgré cette accumulation d'informations, j'ai renoncé plusieurs fois à écrire un roman sur Mika. Mais quand j'abandonnais, elle me retrouvait au détour du chemin. En 2006, j'ai raconté l'histoire de Mika à mon éditeur italien, Luigi Brioschi (qui a l'habileté de tirer de moi en une demi-heure le roman que je vais mettre des années à écrire). Je me suis de nouveau enthousiasmée et de nouveau j'ai renoncé.

Le hasard a voulu qu'en mars 2007, je loge à Paris dans un appartement de la rue Campagne-Première. Je passais de longs moments, au balcon de ce cinquième étage, à contempler les toits d'ardoise et les cheminées qui se découpaient sur le ciel enfumé. Non loin, derrière Port-Royal, se trouvait la mansarde de la rue des Feuillantines, témoin de tant d'illusions.

Bien que les ordinateurs ne prennent pas la poussière comme les boîtes, j'ai dépoussiéré mes archives. Tout était là. Et j'étais au bon endroit. Je marchais tous les jours dans les rues que Mika arpentait pour distribuer la revue *Que faire ?*, et quand je revenais dans cet agréable appartement, je retrouvais l'éclairage harmonieux, les proportions, le décor de la bibliothèque, le fauteuil et la joie simple de m'installer dans un livre. Je ne l'ai pas cherché, mon éditrice française Anne Marie Métailié n'en avait aucune idée, encore moins son ami Pierre Séguy, le propriétaire que je n'avais rencontré qu'une seule fois, lorsqu'il m'avait donné les clés avant de partir en voyage, mais cet appartement de la rue Campagne-Première m'a plongée au cœur de l'histoire de Mika et d'Hipólito. J'ai suspendu tout engagement et j'ai commencé à écrire ce roman le soir où je suis rentrée de Périgny.

C'était un froid dimanche ensoleillé, Guillermo Núñez m'a emmenée à Périgny sur sa moto. Au sommet d'une colline se trouvait la maison qui avait été celle de Mika. Ce terrain gris, à l'abandon, était le petit carré vert que Mika, les dernières années, avait transformé en "annexe des jardins de Versailles" : iris et pivoines, œillets d'Inde, roses, prunes, cerises.

Grâce à Ulrich Schreiber, directeur du Festival de littérature de Berlin, j'ai pu participer au projet LiteraturRaum, ce qui m'a permis de vivre un temps dans le Berlin de mes personnages, de parcourir dans ses rues et ses places les lignes du précieux cahier qu'avaient écrit Mika et Hipólito en 1932 et 1933. J'ai eu le privilège d'avoir la compagnie et l'appui de l'éditrice Michi Strausfeld, qui m'a procuré des données historiques et une documentation graphique extraordinaire sur le Berlin des années 30. Le photographe Ekko von Schwichow fut un guide de luxe qui m'a emmenée dans le cœur de Berlin et permis de voir où allaient vivre mes personnages et où ils se réunissaient avec leurs camarades de Wedding. Ma traductrice Stefanie Gerhold m'a aidée à trouver des plans de 1932 et a révisé mes chapitres sur Berlin.

Catherine Monier, à Madrid, et Nina Jaguer, à Buenos Aires, m'ont aidée dans l'accès aux archives.

Dans le long processus d'écriture, l'appui d'Ana Inés López Accotto a été fondamental. Elle a eu la patience d'écouter mes hésitations, de lire et de commenter les innombrables versions de ce roman. Les suggestions toujours lucides de Javier Rovira ont été précieuses pour la construction du récit. La lecture de mon éditrice française, Anne Marie Métailié, m'a dévoilé un aspect du livre que je ne voyais pas. Les commentaires de Virginia Gallo, Gaby Meik, Mónica Soave et Constanza Gallo m'ont enrichie et orientée.

Je remercie enfin Fernando Gaona des éditions Siruela et Mariano Valerio des éditions Seix Barral, ainsi que María Adela Mogorrón. Et un grand merci tout particulier à mes traducteurs.

Table

Première partie 9
  1. *Sigüenza, septembre 1936* 11
  2. Paris, 1992 20
  3. Moisés Ville, 1902 24
  4. *Sigüenza, septembre-octobre 1936* 29
  5. *Sigüenza, octobre 1936* 35
  6. *Sigüenza, octobre 1936* 40
  7. Paris, 1982 50
  8. Buenos Aires, 1919 55
  9. Buenos Aires, 1920 59
10. Buenos Aires, 1922 70
11. Buenos Aires, 1923 75
12. Paris-Madrid, novembre 1936 81
13. Patagonie, 1926 86
14. *Moncloa, novembre 1936* 100
15. *Moncloa, novembre 1936* 113

Deuxième partie 119
16. Paris, 1931 121
17. Périgny, 1977 134
18. Berlin, 1932 142
19. Berlin, 1933 163
20. *Madrid, Pineda de Húmera, novembre 1936* 179
21. Paris, 1933 184
22. *Pineda de Húmera, décembre 1936* 195
23. *Pineda de Húmera, décembre 1936* 203
24. *Madrid, janvier 1937* 214
25. Paris, 1975 220

Troisième partie	229
26. *Madrid-Cerro de Ávila, janvier 1937*	231
27. *Cerro de Ávila, février 1937*	239
28. Oise, 1935	252
29. *Paris, 1968*	263
30. *Madrid, avril 1937*	267
31. *Madrid, juin 1937*	283
32. *Madrid, octobre 1937*	294
33. Paris, 1936	299
34. Atienza, août 1936	311
Postface et remerciements	323

Cet ouvrage a été composé par
FACOMPO
à Lisieux (Calvados)

Nº d'édition : 16108001 – Nº d'impression : 144787
Dépôt légal : août 2012

Imprimé en France